AF143184

Ambika Vohra

**Aus dem Englischen von
Sylke Hachmeister**

CARLSEN

Für die genialen Lehrerinnen und Lehrer, die mich geprägt haben – Ms Jane Taylor, Ms Julie Kuslits, Mr Chad Zwolinski und Dr. Kentaro Toyama – und für alle Lehrer und Lehrerinnen, Autoren und Autorinnen, Bibliothekare und Bibliothekarinnen, die unseren kleinen Platz im Universum tagtäglich mit Freude und Mitgefühl besprenkeln.

Winterball?

✓ In einem Muster wechselseitiger Beeinflussung landen

Das Foto ist weg.

Von März letzten Jahres bis heute hing in Brian Wus Spind, befestigt mit zwei Magneten in der Form winziger Schallplatten, ein Polaroidfoto von seiner Freundin Riley. Auf dem Foto sitzt Riley auf einer Picknickdecke vor einem roten Berberitzenstrauch im Schneidersitz, die Haare zu einem lockeren Dutt gebunden. Sie hält die Hände vors Gesicht, als wollte sie nicht fotografiert werden, aber natürlich tut sie nur so. Wenn ich mit hochgesteckten Haaren so aussähe wie Riley, würde ich sämtliche Wände in meinem Zimmer verspiegeln lassen.

Aber jetzt ist das alles verschwunden. Die Magnete, das Foto.

Mit einem Rumms knallt Brian seinen Spind zu und ich zucke zusammen. Ich beuge mich in meinen Spind, als wäre ich wahnsinnig damit beschäftigt, wahnsinnig wichtige Abschlussjahrsachen einzuheften. Ein Hoch auf die alphabetische Ordnung, der ich einen Logenblick auf seinen Spind zu verdanken habe. In meinem Kopf ist alles abgespeichert wie eine Farbtabelle – wo Brian in welchem Kurs sitzt, wo er seinen Wagen parkt, sogar wann seine Basketballspiele stattfinden.

Ich will meinen Spind gerade zumachen, als mir auffällt,

7

dass Brian nicht wie sonst, wenn es zum Pausenende klingelt, an mir vorbeirauscht. Seine Schritte werden langsamer, sein Schatten wird größer. Wahrscheinlich ist ihm ein Stift runtergefallen und zu mir rübergerollt, denn es ist völlig ausgeschlossen, dass er bei mir stehen …

»Hi, Aisha.« Er schenkt mir ein kleines Lächeln, mit Grübchen. Seine Schuluniform sieht aus wie frisch gebügelt, meine wie vom Fahnenmast gerissen.

In den letzten vier Jahren auf der Arledge Preparatory School habe ich Brians Gesicht meist in der Totalen gesehen, bei Versammlungen, in Klassenzimmern und in den Gängen. Oft erkundigt er sich im Vorübergehen nach meinen Klausuren, als wäre ich ein Drive-in für Noteninfos. Ab und zu reden wir zwar auch mal über etwas anderes, aber nur rein sachlich, zum Beispiel als er mich in der Neunten fragte, wo ich mein Mäppchen gekauft hätte, als wir in der Elften zusammen in einer Physik-Gruppe waren oder als er vor ein paar Monaten meine Notizen abschreiben wollte, weil er seine Brille vergessen hatte. Aber jetzt steht er in Ultra HD an meinem Spind, keine Arbeitsblätter, Tische oder Mäppchen zwischen uns.

Ich senke den Blick auf meine abgewetzten Schuhe. »W-was gibt's?«

»Ich weiß, es ist eine komische Frage, aber …« Er zeigt auf die Tür meines Spinds, die innen mit unbeschriebenen gelben Klebezetteln bedeckt ist, hier und dort ein paar beschriebene dazwischen. »Kann ich so einen haben?«

Ich starre ihn an. Er überragt mich jetzt, nicht wie damals in der Siebten, wo ich noch ein Stückchen größer war als er. Die glatten schwarzen Haare trägt er lässig zurückgekämmt, ein paar lose Strähnen umrahmen seine Augen wie Anführungszeichen, und während er die Lippen bewegt, kann ich mich nur darauf konzentrieren, wie feucht sie aussehen.

»Ich brauche einen«, redet er weiter, »und du hast ja einen kleinen Vorrat da drin kleben ...«

Bis jetzt war mir nicht klar, dass die Sache mit dem einsehbaren Spind auch andersrum funktioniert.

Die Klebezettelskulptur habe ich meiner Freundin Marcy zu verdanken. Im Sommer hat sie in einem Artikel gelesen, dass Klebezettel Innovationsprozesse fördern können, und mich überredet, in meinem Spind einen »Raum für Inspiration« zu schaffen, um Aha-Erlebnisse festzuhalten. Bisher ist mein Raum ungenutzt bis auf die Ideen, die Marcy beigesteuert hat, während der Ideenraum in ihrem eigenen Spind prächtig gedeiht. Sie nutzt ihn für To-do-Listen, Wunschlisten und Gemüseanbaulisten. Sie hat mir sogar einen Klebezettelblock geschenkt, den ich immer im Rucksack habe, für Ideennotfälle.

So ist Marcy. Sie kann perfekte Kreise frei Hand zeichnen. Sie sitzt nie krumm da, nicht mal auf diesen nervigen Hockern ohne Lehne. Sie ist Sprecherin der Jahrbuch-AG und Redaktionsleiterin der Schülerzeitung. Außerdem ist sie quasi meine einzige Freundin an der Arledge Prep, ein Job, für den man keine Bäume zu töten braucht.

»Ah!« Meine Stimme geht nach oben. »Na klar! Bedien dich!«

Wenn ich ihm in die Augen sehe, werden alle Worte in meinem Gehirn verdunsten, deshalb gucke ich auf die Riemen seines Rucksacks. Marcy hat mir mal gesagt, dass man bei genauem Hinsehen einen japanischen Markennamen in dem Leder erkennen kann, womit der Rucksack 549 Dollar kostet. Netto. Mein Rucksack ist derselbe wie in der Neunten, ein verblichener JanSport mit Schulterpolstern, die auch als Bowling-Bumper dienen könnten, es könnte also genauso gut SOZIALFALL draufstehen. Angeblich hat mein Vater ihn ausgesucht, weil er ihn so praktisch fand − hält die ganze

Schulzeit und schont die Schultern. Vielleicht hat ihn aber auch das Zwei-zum-Preis-von-einem-Angebot überzeugt.

»Danke, du bist die Beste!«, sagt Brian, zieht sorgfältig einen Zettel ab und geht davon, ohne mich noch eines Blickes zu würdigen. Er geht so selbstsicher wie zum Beat eines Songs.

Eins, zwei, drei, vier – alle wollen was von mir

Als es klingelt, nehme ich mein Notizbuch aus dem Spind und stecke es in den Rucksack. Brian hätte auf mich warten können, denn wir haben gleich beide Literatur, ein AP-Kurs auf Collegeniveau, aber wahrscheinlich hat er gar nicht auf dem Schirm, dass ich auch in dem Kurs bin.

Als ich im Kurs ankomme, sitzt Brian schon auf seinem Platz, kramt in seinem 549-Dollar-Rucksack und holt *Der große Gatsby* heraus. Auf meinem Tisch liegt ein gefalteter Zettel. Ich schaue neugierig nach rechts zu Marcy, doch die tut so, als wäre sie ganz damit beschäftigt, ihre Stifte zurechtzulegen. Sie hat die glatten braunen Haare zu einem französischen Zopf geflochten und trägt über der Uniformbluse einen Pulli mit Arledge-Monogramm.

An unserer Schule gilt mit Ausnahme der Mittagspause striktes Handyverbot, deshalb schreibt Marcy mir manchmal Zettel. Ihre Handschrift ist so schwer zu entziffern wie Hieroglyphen. Unter angestrengtem Blinzeln und Kopfneigen lese ich das Folgende:

Die besten 5 für den Winterball:
Alex Currant
Connor Belle
Kenji Tanaka
Jerome King
Sean Truwald

Joker: Brian Wu

Ich grinse. Das ist mal wieder eins ihrer Listicles, und es wirkt besonders ausgeklügelt, weil jeder Name in einer anderen Farbe geschrieben ist. Schon seit Tagen versucht Marcy mich zu überreden, jemanden (will sagen: irgendwen) zu fragen, ob er morgen mit mir zum Winterball geht. Eigentlich wollte sie wie üblich als mein platonisches Date mit mir hingehen, doch dann wurde sie letzte Woche von Kevin Wright gefragt. Sie hat ein schlechtes Gewissen, weil sie mich hängen lässt, und das nutze ich weidlich aus. Gestern habe ich sie mit meinem Dackelblick dazu gebracht, mir ein Snickers aus dem Automaten zu ziehen. Sie hat gesagt, das mache sie »nur so«, aber ich weiß es besser. Bestimmt hab ich dieses Listicle auch ihrem schlechten Gewissen zu verdanken.

Wenn sie wüsste, was zwischen Brian und mir mal war, hätte sie ihn nicht als zusätzliche Option auf die Liste gesetzt, aber ich habe niemandem in der Schule erzählt, dass wir früher befreundet waren. Manchmal würde ich schon gern ausplaudern, dass er, bevor er zum kantigen Privatschüler mit der Hantelsammlung wurde, mein tollpatschiger Nachbar mit der Pokémonkartensammlung war, aber ich besinne mich dann doch immer eines Besseren. Damit würde ich seine geheime Vergangenheit preisgeben. Als würde ich der Gesellschaft der Zwanzigerjahre offenbaren, dass Gatsby der Sohn eines Farmers war.

Außerdem bin ich nicht so scharf darauf, allen zu erzählen, dass Brian mich vergessen hat wie ein Bund Koriander, das hinten im Kühlschrank verkümmert.

»Stecken Sie die Dopamin-Dinger weg, sonst muss ich sie einkassieren.« Ms Kavnick nimmt die Kappe von ihrem Whiteboard-Marker so schwungvoll ab, wie ein Ritter sein Schwert zieht, und ihre Eulen-Ohrringe drehen sich hin und her. Sie merkt es immer, wenn jemand Nachrichten schreibt. Wahrscheinlich verraten die Eulen es ihr.

»Da wir *Der große Gatsby* zu Ende besprochen haben, würde ich heute gern mit Ihnen ein wenig über F. Scott Fitzgerald nachdenken. Als er 1940 an einem Herzinfarkt starb, hatte sich das Buch keine fünfundzwanzigtausendmal verkauft. Erst Jahre nach seinem Tod wurde es so berühmt. Fitzgerald hat das Ausmaß seines Erfolgs nicht mehr erlebt.« Sie geht von einer Seite der Tafel zur anderen. »Ist Erfolg demnach nicht eine unzuverlässige Größe? Er ist schwierig zu definieren, und oft setzen wir ihn fälschlich mit äußeren Errungenschaften gleich. Für Gatsby bestand Erfolg darin, Daisys Zuneigung zu gewinnen. Für andere ist es vielleicht die Anzahl der Bücher, die sie in ihrem Leben verkaufen, das Geld, das sie verdienen, das College, das sie besuchen ...«

Ich könnte schwören, dass sie dabei mich ansieht. Wahrscheinlich weiß sie, dass ich seit der Neunten Team Verkaufdeine-Seele-für-die-College-Aufnahme bin.

»Hier ist das heutige Thema für eure Schreibhefte.« Quietschend fährt ihr Stift über die Tafel. »Was hat Jay Gatsby eurer Meinung nach auf der Jagd nach Erfolg verloren? Und wie hätte er Erfolg anders definieren können?«

Ich tue so, als würde ich in meinem Schreibheft diese Fragen beantworten, während ich in Wirklichkeit über Ideen für den Essay nachdenke, den ich nächsten Monat mit meiner Stanford-Bewerbung einreichen muss. Wochenlang habe ich zusammen mit meiner Beratungslehrerin überlegt, ob ich mich vorzeitig und exklusiv in Stanford bewerben oder am regulären Verfahren teilnehmen soll. Wir sind zu dem Schluss gekommen, dass das reguläre Verfahren für mich günstiger ist, weil ich so den Studieneignungstest wiederholen und einen stärkeren persönlichen Essay schreiben konnte. In dem Studieneignungstest konnte ich mich auf 1510 Punkte steigern, aber der Essay. Ist immer noch ungeschrieben. Und lacht mich aus.

Als es klingelt, habe ich nur ein paar Stichpunkte notiert, die alle nicht vielversprechend sind. Die anderen drängeln schon zur Tür hinaus Richtung Mensa, und Brian schwingt seinen Rucksack über die Schulter, was seinen Unterarm beträchtlich anschwellen lässt. Er lacht über irgendeinen Kommentar meines Chemie-Partners Alexander Currant und geht dann ohne einen Blick in meine Richtung hinaus. Er hat jetzt immer Leute um sich, egal, wo er ist, wie eine Kollektion wechselnder Halstücher.

Das war nicht immer so.

Brian Wu hat eine Vergangenheit. Eine ziemlich kriminelle sogar. Und seine Verbrechen lassen sich nicht so einfach à la »Es war Professor Bloom im Arbeitszimmer mit dem Leuchter« zusammenfassen, aber ich versuche es mal.

Früher umgab ihn ein Kraftfeld, das alle Lebewesen abstieß, mich eingeschlossen. Wir sprachen nur beim monatlichen Bagel-Frühstück des Leseclubs miteinander. Er rupfte seinen Blaubeer-Bagel immer in kleine Stückchen, die er in den Frischkäse tunkte wie Mozzarella-Sticks in einen Dip, und hinterließ eine Dose voller Bagelkrümel. Im Nachhinein betrachtet, war es wahrscheinlich nicht diese schludrige Frischkäse-Nummer, die mich dermaßen gefuchst hat. Schlimmer war, dass ich in jeder Klassenarbeit ein paar Prozentpunkte hinter ihm lag, und abgesehen davon, dass er den Unterricht mit unwitzigen Späßen störte und allen mit seinen erstklassigen Klausuren vor der Nase herumwedelte, gab es noch etwas Entscheidendes, das es mir unmöglich machte, Brian zu ignorieren.

Wir waren Nachbarn.

In Arledge, Michigan gibt es nicht viele asiatische Familien, deshalb hielten unsere beiden zusammen wie Mrs Wus Klebreiskuchen. Die verzierte sie mit Smileys aus Sesam, und meine Mutter brachte ihr zum Dank mit essbarer Folie überzogene Burfi, die zurücklächelten. Jahrelang wanderten auf diese Weise Reiskuchen und Burfi hin und her, wobei Mrs Wu Brian schickte, der die Kuchen alle paar Monate vor unsere Haustür stellte, und meine Mutter mich mit den Burfi zu Brian schickte. Ich freute mich immer darauf, weil Mrs Wu dann an die Tür kam und sich darüber ausließ, wie wundervoll und wohlerzogen ich sei, während Brian muffelig am Treppengeländer stand.

Muffelig saß er auch eines Nachmittags in der Vierten an unserem Esstisch, als ich aus der Schule nach Hause kam. Keine Reiskuchen in Sicht.

»Seine Mutter muss jetzt immer lange arbeiten«, erklärte meine Mutter mir leise. »Deshalb haben Pa und ich angeboten, auf Brian aufzupassen. Ich verlasse mich darauf, dass du ihm Saft und was zu essen anbietest, klar?«

»Was?« Ich dachte an unsere Everything-Bagel neben dem Toaster, hübsch gestapelt wie eine Münzrolle. Unsere Bagel mussten beschützt werden. »Aber nach der Schule ist meine Alleinzeit, mit Zeichentrickfilmen und Salt-and-Vinegar-Chips und …«

Da war sie schon weg.

Widerwillig bot ich Brian an jenem Tag meine Chips an und er nahm sich nur einen, wahrscheinlich weil er wusste, dass meine Mutter mich dazu gezwungen hatte. Doch je mehr Nachmittage er bei uns verbrachte, desto kürzer wurden die Schweigepausen, und aus laschem Winken und Schulterzucken wurden High Fives und Gekicher. Ich merkte, dass sich hinter den lauten Soundeffekten, der Angeberei und den nervigen Wusstest-du-schon-Fakten jemand verbarg, der einen Freund brauchte, genau wie ich. Ich begann ihm nach der Schule einen Platz im Bus frei zu halten. Ich ließ ihm seine schlechten Bagel-Manieren durchgehen. Es machte mir nicht mehr so viel aus, wenn ich im Diktat »brillant« falsch geschrieben hatte und er nicht oder wenn er ungeniert alle meine Chips futterte.

Der Rest des Schuljahres erstrahlte im Glanz dieser neuen Freundschaft und gegen Ende der vierten Klasse fingen wir an den Sommerabenden Glühwürmchen in alten Mango-Pickle-Gläsern (doch wir ließen sie nie zu lange darin, weil mein Vater uns belehrte, wir sollten »jedes Atman der Erde respektieren«). Als die fünfte Klasse losging, verbrachten wir die Mittagspause miteinander, füllten unsere Kumon-Arbeitsblätter zusammen aus und räumten sogar mein vermülltes Zimmer gemeinsam auf, wenn mein Vater es verlangte. *In einem aufgeräumten Zimmer ist auch die Seele aufgeräumt,* sagte er immer.

Ich erfand mein eigenes Sprichwort – *Wenn ein Freund dir hilft …, deinen ganzen Krempel unters Bett zu schieben, dann weißt du, dass die Freundschaft hält.*

Aber dann kam die sechste Klasse und allmählich sah ich in Brian mehr als nur einen Freund. In meinen Heften schrieb ich unsere Namen verschnörkelt nebeneinander an den Rand. Nach dem Duschen malte ich Herzchen in die Ecken des beschlagenen Badezimmerspiegels. Ich träumte davon, in der Achten mit ihm zum Frühlingsball zu gehen.

Am Ende ging ich überhaupt nicht zum Frühlingsball. Mrs Wus Spätschichten bei dem Automobilzulieferer zahlten sich aus, sie wurde zur Leiterin der Finanzabteilung befördert. Im Sommer nach der Siebten zog Brians Familie aus unserem malerischen Viertel weg nach West Middle. Ich bekam nie die Gelegenheit, ihm meine Gefühle zu offenbaren, und die Klebreiskuchen vor der Tür blieben ebenso aus wie Brian. Glühwürmchengläser wurden wieder zu Pickle-Gläsern. Meine Freundschaft mit Brian war vorbei.

Marcy folgt meinem Blick zu Brian und boxt mir gegen den Arm. »Frag doch, äh, den Joker, ob er mit dir zum Ball geht.

Klar, er ist dein Konkurrent als Jahrgangsbester und so, aber guck.« Box. »Dir.« Box. »Seine.« Box. »Arme an.«

»Hey, erinnerst du dich noch an Kevin? Deinen Freund?« Ich lege schützend eine Hand auf meinen Arm, aber sie boxt gegen meine Finger, bis ich grinsen muss.

»Nur weil ich mit Kevin zum Ball gehe, laufe ich ja nicht plötzlich blind durch die Welt. Außerdem ist Freund zu hoch gegriffen. Wir sind noch nicht offiziell zusammen.«

»Zehn Dollar, dass ihr bis nächste Woche zusammen seid.« Ich trotte hinter ihr her in den Flur. Ich wette sonst nicht, aber Marcy und Kevin passen einfach zu gut zusammen. Sie sind die Leitkegel der Welt – einfach unübersehbar. Kevin ist Schülersprecher, und Marcy mischt bei allen Publikationen mit. Sie weiß seit der Neunten, dass sie Journalismus studieren will. Sie war schon immer so überzeugt von sich wie eine Zeitung, die bereits im Druck ist.

»Bitte, bitte komm morgen zum Ball. Stell dir vor, wie enttäuscht Gatsby wäre, wenn eine junge Frau wie du sich eine Party entgehen ließe.« Während wir uns in der Mensa an einen Tisch setzen, zeigt Marcy auf Direktor Cornish, der auf der Bühne steht und auf sein totes Mikrofon klopft. »Und er wäre ganz besonders enttäuscht.«

In den letzten Wochen hat Direktor Cornish arglosen Opfern immer wieder die Geschichte erzählt, wie er seine Frau beim Winterball kennengelernt hat. Es gibt wahrscheinlich wichtigere Themen, denen er sich zuwenden könnte, zum Beispiel die hohen Privatschulgebühren oder das hemmungslose Spicken bei den Matheklausuren, aber ich schweife ab.

»Mir ist dieses Jahr nicht danach.« Ich krame in meinem Rucksack nach der bräunlichen Banane und dem Snickers aus dem Automaten.

Marcy sieht mich an. »Also dir ist nicht danach oder …«

»Bevor du es aussprichst – nein, nicht nur, weil ich keine Begleitung habe. Die Tickets kosten hundert Dollar. Was ist das für eine Veranstaltung, Coachella?«

»Ich hab dir doch schon gesagt, dass ich für dich mitzahle. Oder du setzt deine eiserne Reserve ein, deine Antilopen-Moneten …«

Direktor Cornish nennt das Geld auf unserem Schulkonto »Antilopen-Moneten«, aber ich weigere mich, eine Währung zu akzeptieren, die nur für Schulessen, Schul-Merch und Schulveranstaltungen verwendet werden darf.

»Oder ich könnte an meinen College-Bewerbungen arbeiten. Und zwischendurch auf dem Sofa sitzen und häkeln.«

Marcy presst die Lippen zusammen und guckt so, als ob sie sich das Lachen verbeißen müsste, was irgendwie noch schlimmer ist, als wenn sie lachen würde. Ich habe mich letztes Jahr in der Häkel-AG angemeldet, nachdem ich gelesen hatte, dass Häkeln einfacher ist als Stricken, weil man die Schlaufen dabei mit nur einer Nadel verbindet. Ich hätte also in null Komma nichts eine Wollflüsterin werden können, aber das ist nicht passiert. Die meiste Zeit brülle ich mein Wollwirrwarr an, und unter normalen Umständen würde ich zusammen mit Marcy über meine windschiefen Tierchen lachen. Ich hab die Sammlung sogar Friedhof der Häkeltiere getauft, Untertitel: Masche zu Masche, Staub zu Staub. Aber seit Brian mich um diesen Klebezettel gebeten hat, bin ich irgendwie angepikst. Es ist, als hätten alle »Ich bin besser als du« auf der Stirn stehen.

Als Marcy merkt, dass ich nicht lache, senkt sie den Blick, als wäre ihr Sandwich auf einmal total spannend. Bestimmt spürt sie, dass ich schlecht drauf bin. Marcy und mein Vater merken so was immer sofort. Als Brian und ich nicht mehr befreundet waren, hat mein Vater mich mit den Worten getröstet, Brian und ich seien vielleicht nicht dazu bestimmt, in diesem Leben Freunde zu bleiben, und vielleicht fänden wir in einem zukünftigen Leben wieder zusammen. Ich stellte mir vor, dass wir Jahrhunderte später als zwei Kirschbäume nebeneinander in einem Obstgarten stünden. Aber unsere Wiedervereinigung kam früher als gedacht. Ich erhielt ein Vollstipendium an derselben weiterführenden Schule wie Brian: an der Arledge Preparatory, einer der angesehensten und teuersten Highschools in Michigan. Eine Schule mit flexiblem Kursangebot von Klasse neun bis zwölf, AP-Kursen auf wissenschaftlichem Niveau, Beratungslehrern für die College-Laufbahn, einem Schwerpunkt auf Begabtenförderung und einer intensiven Vorbereitung aufs College … und Auswahlkommissionen weltweit kennen den Arledge-Unterschied! (Nicht meine Worte, sondern die der Website.)

Doch anders, als mein Vater vielleicht dachte, hat die Tatsache, dass Brian und ich auf dieselbe Schule gehen, uns nicht wieder zusammengebracht. Ich bin für ihn nur ein Klebezettel-Automat. Bestenfalls.

»Vielleicht brauchst du für den Ball gar keinen zu fragen«, sagt Marcy. »Vielleicht wirst du ja gefragt.«

»Wohl kaum. Ich widme mich lieber der Pomodoro-Technik.«

Sie sieht mich verständnislos an.

»Die perfekte Zeitmanagement-Methode, um an meinem Stanford-Essay zu arbeiten: Arbeiten in 25-Minuten-Häppchen.«

»Schon wieder«, stöhnt sie mit vollem Mund. »Ich dachte schon, wir schaffen mal eine Mittagspause, ohne dass du Stanford erwähnst.«

Ich beiße mir auf die Lippe. Sie hat schon recht. Es nervt mich ja manchmal selbst, dass ich so viel über Stanford rede, aber das gibt mir das Gefühl, dass es wirklich möglich ist – für mich und für meine Mutter. Ein paar Jahre nachdem sie in die USA eingewandert ist, wurde sie in Stanford angenommen, aber sie hat ihr Examen nie gemacht.

»Stell dir vor, wir zwei in Californ-i-a!«, singe ich. »Das Land der Filmstars. Blick auf den Ozean. Mammutbäume. Sonnenschein das ganze Jahr.«

»Da bin ich raus. Du vergisst, dass ich weiß bin.« Marcy mit ihrer blassen Haut verträgt überhaupt keine Sonne.

Früher in der Grundschule hat es mich immer gewundert, wenn sich bei Ausflügen zum Houghton Lake alle wie wild mit Sonnencreme eingeschmiert haben, und erst später habe ich erfahren, dass Arledge, Michigan, zu 81,4 Prozent weiß ist. Limonadenbuden waren als Ferienjob ja nicht so schlecht, aber mit Sonnencreme hätte ich bestimmt mehr Umsatz gemacht.

Meine Mutter hat mich nie eingecremt. Sie dachte, mit unserer dunkleren Haut brauchen wir keinen Sonnenschutz, also werde ich wahrscheinlich früher oder später aussehen wie eine Rosine.

»Was war noch mal die Frage für den Stanford-Essay?«, fragt Marcy und zieht matschige Tomatenscheiben aus ihrem Sandwich, was bedeutet, dass sie bei ihrem Vater war. Er kann sich einfach nicht merken, dass sie keine rohen Tomaten mag. »Erzählen Sie uns davon, wie Sie einmal von einer Klippe gefallen sind und beinahe gestorben wären, aber nur beinahe, was dann letztlich das Beste war, was Ihnen je passiert ist, und wie Sie daran gewachsen sind, dass Sie sich sämtliche Gräten im Leib gebrochen haben?«

Ich kichere. »Fast. *Schildern Sie eine Situation, in der Sie Ihre Komfortzone verlassen haben.*«

»Absurd. Wegen der strengen Zulassungsbedingungen fürs College hocken wir doch seit vier Jahren nur am Schreibtisch. Ich hab jetzt schon Rückenschmerzen. Ich kann mich kaum weit genug runterbücken, um meinen Großeltern beim Zucchinipflanzen zu helfen.«

Im Garten von Marcys Familie führen Trittsteine zu einem von Ranken überwucherten Torbogen aus Holz, und als ich den Garten das erste Mal gesehen habe, kam er mir zehnmal so groß vor wie unsere Wohnung. Marcys Großeltern wohnen in der Nähe, deshalb kommen sie regelmäßig vorbei, um die Sträucher zu stutzen. Die Male, die ich meine Nani und meinen Nana gesehen habe, kann ich hingegen an einer Hand abzählen – bei ihrem einzigen Besuch in Arledge, als sie jeden Abend in unserem lokalen indischen Lebensmittelladen verbrachten, und dann noch mal im Sommer in der Achten, als wir einen Monat in Indien waren. Ich weiß noch, dass mein Vater ein Wortschatz-Lernbuch für meine große Schwester Seema eingepackt hat, die sich auf den Studieneignungstest vorbereiten musste, und jedes Mal, wenn er sie beim Schauen einer indische Schnulze ertappte, warf er es ihr auf den Schoß.

»Du hast vielleicht Rückenschmerzen, aber wenigstens hast du ein Ziel«, sage ich. »Ich weiß immer noch nicht, für welchen Studiengang ich mich bewerben soll. Meine Beratungslehrerin empfiehlt mir dringend, bei der Bewerbung einen konkreten Studiengang anzugeben.«

Ich bin gut in Informatik, und es würde passen, das zu studieren, denn Mathe und Rätsel haben mir immer schon Spaß gemacht, aber ich weiß nicht, ob ich acht Stunden am Tag programmieren möchte. Meine Beratungslehrerin hat gesagt, ich soll überlegen, bei welcher Tätigkeit ich die Zeit vergesse, und da fiel mir Malen ein, aber in den letzten vier Jahren hab ich überhaupt nichts gemalt außer der Deko für die Schulbälle. Zu mehr bin ich nicht gekommen. Außerdem, wenn ich meinen Eltern erzählen würde, dass ich Kunst studieren will, würden sie sagen, dass das brotlos ist, und vielleicht hätten sie damit sogar recht.

»Ich finde es okay, das erste Collegejahr zur Orientierung zu nutzen. Besser, als einen Studiengang zu wählen, der einem dann vielleicht nicht gefällt. Außerdem ...«

Marcy formt die Rinde ihres Sandwichs zu einem Herz. Da sie eine tief sitzende Abneigung gegen alle Institutionen hat, ahne ich schon, was sie sagen will. »Ganz egal, für welchen Studiengang du dich jetzt bewirbst, die Leute, die über deine Zulassung entscheiden, werden erstklassige Noten erwarten, Führungserfahrung, Tausende Stunden soziales Engagement, und in deiner Freizeit hörst du am besten Achtsamkeits-Podcasts, um dein Trauma zu verarbeiten, was du dann in deinen authentischen Bewerbungsessay einbauen kannst, während du Spenden für Multiple Skleros...«

»Marcy, dürfte ich Sie ganz kurz entführen?« Direktor Cornish kommt an unseren Tisch mit dem breiten Lächeln, das ihm anscheinend ins Gesicht getackert ist; er hat rote Flecken auf den Wangen und eine schweißnasse Stirn. Den getupften Schlips trägt er so eng um den Hals, dass ich mich frage, wie er überhaupt nach unten schaut. »Ich brauche Ihre Hilfe bei der Technik! Mein Mikrofon funktioniert leider nicht.«

Marcy und ich wechseln einen Blick. »Ich bin die Sprecherin der Jahrbuch-AG. Sie wollen sicher zu Mari, der Sprecherin der Theater-AG. Sie kann Ihnen bestimmt hel...«

»Ach herrje, Sie haben recht! Verzeihen Sie die Verwechslung!« Sein Lächeln bleibt, wo es ist. »Aber das trifft sich gut, denn ich habe eben noch gedacht, dass ich mich mal erkundigen sollte, ob mit dem Jahrbuch alles glattläuft. Das ist der Schmetterlingseffekt in Reinkultur – selbst wenn zwei Ereignisse nur ein einziges Mal in Raum und Zeit zusammentreffen, landen sie für immer in einem Muster wechselseitiger Beeinflussung. Es war bestimmt so vorgesehen, dass ich Ihnen heute über den Weg laufe!« Er zwinkert ihr zu und hebt die Hand zum High Five. Als Marcy widerstrebend einschlägt, fragt er:»Und, wie läuft es so? Steht das Cover schon?«

»Ähm, yep – ja. Wir haben abstimmen lassen, und Aimees Vorschlag hat gewonnen – der mit dem Antilopen-Emblem in der Mitte.«

»Wunderbar.« Er wirkt unaufmerksam, bestimmt hält er Ausschau nach Mari.»Dann gehe ich mal wieder, aber machen Sie so weiter, Marcy!«

Er schlurft davon, und kaum ist er außer Hörweite, wendet Marcy sich zu mir.»Was hat der da gefaselt? Schmetterlingseffekt? Raum und Zeit?«

Ich lache.»Der quatscht sich echt aus allem raus. Wie sollte er sonst auch mit den ganzen Horror-Eltern dieser Schule klarkommen?«

Sie lässt die Schultern hängen.»Mari hat's gut. Nach der Sprecherin der Jahrbuch-AG sucht nie einer.«

»Ich schon.«

Ich versuche Marcy schon den ganzen Monat zu überreden, dass sie mir den Entwurf des Jahrbuchs zeigt. Ich liebe Jahrbücher, die Hochglanzseiten und die handgeschriebenen Einträge auf der Innenseite des Umschlags. Ich kaufe mir auf jeden Fall eins, obwohl ich jetzt schon weiß, dass ich kaum darin vorkomme, es sei denn, ich werde a) Jahrgangsbeste oder sie widmen b) eine Doppelseite allen, die ein Bullet Journal anlegen wollten, es dann aber doch zu mühsam fanden.

In diesem Moment gelingt es Direktor Cornish, vermutlich dank Maris Hilfe, das Mikrofon einzuschalten.

»Arrrrledge-Antilopen!« Unter lautem Fiepsen des Mikrofons dröhnt seine Stimme durch die Mensa.»Ich möchte noch einmal daran erinnern, dass morgen Abend der Winterball in unserem geliebten Musikkonservatorium in Arledge stattfindet. Tickets sind noch bis fünfzehn Uhr im West-Pavillon erhältlich. Bei Fragen wenden Sie sich an Ihren freundlichen stellvertretenden Schülersprecher ...« Er zeigt auf Brian, der in die Menge winkt und dafür ein paar Pfiffe erntet. Der mischt wirklich überall mit. Manchmal denke ich, ich bin in einem dieser alten Bollywood-Filme gefangen, in denen ein Schauspieler mehrere Rollen spielt, für die er jeweils die Perücke wechselt. »Brian Wu«, fügt der Direktor unnötigerweise hinzu. »Alle Fragen zur Logistik und zur Anmeldung elterlicher Aufsichtspersonen richten Sie direkt an ihn.«

»Was ist das für ein glänzendes Ding an Brians Pulli?«, fragte Marcy und kneift die Augen zusammen.

Ich tue so, als würde ich auch schauen, obwohl ich es schon weiß. »Ich glaub, das ist seine Ehrennadel.«

Für die Schuluniform gelten strenge Vorschriften, aber kleine Broschen oder Emaille-Anstecker sind erlaubt. Brian trägt die goldene Antilope fast jeden Tag, also gefällt es ihm anscheinend, die Auszeichnung als erstklassiger Schüler subtil zur Schau zu stellen.

Marcy kichert. »Typisch, dass er die trägt.«

Okay, so subtil vielleicht doch nicht.

Bei einem Schnitt von 1,2 bis 1,6 bekommt man die gewöhnliche Ehrennadel, bei einem noch besseren Schnitt die Ehrennadel ersten Ranges. Das ist die Nadel mit der goldenen Antilope, und man darf sich für bestimmte Kurse wie Schmiede- oder Textilkunst bevorzugt einschreiben. Ich habe auch die Ehrennadel ersten Ranges bekommen, aber ich hab sie schon nach ein paar Wochen verloren.

Der Direktor verschränkt die Hände hinter dem Rücken und beugt sich zum Mikrofon, so nah, als wollte er es küssen. »Wie einige von Ihnen vielleicht wissen, habe ich auf dem Winterball meiner Schule seinerzeit meine Frau kennengelernt. In der Turnhalle haben wir zum ersten Mal miteinander getanzt, und wer weiß, vielleicht wird es für Sie ja ein ähnlich besonderer Abend.«

23

»Ich halt's nicht aus.« Stöhnend wende ich mich wieder zu Marcy.

Alle, die ich kenne, haben einen Partner für den Ball oder hatten zumindest schon mal ein Date. Angesichts der Tatsache, dass ich tagein, tagaus lerne und einen Jungen anschmachte, den ich nie kriegen werde, kann ich nicht erwarten, dass mir gleich ein Schwall von Liebesbriefen aus meinem Spind entgegenflattern wird. Trotzdem habe ich noch die leise Hoffnung, dass auf magische Weise irgendwas Gutes passiert, damit ich nicht immer alles haarklein planen muss wie eine Krimiautorin. So wie damals in der Achten. Um meine Eltern zu überreden, dass sie mich mit meiner Umwelt-AG ins Zeltlager fahren lassen, habe ich ihnen schon Wochen im Voraus Artikel mit Überschriften wie »Grüne Umgebung fördert Aufmerksamkeitsspanne« weitergeleitet.

»Habt ihr euch schon überlegt, was ihr zum Ball anzieht, Kevin und du?«, frage ich.

Kevin Wright ist nicht nur Schülersprecher, sondern außerdem Chefredakteur des Antilopen-Anzeigers und, soweit ich weiß, Brians bester Freund. Er ist einer der wenigen Schwarzen Schüler an der Arledge Prep. Er ist außerdem ein Hattrick aus freundlich, beliebt und attraktiv, kein Wunder also, dass er zum besten Freund gekrönt wurde, während ich aussortiert wurde wie eine löchrige alte Socke.

»Kevins Oma hat uns geraten, Rot zu tragen. Sie sagt, das ist die Farbe der Leidenschaft.«

Unvorstellbar, dass meine Nani so etwas sagen würde. Sie würde wahrscheinlich sagen, Rot ist die Farbe getrockneter Chilis.

Es klingelt zum Ende der Mittagspause, und ich gehe zu meinem Spind. Früher hab ich mir vor allen Schulbällen immer mantramäßig vorgebetet: *Wenigstens hat Marcy auch kein Date!* Aber jetzt plant sie ein Pärchen-Outfit mit dem Segen von Kevins Oma, während das Jahrbuch meines Lebens seit der Neunten auf immer derselben Seite aufgeschlagen ist. Ich weiß nicht, wann ich mich das letzte Mal nach einem hastig heruntergeschlungenen Abendessen nicht an einen turmhohen Stapel AP-Hausaufgaben gesetzt habe. Vielleicht ist es Jahre her – damals, als Brian und ich noch Nachbarn waren. Er blieb zum Biryani und brachte mir immer ein chinesisches Milch-Toffee mit. Vergaß er es einmal, brachte er mir beim nächsten Mal zwei mit.

Und jetzt reden wir kaum noch miteinander.

Kurz vor meinem Spind habe ich die Stimme des Direktors im Ohr. *Selbst wenn zwei Ereignisse nur ein einziges Mal in Raum und Zeit zusammentreffen, landen sie für immer in einem Muster wechselseitiger Beeinflussung.* Was den Schmetterlingseffekt angeht, habe ich so meine Zweifel. Ich kann mir nicht vorstellen, dass Brian und ich jemals wieder wieder in einem Muster wechselseitiger Beeinflussung landen. Das einzige Muster, das uns im Moment verbindet, ist der Wettkampf um den Status als Jahrgangsbeste oder -bester, es würde mich also wundern, wenn wir …

Da sehe ich es.

An meinem Spind klebt ein gelber Zettel, darauf mit schwarzem Stift »WINTERBALL?« in einer Handschrift, die ich überall auf der Welt erkennen würde.

»Hi, Aisha.«

Ich drehe mich um. Und da steht Brian Wu, einfach so.

Eine Geschichte der Jahrbücher

✓ Alles auswendig lernen, was Brian mir in meine Jahrbücher geschrieben hat

4. Klasse
Aishaaa –
Danke, dass ich dieses Jahr alle deine Chips essen durfte. Wenigstens müssen wir nicht traurig sein, dass es Ferien gibt, weil ich dich in schätzungsweise 5 min sehe, wenn du rüberkommst.
Brian

5. Klasse
Aish, ich weiß, wie super du meine Fun Facts findest, deshalb hier noch einer: Wusstest du schon, dass Q der einzige Buchstabe ist, der in keinem Namen eines US-Bundesstaats vorkommt?

6. Klasse
Hey Aish-kreisch!
Ich schreibe ganz klein, weil es supergeheim und brandneu ist. Wo der geschlossene Uhrenreparaturladen war, hat ein neuer Frozen-Yogurt-Laden eröffnet. Die ersten 100 Kunden kriegen gratis Crunchy-Topping. Wir müssen sofort hin!!!
– Brian Wuschundweg

7. Klasse
Liebe Aish,
ich werde dich so vermissen, wenn wir wegziehen!!! Danke,
dass du mich bei Vier gewinnt manchmal hast gewinnen
lassen, 😄 und für die Schildkrötenzeichnungen. Ohne sie
wäre ich in Geschichte bei Mr Clarks mit seinen öden Do-
kumentarfilmen eingeschlafen (ich verstehe immer noch
nicht, wie du so ~~ohrdentlich~~ ordentlich schreiben kannst).
Ich bewahre die Zeichnungen auf, bis du eine berühmte
Künstlerin bist. Aber auch dann werde ich sie nicht verkaufen, keine Sorge. Ich freu mich schon auf die Zeit mit
dir im Sommer!
Viele Grüße
Brian

8. Klasse (kein Jahrbuch)
»Diese Jahrbücher sind zu teuer und Geldverschwendung.
Nächstes Jahr kannst du eins haben.« (Ma)

9. Klasse
Schönen Sommer dir!
Brian

10. & 11. Klasse
Siehe 8. Klasse

12. Klasse
Wir werden sehen.

Um der alten Zeiten willen

»Entschuldige, wenn ich dich erschreckt habe.« Brian hat dieses spitzbübische Funkeln in den Augen, genau wie früher, wenn er mir Geschichten von der Hexe Rooney erzählt hat, die im Wald hinter unserem Wohnblock lebte. In Wirklichkeit war es die Maschinenbauingeneurin mit den Tarotkarten aus Nummer 109.

»Ich komme in Frieden. Ich möchte dir eine wichtige Frage stellen« – er zeigt auf den Klebezettel mit der Aufschrift WINTERBALL? –, »und zwar mithilfe des Zettels, den du mir heute Morgen gegeben hast.«

»D-du meinst …«

»Ich wollte dich fragen, ob du mich morgen Abend zum Winterball begleiten würdest.« Bei *begleiten* wird seine Stimme tiefer, als wäre er der Gouverneur, der mich zu einer Gala einlädt. Er hat sich immer schon gewählt ausgedrückt – er sagt *sehr gut* statt *okay* und *könnte ich* statt *kann ich*.

Ich hole Luft. Das passiert wirklich. Es ist keine Übung.

»Ich weiß, es ist sehr kurzfristig. Es ist nämlich so, meine Freundin und ich haben uns gestern Abend getrennt.«

Darauf sage ich nichts, denn ich weiß ja schon alles über Polaroid-Riley. Sie geht auf eine andere Schule, ist so eine Art Volleyball-Star und hat letzten Monat einen kleinen Hund bekommen. Einen Border Collie, glaube ich. Ich hab durch Tausende Fotos von ihr gescrollt.

»Ich möchte den Ball nicht verpassen und ich möchte auch nicht allein gehen. Alle, die ich kenne, haben schon jemanden, und Kevin hat gesagt, dass du bis jetzt noch niemanden hast. Er meinte, ich soll dich lieber nicht so direkt fragen, und da ist mir das mit dem Klebezettel eingefallen.« Er lächelt mich an und ich gucke weg, damit ich nicht auf der Stelle dahinschmelze. Der Brian von damals hat oft gelächelt, aber Brian 2.0 ist anders. Ein Lächeln von ihm ist so selten wie Pancakes in der Mensa. Und ich hab mir gerade sogar ein Lächeln mit Zähnen verdient. »Und? Was sagst du, Aish?«

Aish. Mein Spitzname, wie er ihn mit seiner tiefen, butterweichen Stimme ausspricht.

Er verschränkt die Arme vor der Brust und die Ehrennadel ersten Ranges auf seinem Pulli glitzert. »Kein Stress.«

AishAishAishAish …

»Ich hab mir gedacht, wir könnten um der alten Zeiten willen zusammen hingehen.« Er sieht mich an.

Weiß er nicht mehr, wie es geendet hat, damals in den *alten Zeiten*?

Eine Woche nachdem die siebte Klasse vorbei war, zog Brian aus unserem Wohnblock in Coral Tree aus. Wie so oft saßen wir im Kofferraum vom alten Kombi meines Vaters, bewunderten den Sonnenuntergang und ließen die Beine über die Stoßstange baumeln. Das Orange des Himmels verblasste zu Rosa und Lila, und meine Wangen waren tränennass. Normalerweise war es mir unangenehm, vor anderen zu weinen, aber nicht vor Brian.

»Du kommst trotzdem noch vorbei, oder?«, fragte ich ihn.

Er nickte, und ein paar Strähnen seiner glatten Haare hoben sich im Wind. »Na klar.«

»Wen frage ich jetzt, wenn ich ein Kettenproblem habe?«

Meine Halsketten verhedderten sich regelmäßig so sehr, dass sie einen einzigen Klumpen bildeten. Bis Brian mit einer Sicherheitsnadel rüberkam und sie auf magische Weise auseinanderfriemelte.

»Vielleicht könntest du sie einfach nicht mehr in deine Nachttischschublade schmeißen. Nur so als Idee.«

»Das wird stinklangweilig ohne dich.« Vor lauter Anstrengung, nicht noch heftiger zu weinen, brach meine Stimme.

»Vielleicht ist eine Veränderung gar nicht so übel. Unser neues Haus ist viel größer, da haben wir dann mehr Platz, um ...«

»Es darf sich nichts ändern. Wir bleiben beste Freunde.«

Ich sagte es so, als wäre ich mir da todsicher, aber ich wusste schon, dass es nicht stimmte. Ich spürte, wie Brian zu jemand Neuem wurde, zu jemandem, der anders sein wollte. Brians Comic-Hefte und das Bruce-Lee-Poster wanderten in den Müll anstatt in die Kiste mit wichtigen Dingen. Seine eckige Brille war gegen eine hippe runde ausgetauscht worden, und er lief neuerdings an dem Teich in der Nähe unserer Wohnanlage vorbei, ohne nach Kaulquappen Ausschau zu halten. Ich hoffte, er würde mich am Ende doch in die Kiste mit den wichtigen Dingen packen, aber das tat er nicht. Nachdem er weggezogen war, sagte er immer, er hätte keine Zeit, sich zu verabreden. Nach drei Wochen kapierte ich, aber ich wollte es nicht glauben.

An einem glühend heißen Augustmorgen fuhr ich mit dem Rad zu seinem neuen Haus in der Hoffnung, unsere zerbröselnde Freundschaft retten zu können. Als er die Tür aufmachte, erkannte ich ihn kaum.

Sein glatter Haarschopf hatte sich in eine Kurzhaarfrisur mit Taper Fade verwandelt. Statt T-Shirt mit Aufdruck trug er ein Poloshirt mit einem Logo, das mir nichts sagte. Es war erschütternd, so wie damals, als ich meine alte Grundschule besucht hatte und feststellen musste, dass die Leseecke der Bücherei einem Computerraum gewichen war. Brian sah mich auch ganz anders an – als wäre ich eine Motte, die sich in sein Haus verirrt hätte, während ich darüber scherzte, wie viele Zimmer das neue Haus hatte.

»Da braucht man ja ein Skateboard, um vom einen Ende zum anderen zu gelangen.«

Er zuckte die Schultern. »Ja, es ist ziemlich groß, aber meine Mutter hat ständig Angst, dass ich irgendwas kaputt mache, ich darf kaum etwas anfassen.«

Zu der Zeit war Mrs Wu darauf fixiert, dass Brian abspeckte und sich ordentlich benahm, die letzten beiden Schritte in ihrem Fünf-Schritte-Programm zu einem perfekten Sohn. Während meines Besuchs tat Brian alles, um die Brücke, die ich zwischen uns errichten wollte, direkt wieder einzureißen. Als ich seine Spieluhr zum fünften Mal aufzog, seufzte er, und als ich ihn nach seiner neuen Schule fragte, wandte er den Blick ab. Schließlich nahm ich allen Mut zusammen und fragte ihn, was los sei.

»Ich hab das Gefühl, ich bin aus den Sachen, die wir zusammen gemacht haben, einfach rausgewachsen«, sagte er, und mein Herz brach entzwei.

Das war das.

Ich fragte ihn nie wieder, ob wir uns treffen wollten, und er mich auch nicht. Wir liefen uns nicht mehr über den Weg bis zur Neunten, als wir beide auf die Arledge Prep kamen. Auch da erkannte ich den lauten Comic-Fan von früher nicht mehr wieder – den Jungen, der seinen Eisbecher immer mit Schlagsahne und einem zusätzlichen gestreiften Strohhalm bestellte. Er hatte jetzt etwas Glattes an sich, als hätte jemand mit einem Messer die Schlagsahne abgenommen.

»Ähm …« Ich räuspere mich und gucke wieder auf meine Schuhe. Ich habe Angst, dass er, wenn ich ihn anschaue, eine Leuchtreklame sieht, die meine Geheimnisse verrät. Zum Beispiel, dass ich ihn mehr als einmal in mein Skizzenbuch gezeichnet habe. Dass ich unsere gemeinsame Zeit immer wieder im Kopf abspiele. Dass ich mir zum Geburtstag gewünscht habe, wir hätten alle Kurse zusammen.

Brian stellt sich vor meinen Spind und verdeckt den WINTERBALL?-Zettel. »Ich wollte dich nicht ... Ich meine, wenn es dir unangenehm ist ...«

»Ich ... Ja!«, platze ich heraus und schaue ihm in die Augen. Sie haben sich nicht verändert. Es sind dieselben dunklen Augen des Jungen, der Kartentricks konnte, Steinchen über den Clinton River hüpfen ließ und mir Ahorn-Nasen ins Haar klebte.

»Ah.« Seine gerunzelte Stirn glättet sich. »Sicher?«

»Ganz sicher«, sage ich und nicke heftig zum Zeichen, wie sicher ich mir bin.

Ich fühle mich wie eine neue Frau, so wie damals, als ich stundenlang gebadet und eine ganze Seite in mein Bullet Journal der guten Vorsätze geschrieben habe. So etwas passiert Menschen wie mir nicht, den Komparsen. Anscheinend hat das Schicksal mich zur Hauptdarstellerin erkoren, es schubst mich durch ein Wurmloch in ein Paralleluniversum, wo sich das Jahrbuch meines Lebens endlich füllen könnte: mein erster Winterball mit dem ersten und einzigen Jungen, den ich je richtig mochte, mein erster Engtanz, mein erstes Blumenarmband, mein erstes Date ...

Könnten Brian Wu und ich am Ende doch in einem Muster wechselseitiger Beeinflussung landen?

Klavier-Duell

✓ Zum Winterball gehen

Ich sitze im weißen Paillettenkleid auf dem Fußboden meines Zimmers im Schneidersitz und wackele mit dem rechten Bein, um die Nervosität zu vertreiben. Meine Schwester Seema kniet vor mir auf dem Boden und begutachtet den frischen Pickel an meinem Kinn. Kinnpickel heißen bei mir Kickel. Dieser hier sieht aus wie der Vesuv 79 v. Chr., kurz vor dem Ausbruch. Im Gegensatz zu mir hat Seema lange glatte Haare und zarte, makellose Haut. Sie hat die Gene unserer Mutter geerbt. Deshalb habe ich ihr als kleines Kind fast geglaubt, als sie mir erzählte, sie hätten mich im Müll gefunden.

»Ich fasse es nicht, dass du mich dafür herbestellst. So schlimm ist es doch gar nicht.« Sie gibt einen Zehn-Cent-Stück-großen Klecks von ihrer eingetrockneten Grundierung auf mein Kinn, doch in dem Kampf Vulkan gegen Grundierung gewinnt immer der Vulkan. »So wie damals, als Ma und Pa in Indien waren und du mich herbestellt hast, damit ich eine Spinne in deinem Zimmer töte.«

»Was kann ich dafür, dass dein College gleich um die Ecke ist? Außerdem wollte ich die Spinne selbst einsaugen, aber dann hab ich mir vorgestellt, sie könnte entkommen und überall in meinem Zimmer ihre Eier ablegen.«

»Denk mal nach, Aish. Ist die Spinne in deinem Zimmer oder bist du im Zimmer der Spinne?«

Ich verdrehe die Augen.

»Kleiner Vorgeschmack auf den Hippie-Batik-Kristall-Quatsch, der dich in Kalifornien erwartet.« Sie betrachtet mein Kinn mit kritischem Blick. »Okay, meine Grundierung ist ein bisschen hell für deine Haut, aber immerhin ist der Kickel bedeckt.«

»Hast du es echt hingekriegt?«

»Du guckst mich so an, als wäre ich eine Tierärztin, die gerade deinen kranken Hamster gerettet hat. Ich hab nur ein bisschen Grundierung auf deinen Pickel geklatscht, Mann.«

»DankedankeDANKE.«

Ist euch schon mal aufgefallen, dass Lottokönige immer nur interviewt werden, wenn sie gerade den Jackpot geknackt haben? Niemand befragt sie am Tag zwei, wenn sie schluchzend unterm Tisch hocken, weil sie merken, dass die Verantwortung für so eine Riesensumme sie gnadenlos überfordert.

Heute ist mein Tag zwei.

»Ja, schon gut. Und übrigens ist es so was von auffällig, dass du heute mit einem Jungen zum Ball gehst, aber ich will gar nichts wissen. Sonst macht Ma mich noch dafür verantwortlich.«

Es ist sowieso jedes Mal ein echter Kraftakt, Ma zu überreden, dass ich zum Schulball darf. Ich muss immer genau erklären, wie es da abgeht: wie alle umgeben von handgemalten Blättern, Blumen oder Schneeflocken (je nach Jahreszeit) zur Musik abzappeln und dass Aufsichtspersonen die ganze Zeit darüber wachen, dass sich bloß niemand »unschicklich« benimmt. Seema hat mal wieder ein gutes Wort für mich eingelegt, und schließlich hat unsere Mutter es erlaubt, aber niemals dürfte ich mit einem Jungen hingehen. Nicht mal mit dem Goldjungen Brian.

Meine Eltern sind wirklich lieb – wenn man krank ist, machen sie sich verrückt und legen einem ständig die Hand auf die Stirn (sehr wissenschaftliche Methode), und wenn man mit dem Rad nur eine Runde um den Block dreht, bestehen sie darauf, dass man Knie- und Ellbogenschützer trägt. Sie sind unter ständiger Anspannung, als könnte sich jeden Moment mitten in unserer Straße ein Strudel auftun und Seema und mich in die Tiefe ziehen. Wenn ich bei Marcy bin und erlebe, wie locker ihre Mutter ist, frage ich mich manchmal, wie mein Leben wäre, wenn meine Eltern mir mehr Raum lassen würden. So viel Raum wie in Marcys Garten.

Ich werde rot.

»Kann schon sein, dass ich mit einem Jungen gehe, aber der Ball ist auch, ähm, eine Recherche für meinen Stanford-Essay. Schildern Sie eine Situation, in der Sie ...«

»Ihre Komfortzone verlassen haben. Wir wissen es alle. Hättest du die Spinne damals selbst getötet, hättest du vielleicht schon eine Geschichte für deinen Essay.« Sie schraubt die Tube mit der Grundierung zu und hilft mir hoch. »Warum hast du so rote Augen? Erzähl mir jetzt nicht, dass du über deinen Pickel geheult hast.«

»Hätte sein können, aber nein. Meine Kontaktlinsen scheuern.«

Vielleicht weil ich die Augen letzte Nacht maximal sieben Minuten zugemacht habe. Ich hab mir die ganze Nacht das Hirn darüber zermartert, worüber ich mich auf dem Ball mit Brian unterhalten könnte. Variationen von *Wie läuft es so in der Schülervertretung?* oder *Die Gespräche mit dir haben mir die ganze Zeit gefehlt* oder *Hier Insider einfügen*. Dazu eine Stunde Recherche über Engtanz und eine weitere halbe Stunde Probelauf in Seemas zehn Zentimeter hohen Pumps, die ich aus ihrem Schrank stibitzt habe. Ich kann den Abend ja nicht einfach dem Zufall überlassen.

»Du hättest einfach deine Brille aufsetzen sollen. Kontaktlinsen trocknen die Hornhaut aus.« Sie seufzt und klopft mir den Staub vom Kleid, als ich aufstehe. »Aber auf mich hörst du ja sowieso nicht. Jetzt ab mit dir. Pa wartet draußen.«

»Keine Sorge, ich hab alles im Griff«, sage ich, während ich mein Zimmer weiter nach dem Rosen-Anstecksträußchen absuche, das ich gestern nach der Schule für Brian gekauft habe.

Als ich die Rose endlich finde und hinausstürme, hat mein Vater schon das Auto vom Eis befreit und beobachtet vom Fahrersitz aus, wie ich auf Seemas Schuhen auf ihn zustöckele.

Ich setze mich auf den Beifahrersitz und er legt mir liebevoll eine Hand auf den Kopf. »*Tum kab itni badi hogayi?*« Wann bist du so erwachsen geworden?

So erwachsen dann doch nicht, denn ich fange sofort an, zu »Jingle Bell Rock« herumzuwippen. Wir haben erst Ende November, aber auf 100,3 FM laufen jedes Jahr zuverlässig ab dem ersten November Weihnachtslieder. Seema sagt, sie fangen so früh an, um die Kauflust anzukurbeln.

Während wir zu Marcy fahren, dreht mein Vater das Radio immer wieder leiser, um auf Häuser zu zeigen, die mit Lichterketten und aufblasbaren Rentieren verziert sind.

Wir halten vor Marcys Haus, und während ich darauf warte, dass sie rauskommt, betrachte ich die schneebedeckten Kiefern. Ich habe es mir abgewöhnt, die gepflasterte Einfahrt anzuschauen, die sorgfältig gestutzten Sträucher, den sicher umzäunten Garten. Wenn ich zu lange hinsehe, fange ich an, unsere kleine Wohnung mit alldem zu vergleichen.

Die Autotür geht auf und Marcy setzt sich auf die Rückbank.

»Hallo, Mr Agarwal!« Sie trägt ein rotes, bodenlanges Kleid mit eckigem Ausschnitt, die Haare fallen ihr in sanften Wellen um das Gesicht.

»Wow, echt schick«, sage ich und recke die Arme hoch

wie in der Achterbahn. Als sie sich vorbeugt, um mich abzuklatschen, nickt mein Vater mir zu. »Setz du dich lieber auch nach hinten. Nicht, dass ihr euch noch die Arme brecht.« Guter alter Pa. Es ist schön, dass er mich an manchen Abenden einfach mal lässt. Er weiß natürlich, dass meine Mutter mir schon so viele Fragen gestellt hat, dass es gut und gerne für zehn Bälle gereicht hätte. Unsere Gurte klicken, er stellt den Rückspiegel ein und fährt die verschneite Straße entlang.

»Du siehst superhübsch aus«, sagt Marcy, was meine Kickelsorgen ein wenig beruhigt. »Und vielen Dank fürs Mitnehmen. Mit diesen Absätzen wär es kein Spaß zu fahren, und Kevin musste früher los, weil er seine Oma zum Konservatorium bringen muss. Sie probt da samstagabends immer mit ihrer Band.« Sie senkt die Stimme. »Wieso hat Brian dich nicht abgeholt?«

Ich presse die Lippen zusammen und schaue zu meinem Vater. Die Radiowerbung scheint laut genug zu sein, also flüstere ich zurück: »Meine Eltern würden ausflippen, wenn sie wüssten, dass ich mit einem Jungen zum Ball gehe, deshalb hab ich Brian gesagt, wir treffen uns dort.«

»Ist er schon da?«

»Ich hab ihm geschrieben und gefragt, ob er unterwegs ist, aber er hat noch nicht geantwortet.«

Je öfter ich auf mein Handy schaue, desto mehr frage ich mich, ob Brian wohl bereut, dass er mich eingeladen hat. Er muss schon ganz schön verzweifelt sein, um unter den Blicken seiner tollen, beliebten Freunde mit mir beim Ball aufzutauchen. Das ist so, als würde man Hummer mit Käsecrackern servieren.

Die Käsecracker, das bin ich.

»Ich kann immer noch nicht glauben, dass er dich zum Winterball eingeladen hat, nachdem ich zehn Minuten vorher noch Witze darüber gemacht hab ...« Sie zieht an ihrem Gurt und beugt sich näher zu mir herüber. »Das kam ja völlig aus heiterem Himmel. Du hattest doch außerhalb der Schule noch nie mit ihm zu tun, oder?«

Bisher ist Brian für mich einfach nur unerreichbar gewesen, als hätte ich eine peinliche Pappfigur von irgendeinem Star in meinem Zimmer, aber jetzt, wo er mich zum Winterball eingeladen hat, kann ich es Marcy endlich erzählen. Jetzt, wo ich ihn sozusagen endlich aus der Nähe bewundern darf.

»Doch, schon. Bis zur Achten.« Ich beiße mir auf die Lippe. »Da waren wir ... gut befreundet.«

Sie sieht mich ungläubig an. »Nicht dein Ernst.«

Ich nicke.

»Wieso hast du das nie erz...«

»Schscht.« Ich lege den Finger auf die Lippen und schaue zu meinem Vater, aber er summt immer noch Weihnachtslieder. »Ja, ich weiß. Aber, na ja, er hat mich damals total fallen gelassen, und darüber wollte ich nicht gern sprechen. Außerdem kam ich mir blöd vor, ihn immer noch zu mögen.«

»Die Hälfte aller Mädchen mag ihn.« Sie schaut aus dem Fenster. »Jetzt wird mir einiges klar. Bei der Vorlesekette im Literaturkurs nimmst du immer ihn dran, und du erwähnst ihn auffallend oft. Ich fasse es nur nicht, dass du mir das nie erzählt hast.«

»Hey, ich nehme ihn dran, weil er einer der wenigen ist, die kein Problem mit Vorlesen haben. Und ich rede über ihn, weil er mein Konkurrent als Jahrgangsbester ist, falls du dich erinnerst.«

»Wie könnte ich das vergessen, so oft, wie du davon redest.« Sie blinzelt die ganze Zeit, und das heißt, dass sie allmählich sauer wird.

Ich rutsche näher zu ihr heran. »Es tut mir echt leid, Marcy. Ich hätte es dir erzählen sollen.«

Sie starrt weiter aus dem Fenster. »*Tut mir leid* reicht nicht.

Dafür schuldest du mir einen Brownie-Eisbecher, bei dem du mir alles haarklein erzählst.«

Ich wusste, dass sie so etwas sagen würde. Marcy will immer Bescheid wissen. Ob es um einen Artikel im Antilopen-Anzeiger geht oder um sie persönlich, sie erträgt es nicht, wenn jemand Fakten unter den Tisch fallen lässt.

Wir halten vor dem Konservatorium. Ich erkenne ein paar aus unserer Schule, wie sie Arm in Arm die Treppe hochgehen.

»Was für ein Emoji kriege ich heute?«, fragt mein Vater lächelnd, als wir aussteigen.

Wenn ich unterwegs bin, muss ich meinen Eltern alle paar Stunden eine Nachricht schicken, damit sie wissen, dass alles okay ist. Anstatt jedes Mal »Ich lebe« zu schreiben, schicke ich ihnen regelmäßig ein Emoji. Letzte Woche war es zu Ehren von Thanksgiving ein Truthahn.

»Tanzende Frau in Rot?«

Er hebt den Daumen. »Viel Spaß, ihr zwei! Ruft an, wenn ihr mich braucht, ich bleibe in der Nähe.«

Das bedeutet, dass er zu Costco fährt, um billig zu tanken und die belgischen Kekse zu kaufen, die er so gern in seinen Chai stippt. Für meinen Vater ist Costco so was wie die Kronjuwelen von Amerika.

Wir winken ihm zum Abschied. Meine Hände gefrieren zu Eis, aber ich bleibe trotzdem stehen, um die Backsteinfassade des Konservatoriums zu bewundern, bevor ich die Treppe hochgehe. Die in Form geschnittenen Sträucher entlang des Geländers erinnern mich an Radiergummis brandneuer Bleistifte. Links und rechts vom Gebäude erheben sich Bäume wie Buchstützen, und von dem kegelförmigen Dach hängen warme Lichter herab. Es sieht schön aus, aber es ist keine hundert Dollar pro Ticket wert. Ich war erleichtert, dass Brian meins besorgt hat, denn für die vier Antilopen-Dollar auf meinem

Konto würden wir gerade mal einen kleinen Orangensaft aus der Packung bekommen.

Sobald Marcy die Eingangstür öffnet, hören wir die Menge grölen. Schneeflocken aus Papier hängen von der Decke herab und im Eingangsbereich gibt es einen mit roten und grünen Lichtern verzierten Pappschneemann, einen schneemäßig glitzernden Teppichläufer, einen Fotoautomaten, einen Tisch mit Erfrischungen und einen Kakaostand, über dem ein Schild mit der Aufschrift *Cho-Co-Co* hängt. Auf der Tanzfläche hüpfen schon viele zu Weihnachtshits herum.

»Ich such mal die Toilette«, ruft Marcy mir über die Musik hinweg zu und reicht unsere Tickets einem helfenden Vater an der Tür. Marcy schüttet immer zur Unzeit gewaltige Mengen Flüssigkeit in sich hinein. Letztes Jahr auf dem Ausflug zum Freizeitpark mit dem Physikkurs hat sie gleich zu Beginn der vierstündigen Busfahrt zwei Cola getrunken.

»Ich warte hier!«, rufe ich, winde mich aus meinem Mantel und lege ihn mir über den Arm. Normalerweise würde ich Marcy begleiten, aber auf diesen Absätzen läuft man wie mit Schneeschuhen. Kaum ist sie weg, schaue ich auf mein Handy. Immer noch keine Nachricht von Brian.

»Hey! Agarwal!«

Es gibt nur einen Menschen auf der Schule, der mich mit Nachnamen anredet. Und da entdecke ich am Getränketisch auch schon einen wild winkenden Kevin. Er sieht aus, als wollte er ein Taxi anhalten. Ich muss zugeben, dass sein Smoking todschick ist, und sein breites Lächeln ist wie immer sehr charmant. Während ich zurückwinke und zu ihm gehe, erkenne ich weitere bekannte Gesichter: meinen Chemielaborpartner Alexander und Lily, Sprecherin der Häkel-AG. Neben ihrem trägerlosen Samtkleid mit Cutouts kommt mir mein langärmliges, hochgeschlossenes Kleid auf einmal unscheinbar und kindlich vor.

»Tausend Dank, dass du Marcy mitgenommen hast. Meine Oma hat heute Abend Probe in einem der schalldichten Räume oben, deshalb bin ich früher gefahren und hab sie hergebracht.«

»Na klar.« Ich schaue hoch zu den Schneeflocken, die von der Decke hängen, und Kevin folgt meinem Blick.

»Die Deko gefällt dir, was?«

»Ich … bin im Deko-Team«, sage ich in dem gleichen traurigen Ton, in dem ich für gewöhnlich erkläre, dass ich kein Gluten vertrage. Die Schülervertretung hatte es als verantwortungsvollen Job angepriesen, aber im Grunde war ich einfach nur Schneeflockenzeichnerin Numero 6.

»Ich auch! Ich hab die Pappe für den Schneemann ausgeschnitten.«

War ja klar. Garantiert backt er auch Muffins für die Mensa und mäht eigenhändig den Fußballplatz.

»Hi, Aisha«, sagt Alexander mit einem läppischen Winken, und ich stecke mein Handy ein. Marcy hat es gut ausgedrückt – mit seinen dicken sandfarbenen Haaren und den knallblauen Augen hat er das Zeug zum typischen Abercrombie-Kassierer. Schade nur, dass er meinen Namen immer Ey-scha ausspricht. Es heißt Ei-scha, aber nachdem ich ihn ein paarmal vergeblich korrigiert habe, hab ich es aufgegeben. Wenn die Chemiestunde dadurch auch nur eine Minute schneller rumgeht, soll es von mir aus Ey-scha sein. »Ich hab meine Hälfte vom Chromatografiebericht fertig. Ich schick ihn dir morgen zu.«

»Danke«, sage ich, obwohl wir beide wissen, dass ich ihn komplett neu schreiben werde. In der Neunten wurden Alexander und ich einander als Laborpartner zugeteilt. Dieses Jahr hat er mich gefragt, ob wir wieder zusammenarbeiten können, und ich dachte: Mit einem Fischstäbchen wäre ich besser dran.

Ich sagte Ja.

Während ich mir ein Glas Orangensaft nehme, um etwas zu tun zu haben, halte ich am Eingang nach Brian Ausschau. Ich hätte gedacht, Kevin würde mal nach seinem Schneemann gucken gehen oder so, aber er bleibt an meiner Seite und knabbert einen Schneeflockenkeks.

»Und«, setzt Kevin an und knuspert einen weiteren Kristall der Schneeflocke ab. »Dann ist Brian heute Abend also dein Date, was? Er hat es mir gestern beim Basketball-Training erzählt. Hat mich gefreut, dass er dich gefragt hat.«

Mein Blick huscht vom Eingang zu ihm. »Echt?«

»Du bist Marcys beste Freundin, also bist du zertifiziert. Und schlimmer als seine Ex kann sowieso keine sein. Riley war schon ziemlich toxisch. Einen Freund zu haben ist für sie, als würde sie in einen Build-A-Bear-Shop gehen.« Er sieht wohl, dass ich nicht kapiere, was er meint, und erklärt: »Diese Läden, wo man sich seinen eigenen Teddy gestalten kann. Sie hat ihm die ganze Zeit erzählt, was für Klamotten ihm besser stehen würden, wie er sich die Haare schneiden lassen soll und so weiter.«

Jetzt verstehe ich, was er meint. In indischen Familien gibt es diese selbst gestalteten Teddybären nicht. Meine Mutter hat dazu mal gesagt: »Das wär ja so, als würde man ins Restaurant gehen und dafür bezahlen, dass man sich in die Küche stellt und sein eigenes Naan backt!«

»Sie hat ihm sogar gesagt, er soll statt der Brille doch lieber Kontaktlinsen tragen«, sagt Kevin.

Ich versuche mir vorzustellen, dass jemand an Brian herummodeln will. Ich würde ihm nie sagen, was er anziehen soll. Ich würde ihm sagen, dass er alles tragen kann.

Oder auch nichts.

»Kontaktlinsen trocknen die Hornhaut aus«, sage ich schließlich. Zitat Seema. »Und du und Marcy, wie kam das?

Als ich euch das letzte Mal zusammen gesehen hab, habt ihr euch die ganze Zeit angefaucht.«

»Der Redaktionsschluss bringt das Schlimmste in uns allen hervor, das weißt du bestimmt. Du warst ja auch ein paar Monate dabei.«

Bei der Schülerzeitung haben Marcy und ich uns kennengelernt. Sie hatte zu allem etwas zu sagen, zum Beispiel fand sie, dass es auf den Schultoiletten Tampons und Binden umsonst geben sollte, während ich nur stumm dabeisaß und Skittles aus dem Automaten gefuttert habe. Aber als wir zusammen einen Artikel geschrieben haben, stellten wir fest, dass wir mehr gemeinsam haben, als wir dachten. Ich half ihr, sich besser im Zaum zu halten, sie half mir, mich an schwierigere Themen zu wagen. In der Zehnten fing sie an Tagebuch zu schreiben und outete sich als bi, während ich mich hauptsächlich auf dem Sofa lümmelte und herausfand, dass Zitronen-Skittles am ekligsten sind. Man kann sagen, wir haben uns beide entwickelt. Und auch wenn wir nicht immer einer Meinung sind, verstehen wir einander. Sie weiß, dass ich Alexanders Teil der Laborberichte neu schreibe, und ich weiß, dass sie sich mit Alexander hinsetzen und ihn jeden seiner Fehler selbst korrigieren lassen würde, aber wir versuchen einander nicht zu verändern.

»Moment!« Kevin schnippt mit den Fingern. Ich weiß nicht, woher er die Energie für dieses ganze Gewinke, Gerufe und Geschnippe nimmt. »Ich erinnere mich an einen Artikel von dir! Du hast mal einen Monat lang eine Social-Media-Pause gemacht, stimmt's?«

Ja, das war ein erstaunlicher Monat. Wer hätte gedacht, dass man auch leben kann, ohne durch sämtliche Fotos von Kuchen futternden Arledge-Schülern auf Orvilles Kürbisfeld zu scrollen und die unterschiedlichen Perspektiven zu bewundern?

»Du solltest mal einen Gastbeitrag für uns schreiben. Wir brauchen frischen Wind. Wir dachten auch an einen neuen Cartoon. Marce hat mir erzählt, du zeichnest Cartoons über eine Schildkröte und einen Hai, die Freunde werden und Abent...«

Meine Handtasche vibriert und ich zucke zusammen.

Brian?

Taschenspiegel. Portemonnaie. Sofortbildkamera. Klebezettelblock. Schließlich spuckt das Taschenmonster mein Telefon aus, und ich sehe, dass ich eine Nachricht von Marcy habe.

Eyeliner-Notfall, Hilfe!!! Klo im ersten Stock rechts.

Ich gebe Kevin ein Zeichen, dass ich gleich wiederkomme, auch wenn ich nicht weiß, ob man gerade mich für einen Eyeliner-Notfall zu Hilfe rufen sollte.

Ich stampfe die Treppe in den ersten Stock des Konservatoriums hoch und höre undeutlich Jazz-Musik aus dem Übungsraum gegenüber der Damentoilette. Die Tür des Raums ist zu, und ich spähe durch das quadratische Fenster.

Eine Band.

Ich sehe Schlagzeug, einen Bass, Saxofon, Gitarre und Klarinette. Alle Musiker sind Schwarz, und es ist nur eine Frau dabei. Sie trägt ein knielanges weißes Kleid und lila Pumps, die Lippen kirschrot angemalt, die Augen geschlossen. Sie wirkt älter als die anderen, doch sie spielt mit mehr Energie als alle zusammen. Ihre Hände tanzen über die Klarinette, und so, wie ihr ganzer Körper mitschwingt, erinnert sie mich an ein Gänseblümchen, das sich im Wind wiegt. Sie sieht aus, als wäre sie nicht mehr hier auf dieser Welt, sondern irgendwo in Sicherheit.

»Das ist Kevins Oma«, verkündet Marcy. Erschrocken fahre ich herum. »Und falls es dich interessiert, musikalisches

Talent ist nicht erblich. Du müsstest mal Kevin auf dem Schlagzeug hören.«

Anscheinend verbringen sie viel Zeit miteinander, wenn Marcy ihn schon hat spielen sehen. Ich war im letzten Jahr nur bei einem einzigen Jungen zu Hause, bei Alexander, und das auch nur, weil ich mein Chemiebuch wiederhaben wollte, das er aus Versehen eingesteckt hatte.

»Ich bin neidisch«, murmele ich bei der Vorstellung, wie Marcy und Kevin auf dem Wollteppich in ihrem Zimmer liegen, kichern und zusammen Hausaufgaben machen.

»Hä?«

Sofort habe ich ein schlechtes Gewissen. Ich müsste mich für Marcy und ihre aufkeimende Liebesgeschichte freuen. Ich räuspere mich und zeige auf Kevins Oma, die bei einer schnelleren Passage ihre Klarinette in die Luft stößt. »Ich meine, ich beneide sie. Ich frage mich, wie es wohl ist, wenn man etwas so gern macht. Und dann noch vor anderen. Sie hätte garantiert reichlich Geschichten für meinen Stanford-Essay auf Lager.«

Marcy schüttelt den Kopf. »Heute reden wir mal nicht über Stanford. Du bist gekommen, um bis zum Umfallen mit Brian zu tanzen und Pizza zu essen ... na ja, glutenfreie Pizza.«

Ich lache. »Danke für die Präzisierung. Und dein Eyeliner sieht super aus.«

»Echt?« Sie streicht sich über die Haare. »Ich war mir nicht sicher, ob da noch was verschmiert ist.«

Ich habe bisher noch nie erlebt, dass Marcy sich Gedanken über ihr Aussehen macht. Die Eyeliner-Sorge zeigt, dass ihr wirklich etwas an Kevin liegt. Bis jetzt war ich mir nicht sicher, ob sie nicht nur das Reise-nach-Jerusalem-Syndrom hat, wie Seema es nennt, bei dem sich Paare zusammenfinden, weil der Abschlussball naht und der Highschool-Song bald gestoppt wird. Aber das hier wirkt echt, und jetzt kann ich nur noch daran denken, dass ich nicht allein dastehen will, wenn der Song aufhört.

»Alles perfekt«, versichere ich ihr. »Jetzt komm, dein Loverboy wartet schon.«

Wir gehen die knarrende Holztreppe hinunter. Mein Blick fällt auf ein gerahmtes altes Poster von einem Klavier-Duell-Konzert 1942. Zwei Klaviere im Duell schmettern auch in meinem Kopf. Das eine spielt »Geh nach Haus, eh es zu spät ist«, das andere »Die Unterarme des Brian Wu«. Ich gucke auf mein Handy, seufze, lasse es kraftlos wieder in die Handtasche fallen.

»Keine Sorge, er kommt bestimmt bald«, murmelt Marcy und legt mir einen Arm um die Schultern. Doch in meinem Bauch bildet sich ein Angstklumpen. Brian kommt sonst immer früh oder zumindest pünktlich. Selbst als er in der Fünften einmal eine Lebensmittelvergiftung hatte, war er pünktlich zur Stelle, um für die Premiere unserer Aufführung von *Die Hexe und der Zauberer* zu proben.

Unten ist es jetzt so voll, dass die Aufsichtspersonen, darunter Ms Kavnick, über die Tanzfläche patrouillieren. Ich weiß nicht, woher sie die Energie nimmt, nach dem Unterricht noch auf so einer Veranstaltung zu helfen, aber sie behauptet, wenn sie Zeit ohne ihren Mann verbringt, hilft ihr das, ihn nicht umzubringen. Marcy und ich kämpfen uns durch die Menge zum Getränketisch, als mich jemand leicht an der Schulter berührt. Die Klaviere in meinem Kopf verstummen augenblicklich.

Brian?

Kevin. Er sieht Marcy an. Ich bin drauf und dran, sie zu ihm zu schubsen, damit er ihr ins Haar flüstern kann, wie schön sie aussieht, um sie gleich darauf zu seiner Pferdekutsche oder so zu entführen, doch da vibriert meine Handtasche zum gefühlt tausendsten Mal an diesem Abend.

BRIAN?

Brians Mutter.

Ich wusste gar nicht, dass ich ihre Nummer eingespeichert habe. Vermutlich aus den Kontakten meiner Mutter kopiert, als ich mein Handy neu hatte. Vielleicht hat sie Brian hergefahren und will fragen, welcher Eingang der richtige ist. Ich gehe sofort dran, halte mir ein Ohr zu und flitze zum Kakao-Stand, wo es etwas ruhiger ist.

»Hallo, Mrs Wu?«

»Aisha? Bist du das?« Die Stimme habe ich seit Jahren nicht gehört. Sie ist mir so vertraut, dass es tröstlich sein könnte, aber sie klingt panisch.

»Yep – ich meine, ja. Ist alles okay?«

»Aisha …« Ihre Stimme versagt. »Es tut mir so leid. Brian kann heute Abend nicht kommen.«

Im Stich gelassen

✓ Beim Winterball versetzt werden

Marcy sagt, weil ihre Eltern sich getrennt haben, als sie sieben war, riecht sie Hiobsbotschaften meilenweit gegen den Wind, aber nicht mal sie hat vorausgesehen, dass Brian heute krank werden würde.

Keiner kann was dafür, sage ich mir, er hat sich ja nicht mit Absicht erkältet, und seine Mutter würde mich nicht anlügen. Oder.

Oder war es so wie in dem Film *Eine wie keine*, wo der beliebte Zack Siler die Außenseiterin Laney Boggs nur wegen einer Wette zum Abschlussball einlädt? Oder hat Brian gemerkt, dass er seine Teddybär-Ex zu sehr vermisst? Oder ist er zu dem Schluss gekommen, dass er sich mit mir nicht blicken lassen kann?

Wir haben eine Erkältungswelle. Und es geht auf den Abschluss zu, deshalb waschen sich alle weniger als sonst und die Viren verbreiten sich extra schnell …

Tränen brennen in meinen Augen, aber ich kann unmöglich hier am Kakaostand weinen. Sowieso kann ich mich nur richtig ausheulen, wenn ich allein bin. Am besten wäre es jetzt, Marcy und Kevin zu suchen und ihnen zu erzählen, was passiert ist, aber schon der Gedanke an ihre mitleidigen Blicke macht mich krank.

Ich ziehe meinen Mantel über und stürze mich in die Schar singender und tanzender Leute. Ich bleibe extra ein paar Takte länger und lasse mich von der Lautstärke einhüllen wie von einer Rettungsdecke. Kaum bin ich durch die Menge durch, haste ich zum Hinterausgang. Noch nie war das rot leuchtende Exit-Schild so verlockend. Ohne mich umzudrehen, schlüpfe ich hinaus in die Nacht.

Bibbernd stehe ich in der Eiseskälte auf dem Parkplatz. Ich schaue immer wieder aufs Handy und hasse mich dafür. Immer noch kein Ton von Brian. Am liebsten würde ich meinem Vater schreiben und ihn bitten, dass er mich zu Costco mitnimmt, wo wir dann zusammen Gratis-Kostproben essen würden, aber ich schicke ihm eine tanzende Frau in Rot und stecke das Handy ganz tief in die Handtasche.

Nimm zwei Sachen wahr, die du sehen kannst, und eine, die du hören kannst.

Diesen Entspannungstrick hab ich von einem Plakat in der Praxis meines Zahnarztes. Ich schaue zu einer Straßenlaterne, die inmitten von glitzernden Weihnachtslichtern den Parkplatz beleuchtet, dann lausche ich auf die gedämpfte Musik vom Eingang her, deren Bass sich mit dem Summen der Straßenlaterne vermischt.

Der Trick wirkt nicht.

Die Tür geht quietschend auf und ich zucke zusammen. Ich denke schon, Marcy hat mich entdeckt, doch da sehe ich eine ältere Schwarze Frau herauskommen. Ich erkenne die kirschroten Lippen und das silbrige Haar.

Kevins Oma.

»Ah, hallo.« Sie lächelt mich an und zieht einen Instrumentenkoffer hinter sich her. Ihre Klarinette. »Was für ein schönes Kleid.« Sie streicht über den Rock ihres eigenen weißen Kleids, und so, wie es glänzt, wette ich, dass sie es von Hand wäscht. »Das ist eine besonders schöne Spitze. Sie erinnert mich an meine Hochzeit, das war … oh, ich sage lieber nicht, in welchem Jahr das war. Wenn ich es nur ausspreche, werde ich schon alt.«

»Danke«, krächze ich und versuche das Zähneklappern zu unterdrücken.

Vielleicht ist mein Kleid ihr altes Hochzeitskleid. Ich hab es schließlich im Secondhandladen ergattert.

»Mein Enkel hat mir erzählt, dass ihr heute einen besonderen Ball habt.« Sie strahlt, als ob sie sich an ihre eigene Zeit mit Glitzerkleidern und eisigen Abenden erinnert. »Es ist schön, so viele junge Leute im Konservatorium zu sehen.«

»Der Winterball.« Jetzt müsste ich erwähnen, dass ich Kevin kenne, aber ich sage nichts. Stattdessen zeige ich auf den schwarzen Koffer. »Ist das Ihr Instrument?«

»Ich spiele Klarinette in einer Jazzband. Wir treten überall in der Stadt auf, vor allem im Blue Llama. Heute Abend haben wir unser neues Weihnachtsprogramm geprobt, jede Menge Ella Fitzgerald.« Sie stützt sich mit einer Hand auf dem Koffer ab und spielt mit den Fingern der anderen Hand herum, als hätte sie gern eine Zigarette. »Dein Mantel ist nicht dick genug für den Schnee. Geh lieber wieder rein zur Party.«

»Ich fahre nach Hause«, lüge ich. »Ein Freund holt mich gleich ab.«

Mein Freund der Sensenmann, wenn ich zu lange hier draußen stehe und mir Frostbeulen hole.

»Ich warte auch auf jemanden, der mich abholt. Normalerweise fährt mein Enkel mich nach Hause, aber weil er heute auf dem Ball ist, hat ein guter Freund mir die Dienste seines Enkels angeboten.« Sie tippt sich aufs Handgelenk. »Siebzehn Minuten zu spät, und es werden immer mehr. Ich würde den Jungen ja anrufen, aber ich hab seine Nummer nicht. Mein Freund ist einer dieser schrulligen Typen, die glauben, die Regierung will uns mit Handys kontrollieren – Big Brother,

Überwachungskapitalismus und was noch alles. Er nimmt das mit dem Datenschutz so ernst, dass er sich einfach geweigert hat, eine Telefonnummer rauszurücken. Er hat behauptet, sein Prachtstück von Enkel wäre immer pünktlich.« Sie seufzt. »Ich will nicht behaupten, dass zu meiner Zeit alles besser war, aber früher, als mein Mann noch lebte, hat er mich immer genau zur vereinbarten Zeit abgeholt. Keine Minute später. Damals hatten alle einfach noch bessere Manieren.«

»Ich … ich weiß genau, was Sie meinen.« Zitternd ziehe ich den Mantel enger um meinen Körper. Normalerweise schütte ich mein Herz nicht den Omas meiner Mitschüler aus, aber ich kann der Versuchung nicht widerstehen, mein Leid mit ihr zu teilen. »Mein Date für den Winterball hat mich heute Abend versetzt.« Die Worte purzeln aus meinem Mund wie Tüten in einen Müllcontainer. Ich warte kurz ab, aber es kommt keine Reaktion, sodass ich reflexhaft einen kleinen Gluckser anhänge, nach dem Motto: Ha, echt witzig!

»Meine Güte. Dann wurden wir heute Abend beide von einem Jungen im Stich gelassen?«

Ich habe Todesangst, dass sie mir gleich ein verstaubtes Bonbon aus ihrer Handtasche anbietet oder so etwas. Da würde der Tränenausbruch nicht lange auf sich warten lassen, allen Umständen zum Trotz.

Sie schüttelt nur den Kopf. »Wenn man dich ansieht, wie hübsch du bist in dem Kleid. Da hat er was verpasst.«

Mit ziemlicher Sicherheit spielt Brian Wu gerade im Bett Tetris und verflucht die S-Blöcke. Für jemanden, der immer im Rampenlicht steht, ist es wahrscheinlich nicht weiter tragisch, wegen einer Erkältung mal einen Ball zu verpassen, während es für mich schon etwas Besonderes ist, ein Kleid zu tragen mit dem Gefühl, dass ich ganz nett aussehe.

»Ich geb's auf. Ich ruf mir ein Taxi.« Sie hievt ihr Instrument hoch. Ich sehe den Namen, der in goldener Tinte seitlich auf den Koffer geschrieben ist: Sophie. »Bleib nicht zu lange hier draußen stehen, sonst gefrierst du zu einem Eisklumpen.« Sophie will wieder ins Konservatorium gehen, als sie mitten im Schritt verharrt. »Darf ich dir noch einen kleinen Rat geben? Als Frau, die das Leben die meiste Zeit zu ernst genommen hat?«

»Oh.« Ich räuspere mich. »Ich meine, ja. Natürlich.«

»Wenn man als junges Mädchen versetzt wird, fühlt sich das an wie das Ende der Welt, aber vertrau mir. Jungs kommen und gehen wie Busse. Im Kern geht es immer um dich. Und wenn du dir die Zeit nimmst, dich wirklich kennenzulernen, Abenteuer erlebst und jedes Mal ein bisschen mehr wagst, als du dir eigentlich zutraust, verlieren kleine Probleme wie dieses ihre Bedeutung. Es gibt da dieses Sprichwort – das Glück ist mit den Mutigen.« Sie lächelt. »Versprichst du mir, daran zu denken?«

»Ich verspreche es.«

Sie zwinkert mir zu und dreht sich wieder um, und ihre kleine Gestalt huscht durch die Tür. Kaum ist sie weg, lassen meine Tränen den Schein der Straßenlaterne verschwimmen. Ich weiß nicht, wie ich in diesem Moment mutig sein soll. Nach Hause zu laufen, kommt mit den Folterinstrumenten an meinen Füßen nicht infrage. Wenn ich meine Eltern oder Seema anrufe, stellen sie Fragen – Fragen, die ich nicht beantworten will. Wenn ich Marcy und Kevin bitte, mich zu fahren, verderbe ich meiner besten Freundin den Winterball. Komisch, dass man so viele Leute kennen kann und es trotzdem nicht reicht.

In diesem Moment sehe ich ein Auto mit grellen Scheinwerfern so langsam über den Parkplatz schleichen, dass ich wahrscheinlich zu Fuß schneller wäre. Da kommt jemand eine Stunde zu spät zum Ball. Ich rechne damit, dass er parken will, aber er hält direkt vor mir am Bordstein und blendet das Fernlicht kurz auf. Erst denke ich schon, es ist Brian, der mit großem Tamtam doch noch kommt, aber seinen glänzenden Jeep Wrangler kenne ich aus der Schule. Das hier ist ein alter VW Jetta, praktisch ein Fossil. Als die Scheibe heruntergeht, rechne ich schon panisch mit einem schnauzbärtigen Entführer, aber da sehe ich das freundliche Gesicht eines frisch rasierten Jungen und bin beruhigt.

Er scheint etwa in meinem Alter zu sein, aber ich kann schlecht schätzen. Er hat tief liegende Augen unter dichten Augenbrauen, ein kantiges Kinn und eine dunkelbraune Mähne, die sich alle Mühe gibt, ordentlich gekämmt auszusehen, aber eindeutig eine rebellische Phase durchmacht. Der orange Schimmer der Straßenlaterne lässt sie leuchten wie Engelslocken auf einem Renaissance-Gemälde. Das Auffälligste an ihm ist jedoch, dass er mich regelrecht anstrahlt. Sein Strahlen kann es mit der Leuchtkraft des gesamten Stromnetzes von Michigan aufnehmen. Im Ernst, seit dem Besuch meiner Nani aus Indien vor fünf Jahren hat sich niemand so gefreut, mich zu sehen.

Er winkt mir zu. »Tut mir echt leid, dass ich zu spät bin. Spring rein!«

Ich blinzele und trete vorsichtig näher. Ich sehe keine Knochen, Seile oder Reinigungsmittel in seinem Wagen, was ein gutes Zeichen ist. Vielleicht hat er sich verfahren.

»Ich bin Quentin Santos.« Sein Atem malt Wölkchen in die Luft. »Shellys Enkel.«

Ich blinzele immer noch.

»Ich bin sonst nie zu spät, ich schwöre.« Verlegen lehnt er sich zurück, sodass sein Gesicht halb im Schatten ist. »Ich hab am Haupteingang gewartet. Der alte Kasten hat nämlich zwei Eingänge, falls es dich interessiert. Aber apropos alt ...«

Er lehnt sich wieder aus dem Fenster, und im Licht sehen

seine Augen goldbraun aus. »Du bist viel jünger, als ich gedacht hätte, dafür, dass du in einer Jazzband spielst.« Er sieht mich selbstzufrieden an, als erwarte er den Schnellmerker-Orden des Jahres. Während er an seinem Autoradio herumspielt, klicken die rotierenden Magnete in meinem Kopf zusammen.

Normalerweise fährt mein Enkel mich nach Hause, aber weil er heute auf dem Ball ist, hat ein guter Freund mir die Dienste seines Enkels angeboten ...

Er hält mich für Kevins Klarinetten-Oma. Anscheinend hat man ihm keine Personenbeschreibung gegeben.

Tja, und das ist nicht mal die größte Schmach des heutigen Abends.

»Nicht, dass ich dein Talent bezweifeln würde«, fügt Quentin hinzu, und sein Lächeln wird schmaler, als von mir keine Reaktion kommt. Er nimmt die Hand vom Radio und schaut auf seine Holz-Armbanduhr. »Entschuldige, du bist doch Sophie, oder? Mein Opa hat gesagt: neun Uhr, weißes Kleid, am Eingang des Konservatoriums. Ein Foto wollte er mir nicht schicken. Er will den Industriekomplex der Mobiltelefone nicht unterstützen oder wie auch immer er es ausdrückt. Und er hat mir gesagt, ich soll eine Frau abholen von ihrer – was war es noch – Trompetenprobe ...«

Klarinette.

Der Betonboden um mich herum kann sich jederzeit auftun wie ein Krater, und Quentins warmes Lächeln ist die Rettung. Auf dem Armaturenbrett liegt eine Plüsch-Pizza, und so, wie er guckt, gießt er garantiert die Blumen der Nachbarn, wenn die im Urlaub sind. Die beißende Kälte in Kombination mit den sieben Minuten Schlaf der letzten Nacht lässt mich alle Warnungen vergessen, niemals zu einem Fremden ins Auto zu steigen. Ich sehe nur einen warmen Schutzraum. Der qualmende Auspuff beweist, dass es ein atmender Raum ist – ein

Raum in Bewegung, mit dem Versprechen, irgendwo hinzufahren. Hauptsache, weg von hier.

Wenn die Oma des Schülersprechers in dieses Auto einstei-
gen wollte, ist es auch für mich gut genug. In diesem Licht
leuchten Quentins Haare wirklich wie die eines Engels – vielleicht ist er zu meinem Retter bestimmt.

Vielleicht ist das Glück wirklich mit den Mutigen.

Geständnis

Ich sitze im Auto eines Wildfremden, es fährt, und noch bin ich nicht im Gefängnis. In meiner Welt kann man so was nicht machen. Man kann sich auch nicht in ein Konzert schleichen oder im Kaufhaus Gummischlangen aus den Plastikbehältern klauen. Wenn man die Regeln bricht, implodiert das Universum.

Trotzdem gleite ich im VW Jetta dieses Typen dahin, und das Universum ist immer noch heil. In der Heizungswärme taut mein Gesicht auf, die Straßenlaternen sausen am Fenster vorbei, die Räder rumpeln über die Straße. Anstatt ein schlechtes Gewissen zu haben, weil ich diesen Fremden ausnutze und mich in sein Auto geschmuggelt habe, bin ich berauscht von Abenteuerlust. Ich bin keine Marionette, die ihre Hausaufgaben macht, ich bin furchtlos! Ich bin ...

»Äh, Sophie?«

Ich zucke zusammen. Ich bin definitiv nicht Sophie.

»Entschuldige – ich wollte dich nicht erschrecken.«

»Schon gut«, piepse ich. In dieser verfänglichen Lage sage ich am besten so wenig wie möglich.

»Kannst du mich zu dir nach Hause navigieren? Du kannst die Karte aufrufen und dein Handy in die Wiege legen.«

In die Wiege? Ich schaue mich um und erwarte halb, dass mich ein Paar Babyaugen ansehen. »Äh, was für eine Wiege?«

»Die Handyhalterung.« Er zeigt auf eine Klammer neben dem Lenkrad.

»Ah.«

»Entschuldige, manchmal färben die Sprüche meines Opas auf mich ab.« Er pfeift einen Song der Beach Boys mit und wechselt beim Fahren routiniert die Gänge. Ein Wagen mit Schaltung. Ich kenne niemanden mit einem Schaltwagen. Und ich kenne auch niemanden, der einen so sauberen Wagen hat. Keine Krümel, keine Kassenzettel, Bonbonpapier oder Plastiktüten – nur eine leere Jutetasche auf der Rückbank. Gut, dass mein Vater das nicht sieht. Seit Jahren rede ich mich damit heraus, dass alle in meinem Alter unordentlich sind.

Ich angele mein Handy aus der Handtasche und gebe mit zitternden Fingern meine Adresse ein.

»In welchem Viertel wohnst du, Sophie?«, fragt er fröhlich. Seine Haltung ist so entspannt, als säße er auf einem Liegestuhl am Pool.

»Coral Tree.« Ich schaue ihn von der Seite an, aber es kommt keine Reaktion.

Coral Tree ist eins der ärmeren Viertel von Arledge, aber ich mag es. Unsere Nachbarn schenken uns jedes Jahr zu Weihnachten kandierten Lebkuchen, und seit Seema aufs College geht, habe ich mehr Platz. Da, wo Brian und Marcy wohnen, bekommt man bestimmt schon keinen raffinierten Zucker mehr, und zu Halloween werden Bio-Grünkohl-Chips verteilt.

Beim Gedanken an unser Viertel denke ich automatisch an meine Eltern. Sie hatten recht mit ihren Bedenken, was Schulbälle angeht. Ich hätte mich heute Abend besser auf Stanford konzentriert. Ich sollte die alberne Schwärmerei meiner Kindheit und Winterbälle einfach vergessen.

Sollte ich. Theoretisch.

Das berauschende Gefühl, im Auto eines Fremden zu sitzen, ist verflogen. Ich bin hier, weil ich mich an niemanden sonst wenden konnte, das ist die traurige Tatsache. Ich bin allein, und der Winterball ist ein weiterer Punkt auf der Liste der Dinge, die ich noch nie gemacht habe.

»Such ruhig einen anderen Sender, wenn du möchtest, hier laufen jetzt eine Stunde lang die Beach Boys. Ich höre ganz gern die alten Sachen. Und ich weiß, dass ich langsam fahre, aber wahrscheinlich würde die alte Kiste sonst auseinanderfallen.« Er schaut mich von der Seite an. »Und, woher kennst du meinen Opa?«

Ach du Schreck. Ich umklammere eine Hand mit der anderen, damit er nicht sieht, wie sie zittern. »Also, eigentlich …«

Mein Handy vibriert und ich schaue zu der Wiege – also zur Handyhalterung. Marcy. Wo bist du hin?, lese ich. Schnell schaue ich zu Quentin und hoffe, dass er die Nachricht nicht gesehen hat, bevor sie wieder verschwunden ist.

»Sorry.« Er schaut ruckartig wieder nach vorn. »Ich wollte nicht hingucken.«

»Schon gut.« Der Park rauscht vorbei, dann der Schreibwarenladen und der Platz mit den Restaurants. Ich sitze zwar im Auto eines Fremden, doch die Straßen von Arledge haben sich nicht verändert. Wie viele Tage habe ich schon erlebt, die so gleichförmig waren, dass ich sie vergessen habe?

Der heutige Abend sollte besonders werden. Ich wollte Brian das Rosen-Sträußchen ans Revers stecken und Fotostreifen aus dem Automaten sammeln. Ich wollte gesehen werden, nicht bloß von irgendwem, sondern von Brian. Es sollte wie im Film sein. Deshalb habe ich so viel Zeit auf meine Frisur verwendet und Lippenstift aufgetragen, obwohl ich das kreidige Gefühl nicht leiden kann. Ich war bereit für den Film.

Jetzt nicht in Selbstmitleid zerfließen, Aisha.

Dicke Tränen rollen mir über die Wangen, obwohl die Voraussetzungen zum Ausheulen hier ja nun rein gar nicht gegeben sind. Ich drehe das Gesicht zum Fenster, bis ich fast über die Schulter gucke, und bete, dass Quentin nichts merkt. Natürlich merkt er es sofort.

»Ach du Sch... o nein, weinst du etwa?«

Ich habe noch nie verstanden, wieso man Weinende fragt, ob sie weinen.

Ohne Vorwarnung fährt Quentin eine Straße vor unserem Haus rechts ran. Er blendet die Scheinwerfer ab und wir halten vor einem himmelblauen Briefkasten mit Wölkchen darauf. Er nimmt mein Handy aus der Halterung, schaltet das Navi aus, reicht es mir und dreht am Radioschalter. Die Beach Boys verstummen.

»Was ist los, Sophie? Ist bei der Probe irgendwas vorgefallen?«

Ich schaue Quentin an – schaue ihn zum ersten Mal, seit ich in seinen Wagen gestiegen bin, richtig an. Jetzt hat er nicht mehr das breite Lächeln im Gesicht. Er sieht besorgt aus, sein Blick ist weich und forschend. Wäre er Kassierer, würde er mir die Packung Kaugummi bestimmt in die Hand geben, damit sie nicht verloren geht. Er hat so was nicht verdient.

Ich wische mir die Nase am Mantelärmel ab und umklammere mein Handy. Schlimmer kann's jetzt sowieso nicht mehr werden. Außerdem ist es nur noch ein kleines Stück bis nach Hause, das schaffe ich auch zu Fuß.

»Ich ... Ich bin.« Ich versuche durchzuatmen und die aufkommenden heftigen Schluchzer abzuwenden. Ich kann ihn nicht ansehen, wenn ich die Wahrheit sage, deshalb konzentriere ich mich auf das Licht der Scheinwerfer. »Ich bin nicht Sophie.«

Er sieht mich erschrocken an. »Moment, du bist nicht ...«

»N...nein.« Jetzt kommen die Schluchzer doch. »Ich sp... spiele nicht K...Klarinette. I...ich hab dich angel...logen. Es tut mir s...so l...leid.«

»Ach so …« Er schaut sich um, als hoffte er, irgendwo im Auto einen Ratgeber zu finden, wie man mit weinenden Verbrecherinnen redet. »Soll ich … Ich meine, willst du darüber reden?«

Ich atme noch ein paar Mal tief durch, damit das Beben aufhört, und wische die Tränen weg. »Nein.«

Er nickt heftig, als wäre mein Nein ein Standpunkt, den er teilt, aber er runzelt die Stirn. »Keine Sorge. Ich meine, äh, kein Stress. Lass dir Zeit.«

Nach einem Moment des Schweigens sehe ich ihn durch einen Tränenschleier an. »Ich soll mir Zeit lassen?«

Er nickt noch einmal, widerstrebend diesmal.

»Zeit – was ist das?«

»Also …« Er wirkt verunsichert, wie ein Bombenentschärfer, der möglicherweise den falschen Draht durchtrennt hat. »Ich weiß nicht so genau, ich …«

»Wir haben doch für gar nichts mehr Zeit. Es gibt keine Pausen. Nur noch Pausenlosigkeit. Nach den ganzen AGs und Hausaufgaben kann man froh sein, wenn die Energie noch reicht, um kurz durchs Handy zu scrollen. Niemand chillt nach der Schule mit seinen Freunden und ruft: ›Danke für die frisch gebackenen Plätzchen, Mom! Du bist die Beste!‹ Keine Mutter hat überhaupt Zeit zu backen. Die Väter übrigens auch nicht. Auch Väter können Plätzchen backen. Und so was wie in *Ferris macht blau* könnte mir nie passieren, und zwar nicht, weil mein Vater keinen Lamborghini hat, den man zu Schrott fahren könnte. Oder einen Ferrari oder was auch immer das war im Film. Sondern weil Ferris einen ganzen Tag die Schule schwänzt und so tut, als ob er krank wäre. Wenn ich krank bin, gehe ich ERST RECHT zur Schule!«

Er zieht eine Augenbraue hoch. »Hä?«

»Ich weiß, dass ich dann eine Gefahr für die öffentliche Gesundheit bin, und ich hab auch jedes Mal ein richtig schlechtes Gewissen, aber wenn ich einen Schultag verpassen würde, bräuchte ich eine ganze Woche, um das wieder aufzuholen. Wir schwitzen alle wahnsinnig rein, manche sogar beim Ball, aber – wozu? Wen interessiert das überhaupt? Und weißt du was?«

Er räuspert sich.»Ich ...«

»Nein, warte. Ich sag's dir, wie es ist. Stell dir vor, ich würde meiner Mutter erzählen, dass ich von der Schule erschöpft bin oder – noch schlimmer – dass ich heute zu einem Wildfremden ins Auto gestiegen bin, weil ich so traurig war und es draußen so wahnsinnig kalt war, dann würde sie nicht sagen: ›Warum warst du denn traurig, erzähl mal‹, sondern ›Was, du bist zu einem Fremden ins Auto gestiegen? Was hast du dir dabei gedacht?!‹«

Er wartet ab, und als von mir nichts mehr kommt, sagt er: »Hm, das waren einige interessante Beobachtungen. Wenn ich eine Frage stellen dürfte ...«

Ich schniefe.»Bitte.«

»Kannst du noch mal von vorn anfangen, langsam und der Reihe nach?«

Quentin klopft mit den Fingern aufs Lenkrad. Ich habe gerade den Abend in allen Einzelheiten vor ihm ausgebreitet.

»Also ... damit ich es richtig verstehe. Dieser Mistkerl – wie heißt er noch mal?«

»Brian.« Es ist seltsam tröstlich, dass dieser wildfremde Junge Brian als Mistkerl bezeichnet. Als wären wir Bündnispartner.

»Brian hat dir vor dem Ball keine Nachricht geschrieben?«

Ich schüttele den Kopf.

»Er hat dir also von seiner Mutter ausrichten lassen, dass er nicht kommt?«

Ich zucke die Achseln.

»Das soll jetzt nicht unsensibel klingen, aber …« Sein fester Blick verunsichert mich, bestimmt hat die zerlaufene Wimperntusche schwarze Bäche auf meinem Gesicht hinterlassen. »Vielleicht ist es besser, dass er nicht aufgetaucht ist. Ich meine, er ist krank, okay, aber – wozu bitte gibt es Handys? Eine Nachricht wäre das Mindeste gewesen.« Er wischt sich über die Ärmel seines beigefarbenen Mantels, so wie ein Prinz im Mittelalter seine Hose abstauben würde. »Wenn ich mir diese Bemerkung erlauben darf, ich glaube, die Lady ist jetzt in besserer Gesellschaft.«

Ich verschränke die Arme vor der Brust. »Keine Ahnung, vielleicht hatte er so hohes Fieber, dass er ohnmächtig war oder so.«

Ich dürfte Brian wahrscheinlich nicht in Schutz nehmen, aber ich kann nicht anders. Unsere tragische Vergangenheit (den heutigen Abend inbegriffen) hin oder her – dass ich das Stipendium für die Arledge Prep bekommen habe, hat eine Menge mit ihm zu tun. Seine Mutter hat immer davon geredet, dass sie ihn dorthin schicken wollte und wie schwer es sei, dort angenommen zu werden, und obwohl meine Mutter misstrauisch war wegen der langwierigen Bewerbungsprozedur – Elterngespräche, Zeugniskopien, Essays –, war sie schließlich überzeugt, dass die Schule auch für mich eine gute Wahl wäre. Brian und ich sind durch so viele Fäden miteinander verbunden, das kann ich nicht einfach vergessen.

»Ihr beide seid also Freunde?«, fragt Quentin.

»Ähm, na ja, eigentlich nicht mehr. Wir reden hin und wieder miteinander, aber nur über unsere Noten oder über schwierige Hausaufgaben. Bis zur Achten waren wir eng befreundet.«

»Ah.« Er reibt sich das Kinn. »Ihr habt also eine gemeinsame Vergangenheit.«

»Auf welche Schule gehst du?«, frage ich. Wenn Quentin

auf die Arledge ginge, wäre er mir bestimmt aufgefallen, auch wenn ich den ganzen Tag die Nase in die Bücher stecke.

»Auf die Kresge High. In die Zwölfte.«

Kresge ist der Ort direkt neben Arledge. Obwohl es so nah ist, war ich kaum je dort, aber es ist ähnlich wie Arledge – nur, dass es weniger Rentner gibt und die bessere Apfelkelterei.

»So ein Zufall«, murmele ich. »Dass ich ausgerechnet bei jemandem im Auto lande, der auch auf die Highschool geht, und dann noch in die gleiche Stufe wie ich.«

»So ein Zufall nun auch wieder nicht. Viele Eltern ziehen hierher, um ihre Kinder auf eine angesehene öffentliche Schule zu schicken, oder? Oder auf so eine irrwitzig teure Prep School zur Vorbereitung aufs Elite-College, wo wahrscheinlich alle diese albernen Canada-Goose-Jacken tragen und mit den Autos ihrer Eltern …« Jetzt merkt er wahrscheinlich, dass ich blass werde, und verstummt. »Moment, wo gehst du noch mal zur Schule?«

»Auf die Arledge Prep.«

Er verzieht das Gesicht. »Tut mir leid. Ach verflixt. Hätte ich das vorher gewusst, hätte ich den Taxameter eingeschaltet.«

Jetzt muss ich lächeln. »So ist das nicht. Ich bekomme ein Stipendium.«

Als er sieht, dass ich mir in die Hände hauche, schaltet er sofort die Heizung ein. Vor einer Viertelstunde wusste er nicht mal, dass es mich gibt, und jetzt ist er schon besorgt, ob seine Entführerin es in seinem Auto auch warm genug hat. Okay, Entführerin klingt schlimm – wie wär's mit blinde Passagierin?

»Mensch, ich brauche meine Canada-Goose-Jacke«, sage ich trocken.

»Komm schon, du musst zugeben, dass diese Jacken absurd

teuer sind. Ich wette, wenn ich meinen Mantel mit tausend Dollarnoten ausstopfen würde, wäre das wärmer.«

»Was hast du vorhin noch gesagt? Dass du schon so redest wie dein Opa?«

Er lacht, und unwillkürlich gehen meine Mundwinkel auch hoch. Er hat ein so herzhaftes Lachen, dass man einfach einstimmen muss.

»Ich hab vergessen dich zu fragen, wie du heißt.«

»Aisha.«

»Also bitte. Bei dem Kleid erwarte ich einen Vor- und Nachnamen und mindestens einen britischen Akzent.«

Ich lege eine Hand auf meine Brust und neige den Kopf.

»Lady Aisha Agarwal, äh, aus der Arledge Colony.«

Er neigt seinerseits den Kopf. »Sehr erfreut, Eure Bekanntschaft zu machen, Lady Aisha.«

»Und Ihr seid also Sir Quentin vom Kresge Village.«

Seine Miene hellt sich auf. »Hey, du weißt noch, wie ich heiße, obwohl ich es nur einmal erwähnt hab. Aber vermutlich haben die meisten an der … äh, Arledge Prep ein gutes Gedächtnis.«

Ich schaue auf die Uhr: 21.47 Uhr. Es sind schon zwanzig Minuten vergangen. Der arme Sir Quentin hat genug getan – bestimmt genug, um in den Ritterstand erhoben zu werden. Gerade will ich sagen, dass ich hier aussteigen kann, als er mit den Fingern schnippt.

»Was hältst du von einem Dessert? Du hast dich so schick gemacht, da kannst du doch jetzt nicht einfach nach Hause gehen.«

»Ach …« Ich senke den Blick. Bestimmt sagt er das nur aus Mitleid. »Danke, aber ist schon okay. Ich hab schon ein schlechtes Gewissen, weil du so viel Zeit für mich geopfert hast. Und weil, hm, ich dich angelogen hab. Entschuldige. Ich hoffe, du kriegst keinen allzu großen Ärger mit deinem Opa.«

»Keine Sorge, mit dem hab ich standardmäßig Ärger.« Er lehnt den Kopf an die Scheibe, und mir fällt auf, dass seine Ohren ein kleines bisschen aus den eigensinnigen Locken herauslugen, als wollten sie Hallo sagen. »Außerdem, wer sagt, dass das Dessert für dich gedacht ist? Ich brauch jetzt was Süßes auf den Schreck, damit meine Puddingbeine sich wieder erholen.«

»Hm …« Es kommt mir vor, als wäre das Auto ein geschützter Raum und alles, was ich heute Abend sage, bliebe hier drin. Wenn wir woanders hingehen, wird der Raum geöffnet, und dann könnte alles Mögliche passieren.

»Wie wär's mit einem Eis?«

Vielleicht liegt es daran, dass wir uns vermutlich nie wiedersehen werden, aber wenn ich mit Quentin rede, habe ich anders als sonst nicht das Gefühl, mich verkriechen oder über das Wetter reden zu wollen. Und es hätte schon was, meine Sorgen in warmer Karamellsoße zu ertränken.

Allerdings würde ich mich mit einem Jungen in der Öffentlichkeit zeigen. Wenn nun durch irgendeinen dummen Zufall meine Mutter oder mein Vater ausgerechnet dort auftauchen würden? Oder noch schlimmer, wenn Quentin und ich uns von dem Moment an, da wir aus dem Auto steigen, nichts mehr zu sagen haben und am Ende doch über das Wetter reden müssen?

Da ertönt in meinem Kopf plötzlich, wie von einem Sportreporter mit dröhnender Stimme gerufen, die Frage für den Stanford-Essay.

Schildern Sie eine Situation, in der Sie Ihre Komfortzone verlassen haben.

Es ist nur ein Abend, mit einem Fremden. Morgen kann ich vergessen, was passiert ist.

»Ich weiß, wo wir hingehen können«, sage ich. »Ich lad dich ein.«

Der New Deal

Bei Wooly's kuschele ich mich in eine Nische und hoffe, dass man so nicht sieht, wie overdressed ich bin. Aus den Lautsprechern dringt leise Jazz-Musik, unterbrochen von gelegentlichem Rauschen. Als Quentin sich mir gegenübersetzt, bemerke ich ein birnenförmiges Muttermal an seinem Hals, etwa so groß wie ein Kürbiskern und über dem Mantelkragen kaum zu sehen.

»Du warst also schon mal hier?«, fragt er.

Als Kind habe ich mir zum Geburtstag jedes Jahr einen Besuch bei Wooly's mit der Familie gewünscht. Bis zum heutigen Tag bin ich überzeugt, dass es hier die leckersten Eisbecher und Süßkartoffelpommes der Welt gibt, Paralleluniversen inklusive. Quentin zieht den Mantel aus, und der rot-grün karierte Hoodie darunter passt genau zum Lametta an den Wänden. Fast möchte ich ein Foto machen.

»Ich wohne hier quasi. Hier gibt es das beste Eis, und dazu noch Rätsel und Malzeug für Kinder.« Ich hebe den durchsichtigen Becher mit Buntstiften und die Blätter darunter hoch. Als Seema und ich klein waren, haben wir immer eine selbst organisierte Mal-Olympiade gegeneinander ausgetragen.

Quentin nimmt ein Schneeflocken-Ausmalbild vom Stapel. Die Ärmel des übergroßen Hoodies gehen ihm über die Handgelenke, wodurch er besonders gemütlich aussieht. »Buntstifte waren für die Gastronomie eine revolutionäre Erfindung. Die Kinder sind beschäftigt, die Eltern zufrieden, und alle anderen können in Ruhe essen.«

»Opa, bist du das?« Ich schiebe meine unsichtbare Brille höher auf die Nase. Quentin nimmt sich einen Buntstift und fängt an zu malen. Von neunzig zu vier Jahren in nur einer Minute. Beeindruckend.

Als der Kellner an unseren Tisch kommt, wische ich mit den Fingern unter meinen Augen entlang. Ich habe vergessen, im Rückspiegel zu überprüfen, wie schlimm mein Make-up verlaufen ist.

Bei Wooly's bedienen hauptsächlich ältere Damen, die allzeit zusätzliche Butterpäckchen in ihrer Schürzentasche bereithalten, aber einen süßen jungen Kellner haben sie hier auch. Seine Augen erinnern an frisch gemähtes Gras im Sonnenschein. Er stellt zwei Speisekarten auf unseren Tisch, und als ich Quentin eine reiche, fällt mir Marcy ein. Bestimmt macht sie sich wahnsinnige Sorgen.

Ich nehme meine Handtasche, um aufs Handy zu schauen, und kippe den Inhalt auf den Tisch. Anstecksträußchen. Taschenspiegel. Portemonnaie. Sofortbildkamera. Klebezettelblock.

Quentin schaut mich über die laminierte Speisekarte hinweg an. »Bist du das, Mary Poppins?«

»Ich weiß, ich hab viel Zeug da drin. Aber ich bin gern auf alles vorbereitet. Das hab ich alles für den Ball eingesteckt.«

»Aha, Klebezettel?«

»Die hat meine Freundin Marcy mir gegeben, damit ich sie immer dabeihabe. Sie sagt, man kann nie wissen, wann man ein gutes Listicle schreiben muss.« Ich schaue auf mein Handy und sehe massenweise Nachrichten von Marcy, angefangen von dem kleingeschriebenen wo bist du hin? bis zu einer kreischenden Nachricht in Großbuchstaben. Ich schreibe zurück: Alles gut! Tut mir echt leid, ich erklärs dir später!!

Als ich wieder aufblicke, studiert Quentin die To-dos, die ich auf meinen Klebezettelblock gekritzelt habe: *Konzept für Essay!!!!, Aufgabe im Lit.-Heft, Chromatografie-Bericht für Chemie* ...»Warte mal, steht da *Schildkröte retten*? Du hast eine Schildkröte?«

Ich lache.»Schön wär's. Das bezieht sich auf meine gehäkelte Schildkröte für die Häkel-AG. Ich muss die Nähte noch mal auftrennen, um den kleinen Kerl zu retten.«

»Häkel-AG? Und du nennst mich Opa?«

Ich zucke mit den Schultern.»Ja, ich häkele Tiere in meiner Freizeit, und nein, ich zähle nicht mit, wie viele Leute in Ohnmacht fallen, weil ich so unglaublich cool bin.« Er grinst.»Ich wäre gern in die Kunst-AG gegangen, aber da waren schon alle verantwortlichen Funktionen vergeben, und ich brauchte für meine College-Bewerbung eine Sprecherposition. Ich dachte, in der Häkel-AG wäre mir der Posten als Sprecherin sicher, auch wenn meine Rede echt nicht originell war ...«

Ich seufze.»Lily Perez ist gegen mich angetreten. Sie hat gewonnen, und ich saß in der AG fest. Aber die AG ist mir ans Herz gewachsen. Und die Termine überschneiden sich nicht mit meinem ehrenamtlichen Job. Montags helfe ich nach der Schule immer in der Seniorenresidenz Sonnenschein.«

»Apropos Montag, hast du Angst davor, Brian in der Schule zu begegnen?« Quentin nimmt einen türkisfarbenen Buntstift aus dem Becher.

»Vielleicht ist er ja immer noch krank, und ehrlich gesagt, hab ich nicht seinetwegen geweint. Er war nur ... der Tropfen, der das Fass zum Überlaufen gebracht hat.«

Er beugt sich vor, als hätten wir ein Geheimnis miteinander.»Was waren die anderen Tropfen?«

Im Geist blättere ich das Jahrbuch meines Lebens durch.

Schule, Zimmer, Hausaufgaben. Wie langweilige Schwarz-Weiß-Fotos.

»Hab ich dich heute Abend nicht schon genug geschockt?«

»Nö.« Quentin bemalt seine Schneeflocke abwechselnd in Türkis und Kleegrün. Hin und wieder hält er inne und lehnt sich zurück, um seinen Fortschritt zu begutachten, was mich an meinen extrem weitsichtigen Vater erinnert, wenn er ohne Brille eine Speisekarte lesen muss. »Das hier ist mit Abstand das Interessanteste, was seit ziemlich langer Zeit in meinem Leben passiert ist. Und dir hilft es bestimmt, mit jemandem zu reden. Wir gehen auf verschiedene Schulen, es kann also nichts durchsickern.«

Das stimmt zwar, aber irgendwie ist es mir unangenehm, Quentin mein Herz auszuschütten wie eine Sünderin im Beichtstuhl. Quentin ist kein Priester, aber seine Standardmiene ist ein leichtes Lächeln, er spricht langsam und bedächtig, und er stellt sein Wasserglas nach jedem Schluck sanft wieder hin, anstatt es wie ich auf den Tisch zu knallen. Ich kann mir nicht vorstellen, dass er je brüllt oder im Straßenverkehr jemandem absichtlich die Vorfahrt nimmt. Er ist wie ein Zen-Proton. Jemand, der einen halben Muffin für einen Freund übrig lässt. Der jeden Abend in sein Tagebuch schreibt, wofür er dankbar ist. Ich gucke auf das weiße Blatt vor mir. Ich bin ein verstörtes Außenelektron, das den Muffin allein auffuttern und ein Tagebuch als Untersetzer benutzen würde.

»Ich hab das Gefühl, dass ich bisher nichts aus meinem Leben gemacht hab. Und jetzt geh ich nicht mal zum Winterball. Du kannst mir irgendwas nennen – garantiert hab ich es noch nie gemacht.«

»Soll ich losraten?«, fragt er verschmitzt.

Ich sinke tiefer auf meiner Bank. »Das war jetzt eher rhetorisch gemeint ...«

Er nimmt sich meinen Klebezettel-Block und reißt den

Zettel mit meinen Notizen ab. Ich beobachte ihn, wie er schreibt. Er verdeckt den Block mit der Hand, als könnte ich beim Multiple-Choice-Test von ihm abschreiben. Er schreibt laaangsam. Nach einigen Sekunden hält er den Block hoch. Seine Schrift ist ordentlich und gleichmäßig. »Und, hast du das schon mal gemacht?«

Sich nachts aus dem Haus schleichen.

Ich schüttele den Kopf.

»Okay, ein Punkt für Team Aisha.« Er reißt den Zettel ab und schreibt den nächsten. Er ist Linkshänder. Ich recke den Hals, um zu lesen, was er schreibt, aber seine Handmauer ist undurchdringlich.

Die Hausaufgaben nicht gemacht.

Wieder schüttele ich den Kopf. »Na ja, einmal hab ich in Sozialkunde das Poster zu Hause vergessen, da hab ich meine Schwester …«

»Bei allem Respekt, das zählt nicht. Zwei zu null für dich.«

»Wie Gewinnen fühlt sich das irgendwie nicht an«, grummele ich und strecke die Hand aus. »Gib her.«

Als ich einmal anfange, mit dem stumpf gewordenen Buntstift zu schreiben, rotze ich die Worte nur so hin, als hätte ich nur darauf gewartet, alles aufzulisten, was ich noch nie gemacht habe.

Auf eine typische Highschool-Party gehen.

Auf ein Date gehen.

Als Fortsetzung des Themas will ich schon *Jemanden küssen* schreiben, aber meinen Mangel an sexuellen Erfahrungen kann man sich ja leicht erschließen, und ich wüsste auch nicht, wie ich es auf einem Klebezettel dezent andeuten sollte.

Mein Geburtstag müsste im September sein, dann wäre auch mein Sternzeichen Jungfrau? Gar nicht so übel.

Mit jemandem tanzen.

»Okay, okay, die Botschaft ist angekommen«, sagt er und

ich lege den Stift hin. »Und was hat dich davon abgehalten, all das zu machen?«

»Es erfordert Mut und Zeit, und ich hab keins von beiden. Ich war immer zu sehr damit beschäftigt, gute Noten zu kriegen. Um an mein auserwähltes College zu kommen.«

»Lass mich raten, Harvard?«

»Stanford.«

»Ah ja, viel besser. Die Aufnahmequote ist ein Prozent, oder?«

Ich verschränke die Arme. »Für Bachelor-Studiengänge 3,95 Prozent, vielen Dank.«

Zwischen seinen Augen bilden sich zwei feine Sorgenfalten. »Das ist trotzdem ein Riesendruck, dem du dich da aussetzt.«

»Ja, und da ich indisch bin, tummeln sich massenweise andere indische Schüler auf meiner Baustelle, mit denen ich konkurrieren muss.« Ich schätze, dass Quentin auch gleich mit seiner Herkunft rausrückt, ohne dass ich zu fragen brauche. »Aber ich muss es versuchen, weil ...«

Er soll mich nicht für oberflächlich halten, aber Stanford kommt mir vor wie mein Ticket zu einem höheren gesellschaftlichen Rang. Tschüs, undichtes Dach, hallo, Stadtwohnung. Und noch ein Hallo für die Extraportion geriebenen Käse und Guacamole im Burrito.

Und vor allem ... meine Mutter.

»Meine Mutter war als Doktorandin dort, aber nach zwei Jahren hat sie abgebrochen, bevor sie mit ihrer Dissertation anfangen konnte, weil sie mit meiner Schwester schwanger war. Es war kein Unfall oder so«, füge ich schnell hinzu. »Meine Eltern wollten ein Kind, aber die Kinderbetreuung war viel teurer als gedacht und die Doktorandenstipendien sind nicht besonders üppig. Deshalb hat meine Mutter nicht weiterstudiert. Sie spricht nicht darüber, aber ich glaube, sie bereut es. Es würde ihr viel bedeuten, wenn ich in Stanford studieren würde.« Ich zeige auf seine Schneeflocke. »Und das gibt es in Kalifornien auch nicht. Und sie haben hervorragende Profs. Tech-Pioniere.«

»Tech-Pioniere?« Er sieht aus, als müsste er sich das Lachen verbeißen. »Hast du das von der Website?«

»Kann schon sein.« Ich streiche mein Kleid glatt. »Wahrscheinlich. Ich bin echt oft auf die Website gegangen, um mir Inspiration für meinen Bewerbungsessay zu holen. Die Aufgabe lautet *Schildern Sie eine Situation, in der Sie Ihre Komfortzone verlassen haben*, und wie wir gerade festgestellt haben, gibt es in meinem Leben null solcher Situationen.«

»Kannst du dir nicht einfach was ausdenken? Sieht doch so aus, als könntest du …« Er zeigt auf dem Krempel aus meiner Handtasche auf dem Tisch. »Aus einem ordentlichen Fundus schöpfen.«

»Ich will aber keinen billigen Essay darüber schreiben, wie ich zum ersten Mal zelten war und eins mit der Natur geworden bin oder so einen Quatsch. Ich will mein Bestes geben.«

Er schaut auf den glitzernden Weihnachtsbaum in der hinteren Ecke des Diners. Ich kann seinen Gesichtsausdruck nicht deuten. Macht er sich über mich lustig oder ist er gelangweilt?

Ich lege meine Handtasche über unsere vollgeschriebenen Zettel, damit der Kellner sie nicht sieht. »Aber genug von mir. Welche Colleges hast du im Blick? Oder machst du ein Jahr Pause?«

»Ich hab mich für eine vorzeitige Exklusivbewerbung am Northeastern entschieden.« Er malt weiter seine Schneeflocke aus, als wäre das nichts Besonderes, aber ich weiß es besser. Northeastern ist eine Privatuni in Boston, und es ist ziemlich schwierig, dort angenommen zu werden.

»Und?«

»Ich bin drin. Hab's vor ein paar Tagen erfahren.«

»Hey, herzlichen Glückwunsch!« Ich haue so fest auf den Tisch, dass ihm beim Malen eine Linie verruckelt. »Dann kannst du dich ja den Rest des Schuljahrs entspannen.«

Er drückt mit seinem kadettblauen Stift so fest auf, dass wir den tapferen Kadetten höchstwahrscheinlich bald beerdigen müssen. Gerade als ich weiterfragen will, vibriert sein Handy auf dem Tisch. Instinktiv gucke ich drauf.

Opa.

Ich erschrecke mich zu Tode. »O Gott, jetzt fragt er wegen Sophie. Bestimmt hat sie ihm erzählt, dass niemand aufgetaucht ist, um sie abzuholen ...« Quentin strafft die Schultern, als wollte er sich für den Kampf gegen eine Armee von Zombies rüsten. »Es tut mir echt leid. Wenn du willst, kann ich ihm erklären ...«

»Du kannst nichts dafür.« Er steht auf. »Er wohnt ein paar Stunden weiter nördlich, von da kann er nicht viel ausrichten. Aber ich geh mal lieber dran. Wenn mein Opa zum Telefon greift, muss es was Wichtiges sein, auch wenn es nur sein topaktuelles Festnetztelefon ist.«

»Dein Mantel ...«, sage ich noch, aber da geht er schon davon, das Handy so fest umklammert, dass seine Knöchel weiß hervortreten. Quentins Opa ist anscheinend ein Angriff auf Quentins Protonen-positive Natur. Opa ist Quentins radioaktiver Zerfall, denke ich, während ich ihn durchs Fenster beobachte. Er läuft hin und her und kickt immer mal wieder gegen den gefrorenen Boden. So, wie er den Kopf hängen lässt, scheint es kein gutes Gespräch zu sein. Schließlich bimmeln die Glocken über der Eingangstür und er kommt zurück. Schnell schaue ich wieder auf mein leeres Malblatt.

Als er sich mit verkrampftem Lächeln auf die Bank setzt, kommt der süße Kellner zu uns an den Tisch. Ich schalte den eifrigen Ton ein, in dem ich letzten Herbst am AG-Tag gesprochen habe, um neue Mitglieder für die Häkel-AG zu gewinnen. (Nur zur Information, niemand hat sich angemeldet.) »Ich nehme den Eisbecher mit Keksen, Marshmallows und Karamell. Glutenfrei bitte.«

Der Keller nickt und wendet sich zu Quentin, aber der ist mit den Gedanken anderswo im Universum.

»Äh, zwei davon«, sage ich. »Für ihn ruhig mit Gluten.«

Sobald der Kellner außer Hörweite ist, tippe ich Quentin auf die Hand, zucke aber sofort zurück. Seine Hand ist eiskalt. »Hey, ist alles …«

»Kann ich dir was erzählen?« Er schaut auf seine Schneeflocke. Er wirkt völlig anders als noch vor wenigen Minuten. Als hätte sein düsterer Doppelgänger den wahren Quentin entführt und seine Gestalt angenommen. Ich habe genug indische Filme nach diesem Strickmuster gesehen, also gucke ich nach, ob Quentin immer noch das birnenförmige Muttermal am Hals hat. Ja, da ist es.

»Klar.« Ich rücke ein Stück nach vorn. »Alles, was du willst.«

Ich weiß nicht, warum ich das gesagt habe. Wenn er mir nun beichtet, dass er Gras aus seiner Garage verkauft oder so? Obwohl es wahrscheinlich etwas weit weniger Wildes ist, zum Beispiel »Ich vertrage auch kein Gluten«.

»Ich packe Mathe nicht.«

»Was?«

»Ich falle wahrscheinlich durch.« Er sieht mich an. »Wenn ich die Zwischenprüfung nicht bestehe, könnte meine Zulassung für die Northeastern widerrufen werden.«

Ich lag also falsch. Das ist Quentins radioaktiver Zerfall.

»Ich bin in Mathe schon immer nur ganz knapp durchgekommen. Ich hab gepaukt, ich hatte Nachhilfe und so weiter. Und ich strenge mich auch wirklich an. Ich hab zwei AP-Kurse geschafft, Geschichte und Politik, und die haben mir echt Spaß gemacht, aber Mathe kann ich einfach nicht. Das hat mir den Notendurchschnitt versaut, woran mein Opa mich gerade freundlich erinnert hat, und dazu kommt eben noch, dass die Zulassung zum College jetzt vielleicht gefährdet ist. Und bevor du jetzt fragst, wieso ich Mathe nicht auf niedrigerem Niveau belege – ich wusste, wenn ich meinen Abschluss nicht wenigstens mit Elementarmathematik mache, dann kann ich die Colleges, die mich interessieren, vergessen. Du weißt ja, dass die darauf schauen, welche Kurse man belegt hat. Meine Mutter hat dann auch noch gemeint, ich soll mehr Kurse auf höherem Niveau wählen ...« Er schaut weg und murmelt: »Du kannst das wahrscheinlich gar nicht nachvollziehen. Wenn du auf die Arledge Prep gehst, bist du bestimmt in allen Fächern gut.«

»Soll das ein Witz sein? Ich bin total schlecht in Geschichte. Ich kann nicht schwimmen. Und nicht kochen. Mathe gehört zu den Fächern, bei denen alles aufeinander aufbaut. Du bist also wahrscheinlich an irgendeiner Stelle mal nicht mitgekommen, aber das lässt sich immer noch aufholen. Außerdem passiert es superselten, dass ein College die Zusage wieder zurückzieht. Das hat dein Opa bestimmt nur gesagt, um dir Angst einzujagen.«

»Es geht nicht nur um die Zulassung. Ich möchte auch für mich selbst einen besseren Abschluss haben. Wie du sagst, um zu wissen, dass ich mein Bestes gegeben hab. Aber dafür ist es zu spät.« Er nimmt die Schneeflocke, an der er so lange gemalt hat, und zerknüllt sie.

Ich schreie auf und nehme ihm das zerknitterte Papier aus den Händen, aber ich verstehe, wie ihm zumute ist.

Ich weiß noch, als ich lesen gelernt habe. Seema hat sich mit mir hingesetzt und mir die Wörter vorgesagt, und ich beneidete sie darum, dass sie lesen konnte, was da stand, während ich nur Zeichen auf einem Blatt sah. Es war ein schreckliches Gefühl. Damit sie mir weiter half, musste ich sie mit

Schildkröten-Radiergummis bestechen, die ich eigentlich mit einem Mädchen in der Schule gegen Hello-Kitty-Klebezettel hatte tauschen wollen ...

Klebezettel.

Tauschen.

Das ist die Idee!

»Quentin.« Ich fahre hoch wie eine vom Blitz getroffene Katze in einem Comic. »Du würdest doch bestimmt alles dafür geben, Mathe zu kapieren, oder?«

»Ähm, ja, kann man so sagen ...«

»Ich brauche einen Tandemmaster.«

Er legt den Kopf schief. »Einen was?«

»Ein Tandemmaster ist der Lehrer, der dich beim Fallschirmspringen Huckepack nimmt.« Ich schiebe meine Handtasche zur Seite, sodass man unsere Klebezettel sieht. »Ich brauche jemanden, der mich aus meiner Komfortzone schubst, weil ich mich allein nicht traue. Wenn ich ein paar Sachen ausprobiere, vor denen ich Schiss habe, liefert mir das Material für meinen Stanford-Essay.« Begeistert sehe ich ihn an. »Du hilfst mir dabei und ich helf dir mit Mathe.«

Wenn ich Abenteuer erlebe, wie Sophie es mir geraten hat, werde ich selbstbewusster. Dann kann man mich nicht mehr übersehen. Stanford wird mich bemerken. Ich werde unschlagbar sein, die beste Erfindung seit dem Everything-Bagel. Und wer könnte mir dabei besser helfen als Quentin? In seiner Nähe kann ich alles ausprobieren und vermurksen, ohne darüber nachzudenken, ob ich einen guten oder auch nur durchschnittlichen Eindruck hinterlasse. Da er an einem einzigen Abend mein Talent zum dreisten Identitätsklau und meine Rotzglocke bewundern durfte, ist dieser Zug sowieso abgefahren. Und er geht nicht auf meine Schule, ich brauche also nicht zu befürchten, dass jemand von unserem Deal Wind bekommt. Ich wage zu sagen, die Idee ist vollkommen.

Nur dass Quentin meine Begeisterung nicht zu teilen scheint.

»Ich hab dir doch gesagt, dass ich schon Nachhilfe hatte. Das hat alles nichts genützt.«

»Wenn ich eins gut erklären kann, dann ist es Mathe.«

»Tut mir leid. Da kannst du nicht mit mir rechnen.«

»Wart mal ab, wie ich nach ein paar Nachhilfestunden mit dir rechnen kann.«

Quentin guckt mich an, als wäre ich eine Klimaleugnerin, aber ich gebe nicht auf. Ich will diesen Deal unbedingt. Ich hab schon oft Mathenachhilfe gegeben, und Quentin kann unmöglich begriffsstutziger sein als dieser Fünftklässler, der die ganze Zeit an meinen aromatisierten Textmarkern genuckelt hat. Ich könnte zwar auch Marcy bitten, mir beim Abarbeiten der Liste zu helfen, aber es ist angenehmer, jemanden zu fragen, der nicht das ganze Ausmaß der Kiste mit dem Stempel »Hier wohnt ein Nerd, diese Seite nach oben« kennt, in der ich seit Jahren lebe. Jemanden, der mich überhaupt nicht abstempelt.

»Jeder gute Film beginnt mit einem Deal. Und du hast doch gesagt, du magst Geschichte, oder?« Ich falte die zerknüllte Schneeflocke auseinander und streiche sie glatt. »Das hier ist wie der New Deal von Franklin Roosevelt. Du weißt schon, der mit den drei R. *Recovery*, *Renewal* und … äh, *Resilience*. Nur dass es hier um unser Leben geht.« Ich male Regenbögen in die Luft und tue so, als würde es Glitzer aus meinen Fingern regnen. Hoffentlich kommt es auch so rüber.

»Es war *Recovery*, *Relief* und *Reform*. Und du willst deine Mathenachhilfe mit einem Deal vergleichen, der die Regierung erneuert und das Land aus der Großen Depression gerettet hat?«

Ich lasse die Hände sinken. »Genau, und ich hatte letztes Jahr keine Zeit für den AP-Geschichtskurs, okay? Das ist der einzige AP, der mir versagt blieb. Ich brauchte die Zeit für mein eigenständiges Forschungsprojekt.«

»Klar. *Wie man eine AR-Brille für Fische entwirft, damit sie dem Plastik in den Meeren ausweichen können* schreibt sich nicht von allein.«

»Haha. Wenn du es wirklich wissen willst, ich hab über Fraktale geforscht, die in der Natur vorkommen. Auf den Fraktalen basiert Rekursion, wie wir sie heutzutage für Algorithmen nutzen. Es gibt sogar eine Geschenkpapierfirma, die für ihre geometrischen Aufdrucke Fraktale verwendet, deshalb hab ich deren ...« Den Rest des Satzes schlucke ich runter, ich werde rot. »Wahrscheinlich ist das jetzt nicht so rasend interessant.«

Normalerweise gerate ich nur in meiner Familie ins Plappern, denn ich finde, meinem Geplapper zuzuhören, gehört zu ihrer Stellenbeschreibung. Bei allen anderen wäge ich meine Worte vorsichtig ab, wie Vanilleextrakt mit der Briefwaage. Ich kippe nicht aus Versehen eine ganze Tasse über ihnen aus. Ausnahmsweise habe ich die Vorsicht vergessen, weil Quentin so etwas Entwaffnendes an sich hat.

Er sieht mich sprachlos an und ich erwarte einen Witz darüber, dass er mir nicht folgen konnte, aber er fragt: »Was sind Fraktale?« Und so, wie er guckt, will er das wirklich wissen.

»Fraktale sind geometrische Figuren, deren Einzelteile die gleiche Form haben wie das Ganze. Zum Beispiel Brokkoli. Jedes Röschen sieht aus wie der gesamte Kopf. Und die sechseckige Schneeflocke, die du vorhin zerknüllt hast ...« Ich halte das zerknitterte Blatt hoch. »Da ist auch jedes Einzelteil identisch mit dem Ganzen.«

Er nickt. »Ich glaube, ich weiß, was du meinst. So wie das unendliche Muster auf Muscheln, oder?«

»Genau! Siehst du, du bist ein Naturtalent. Fraktale sind

reine Mathematik. Über so was würden wir sprechen, wenn ich dir Nachhilfe geben würde. Ich würde dir zeigen, dass Mathe richtig Spaß machen kann.«

Er antwortet nicht. Ich will schon alle Hoffnung fahren lassen, als er sagt:»Meinst du echt, du könntest mir helfen?«

»Ja.« Fast halte ich die Luft an.»Machst du mit?«

Er grinst.

»Hey, Wahnsinn! Du wirst es nicht bereuen, Quentin, ich versprech's dir, wir werden ...«

Ich verstumme, als der Kellner mit unseren Eisbechern auf dem Tablett kommt. Mit meinen auffälligen Ohrringen, dem Mantel und dem nervösen Blick wirke ich wahrscheinlich so, als wollte ich Quentin ein Schneeballsystem aufschwatzen.

»Bitte sehr! Zwei Eisbecher mit Keksen, Marshmallows und Karamell.« Lächelnd stellt er einen tulpenförmigen Becher vor mich hin.»Glutenfrei für die Dame.«

»Danke«, murmele ich und schaue ihm verträumt nach, als er wieder geht.

»Soso«, sagt Quentin und lässt den Blick von meinen roten Wangen zu meinen verkrampften Schultern wandern.»Vielleicht sollte auf einem Klebezettel stehen: *den Kellner nach seiner Nummer fragen.*«

»Ich hab mich quasi in deinen Wagen geschmuggelt. Das war für heute mein erster und letzter Ausbruch aus der Komfortzone.«

Und nie im Leben würde ich mit so einem Kickel im Gesicht versuchen bei dem Kellner zu landen.

Quentin nimmt einen Löffel von seinem Eis.»Scheibenkleister, ist das lecker.«

»Oder?« Ich versuche schon ewig, Marcy davon zu überzeugen, dass es bei Wooly's die besten Eisbecher gibt.»Aber: Scheibenkleister? Wie alt bist du, sieben?«

»Ich passe manchmal auf einen Elfjährigen auf, und sein

Vater hat mir verboten, vor ihm zu fluchen. Deshalb hab ich ein paar Ausweichwörter. Scheibenkleister. Verflixt. Heiliges Kanonenrohr.«

»Verflixte Fraktale«, sage ich, und als er laut losprustet, schaut eine ältere Dame am Nebentisch zu uns rüber. Ich finde es schön, dass er beim Lachen nicht an sich hält.

»Das würde ihm gefallen. Er ist ein Mathe-Ass, so wie du.«

»Mathe ist nicht alles. Wahlfächer werden unterschätzt.«

»Witzig, dass du das sagst, denn ich hab als Wahlfach gerade diesen genialen Kurs mit dem Titel ›Buddhismus für die moderne Welt‹. Da lernen wir zum Beispiel, dass Schenken für den Schenkenden besser ist als für den Beschenkten, und auch wenn das vielleicht stimmt, muss ich fragen: Was springt bei dem Deal denn nun wirklich für dich raus?«

Ich starre ihn an. »Das hab ich dir doch schon erklärt. Stanford.«

»Kannst du nicht allein deine Komfortzone verlassen? Was soll ich machen – bei deinem ersten Date Pompoms schwenken und rufen: ›Denk an die Small-Talk-Themen, Aisha! Du schaffst das!‹?«

Ich schaue ihn finster an. »Das ist ein anspruchsvoller Job. Ich brauche jemanden an meiner Seite, mit dem ich mich wohlfühle, während ich Sachen mache, bei denen ich mich nicht wohlfühle. Und ich brauch auch jemanden, der mich in die Pflicht nimmt. Du bist mein Ein-Mann-Anfeuerungsteam.«

Ich stoße mit dem Ellbogen an das Anstecksträußchen, das ich Brian schenken wollte. Ich halte die Plastikschachtel ins Licht. Die Blütenblätter sind ein wenig schlaff, aber noch intakt. »Die arme Rose. Vielleicht lasse ich sie hier bei den Buntstiften, dann kann ein Kind sie zerstören.«

»Kommt nicht infrage.« Er streckt die Hand aus. »Als dein Ein-Mann-Anfeuerungsteam übernehme ich sie. Die Blume geht zwar an den falschen Jungen, aber immerhin an einen Jungen.«

»Okay, aber nur unter Bedingung.«

»Du verhandelst gern, was?«

»Dir gegenüber sitzt eine hundertprozentig indoktrinierte Kapitalistin. Folgendes: Wenn du sie nimmst, musst du sie auch tragen.«

Ich rechne nicht damit, dass er das macht, aber er nimmt die Rose aus der Schachtel. Als er sie mit hoch konzentrierter Miene an seinen Hoodie friemelt, das Kinn zur Brust gesenkt, wird mir ganz warm ums Herz. Es freut mich, dass die Rose getragen wird, wenn auch nicht von Brian.

»Danke für alles heute«, sage ich leise.

»Ich danke dir. Du hast mir ein Eis spendiert.«

»Hm, das hat mich vier Dollar gekostet. Inklusive Mehrwertsteuer.«

»Vier Dollar von deinem Geld. Und die Rose gab's noch on top.«

Ich grinse. »Aber im Ernst. Danke. Das war vielleicht der spannendste Abend meines Lebens.«

»Für mich war es auch spannend. Ich hab die Schneeflocke wunderschön ausgemalt.«

Ich verdrehe die Augen, und als er mir sein Tausend-Watt-Lächeln schenkt, mache ich im Geist ein Foto. Zum ersten Mal seit Langem steht etwas Neues im Jahrbuch meines Lebens.

Ich schleiche zur Wohnungstür, als wollte ich eine Spinne mit einem Tuch einfangen. Ich muss ganz leise sein, damit meine Mutter nicht hört …

»Aisha?«

»Du bist noch wach?« Ich ziehe die Tür hinter mir zu und schaue mich suchend um, bis ich sehe, wo die Stimme herkommt. Im Wohnzimmer ist es fast dunkel, nur die Leselampe brennt. Meine Mutter hat die Haare locker hochgesteckt und es sich mit einem Buch in der einen Hand und einer großen Tasse in der anderen auf dem Sofa bequem gemacht. Das Haus riecht nach scharfen Gewürzen, mir knurrt der Magen. Mein Abendessen bestand aus einem Eisbecher. Ich habe den Ball verlassen, bevor das Buffet eröffnet wurde.

Wenn ich mich in unserem Wohnzimmer umschaue, das abgewetzte Sofa und die abblätternde Farbe sehe, bete ich sonst immer, dass wir mal für eine dieser Renovierungsshows ausgewählt werden. Heute aber bin ich erleichtert, in unsere gemütliche Wohnung mit den Götterstatuen auf dem Sims zu kommen.

»Dein Vater schläft, aber du weißt ja, dass ich nicht schlafen kann, bevor du zu Hause bist. Und ich wollte doch hören, wie es auf dem Ball war.« Die feinen Linien von der Nase zum Mund und ein paar graue Strähnen verraten das Alter meiner Mutter, trotzdem wird sie oft für Seema gehalten.

Einmal habe ich versucht, meine Mutter nach den Jungs auszuquetschen, die sie in der Schule mochten. Garantiert ist die Liste länger als ein Wörterbuch, aber sie hat nur keusch gelächelt und gesagt: Für mich gibt es keinen als deinen Vater.« Heißt übersetzt: Ich hatte viele Angebote. Ich habe mich oft gefragt, wie die Schulzeit meiner Mutter war. Wie mag es sein, wenn man so eine auffallende Schönheit ist? Mit meinen krausen Haaren und den Kickeln werde ich es nicht herausfinden. Außerdem ist meine Mutter in Indien zur Schule gegangen. Da konnte sich selbst eine Erscheinung wie sie einfügen. Wenn die Leute mich sehen, denken sie nicht: Was für ein schönes Mädchen. Sie denken nicht mal: Ah, ein Mädchen. Hier in Arledge, wo man sich die Verteilung der Ethnien als großen Bottich weißen Reis mit vereinzelten braunen Körnern darin vorstellen kann, denken sie: indisches Mädchen.

»Es war, äh, nett.« Ich streife die Stöckelschuhe ab und lasse die Zehen mit einem erleichterten Seufzer in den Teppich einsinken. Noch nie war ich so dankbar, flachen Boden unter den Füßen zu spüren.

»Du hast so lange gebettelt, zu dem Ball gehen zu dürfen, *aur bas itna hi?*« Und das ist alles? Meine Mutter klopft neben sich aufs Sofa und reicht mir ihre Tasse mit Safranmilch. Ich setze mich und ziehe die Knie an die Brust. Es tut gut, den Mix aus Hindi und Englisch zu hören. In meiner Familie kommen oft zwei Sprachen in einem Satz vor, aber ich antworte immer auf Englisch, denn meine Hindi-Aussprache ist lausig.

»Es ist nichts Besonderes passiert. Marcy und ich haben zusammengegessen und getanzt, und dann hat ihre Mutter uns abgeholt.«

Wenn meine Eltern wüssten, dass ich zu einem Fremden ins Auto gestiegen bin, anstatt unter Aufsicht auf einen Ball zu gehen, würden sie eine indische Version von Hackfleisch aus mir machen. Sie würden Keema Curry aus mir machen. Selbst mein sanftmütiger Vater würde mich dann liebend gern vierteilen.

»Und deine anderen Freunde? Brian und Lily? Riya?«

Die Datenbank meiner Mutter hat anscheinend seit einer Weile kein Update mehr erlebt. Und nach Riya fragt sie nur, weil sie indisch ist und auf meine Schule geht. Ich hab mich noch nie mit ihr verabredet. Einmal hab ich es versucht, aber da wollte sich mich überreden, in ihre Kathak-Tanzgruppe beim Tempel einzutreten.

»Denen geht's gut.« Ich reibe an dem Lippenstift-Abdruck am Rand der Tasse. »Ma, ich hab dich nie danach gefragt, aber was ist eigentlich damals zwischen Mrs Wu und dir vorgefallen? Ihr wart doch mal gut befreundet, oder?«

Sie nickt. »Von dem Tag an, als wir hierhergezogen sind.

Wir haben einander verstanden, weil wir beide wussten, wie schwer es ist, in einem neuen Land Fuß zu fassen. Dass man immer versucht, bei den Kindern alles richtig zu machen, und aufpasst, dass sie keinen schlechten Umgang haben.« Sie kneift mir liebevoll in die Wange.

»Aber was ist dann passiert?«

Meine Mutter lässt die Hand sinken, ihr Lächeln wird schmal. »Nichts. Sie sind weggezogen, nichts weiter. Sie leitet jetzt die Finanzabteilung eines Unternehmens, *beta*. Wenn man älter wird, ist es schwierig, Freundschaften aufrechtzuerhalten. *Apne apne* Leben *main hum* beschäftigt *hojate hai*.« Wir sind alle mit unserem eigenen Leben beschäftigt.

Ich weiß, dass das nicht stimmt. Mit ihren Freundinnen vom College telefoniert sie immer stundenlang. Ich muss meinen Vater fragen. Meine Mutter redet nie schlecht über andere. Sie wüsste sogar noch über einen Serienmörder irgendwas Positives zu sagen, zum Beispiel *Immerhin hat er seinen Job mit Leib und Seele gemacht.* Meine Mutter hat zwar ein sanftes Wesen, aber sie ist doch eine echte indische Mutter – ein Kugelfisch, der sich beim ersten Anzeichen, dass ihre Töchter »auf Abwege geraten« könnten, schützend aufbläst. Und mit Anzeichen meine ich, dass man ein männliches Wesen erwähnt, mit einem männlichen Wesen für die Schule lernt oder irgendwo hingeht, wo es Alkohol und / oder männliche Wesen geben könnte.

Sie steckt sich ihre Lesebrille ins Haar. »Jetzt, wo du wieder da bist, gehe ich mal schlafen. *Aur ye ankhon main* Makeup *mereko dhikraha hai*. Du kennst meine Regel, kein Makeup bis zum College. Und du hast schon ganz rote Augen, geh du auch bald ins Bett.«

Ich seufze. »Ja, Ma.«

In meinem Zimmer stolpere ich fast über einen BH-Berg. Vor dem Ball habe ich nach einem BH gesucht, der unter meinem Kleid nicht auffällt. Ich kann mich nicht erinnern, so viele aus dem Schrank geholt zu haben. So ist das mit meinem Zimmer. Ich finde Chipstüten und habe keine Erinnerung daran, Chips gegessen zu haben. Socken verschwinden spurlos. Haarnadeln vermehren sich. Meine Eltern finden das nicht so toll, aber ich sage immer, dass ich nach dem Schulabschluss ordentlicher werde. Ich setze mich auf den Bettrand und öffne mit angehaltenem Atem mehrere lange Nachrichten von Marcy. Zu meiner Überraschung habe ich auch eine Nachricht von Quentin. Nachdem er mich nach Hause gefahren hat, haben wir Nummern getauscht, aber ich hab nicht damit gerechnet, dass er mir direkt schreibt. Ich habe vergessen zu fragen, wann genau tritt unsere Abmachung in Kraft, Lady Aisha? Ich lächele, und gerade als ich das nächste Wochenende vorschlagen will, klingelt mein Telefon.

»ENDLICH, WO HAST DU GESTECKT?« Marcys Stimme lässt fast meine Fensterscheibe zerspringen. »IST ALLES IN ORDNUNG?«

»Das ist eine lange Geschichte – sitzt du bequem?«

»Ich liege im Bett, Handy am Ohr. Ich höre!«

Als ich mit der Geschichte dieses Abends geendet habe, inklusive Quentin, Klebezettel und Fraktale, höre ich sie am anderen Ende schwer atmen.

»Die Story hätte es verdient, auf der ersten Seite des Antilopen-Anzeigers zu stehen.«

»Dann verzeihst du mir? Und versprichst mir, Kevin nicht zu erzählen, dass ich seiner Oma den Fahrer weggeschnappt habe?« Ich werfe mich aufs Bett, meine Haare breiten sich über das Kopfkissen aus. Ich schaue zu den verblichenen Papiersternen an der Decke, von Hand golden angemalt. Die kleben da schon seit vielen Jahren, und ich bringe es nicht übers Herz, sie abzunehmen. Wenn ich spätabends noch lerne, lassen sie mein Zimmer größer wirken. Jedenfalls bis ich wieder in mein Heft mit spanischen Verbkonjugationen schaue.

»Na klar. Es ist nur ein Jammer, dass du die gebackenen Mini-Samosas verpasst hast.«

Ich lache. Zum Glück ist mein Zimmer weit genug von dem meiner Eltern entfernt, ich brauche also nicht leise zu sein. Meine kleine private Oase. »Ich hab frische Samosas zu Hause, allzeit griffbereit.«

»Wenn du mich je einladen würdest, würde ich nicht Nein sagen.«

Ich erspare Marcy den fleckigen Teppich und die quietschenden Türen unserer Wohnung. Bei ihr kann man viel besser chillen, es gibt Tomaten im Garten und die Teppiche sind so flauschig wie junge Hunde.

»Unsere Wohnung würde dir nicht gefallen, glaub mir«, sage ich. »Und meine Schwester kommt oft vom College nach Hause, dann wird es eng.«

»Aber ich liebe deine Schwester.«

Das ist ja gerade das Problem, würde ich am liebsten sagen. Am Ende mögen immer alle Seema lieber als mich. Als wir jünger waren, ist das mehr als einmal passiert. Mit Mühe und Not fand ich eine Schulfreundin, und kaum lernte sie Seema kennen, vergaß sie, dass ich auch noch da war.

»Mann«, sagt Marcy. »Du steckst echt voller Überraschungen. Du steigst zu einem fremden Jungen ins Auto. Du wirst seine Nachhilfelehrerin. Und du kennst Brian aus deiner Kindheit.« Einen kleinen Moment ist es still. »Wie war er damals so?«

»Ich schicke dir mal ein Foto aus dem Jahrbuch der fünften Klasse. Am Traumberuf-Tag hat er einen Vortrag darüber gehalten, dass er ein eigenes Tierheim gründen will.«

Sie schnappt nach Luft. »Genau deshalb mache ich beim Jahrbuch mit. Um die Veränderungen zu dokumentieren.

Jetzt hätte er das Tierheim wahrscheinlich nur, um all den kleinen Hündchen und Hamstern ins Ohr zu flüstern, dass er die Ehrennadel ersten Ranges hat.«

Ich lache und lege das Handy auf den Teppich, um das verstaubte Jahrbuch aus dem untersten Regalfach zu holen. Das Jahrbuch schlägt sich ganz von selbst auf der immer gleichen Seite auf, als hätte der Buchrücken ein Muskelgedächtnis. Es ist eine glänzende Seite, auf der Brian so breit lächelt, dass man sein Zahnfleisch sieht. Seine Wangen sind rund und rosig und vorn hat er eine Zahnlücke, so breit, dass ein Eisstiel dazwischen passen würde. Er hält die blaue Schleife hoch, die er für seinen Vortrag am Traumberuf-Tag bekommen hat.

Und da ist Brians Mutter. Sie schaut nicht in die Kamera, ihre Hand liegt auf Brians Schulter und sie sieht so glücklich aus, wie ich sie noch nie gesehen habe. Als Kind wusste ich gar nicht, dass Mrs Wu Zähne hat. Ihr Mund war immer nur ein Strich.

Dann schaue ich mich an, ich bin winzig. Mein Gesicht ist halb abgeschnitten, ich stehe ganz hinten in einem T-Shirt mit einem Paintbrush-Cartoon vorne drauf. Wenn man meinem Blick folgt, sieht man, wen ich anschaue, voller Bewunderung für seinen ersten Platz.

»Aish, ich weiß, du hattest einen heftigen Abend, aber wenn man es mal positiv betrachtet, ist das doch super für dein Manifest.«

Um ein Haar wäre mir das Jahrbuch aus der Hand gefallen. *Manifest* klingt so, als wollte ich Fallschirm springen und meine Jungfräulichkeit verlieren. Gleichzeitig. »Mein was?«

»Der Plan, deine Komfortzone zu verlassen. Das ist doch ein Manifest. Alles machen, was du bisher nicht gemacht hast. Abenteuer erleben. Dir die Haare färben, crowdsurfen und so weiter.«

»Es ist eher eine To-do-Liste. Und es ist nicht nur zum

Spaß, es ist für meinen Essay. Spaß ist eine erwünschte Nebenwirkung.«

»Nebenwirkung ist die traurigste Beschreibung von Spaß, die ich je gehört habe. Du musst kurzfristig denken – stell dir vor, du stirbst, bevor du aufs College gehst!«

Mir schnürt sich die Kehle zu. »Stimmt, ich ernähre mich ja ganz schön ungesund.«

»Hm-hm. Donnerstag hast du zum Mittag zwei Snickers gegessen …«

Seit der dritten Klasse nehme ich nicht mehr das Dal meiner Mutter mit in die Schule, nachdem mich ein Junge fragte, ob ich nichts »Normales« esse, weil mich sonst der Elefantengott meiner Religion straft. Ich hätte antworten sollen, dass mein Elefantengott ihn mit einer Erdnussallergie strafen und seine sämtlichen Erdnussbuttertörtchen in den Äther blasen würde, stattdessen hab ich Nein gemurmelt. Da habe ich es ihm aber ganz schön gezeigt.

»Der Spaß fängt genau heute an. Oder eigentlich schon gestern.«

»O Mann, danke für die kleine Sinnkrise.«

»Außerdem klingt Manifest offiziell. Als hättest du einen Pakt mit dir selbst geschlossen.« Ich höre ihre Bettdecke rascheln. »Was willst du dir als Erstes vornehmen? Auf ein Date gehen vielleicht?«

Ich kann mir schon denken, worauf sie hinauswill.

»Was hältst du von einem kleinen Rache-Date mit Brian? Du könntest dich mit ihm verabreden und dich dann auch krankmelden. Oder einfach mit ihm knutschen – natürlich erst, wenn er wieder gesund ist.«

Ich stöhne. »Hör auf. Ich will heute nicht mehr an Brian denken.«

Marcy wird still, was bedeutet, dass sie angestrengt nachdenkt. Das ist nie gut. »Hey, warte mal – wieso bin ich da nicht eher drauf gekommen? Ist der Mathetyp süß? Quentin?«

»Fang nicht davon an. Vielleicht hat er ja eine Freundin. Oder er ist schwul.«

»Oder bi, so wie ich.«

»Er kann sein, was er will, ich weigere mich, auf die Art an ihn zu denken.«

»Warum?« Sie klingt wie eine gereizte Pressesprecherin. Das habe ich mich bei Wooly's auch gefragt. Warum nicht einfach mit diesem Typ ausgehen? Ich fand die Filme immer richtig schlecht, in denen das Mädchen die Nase rümpft und sagt: »So hab ich Raju nie betrachtet ...«, obwohl Raju die ganze Zeit im Film vorkommt, sein gutes Aussehen unter einem Topfschnitt versteckt und ganz klar wie geschaffen für sie ist.

»Das wäre mega-unangenehm, weil ich ja jetzt seine Nachhilfelehrerin bin. Und ich hatte bei ihm kein kribbeliges Verliebtheitsgefühl, und ich weiß, das klingt jetzt schrecklich ...« Ich halte inne und meine Wangen glühen, während ich nach den richtigen Worten suche. »Er ist genauso groß wie ich. Höchstens zwei Zentimeter größer.«

»Du meinst ...«

»IchmagJungsdiegrößersindalsich.« Wenn ich es richtig schnell sage, klingt es nicht ganz so schlimm.

»Okay, okay. Persönliche Vorlieben sind erlaubt. Aber vielleicht ist er ja zum Üben nicht schlecht. Du hast einen neuen Freund und gleichzeitig lernst du, mit Jungs zu reden ...« Ich höre einen Stift über Papier kratzen und halte das Handy näher ans Ohr.

»Marce, streichst du seinen Namen durch?«

»Kann schon sein.«

»Okay, das reicht jetzt. Schlafenszeit. Keine Listicles mehr.«

Kaum hat sie aufgelegt, schalte ich das Licht aus und krabbele ins Bett. Das Jahrbuch bleibt aufgeschlagen auf meinem Schreibtisch liegen, Brians Gesicht lächelt die Sterne an meiner Zimmerdecke an.

Es hat schon was. *Manifest.*

Stanfordessay.
docx

Stanfordessay.docx
Letzte Änderung Sonntag 01.12. 12:46

Schildern Sie eine Situation, in der Sie Ihre Komfortzone
verlassen haben. (600 Wörter)

~~Das Verlassen der eigenen Komfortzone ist eine ziemlich
subjektive Angelegenheit. Ein professioneller Kletterer ver-
lässt vielleicht seine Komfortzone, wenn er den Half Dome
im Yosemite-Park erklimmt. Bei mir ist das bereits der Fall,
wenn ich bei Wooly's irgendetwas anderes als meinen
Standard-Eisbecher bestelle. Das heißt jedoch nicht, dass
meine Erfahrung weniger Gültigkeit hätte.~~

~~Ich habe noch nie gern meine Komfortzone verlassen. Bis
gestern, als ich mich ins Auto eines Fremden geschmuggelt
habe. Aber keine Sorge, ich habe ihn dafür auf ein Eis eingeladen, es ist also nicht~~

asdsdkasdkjsadlksef;l

Waffenstillstand in der Bibliothek

✓ Brian
verzeihen

Montagmorgen gehe ich in Ms Kavnicks Kurs und setze mich auf meinen angestammten Platz am Fenster. Ich warte darauf, dass Brian auftaucht, damit ich ihm in die Augen sehen und dann ungerührt weggucken kann.

Aber er taucht nicht auf.

Erst bin ich sogar ein bisschen erleichtert, weil es beweist, dass er wirklich krank war. Aber dann fällt mir ein, dass wir hier von Brian Wu sprechen. Noch wenn er an der Schwelle des Todes stünde, würde seine Mutter ihn zur Schule fahren und seinen Infusionsständer hinter ihm herschieben, damit dieser kleine Stolperstein in seiner akademischen Laufbahn ihm keine Fehlstunden beschert.

Nach dem Literaturkurs gehe ich in die Bibliothek. Wenn Marcy, so wie heute, mit dem Jahrbuch zu tun hat, esse ich allein in der Bibliothek, an einem Tisch gegenüber den Computern.

Die Bibliothek der Arledge Prep fand ich immer schon toll. Der Rest der Schule wird ständig gebohnert und gestrichen, nur die Bibliothek bleibt von unserem Direktor verschont. Das Licht ist warm und gelb, sehr erholsam im Vergleich zu den Neonlichtern in der Mensa. Am besten gefallen mir die Buntglaslampen, an deren silbernen Ketten man immer mehrmals ziehen muss, bis das Licht angeht. Oft hocken Brian, Kevin und die anderen Basketballer nach der Schule auf den Armlehnen der abgewetzten Sofas, bis das Training beginnt.

Seufzend setze ich mich an einen freien Tisch und krame in meiner Handtasche nach der Familienpackung Snickers, als ein Schatten auf den Teppich fällt. Halb rechne ich mit Marcy, ein zusammengerolltes Blatt Papier mit ihrem Plan für mein Manifest in der Hand, aber nein, er ist es. Mit leicht verquollenen Augen, doch wie immer mit perfekt gegelten Haaren und tipptopp gebügelter Uniform. In der Hand hat er ein Verspätungsformular und eine Tupperdose. Brian, der aussieht wie Brian. Markantes Kinn. Schön geschwungene Lippen. Kein Infusionsständer.

»Aisha, die sind für dich.« Er stellt die Tupperdose vor mich auf den Tisch, das Plastik macht ein dumpfes Geräusch auf dem Holz. »Das sind Mandelplätzchen, die meine Mutter deiner Familie als Entschuldigung schickt. Sie hat sie frisch gebacken. Normalerweise macht sie das nur zum Mond-Neujahr, aber …« Er guckt mich an, als rechne er damit, dass ich ihn jeden Moment mit hart gekochten Eiern bewerfe. Wenn ich daran denke, wie oft ich an diesem Wochenende aufs Handy geschaut habe, hätte ich nicht übel Lust dazu.

»A-ha«, bringe ich heraus und versuche zu atmen. »Hm, danke.«

Ich wurde soeben zur Jahresbesten in Konversation gewählt. Gleich steige ich auf die Bühne, um meinen Preis entgegenzunehmen.

»Hast du vielleicht kurz Zeit? Ich möchte mit dir über den Ball reden, aber nicht unbedingt hier.« Er macht eine Kopfbewegung zu der Gruppe D&D-Spieler am Nebentisch, die auch immer ihre Mittagspause hier verbringen. »Es ist eher privat.«

In diesem Moment schlendert Lily Perez, offizielle Sprecherin der Häkel-AG und inoffizielle Sprecherin der Schnüffel-AG, vorbei. Auf dem Weg zu den Computern wirft sie mir einen langen Blick zu. Entweder fragt sie sich, warum die beiden Rivalen um den Titel als Jahrgangsbeste zusammenhocken, oder sie ist fasziniert von dem verblüffenden Umfang meines Kickels.

»Ich, äh …« Ich schaue zu Brian, dann wieder zu dem Snickers in meiner Faust, das ich umklammere wie eine Langhantel. »Ich weiß, wo wir reden können.«

Ich stehe auf und gehe Brian voran zwischen den Regalen hindurch, vorbei an Romanen, Comics und Autobiografien, bis ich zu der Abteilung gelange, die in der Mittagspause immer verlassen ist: die Biografien. Anscheinend interessiert sich niemand für Bücher von Leuten, die über andere Leute schreiben.

»Nicht übel hier.« Brian lässt sich zwischen zwei Regalreihen auf den Teppich sinken und zieht die Beine zur Brust. Unfassbar, dass Brian mit seiner makellosen Arledge-Uniform tatsächlich den Teppichboden berührt, auf dem sich Tausende Flusen tummeln. Ich setze mich im Schneidersitz ihm gegenüber und sehe ihn an – hingerissen wie von einer Naturdoku. Obwohl wir auf dem Boden sitzen, ist sein Rücken kerzengerade. Mrs Wus ständige Ermahnungen an ihn, gerade zu sitzen, haben offenbar gewirkt.

»Ich fange mal an mit: Bitte hass mich nicht.«

»Ich hasse dich nicht«, behaupte ich sofort, und das stimmt. Nach jenem Sommer in der Siebten habe ich versucht ihn zu hassen, aber es hat nie geklappt. So manches Mal habe ich mir vorgenommen, alles wegzuschmeißen, was mich an ihn erinnert – die abgerissenen Kinokarten aller Filme, die wir zusammen gesehen haben, den Schlüsselanhänger aus San Francisco mit der »interessanten Form«, den er nicht als Flaschenöffner erkannte. Ich habe immer noch alles. »Wenn du krank warst, versteh ich das. Ich hoffe, es, hm, geht dir besser. Ich meine, sieht ja so aus, als ob es dir besser geht.«

Ich knabbere an meinem Snickers, sorgsam darauf bedacht, dass kein Karamell an meinen Lippen kleben bleibt. Ich hasse es, vor jemandem zu essen, den ich nicht so gut kenne, vor allem wenn es ein toller Typ ist. Bestimmt betonen die Krümel um meine Lippen die Aknemale an meinem Kinn, und selbst wenn ich nur kleine Bissen nehme, frage ich mich, wie sich meine Wangen dabei verziehen.

»Ehrlich gesagt, Aisha ...« Er guckt auf seine Schuhe. »War ich gar nicht krank.«

Ich habe mich schon gewundert, dass er so frisch aussieht, obwohl er das ganze Wochenende erkältet war.

»Ich weiß, dass meine Mutter das behauptet hat, aber in Wahrheit hatten wir Samstagnachmittag einen Riesenkrach.«

Ich denke an Mrs Wu zurück. Sie gehört zu den Menschen, denen man unbedingt gefallen will – sie könnte mich um meine Milz bitten und ich würde sofort Ja sagen, und wenn sie mich Jahre später um meine Bauchspeicheldrüse bitten würde, würde ich wieder Ja sagen. Brian hat die gleiche Wirkung auf mich, aber er weiß es zum Glück nicht, meine Organe sind also alle noch intakt. Bis jetzt.

»Worüber habt ihr euch gestritten?«, frage ich sanft.

Er atmet tief durch und zupft an den Fäden des Teppichs.

»Du musst es mir nicht erzählen«, füge ich hinzu. »Ich verstehe, wenn es was Persönliches ist oder wenn ...«

»Ich möchte es erzählen. Und es fällt mir leichter, weil du es bist. Du kennst meine Mutter, deshalb kannst du es vielleicht verstehen.« Er blinzelt die ganze Zeit, wahrscheinlich sucht er nach den richtigen Worten. Ich warte.

»An dem Morgen vor dem Winterball habe ich eine Mail von einer angeblichen Bekannten meiner Mutter bekommen. Sie hat sich als Mentorin für die College-Bewerbung vorgestellt, und dann hat sie mich gebeten, ihr zurückzuschreiben und Einzelheiten aus meinem Leben zu erzählen. Je öfter ich die Mail lese, desto klarer wird mir, dass Mentorin ein ziemlicher Euphemismus ist.« Der schwarze Lederschuh, mit dem er im Rhythmus eines unhörbaren Songs auf den Teppich geklopft hat, hält still. »Sie ist eine Harvard-Absolventin, die meine Mutter dafür angeheuert hat, meine Essays zu schreiben.«

Ich erstarre regelrecht. Ich habe schon davon gehört, dass es an unserer Schule Helikopter-Eltern gibt, die für ihre Kinder die College-Essays überarbeiten, aber einen Profi engagieren? Das ist unmoralisch. Unfair. So etwas hätte ich Mrs Wu, die harte Arbeit immer so hochgehalten hat, nicht zugetraut.

»Ehe du voreilige Schlüsse ziehst, ich bin total dagegen. Ich hab schon vor Monaten darauf bestanden, meine Essays selbst zu schreiben. Meine Mutter hat daraufhin versprochen, die Idee mit dem Ghostwriter fallen zu lassen, und das habe ich ihr auch geglaubt.« Er beißt die Zähne zusammen. »Aber ich hab mich getäuscht. Sie hat gesagt, wenn wir die Möglichkeit haben, meine Bewerbung zu verbessern, sollten wir sie auch nutzen. Sie wollte nicht mal zugeben, dass das gegen die Regeln verstößt. Sie meinte, ich kann den Essay ja als Leitfaden benutzen und ihn mir dann ›zu eigen machen‹. Aber natürlich wird es nicht mein Essay, nur weil ich ein paar Kommas verschiebe und Sätze umformuliere.«

Ich kann mir kaum vorstellen, wie es sein muss, wenn die Eltern sich derart einmischen. Meine Mutter könnte nie einen Ghostwriter für mich engagieren, sie kann ja kaum zuverlässig eine Handynachricht verschicken. Manchmal schickt sie eine Nachricht, die für meinen Vater bestimmt ist, versehentlich an mich. Aber tausendmal lieber so als das, was Brian da gerade erzählt. Wenn meine Eltern mir anbieten würden, meinen Stanford-Essay schreiben zu lassen, würde ich zumindest ein kleines bisschen in Versuchung geraten. Fast bin ich froh, dass die Option nicht besteht.

»Wir haben stundenlang darüber gestritten. Selbst mein Vater kam aus seiner Höhle der Einsamkeit, um sich auf die Seite meiner Mutter zu schlagen. Anscheinend denken sie, dass ich es ohne Hilfe nicht schaffe, an einer der Elite-Unis angenommen zu werden.« Er schluckt, und sein Adamsapfel hüpft rauf und runter. »Selbst wenn ich es nicht schaffe, das ist mir egal.«

Mein Herz zieht sich zusammen. »Es tut mir leid, Brian.«

»Nein, mir tut es leid.« Er schaut mir in die Augen. »Ich wollte wirklich mit dir zum Ball, aber das war alles zu viel. Ich hab es nicht mal über mich gebracht, dir zu schreiben – ich fühlte mich so mies, weil ich dir den Abend verdorben habe. Ich war irgendwie ... wie gelähmt.«

»Das verstehe ich. Ich wusste ja nicht ...« Die Kränkung von dem Abend ist plötzlich verpufft.

»Und dann hat Riley ja auch noch zwei Tage vor dem Ball mit mir Schluss gemacht.« Er zuckt die Achseln. »Aber vielleicht ist es besser so. Eine Beziehung wäre nur eine Sache mehr, die meine Mutter zerpflücken könnte.«

Ich würde für mein Leben gern fragen, warum die superscharfe Riley mit ihm Schluss gemacht hat, aber damit würde ich eine unsichtbare Linie überschreiten. »Wäre? Dann hast du deiner Mutter nichts von Riley erzählt?«, frage ich.

»Natürlich nicht. Das wäre nicht gut angekommen, deshalb haben wir uns immer bei Riley getroffen.«

»Kann ich verstehen. Ich hab meinen Eltern erzählt, ich gehe mit meiner Sofortbildkamera zum Ball.«

»Meine Mutter wusste, dass ich mit dir hingehe. Deshalb hat sie dich ja auch angerufen.« Darauf scheint er fast stolz zu sein.

Das überrascht mich. »Sie hatte nichts dagegen?«

»Ich hab ihr erzählt, ich gehe mit dir hin und fertig.« Er fährt sich mit der Hand durchs Haar. »Sie hat erstaunlich cool reagiert. Du weißt ja, dass sie dich immer sehr mochte.«

Mochte. Autsch. Vergangenheit.

Als könnte er meine Gedanken lesen, verbessert er sich prompt: »Ich meine, mag.« Mit Daumen und Zeigefinger hebt er mein Snickers-Papier vom Teppich auf und betrachtet es wie eine Amöbe unter dem Mikroskop. »Ganz nebenbei, wenn ich so was zum Mittag essen würde, würde mein Basketballtrainer mich umbringen.«

»Und mich bringen wahrscheinlich die Snickers um.«

Er schenkt mir sein seltenes halbes Grinsen, Grübchen in der linken Wange inklusive. Seine Zähne sind ebenmäßig, keine Lücken wie früher. Gegen Ende der Fünften hat er wegen seines Überbisses eine Zahnspange bekommen. Während ich meinen Rucksack aufmache und mein Heft für den Kurs bei Ms Kavnick heraushole, singt es in meinem Kopf *ich gehe mit dir hin und fertig.* »Hier, für dich. Das hast du heute im Kurs verpasst.«

Widerstrebend nimmt er es an. »Du gibst mir deine Aufzeichnungen, deinem Rivalen? Hoffentlich nicht aus Mitleid.«

»Das ist die Revanche. Du hast mir auch deine Matheaufzeichnungen gegeben, als ich letztes Jahr krank war.«

»Ich weiß noch, dass du erst die vier anderen in unserer Reihe gefragt hast.«

Ich lache. Ich war zu schüchtern, um direkt ihn zu fragen. »Die Notizen der anderen waren komplett unleserlich. Die von Marcy waren wie eine Reihe von Arztunterschriften.«

Er blättert durch mein Heft. »Wow, wie du das alles gegliedert und markiert hast. Fast zu schön, um damit zu lernen.«

Ich habe schon oft Komplimente für meine Aufzeichnungen bekommen, aber aus Brians Mund fühlt es sich an, als wäre ich mit Buttercreme und Streuseln überzogen worden.

»Ob du sie benutzt oder nicht, ich werde trotzdem Jahrgangsbeste.«

»Na, das werden wir ja sehen.«

Wir lächeln. Ich bin erleichtert, dass unsere Wettbewerbs-
dynamik wiederhergestellt ist. Das ist so, als würde ein Buch
wieder an seinen Platz im Regal gestellt.

Beim Klingeln steht Brian auf und wirft den Rucksack über
die Schulter. »Danke, dass du mir zugehört hast, Aish. Und
für das Heft. Ich war in einem schlimmen Tief, und ich konnte mit niemandem darüber reden. Nicht mal mit Kevin.«

Aish.

Ich fühle mich, als wäre ich für etwas Besonderes auser-
wählt worden, als dürfte ich mit meiner Klarinette im Blue
Llama Jazz Club auftreten. »Im Zuhören hab ich Übung. Du
hast mir damals deinen Text als Knappe vorgetragen, weißt
du noch?«

Brian hat in der Fünften für die Rolle des Arthur in unserer Aufführung von *Die Hexe und der Zauberer* vorgespro-
chen, aber es hat dann nur zum zweiten Knappen gereicht.
Sein Text bestand aus nur sieben Sätzen. Zum Ausgleich hat
er sie mit so viel Verve vorgetragen, dass sie bei der Premiere
etwas zu theatralisch gerieten.

Er stöhnt. »Erinnere mich nicht daran.«

Wie ich da mit ihm in dem schmalen Biografien-Gang stehe,
ist es, als würde eine Marschkapelle hereinmarschieren, die
Trommeln dröhnen in meiner Brust. Es ist verflixt schwer,
Brian nicht mehr zu mögen. Es geht mir wie den Eltern, die
sich am Rand des Spielplatzes miteinander unterhalten, während sie die ganze Zeit ein Auge auf die Schaukeln haben, wo
ihre Kinder sind. Ich werde immer ein Auge auf Brian haben.

»Ich muss jetzt mal in den Unterricht«, murmele ich und
klemme die Tupperdose mit den Plätzchen unter den Arm.

Ein Licht scheint in die Dachkammer meiner Gedanken –

die knarrende, muffige Dachkammer voller Sehnsüchte, in die ich mich seit Jahren nicht mehr hineingewagt habe. Das ist ein spätes Eingeständnis so wenige Monate vor dem Schulabschluss, aber es ist noch nicht zu spät. Bei meinem Deal mit Quentin ging es mir bisher nur um den Stanford-Essay, aber vielleicht ist an Marcys Idee mit dem Manifest ja etwas dran. Vielleicht muss ich weiter denken. Das letzte Schuljahr ist meine Chance, Neues zu entdecken. Jetzt, da Quentin mir hilft und Brian frisch getrennt ist, könnte ich ja vielleicht alles haben. Die Zusage für Stanford, die Chance auf neue Erfahrungen und sogar den Typ.

Bei der Vorstellung fühle ich mich ganz leicht, wie ein Heißluftballon, der in den Himmel steigt. Unerschrocken wie eine Astronautin, die ihr Visier runterklappt, reiße ich die Tür der Bibliothek auf.

Adios, Komfortzone.

Elternsprechtag

✓ Ein
Klebezettel-
Manifest starten

Ich bleibe noch ein paar Minuten allein in dem alten Kombi meiner Mutter sitzen. Quentin hat gefragt, ob ich dieses Wochenende zu unserer ersten Nachhilfestunde zu ihm kommen kann. Ich habe mit meinen Eltern vereinbart, dass sie mir den Wagen manchmal für ein »ehrenamtliches Nachhilfeprojekt« zur Verfügung stellen. Da ich schon seit einer ganzen Weile Nachhilfe gebe, haben sie sich nicht gewundert. Ich habe nur verschwiegen, dass der Schüler männlich und in meinem Alter ist.

Am Abend des Balls schien alles so einfach, aber jetzt, in der grellen Wintersonne, kommt mir der Deal mit Quentin vor wie ein ferner Traum. Mit meinem alten Mathebuch unter dem Arm steige ich aus dem Wagen.

Ich klingele und bete zu den Glückssternen an meiner Zimmerdecke, dass Quentin mir die Tür öffnet, aber durch das Milchglas sehe ich einen neonorangen Klecks näher kommen. Als die Tür aufgeht, sieht mich eine schmale Frau mit freundlichem Gesicht an. Sie hat die schwarzen Haare zu einem lockeren Pferdeschwanz gebunden, trägt eine Kette mit einem silbernen Jesuskreuz daran und eine mandarinenfarbene Jogginghose. »Du bist bestimmt Aisha! Ich bin Quentins Mutter.«

»Freut mich«, sage ich. »Ich bin gekommen, um Quentin

mit Mathe zu helfen?« Es klingt wie eine Frage an mich selbst, nach dem Motto: Bin ich wirklich hier?

»Ja, klar. Komm rein, komm rein, es ist kalt draußen.« Ich nehme ihre ausgestreckte Hand und hoffe, sie merkt nicht, dass meine Hände schwitzig sind.

Im Flur strömt mir Kakaogeruch entgegen. Ein Duft wie im Paradies oder in Willy Wonkas Schokoladenfabrik. Die geblümten Tapeten passen zu den lachsfarbenen Möbeln, auf dem Holzfußboden liegen Teppiche mit Fischgrätmuster. Im Wohnzimmer steht schon ein großer Weihnachtsbaum mit Lametta und kleinen Deko-Anhängern aus Glas. Es ist ein krasser Kontrast zu unserer Wohnung, wo es nach Butterhühnchen riecht und überall abgelaufene Gutscheinbücher herumliegen wie schmelzende Uhren von Dalì.

Quentins Mutter steht mit den Händen in den Seiten da und wir lächeln uns unbeholfen an. An irgendwas erinnert mich ihr schiefes Lächeln, und schon bald wird mir klar, dass Quentin haargenauso lächelt. »Na, dann sage ich Quentin mal Bescheid. Du kannst deine Schuhe hier abstellen.«

»Danke … äh …« Einen kurzen Moment weiß ich nicht mehr, wie Quentin mit Nachnamen heißt, aber da fällt es mir wieder ein. »… Ms Santos.« Als ich mich bücke, um die Stiefel auszuziehen, fällt mein Blick auf die gerahmten Fotos von Quentin und seiner Mutter an der Wand. Auf einem liegt er als Kind am Strand und blinzelt in die Sonne. Er ist über und über mit Sand bedeckt. Ich hatte am Strand immer panische Angst vor Krabben, deshalb habe ich mich sofort in einen Liegestuhl fallen gelassen und aufgepasst, dass mir kein Sand ins Buch geriet.

»*Anaaaaak!*«, singt Ms Santos nach oben. Als keine Antwort kommt, ruft sie: »Quentiiin, komm runter!«

»Komme schon, Nanay«, ruft Quentin mit gedämpfter Stimme zurück.

Nach ein wenig Gepolter taucht er auf. Seine Haare sind zerzaust, aber bei ihm wirkt es, als sollte es so aussehen. Wenn ich Besuch erwarte, kann ich mich nicht einfach aus dem Bett wälzen. Ich verbringe erst mal eine Stunde damit, meine Haare zu glätten, und dann übe ich eine weitere Stunde, wie ich peinliches Schweigen vermeide.

Das hab ich heute Morgen auch gemacht.

»Tut mir leid, Aisha.« Er reibt sich die Augen und trabt die mit einem Teppich belegte Treppe herunter. »Ich hab den Wecker aus Versehen ausgeschaltet. Du weißt ja, wie das mit Weckern ist. Gehen einem manchmal echt auf den Wecker.«

Ms Santos verdreht die Augen und hakt mich unter. Erschrocken blicke ich auf, und Quentin starrt auf unsere Arme, als könnte auch er nicht glauben, dass ein Mädchen, das er erst letzte Woche kennengelernt hat, Arm in Arm mit seiner Mutter dasteht.

»*Ay nako*, bist du gerade erst aufgewacht? Geh dir das Gesicht waschen. Zeig ein bisschen Respekt vor deiner Lehrerin.«

Bevor ich Quentin schadenfreudig angrinsen kann, nach dem Motto: Genau, ein bisschen Respekt bitte, nimmt sie mich mit in die Küche und stellt einen Schongarer aus Stahl auf den Tisch. Am Fenster über der Spüle stehen Blumentöpfe aus Terracotta, Deko-Sterne hängen von der Decke. Es tut gut, ein bisschen Farbe zu sehen. Um diese Zeit sehen die Bäume in Michigan aus wie Brokkoli mit Gefrierbrand, und selbst die Tage finden ein frühes Ende.

»Ich habe Champorado gemacht. Das ist ein philippinisches Frühstücksgericht, mit dem ich aufgewachsen bin. Es ist wie klebriger Schokoladenpudding. Als ich vor ein paar Jahren im Winter meine Mutter in Dumaguete besucht habe, hat sie mir gezeigt, wie man es selbst macht.«

Aha! Quentin hat also philippinische Wurzeln.

Sie reicht mir eine randvolle Bambusschale. »Glutenfrei. Quentin hat mir gesagt, dass du keinen Weizen isst.«

Wow, Quentin hat sich gemerkt, dass ich bei Wooly's einen glutenfreien Eisbecher bestellt habe. Ich kann mir kaum merken, welche meiner Cousins und Cousinen Vegetarier sind.

»Nimm einen großen Löffel voll. So schmeckst du das ganze Aroma.«

Ich gehorche und lecke mir die Schokolade von den Lippen, vorsichtig, damit sie mir nicht über das Kinn läuft. »Das ist ja köstlich. Und Ihr Haus ist wunderschön. Meine Mutter wäre begeistert von den Blumen auf der Fensterbank.«

»Danke.« Sie lächelt. »Ich liebe Pflanzen.«

Ich wüsste gern, wo Quentins Vater ist. Beim Reinkommen sind mir keine typischen Vater-Indizien aufgefallen, keine riesigen Schuhe neben der Fußmatte oder große Mäntel auf Kleiderbügeln.

Ms Santos setzt sich neben mich und stützt den Kopf auf. »Wir leben schon so viele Jahre hier, und ich hab oft gedacht, es wäre an der Zeit umzuziehen, aber wegen meiner Arbeit sind wir geblieben. Und irgendwie hänge ich inzwischen an allem hier, sogar an der alten Tapete im Wohnzimmer.«

Ich nicke. »Wir wohnen im ersten Stock eines Wohnblocks, und wir haben eine hässliche orange Wohnungstür, die wir nie gestrichen haben, obwohl der Vermieter es erlaubt hat. Es sieht aus, als hätten wir das ganze Jahr für Halloween dekoriert. Aber es hat auch sein Gutes – bei Geburtstagsfeiern finden die Gäste immer sofort den richtigen Eingang.« Die Geburtstagsfeiern meiner Schwester. Ich hatte bisher nur einen Freund und eine Freundin.

Ms Santos lächelt, und wieder erinnert sie mich an Quentin. Und da kommt er auch schon und setzt sich mir gegenüber an den Tisch. Seine Haarspitzen sind feucht und ein Kieferngeruch weht herüber. Während sich der Duft mit der Schokolade vermischt, muss ich an einen Schoko-Minz-Eisbecher bei Wooly's denken. Durch die Haare hindurch sieht er seine Mutter an. »Das hab ich vermisst, Nanay. Zu Ehren der Rückkehr des Champorado mache ich heute Abend Enchiladas.«

Ich rechne damit, dass sie die Nase rümpft und so etwas sagt wie »Wer will schon deine Tiefkühl-Enchiladas?«, aber sie strahlt. »Echt?«

»Aisha kann dann ja sagen, wer besser gekocht hat.«

Er plant mich also zum Abendessen ein. Mehr noch, er will selber kochen. Ich benutze unseren Herd bloß, um Wasser für Tee aufzusetzen. Wenn meine Eltern nicht da sind, esse ich nur irgendwelches Zeug aus Plastikverpackungen.

Oje, Marcy hat recht. Ich werde früh sterben.

Nachdem Quentin seinen Pudding in Rekordzeit verschlungen hat, geht er mir voran durch den Flur und dann die Treppe hoch, wobei er immer zwei Stufen auf einmal nimmt, ohne das Geländer zu berühren – daran sieht man, dass er schon ewig hier wohnt. Ich will ihm hinterhergehen, als seine Mutter mir an die Schulter fasst. Wahrscheinlich will sie mir sagen, dass wir die Zimmertür offen lassen sollen, das würde meine Mutter jedenfalls tun.

»Vielen Dank für deine Hilfe, Aisha. Er hatte das mit der Nachhilfe praktisch schon aufgegeben.«

»Ist der Elternsprechtag gleich mal vorbei?« Quentin winkt vom Treppenabsatz.

»Dann lasse ich euch zwei mal in Ruhe. Und, äh ... bitte lasst die Tür offen.«

Na also.

Sie nickt mir zu und verschwindet wieder in die Küche. Kaum bin ich oben in Quentins Zimmer, platzt es aus mir heraus. »Deine Mutter ist sooo nett.« Es ist mir schon immer leichter gefallen, mit Erwachsenen zu reden als mit Gleichaltrigen. Da kann man sich über Pflanzen unterhalten, über

Bücher, Naturdokus, Granitarbeitsplatten, Heimwerkerprojekte ...

»Das liegt in der Familie.«

»Ach! Du hast ja übrigens gar nicht erwähnt, dass du philippinisch bist.«

»Das ist mir wohl durchgerutscht, als du mein Auto gekapert hast.«

»Touché.«

»War nur Spaß. Aber ja, mein Vater ist Italiener und meine Mutter Filipina.«

Ich betrachte ihn mit neuem Respekt. Für mich ist es schon schwierig genug, dass ich indisch bin, und ich frage mich, wie Quentin noch mehr Ebenen in Einklang bringt. Und da ich romantische Geschichten liebe, kann ich mir die Frage nicht verkneifen ...

»Wie haben sie sich kennengelernt?«

»Mein Vater war Pizzabäcker in Italien und meine Mutter kam als Touristin in seine Pizzeria.«

»O mein Gott, wie süß. Das ist ja wie im Film.«

»Dann hat meine Mutter eine Pizza mit extra Käse bestellt und er dachte sich: Na, das ist ja mal eine richtige Frau.«

»Oh, das ist ...«

»Dann hob er sie hoch, wirbelte sie herum und sie küssten sich mitten auf der Straße.«

»Moment, du willst mich wohl ...«

»Und noch am selben Tag haben sie geheiratet, und ihre Hochzeitstorte bestand aus wunderschönen kleinen gestapelten Pizzen mit Mozzarella und sonnengetrockneten Tomaten dazwischen.«

»Ich hasse dich.«

Er lacht. »Sie haben sich an der Uni kennengelernt.«

Mit kriminologischem Blick schaue ich mich um. Ich analysiere wahnsinnig gern Wohnungseinrichtungen, aber Quentins Zimmer gibt nicht viel her. Ich sehe ein Bett mit grauem Bettbezug, einen Nachttisch mit einem Wecker darauf, auf dem Schreibtisch ein paar Klebezettel, Kerzen und eine Streichholzschachtel. Ich denke an mein Zimmer mit der Regenbogenbettwäsche, haufenweise Klamotten auf dem Fußboden und goldenen Papiersternen an der Decke.

»Hey, du hast einen richtigen Wecker? Echt Retro. Es gibt ja jetzt diese raffinierten Wecker namens Handy.«

»Ich steh auf alte Sachen.«

»Was für Sachen? In deinem Zimmer ist ... nichts. Kein Krimskrams, kein Wandschmuck.«

»Guck genauer hin.«

Ich entdecke ein sternförmiges Etwas aus Papier, das von der Decke herabhängt. »Hey, davon hab ich auch unten schon ein paar gesehen!«

»Ja, das ist ein Parol. Eine philippinische Laterne, die hängt man traditionell zur Weihnachtszeit auf. Die hier sind mit LEDs ausgestattet, aber zur Weihnachtszeit bastelt meine Mutter mit uns gern einfachere aus Bambus und Papier. Und jetzt, wo wir das geklärt haben ...« Er grinst. »Das war eigentlich nicht der Wandschmuck, den ich meinte.«

Ich schaue mich weiter um, und mein Blick bleibt an einer Handvoll gelber Klebezettel an der Wand hängen, direkt über einer Steckerleiste am Boden. »Moment, sind das etwa die ...«

»Neulich hab ich in meinem Mantel die gelben Zettel gefunden, die wir bei Wooly's geschrieben haben, und damit sie nicht verloren gehen, hab ich sie einfach an die Wand geklebt.« Er wirkt sehr zufrieden mit sich, wie ein Filmregisseur, der gleich mit den Fingern den Bildausschnitt anzeigt.

»Und das reicht dir an Deko für das ganze Zimmer?«

»Mir gefällt es, nur wenige Sachen zu haben, über die ich den Überblick behalten muss. In meinem Buddhismus-Kurs ging es sehr ausführlich darum, dass wir nur das benutzen sollten, was wir zum Überleben brauchen.«

Grinsend hebe ich die Kerze mit drei Dochten auf seinem Nachttisch hoch. »Ja, klar. Mit Kiefernduft kann man garantiert Raubtiere in der Wildnis vertreiben.«

»Zu der Lektion über Heuchelei sind wir noch nicht gekommen.«

Ich stelle die Kerze wieder hin und halte mein zerfleddertes Mathebuch hoch wie König Artus, der sein Schwert Excalibur schwingt. »Also, wer ist bereit für ein bisschen M-A-T-H-E?«

»Ich kann vielleicht kein Mathe, aber buchstabieren klappt ganz gut.«

»Ich dachte mir, wir könnten mit Wahrscheinlichkeitsrechnung anfangen.«

»Hundertprozentige Chance, dass ich das nicht kapiere.«

»Womit bewiesen wäre, dass du schon ein bisschen kapiert hast.« Ich setze mich auf den Rand des Betts und passe auf, dass ich die Bettdecke mit dem Laubmuster nicht zerknittere. »Keine Angst, wir lassen es langsam angehen.«

Er zieht eine Augenbraue hoch und ich werde rot.

»Also, so hab ich das jetzt nicht …«

»Langsam ist bestimmt am besten. Meine Mutter ist da und die Tür steht offen.«

Als ich aufspringe wie ein Flummi, grinst er auf diese verschmitzte Art, die ich langsam schon kenne. Dann geht er aus dem Zimmer und kehrt kurz darauf mit einem zusätzlichen Stuhl zurück. Sein Schreibtisch steht am Fenster, meine Akne und die ungezupften Augenbrauen werden also maximal beleuchtet. Deshalb schaue ich lieber die Kerze mit den drei Dochten an als Quentin, aber während ich erkläre, was eine Ergebnismenge ist, werde ich allmählich lockerer. Bei Mathe bin ich in meinem Element. Furchtlos voran mit Fraktalen!

Quentin hängt an meinen Lippen und schreibt mit, aber als er selbstständig Aufgaben lösen soll, gerät er ins Straucheln. Er drückt mit dem Bleistift aufs Papier und starrt auf die leere Seite, und ich kann nicht einschätzen, ob er nur nervös ist oder nicht weiß, wie er die Aufgabe lösen soll. Ich tue so, als ob ich meine Nachrichten checke, damit er sich nicht so beobachtet fühlt.

»Ich versteh es einfach nicht.« Er sagt es wie eine unumstößliche Tatsache. Der Himmel ist blau.

»Sei nicht so streng mit dir. Wir fangen ja gerade erst an.«

»Ich werd es mir später noch mal anschauen ...«

Ich nehme ihm den Stift aus der Hand. »Gib mir mal dein Heft.«

Er tut es, und ich löse die Aufgabe und erkläre dabei die einzelnen Schritte. Ich kreise die Lösung ein und beobachte ihn, während er die Seite genau betrachtet.

»Moment, ich dachte, wenn man schon eine rote Socke aus der Schublade genommen hat, müsste man die Wahrscheinlichkeit abziehen, dass man ...«

Ich klatsche. »Ich wusste es! Du hast es doch kapiert.«

»Du hast die Aufgabe absichtlich falsch gerechnet? Das ist ja link.«

»Halt den Mund und versuch die nächste Aufgabe zu rechnen.«

Ich gehe zur Toilette und bleibe extra länger dort, damit er Zeit für sich hat. Ich lese die Namen der Produkte auf dem Waschtisch. Ein Duft von Dior, ein Deo von Degree, Lavendelseife. Früher war ich immer neugierig, wie es im Bad eines Jungen aussieht. Auf der Middle School war es ein heißes Thema, aber die Wirklichkeit ist nicht halb so interessant wie meine Theorie. Ich dachte, es würde vor Algen und Krabbeltierchen nur so wimmeln, aber sein Bad ist sauber.

Als ich zurückkomme, setze ich mich, drehe mich mit dem Stuhl leicht hin und her und schaue mir seine Rechnung an.

»Richtig!« Ich schwenke sein Heft durch die Luft wie eine volle Bingokarte.

»Was krieg ich als Belohnung für meine Fortschritte?« Er guckt mich mit einem gewinnenden Lächeln an, das ihm bestimmt schon so manchen Ärger mit seinem Nörgel-Opa erspart hat.

»Nach einem sonnigen Mathe-Morgen darfst du mir jetzt« – ich halte beide Daumen hoch – »mit meinem Manifest helfen!«

»Mit deinem was?«

»Meinem Manifest. Der Name stammt von Marcy, und ich hab beschlossen ihn zu übernehmen. Das klingt doch viel offizieller als To-do-Liste.«

»Hm, ich hätte nie gedacht, dass ich das mal sagen würde, aber können wir einfach mit Mathe weitermachen?«

»Sehr witzig.« Ich setze mich auf den Teppich, und zwar so, dass das Sonnenlicht nicht so unvorteilhaft auf mich fällt. »Ich brauch deinen Rat. Montag hab ich mit Brian geredet. Er war beim Ball gar nicht krank, aber er hatte einen guten Grund, nicht zu kommen, deshalb habe ich ihm verziehen. Außerdem hat er mir als Entschuldigung eine Dose Plätzchen mitgebracht, die seine Mutter gebacken hat, was ja wirklich …«

»Hattest du nicht gesagt, die Eltern hätten heutzutage keine Zeit mehr zum Plätzchenbacken?«

Ich grinse. »Da hat sie für mich wohl eine Ausnahme gemacht. Ich hätte dir welche mitgebracht, aber als mir klar wurde, dass sie wahrscheinlich Gluten enthalten, hab ich sie Seema versprochen. Aber du musst den indischen Nachtisch probieren, den ich ihm im Tausch geben werde. Meine Mutter wird ihm bestimmt ein paar Burfi in die Dose packen wollen, bevor ich sie zurückgebe.«

»Ah, der asiatische Tupperdosen-Krieg der Dankbarkeit. Kenn ich nur zu gut.«

Ich wusste gar nicht, dass es etwas typisch Asiatisches ist, die Tupperdosen wieder zu füllen, bevor man sie zurückgibt. Ich dachte, das wär nur ein Ding meiner Mutter.

»Also, wofür brauchst du meinen Rat? Und keine Sorge, meine Mutter kommt nicht hoch. Sie sitzt bestimmt auf dem Sofa fest und shoppt online Weihnachtsgeschenke für die Familie.« Quentin beugt sich vor. Seine langen Ringelsocken, die jetzt unter der Jogginghose hervorlugen, passen genau zu dem gebatikten Hoodie vom Tennis-Team seiner Schule. Anders als Brian, der immer gerade und ein wenig steif dasitzt, wirkt Quentin ganz locker.

»Also, ich ...« Ich senke den Blick.

»Lass mich raten. Du willst Brian.«

»Verfi...« Ich huste. »Ich meine, verflixt! Wie hast du ...«

»Hey, du hast mir doch gerade das Konzept der Ergebnismenge erklärt. Von allen denkbaren Ergebnissen war das am wahrscheinlichsten. Was ist also das Ziel? Dass er dich nach einem Date fragt?«

»Ich glaub schon. Ich bin es leid, ihn aus der Ferne anzuhimmeln. Da müssen jetzt mal Taten folgen.«

»Ah, du meinst ...« Er zieht eine Augenbraue hoch.

»Nein! Nicht solche Taten. Ich meine, einfach was mit ihm unternehmen. Höchstens küssen. Alles, was ab 12 freigegeben ist ...« Mein Gesicht wird heiß und ich stöhne. Der ganze Witz dieses Deals mit Quentin ist zwar, dass ich mich vor ihm nach Lust und Laune blamieren kann, trotzdem fasse ich es nicht, was ich hier jemandem anvertraue, den ich kaum kenne.

»Hey, hey, ich wollte dich doch nur ein bisschen foppen.«

Er steht auf und setzt sich neben mich, die Schnüre seines Hoodies hüpfen. »Erzähl weiter.«

»Ich … ich weiß ja gar nicht, was ein Date überhaupt ist. Theoretisch möchte ich …« – ich senke die Stimme – »jemanden küssen, aber ich hab es noch nie ausprobiert. Wenn mir jemand so nah käme, würde ich tot umfallen.«

»Du brauchst einen Überraschungskuss. Ohne Zeit zum Nachdenken.«

Ich schnippe mit den Fingern. »Genau.« Eine Weile bleibt er still, und erschrocken schlage ich mir eine Hand auf den Mund. »Wag es ja nicht.«

Er kichert. »Ach, komm. Würd ich doch nie machen.«

Nie? Sein überzeugter Ton ist ja fast schon beleidigend, aber es ist natürlich besser so. Wenn Quentin mich küssen würde, würde ich mich wahrscheinlich in ihn verlieben, einfach weil mir der Vergleich fehlt, und dann würden unsere unterschiedlichen Ansichten darüber, ob Mathe ein wichtiges Fach ist, unsere Beziehung zerstören, bis wir irgendwann alt wären und einander im Diner schweigend gegenübersäßen.

»Na ja, du hast nicht ganz unrecht.« Ich lasse die Hand wieder sinken. »Wenn ich nicht sehen würde, dass mir jemand näher kommt, hätte ich keine Panik. Das ganze Davor macht mir Angst.«

»Wie soll das gehen, dass du denjenigen nicht siehst, während er dir näher kommt?«

»Völlige Dunkelheit. Oder ich könnte vor dem Kuss in die Sonne gucken, damit ich geblendet bin.«

»Ja, du könntest dich vorübergehend blind machen, das ist eine sehr vernünftige Idee. Oder …«

»Ich hatte gehofft, dass du *oder* sagen würdest.«

»Oder du wartest einfach, bis du dich mit dem anderen wirklich wohlfühlst. Und lässt es auf natürliche Weise geschehen.«

»Das ist ein schöner Gedanke, aber sehe ich so aus, als wäre ich dazu in der Lage?«

»Na gut, dann leuchte dir mit dem Blitzlicht deines Handys in die Augen, sobald du denkst, es könnte zu einem Kuss kommen.«

»Mann, das muss ich mir aufschreiben.« Ich tue so, als ob ich etwas zum Schreiben suche.

»Da fällt mir was ein.« Er steht auf, schnappt sich einen Block mit gelben Klebezetteln vom Schreibtisch und setzt sich neben mich, so nah, dass sein Knie meins streift. In dem Sonnenlicht, das zum Fenster hereinscheint, leuchten seine Augen wie Bernstein. Es sieht schön aus. Vielleicht ist direktes Sonnenlicht nicht für alle Menschen unvorteilhaft. »Je länger ich mir die Wooly's-Notizen angeschaut habe, desto nachdenklicher wurde ich. Wir könnten dein Manifest doch auf gelbe Zettel schreiben und an die Wand kleben. Das ist viel cooler als eine Liste.«

»Das ist eine Kampfansage. Ich bin ein Listenfan.«

»Was du nicht sagst. Aber wenn wir es so machen, kannst du jedes Mal, wenn wir einen Punkt abhaken, den Zettel abnehmen und durchstreichen. Stell dir vor, wie befriedigend das wäre!« Er unterstreicht es mit einer schwungvollen Abrakadabra-Geste. »Wir können es *Die Wand* nennen.«

»Eine ganze Wand? Ist das nicht ein bisschen ... over the top?«

»Du sprichst von einem Manifest und findest eine Klebezettelwand *over the top*?«

»Ein Punkt für dich, aber würde deine Mutter sie nicht sehen? Meine Mutter würde keine fünf Sekunden brauchen.«

»Nö. Sie bleibt immer an der Tür stehen, wenn sie was von mir will, aus Respekt vor meiner Privatsphäre. Und ich putze selber und mache auch meine Wäsche.«

Er reicht mir den Block und einen Stift. »Ein paar grundlegende Regeln, bevor wir loslegen. Alles, was an diese Wand geklebt wird, muss erstens etwas sein, was du ernsthaft machen willst, zweitens etwas, wovor du Angst hast, drittens vor dem Abgabetermin für deinen Essay machbar sein, viertens innerhalb unseres, ähm, bescheidenen Budgets liegen und ... fünftens für alle Beteiligten ungefährlich sein. Fällt dir sonst noch was ein?«

Ich schüttele den Kopf. Vielleicht wäre ein fiktiver Essay über meinen ersten Zelturlaub doch gar nicht so verkehrt.

»Ich merke schon, dass du zu viel nachdenkst. Schreib einfach alles auf, was dir einfällt, und ich als dein Ein-Mann-Anfeuerungsteam kümmere mich um den Rest. Ich hab sogar schon den passenden Anfeuerungs-Song.«

Er spielt auf dem Laptop »Eye of the Tiger« ab, und ohne ein weiteres Wort arbeiten wir Hand in Hand. Ich kritzele etwas auf einen Zettel und klebe es ihm irgendwo auf die Haut – Handgelenk, Arm, Stirn, egal – und er klebt meine Zettel auf die kahle Wand unter den Parol. Als Erstes nehme ich mir die Zettel vor, die ich bei Wooly's geschrieben habe, und schreibe sie in leicht abgewandelter Form fein säuberlich neu.

Auf eine typische Highschool-Party gehen (mit Alkohol)
Alkohol probieren
Mit jemandem tanzen
(Glutenfreie) Weihnachts-Macarons selbst backen

»Du hast Angst vor Macarons?« Er kichert und ich nicke ernst.

»Ich wollte eigentlich immer schon backen, aber seit ich einmal beim Reiskochen den Lieblingstopf meiner Mutter komplett verbrannt habe, halte ich mich aus der Küche fern.«

Mich für einen Aquarellkurs anmelden

Quentin liest den Zettel und dreht sich um, und ich muss lächeln, als ich sehe, dass er einen Stift hinter das Ohr gesteckt hat, der in seinen Haaren verschwindet. Es sieht albern, aber auch irgendwie süß aus. »Hast du nicht gesagt, dass du sowieso schon malst?«

»Nur zum Spaß, ich hab noch nie einen Kurs besucht. Ich hab Angst davor, anderen meine Kunst zu zeigen, und auch davor, das, was ich mache, überhaupt Kunst zu nennen.« Ich sage mir, dass die Kurse beim Laden für Künstlerbedarf eh zu teuer sind und ich Seema nicht bitten kann, mir etwas zu leihen, weil sie eine arme Medizinstudentin ist, aber ich weiß, dass das nur Ausreden sind.

Jemanden (irgendwen!) dazu bringen, dass er sich in mich verliebt

Auf ein Date gehen

Silvester um Mitternacht jemanden küssen

»Diese drei hängen verdächtig zusammen, was?« Er verschiebt die anderen Zettel an der Wand, um Platz zu schaffen. »Aber das mit dem Silvesterkuss von Brian könnte schwierig werden. Du hast nur noch, hm, drei Wochen Zeit, um das einzufädeln.«

»Ich hab nicht gesagt, dass der Kuss unbedingt von Brian sein muss.«

Die Idee mit dem Kuss um Punkt zwölf fasziniert mich. Das ist so spannend wie Multiplikationstafeln auf Zeit zu lösen. Ich hoffe natürlich, dass ich meinen Mitternachtskuss von Brian kriege, aber wie meine Mutter immer sagt, in der Not schmeckt jedes Brot. Ich will einfach meinen ersten Kuss hinter mich bringen.

Einen neuen Look ausprobieren

Er streicht ein Eselsohr des Zettels glatt. »Ah ja. Was gibt das, Hipster-Mädchen mit transparenter Brille im Overall oder edgy Style mit bauchfreiem Oberteil und schwarz lackierten Fingernägeln?«

»Weder noch. Bauchfreie Oberteile sind meist etwas zu

bauchfrei für meinen Geschmack, und transparente Brillen findet man schlecht auf dem weißen Bettlaken.«

Er lacht. »Du hast dir schon Gedanken gemacht.«

»Na klar. Am Wochenende verstecke ich mich in meinen Häkel-AG-Hoodies und unter der Woche darf ich meine Schuluniform tragen. Ich geh auf Nummer sicher mit gedeckten Farben und schlichten Oberteilen, aber bin ich das wirklich? Ich dachte wohl immer, wenn man einen auffälligeren Style hat, ist die Gefahr größer, abgelehnt zu werden. Außerdem ist meine Mutter total dagegen, dass ich mich schminke. Sie meint, ich bin noch zu jung.«

Er klebt den Zettel an die Wand, und mir fällt auf, dass er ein extrem gutes Auge für gerade Linien hat. »Was für einen Style würdest du dir aussuchen, wenn du dir über all das keine Gedanken machen würdest?«

»Hier kommst du ins Spiel.« Ich richte zwei Fingerpistolen auf ihn. »Du darfst mich zur Lakeshore Mall kutschieren und meine Klamotten halten und deine Meinung kundtun, wann immer ich dich danach frage. Meine Schwester nehme ich auch mit, denn sie hat den besten Blick für Mode. Außerdem war ich seit mindestens einem Jahr nicht mehr in der Lakeshore Mall, da könnt ihr beide mir zeigen, wo alles ist.«

»Was? Ein Jahr ohne Schokoproben von Godiva? Ohne Jamba Juice?«

»Ich glaub, sie nennen sich jetzt nur noch Jamba.«

Er sieht mich an.

»Was? Das stimmt, sie haben den Juice gestrichen, weil sie jetzt ja nicht mehr nur ...«

Er verschränkt die Arme.

»Na gut. Ich hasse Shoppingcenter, okay? Das ist für mich Reizüberflutung pur. Außerdem hatte ich zu viel zu tun mit Schule, Häkel-AG und meinen zig anderen Terminen.«

»So sehr in Arbeit verstrickt! Oder sollte ich sagen, verhäkelt?«

Ich lache. »Hey, da fällt mir noch etwas ein. Ich hab mich noch nie getraut, die Schule zu schwänzen …«

Die Schule schwänzen und in die Spielhalle gehen.

Eine Dinnerparty bei mir zu Hause geben

»Das ist doch pillepalle«, sagt er. »Du lädst einfach deine Freundin Marcy und mich ein. Zack – Dinnerparty. Was gibt's da zu befürchten?«

»Wenn ich jemanden einlade, muss ich zeigen, wie ich wohne. Unsere Wohnung ist klein und alt. Und im Wohnzimmer steht eine große Statue vom Gott Ganesha.«

»Okay …« Er schaut sich den nächsten Zettel an. Bestimmt hält er mich für einen richtigen Angsthasen.

Schwimmen lernen

»Als kleines Kind war ich wasserscheu, deshalb hab ich es nie gelernt«, erkläre ich.

»Ich bring es dir bei.« Er lächelt so begeistert, dass ich schlucken muss.

Wenn ich im Badeanzug vor Quentin stehen würde, könnte ich auch so schon nicht mehr atmen, ganz ohne tiefes Wasser. Er sieht aus wie ein richtiger Tennisspieler – schlank und doch muskulös. Ich bin platt wie ein Brett und habe Beine wie Drähte. Im Grunde sehe ich aus wie ein elektrischer Widerstand. Immer wenn ich im letzten Schuljahr in Physik einen Widerstand in einen Stromkreis eingebaut habe, konnte ich eine Art Verbundenheit spüren.

Mir fallen noch mehr Zettel ein, und schon bald hat meine Handschrift Quentins Wand erobert. Mit verschränkten Armen stehen wir davor und ich trete einen Schritt zurück, um das Mosaik in Gelb zu bewundern.

»Jetzt hat deine Wand Charakter. Mein Job hier ist erledigt.« Ich packe meine Hefte und das Mathebuch ein.

Er sieht mich enttäuscht an. »Dann bleibst du nicht zu den Enchiladas?«

Ich weiß nicht, wie ich ihm erklären soll, dass meine Eltern glauben, ich gebe einem Kind Nachhilfe, und beschließe, dieses Schmankerl für ein andermal aufzuheben.

»Tut mir leid, ich muss nach Hause, wir essen abends immer alle zusammen. Außerdem muss ich noch an meinem Chemiebericht arbeiten.« Ich tippe auf den Zettel mit der Aufschrift *Einen neuen Look ausprobieren.* »Aber vielleicht können wir das hier am nächsten Wochenende angehen? Ich muss den Schlussverkauf ausnutzen.«

Das ist nur die halbe Wahrheit. Mit coolen neuen Klamotten bin ich bestimmt selbstsicherer. Und wenn ich selbstsicherer bin, kann ich in Brians Nähe ich selbst sein. Was genau daraus folgt, weiß ich noch nicht, aber es scheint mir ein guter Anfang zu sein.

»Natürlich. Lady Aisha muss ihren Acai Jamba Juice haben.«

Vor einer Woche wusste ich noch nicht mal, dass Quentin existiert. Und jetzt wage ich dank ihm einen Neuanfang.

Das Klebezettelmanifest läuft.

Upstyling

✓ Einen neuen Look ausprobieren

Quentin und ich stehen am Eingang der Lakeshore Mall und warten auf Seema. Seit wir die gelben Zettel an Quentins Wand geklebt haben, ist eine Woche vergangen. In der Mall wimmelt es von eifrigen Weihnachtseinkäufern, die Taschen schwenken oder Kakao in den Händen halten. Ich versuche, nicht auf das Schild von California Pizza Kitchen zu gucken. Kalifornien erinnert mich an Stanford, was mich wiederum an meinen ungeschriebenen Essay erinnert. Allerdings erinnert mich derzeit sogar ein Tannenzapfen an meinen ungeschriebenen Essay.

Die Mathenachhilfe bei Quentin bewahrt mich vorm Durchdrehen. Wir treffen uns zweimal pro Woche nach der Schule bei ihm, und wenn ich erst mal anfange zu erklären, wie man rationale Ausdrücke dividiert, fällt alles andere von mir ab. Und wenn er dann noch ein Voice-Memo von meinen Erläuterungen macht, komme ich mir vor wie eine College-Dozentin.

Meine Eltern denken immer noch, dass ich einem Kind das schriftliche Dividieren beibringe. Früher oder später wird die Wahrheit ans Licht kommen, aber ich hoffe, dass Seema sich nicht jetzt schon verplappert. Wenn man nur ein kleines bisschen nachbohrt, kriegt man jedes Geheimnis aus ihr heraus, so wie Schnee von einem Zweig fällt, wenn man ihn anstupst.

»Kaufst du dir auch was?«, frage ich Quentin.

Er vergräbt das Kinn in den Schal, die Ohren gucken heraus. »Wie du wahrscheinlich schon bemerkt hast, trage ich jeden Tag so ziemlich das gleiche Shirt in unterschiedlichen Farben.«

Das ist mir tatsächlich aufgefallen. Die Palette seines Kleiderschranks reicht von Marineblau bis Dunkelgrün, und Bequemlichkeit geht ihm über Ästhetik – Oversize Hoodies, T-Shirts mit Taschen, Medium Wash Jeans, cognacfarbene Sneaker. Sein einziger Schmuck ist die hölzerne Armbanduhr.

»Dein Buddhismuskurs trägt ja schon Früchte.«

»Nee, ich bin immer noch so unerleuchtet, dass ich mir eine Mandelbrezel kaufe.«

»Die mit Zimt und Zucker sind besser«, verkündet eine vertraute Stimme. Seema lächelt mich an, und ich will sie umarmen, aber sie windet sich und weicht zurück. »Du weißt doch, dass ich es nicht so mit Umarmen hab.« Sie winkt Quentin halb zu. »Hi, du bist bestimmt Quentin. Ich bin Seema, Aishas Schwester. Auch bekannt als das Lieblingskind der Familie.« Sie zwinkert und malt sich einen unsichtbaren Heiligenschein über den Kopf.

Quentin lächelt. Es ist ein schüchternes Errötende-indische-Braut-Lächeln, wie ich es bei ihm noch nie gesehen habe. Diese Wirkung hat Seema auf alle. Sie verlieben sich in ihr dickes, glänzendes Haar und ihre witzigen Sprüche und versuchen dann bis in alle Ewigkeit, ihr zu gefallen.

Sie packt den Bommel ihrer Strickmütze und zieht sie vom Kopf. »Und wo sind jetzt die Plätzchen, die du mir versprochen hast?«

Ich hole Brians Tupperdose heraus und schüttele sie wie ein Mascara-Fläschchen. »Mandeln. Frisch gebacken von Brians Mutter. Das heißt, letzte Woche waren sie frisch.«

Seema steckt sie ein. »Ich geb dir die Dose zurück. Ma packt dir bestimmt ein paar Burfi rein, bevor du sie ihm wiedergibst.«

Quentin und ich grinsen uns an. Er hatte recht mit dem asiatischen Tupperdosen-Krieg.

»Ich muss sagen, ich bin überrascht, Aish. Dass du dich ausgerechnet in der Mall treffen willst! Kannst du damit Extrapunkte sammeln? Oder Moment, gehst du auf Schnäppchenjagd für die Häkel-AG?«

Ich sehe sie finster an. Gestern habe ich sie angerufen und ihr von dem Manifest erzählt, und sie hat versprochen, unseren Eltern nichts zu verraten. Ich habe ihr schon gesagt, dass ein neuer Look auf der Liste steht, aber wahrscheinlich hat sie irgendwann gar nicht mehr zugehört und nebenbei durch ihr Handy gescrollt. »Ich will einen neuen Look ausprobieren, schon vergessen? Und dann schreibe ich darüber, wie es sich anfühlt, Sachen zu tragen, die ich sonst immer zu ausgefallen für mich fand. Für meinen Stanford-Essay.«

»Ah, deswegen.« Seema schaut Quentin von der Seite an. »Und er ist deine moralische Unterstützung?«

»Ja. Außerdem kann eine zweite Meinung nie schaden.«

»Dein Freund in Jeans und T-Shirt und Ringelsocken liefert die zweite Meinung?« Sie lächelt Quentin gewinnend an. »Nichts für ungut.«

Er lacht. »Kein Problem.«

Ich räuspere mich. »Ich dachte mir, ich kauf mir ein paar Kleider und vielleicht eine gemusterte Hose. Und auffälliges Make-up.«

Normalerweise würde ich so etwas nicht tragen, aber wenigstens suche ich mir dann mal selbst etwas aus. Meine Eltern halten nichts davon, aus modischen Gründen einzukaufen. Für billigere Bananen fahren sie eine halbe Stunde mit dem Auto. Und auch meine Klamotten kaufen sie alle im Angebot, manchmal im Supermarkt, und Sachen auszusortieren kommt nicht infrage. Alles lässt sich flicken, ist ihr Credo.

»Und wie willst du das bezahlen?«, fragt Seema.

»Mit meinen Ersparnissen von dem Job im Schreibwarenladen letzten Sommer.«

»Erstaunlich, dass du das noch nicht ausgegeben hast.«

»Ich hab …« Ich hole tief Luft. »Ich hab es gespart für den Fall, dass ich den Aquarellkurs in der Crafterina machen wollte.«

»Ach so.« Seema tippt mit dem Fuß zu »All I Want for Christmas Is You«, das aus den Lautsprechern dudelt, aber bei meinen Worten verharrt sie. »Ich wusste gar nicht, dass du immer noch malst.«

»Tu ich …« Ich seufze. »Auch nicht.«

Quentin sieht mich an. Er wirkt fast enttäuscht, aber ich bin mir nicht sicher. Meine Interpretation seiner Gesichtsausdrücke ist ungefähr so zuverlässig, als würde ich nach meinem Sechs-Dollar-Astrologiebuch Teeblätter lesen.

»Ich will dich ja nicht von deinem Plan abbringen«, redet Seema weiter. »Aber Ma wird dich nie und nimmer geschminkt zur Schule gehen lassen.«

Ich besitze einen Lippenstift, den ich aus Versehen in seiner Hülle zermatscht habe (RIP). Mehr erlaubt meine Mutter mir nicht. Sich mit dem eigenen Aussehen zu beschäftigen, ist in ihren Augen sinnlose Zeitverschwendung, was sich mit makelloser Haut natürlich leicht sagen lässt. Es wird sicher stressig, das Make-up vor meiner Mutter zu verstecken, aber ich will mich nicht mehr jeden Morgen über meine Haut ärgern.

»Ich schminke mich einfach morgens vor dem Unterricht auf dem Schulklo, und bevor ich in den Bus steige, schminke ich mich wieder ab. Sie wird nichts mitkriegen. Ich trage sowieso nur ein bisschen Lippenstift. Die Konsistenz finde ich echt eklig. Meine Lippen werden davon wie Backpflaumen.«

»Sieh mal einer an. Aisha wird eine mutige kleine Rebellin. Willkommen in meiner Welt, Schwesterherz.«

Seema war tatsächlich immer die Rebellische in der Familie. Wenn ich das so sage, stellen sich immer alle ein Kaugummi kauendes Mädchen mit blau gefärbten Haaren und lauter Vieren im Zeugnis vor. Ganz so ist es nicht. Einmal hat sie sich gegen den Willen unserer Mutter blonde Strähnchen färben lassen, sie hat sich gegen den Willen unseres Vaters Kontaktlinsen besorgt und einmal eine Zwei plus nach Hause gebracht. Aber für mich hat sie riesengroße Fußstapfen hinterlassen.

Sie wuschelt mir durchs Haar und ich ducke mich weg. »Lass das! Du weißt genau, wie lange es dauert, meine Haare zu glätten.«

Quentin guckt mich an, als hätte ich gesagt, ich esse meine Cornflakes mit Wasser statt mit Milch. »Sind die nicht von Natur aus glatt?«

»Nee. Sie sind eher wellig bis lockig. Aber nicht so schöne Locken wie deine.«

Ich muss meine Haare einfach glätten, sonst stehen sie in alle Himmelsrichtungen ab, so wie bei anderen Leuten nur, wenn sie die Socken über den Teppich reiben.

»Wie auch immer«, sage ich leicht gereizt. »Können wir als Erstes nach Kosmetik gucken?«

Im Kaufhaus sehe ich eine Gruppe älterer Mädchen bei den Lippenstift-Proben kichern. Ich fühle mich, wie sich der Zauberer von Oz fühlen würde, wenn er einen Raum mit lauter echten Zauberern beträte. Offenbar sieht man mir an, dass ich eingeschüchtert bin, denn sofort kommt eine Dame mit einem einladenden Lächeln auf uns zu. Sie hat glatte blonde Haare und eisblaue Augen mit schwarzem Lidstrich. Wenn ich geschminkt nur halb so gut aussähe, wäre ich schon froh.

»Hallo, ich bin Breanna. Kann ich euch behilflich sein?«

Seema legt mir einen Arm um die Schultern. »Meine Schwester hat noch keine große Erfahrung mit Make-up und sucht nach einem frechen neuen Look. Können Sie ihr helfen?«

Ich nicke meiner Schwester dankbar zu und sie nickt zurück. Manchmal hätte ich auch gern eine jüngere Schwester, der ich zeigen könnte, wo es langgeht, aber in Momenten wie diesem bin ich froh, die Jüngere zu sein.

Breanna klatscht in die Hände. »O mein Gott, wie aufregend! Darf ich dich zu einem Probe-Make-up mitnehmen? Dann kann ich dir die Produkte zeigen und dir gleichzeitig vorführen, wie du sie zu Hause anwendest. Kostenlos und unverbindlich.«

Seema macht eine Handbewegung zur Parfümabteilung. Das bedeutet: Wir warten da drüben. Sich von Seema nicht kränken zu lassen, ist eine Herausforderung, aber wenigstens ist unsere nonverbale Kommunikation stabil.

Breanna führt mich im Slalom um die anderen Kundinnen herum zu einem hohen Stuhl mit einem Spiegel davor. Ich setze mich und seufze innerlich vor Erleichterung – kein Vergrößerungsspiegel. Ich nehme die Brille ab und Breanna tupft mit einem Schwamm über mein Gesicht. Als ich eine von diesen Furcht einflößenden Wimpernzangen sehe, bekomme ich schon schwitzige Hände, doch dann erklärt Breanna im lockeren Plauderton, dass BB-Creme leicht abdeckend wirkt, und ich entspanne mich ein wenig. Am Ende einer ewig langen Prozedur reicht sie mir meine Brille. Ich schaue mich im Spiegel an und falle fast vom Stuhl. Meine Augen strahlen, meine Lippen sind mattrot und meine Haut hat ausnahmsweise nicht die Farbe von Tomaten. Ich fühle mich wie neu.

»Wow …« Ich beuge mich so weit vor, dass es wahrscheinlich so aussieht, als wollte ich mein Spiegelbild küssen. Ich werde mir alle Utensilien, die Breanna verwendet hat, in der

Drogerie günstiger besorgen, mich Montagmorgen auf dem Schulklo schminken und die Komplimente abwarten. Zumindest von der Häkel-AG muss was kommen. »Es sieht echt super aus. Ich erkenne mich gar nicht wieder.«

»Aber das bist immer noch du. Das Make-up betont nur die Vorzüge, die du sowieso schon hast.«

Den Spruch hat Breanna natürlich beim Verkaufstraining gelernt – jeder weiß, dass Make-up unsere Makel verbergen oder davon ablenken soll. Ich bedanke mich bei Breanna und flitze zur Parfümabteilung. Seema und Quentin lachen miteinander.

»Hi.«

Mehr sage ich nicht. Ich warte auf das *Wow, wer ist denn diese geheimnisvolle Schönheit?*.

Quentin zeigt auf die blaue Parfümflasche in Seemas Hand. »Aisha, das wird dir gefallen. Mit Weihnachtsrabatt 494 Dollar, ohne Witz. Und guck dir den Flacon an.«

Seema schüttelt den Kopf. »Die haben sich gedacht: Ein Oktaeder aus Kristall? Das ist die perfekte Form für unser überteuertes Duftwasser. Ist ja ein beliebter Verkaufstrick, eine größere Flasche vorzutäuschen, in der in Wirklichkeit nur ganz wenig drin ist.«

Wirklich sensationell, die skurrile Form von Parfümflaschen, interessiert mich aber gerade null.

»Ja, Konzerne sind echt schlau, aber hallo? Fällt euch nichts an mir auf?« Ich zeige auf mein Gesicht. »Ich fasse es nicht, dass ich das nicht schon früher gemacht hab, nur aus Angst vor Ma. Breanna hat das so super hingekriegt. Sie hat meine Augenringe mit Concealer abgedeckt, jetzt seh ich überhaupt nicht mehr müde aus.«

Seema beugt sich vor. »Wow, stimmt. Du siehst nicht müde aus. Du siehst aus, als hättest du ewig geschlafen.« Sie formt die Lippen zu einem O und winkt mich näher heran.

»Hä?«

»Du siehst aus wie ein Gespenst, Aish. Der Farbton ist viel zu hell für indische Haut. Außerdem blättert es von deinen Wangen ab.«

»Echt?«

»Ja, es sieht so aus, als wärst du am Strand mit dem Gesicht in den weißen Sand gefallen.«

War ja klar, dass Seema alles verdirbt. Selbst wenn sie mit ihren Beobachtungen recht hat, wäre es so schlimm, sie in nette Worte zu verpacken? Und ich kann ja nichts für meine trockene Haut. Michigan hat nicht gerade das günstigste Klima für meinen Hauttyp. Wäre Marcy hier, würde sie sich gar nicht mehr darüber einkriegen, wie toll ich aussehe. Ich habe sie nur deshalb nicht gebeten mitzukommen, weil es mir unangenehm ist, dass ich so wenig Geld zur Verfügung habe.

Seema sieht, wie meine Miene sich verfinstert, und seufzt.

»Hey, ich sag ja nicht, dass es schlecht aussieht. Und ich will dir ja mit deinem manifesten Schicksal helfen …«

»Manifest«, verbessern Quentin und ich sie.

Sie verdreht die Augen. »Von mir aus. Ich will dir helfen, aber ich möchte nicht, dass du dein Wohlbefinden von Kosmetik abhängig machst.«

»Mache ich nicht. Aber du kannst nicht abstreiten, dass ich viel besser aussehe als vorher.« Ich schaue aus dem Augenwinkel zu Quentin, doch er scheint auf der Jagd nach weiteren Oktaedern aus Kristall zu sein. »Was findest du, Quentin? Ganz ehrlich?«

»Ähm …« Er schaut an mir vorbei. »Ich finde beides gut.«

»Hast du auch das Verkaufstraining hier mitgemacht?«, grummele ich, und er sieht mich fragend an.

»Was steht als Nächstes auf dem Plan, Aish?«, fragt Seema und stellt den kristallenen Oktaeder zurück auf seinen Thron.

»Wie wär's mit Pressed Perfect? Die haben Kleider im Angebot.«

»Die Kleider von Pressed Perfect lösen sich nach dreimal Waschen auf.«

»Den Preis zahle ich gern. Zusammen mit den sieben Dollar für die Anschaffung.«

Bei Pressed Perfect verschwindet Seema in der Schuhabteilung, ehe ich sie um Hilfe bitten kann. Zu meiner Überraschung nutzt Quentin die Gelegenheit nicht, um in die Herrenabteilung zu entwischen.

»Also, wonach suchen wir hier?«

Eine Verkäuferin, die seine Bemerkung hört, lächelt uns an. Bestimmt denkt sie, mein Freund hilft mir, meine Größe zu finden. Meine Hände fangen schon wieder an zu schwitzen. Ich weiß nicht, wonach ich suche. Irgendwas, worin ich sexy aussehe?

»Alles in Größe S, was runtergesetzt ist.«

»Ich warte mal ab, was du dir als Erstes aussuchst. Dann gucke ich nach ähnlichen Sachen.«

Er bleibt neben mir stehen, während ich die Kleider durchgehe. Sein aufmerksamer Blick und der schwache Dior-Duft stören meine Konzentration. Denkt er, dass ich sowieso keins davon tragen kann? Denkt er, dass ein wolliges Mammut weniger Haare hat als ich? Indische Frauen haben viele Haare. Auf dem Kopf ist das schön, weniger schön ist es … überall sonst. Für die meisten Kleider müsste ich mir erst mal ordentlich die Beine rasieren.

Ich nehme ein schwarzes Kleid heraus und halte es mir an, um abzuschätzen, wie kurz es ist. Ziemlich kurz. Das bedeutet viel rasieren. Und was für einen BH könnte ich darunter tragen?

»Hey, alles gut?«, fragt Quentin und sieht mich forschend an. »Du wirkst ein bisschen gestresst.«

Das bin ich auch. Irgendwie stresst es mich, in eine Mall zu gehen. Typisch für mich, von einer Freizeitbeschäftigung gestresst zu sein.

»Nee, geht schon.« Ich hänge das schwarze Kleid wieder zurück. »Kannst du mir beim Aussuchen helfen?«

»Na klar. Probier doch einfach verschiedene Sachen an, die du normalerweise nicht anziehen würdest.« Er nimmt ein Oberteil mit regenbogenfarbenen Nadelstreifen vom Ständer und schaut nach der Größe. »Du sagt, du trägst eher gedeckte Farben, stimmt's?« Nachdem er mir eine Weile Oberteile angehalten und »hmm« gemacht hat, hat er einen Schwung Klamotten über dem Arm. Sogar Ohrringe hat er ausgesucht – filigrane Creolen in indischem Stil und goldene Stecker mit baumelnden Pompoms. »Zu den Umkleiden?«

Mir wird ganz anders. Die Sachen sind alle so wahnsinnig auffällig. Mit dem neongelben Kleid könnte man spontan eine Winterdepression heilen.

»Wir gehen zu den Umkleiden, nicht zum Schafott.« Er sieht mich besorgt an. »Was ist los? Gefallen dir die Sachen nicht?«

Ich spüre ein Ziehen in der Brust, und darauf folgen normalerweise Tränen. In diesen Klamotten kann ich nicht rumlaufen. Was hab ich mir dabei gedacht? Was ist so verkehrt an meiner alten Garderobe?

Er fasst mir an die Schulter und führt mich sanft in den hinteren Teil des Geschäfts. »Na komm. Ich glaube, du musst dich mal hinsetzen und eine Weile ausruhen.«

»Hier gibt es aber keine Stühle.«

Er lächelt mich verschmitzt an, und so lande ich mit ihm auf der Bank in der Damenumkleide. Der Vorhang ist zugezogen und wir klopfen mit den Füßen auf den Boden. Die Sachen, die ich anprobieren wollte, hängen an der Vorhangstange. Wir sitzen vor dem Spiegel, unsere Spiegelbilder lümmeln sich zusammen auf der Bank. Meine bauschige braune Jacke passt zu den Streifen in seinem Wollschal.

»Das ist ein sehr merkwürdiger Ort, um sich auszuruhen«, flüstere ich. »Und wir haben Glück, dass vor den Umkleiden niemand stand, der Nummernschilder verteilt hat, wie sonst oft.«

»Ich hätte mich schon irgendwie reingequatscht.«

Anstatt mich zu Quentin zu drehen, schaue ich sein Spiegelbild an. Seine Wangen sind leicht gerötet und in seinen Augen spiegelt sich das Licht der Glühbirne, die an der Decke hängt.

Er lehnt sich zurück und streift dabei meine Schulter. »Macht es dir Sorgen, deine Ersparnisse für das Umstyling rauszuhauen? Du wolltest ja eigentlich einen Aquarellkurs machen.«

»Ja, schon.« Ich seufze. »Ich zeige meine Bilder zwar nicht gerne, aber Malen ist das Einzige, wobei ich manchmal einfach so bin, wie ich bin.«

Anders als mein Schreibheft für den Literaturkurs, das voller Radiergummikrümel und Einfügezeichen für vergessene Wörter ist, hat Aquarellmalen etwas Endgültiges. Es ist ein willkommenes Stoppschild auf meiner Autobahn der Grübeleien.

»Dann solltest du das nicht aufgeben, oder?«

Seine Stimme ist sanft, und seine Fragen fordern mich zwar, klingen jedoch nicht vorwurfsvoll wie Seemas so oft. Ich würde ihm gern von meinen Hautproblemen erzählen, aber ich bringe kein Wort heraus. Ich habe noch nie mit jemandem über meine Akne gesprochen. Ich habe Angst, dass sie dann noch sichtbarer wird, so wie wenn man Voldemorts Namen ausspricht. Aber da Quentin einer der wenigen Menschen außerhalb meiner Familie ist, vor denen ich schon geweint habe, kann es sowieso nicht mehr schlimmer kommen.

»Irgendwie hab ich das Gefühl, ich müsste mein Aussehen verändern. Dir ist ja bestimmt schon aufgefallen, dass ich ...« Ich senke den Blick. »Dass ich starke Akne habe. Und weil ich immer daran denke, fällt es mir allgemein schwerer, einfach so zu sein, wie ich bin, besonders ...«

Quentin wartet.

»Besonders bei Brian. Ich muss was gegen die Akne tun, wenn ich überhaupt irgendeine Chance haben will, mit ihm zu reden. Oder übrigens auch mit irgendwem anders.«

Am liebsten würde ich in der Bank verschwinden. Betrachtet er die roten Flecken in meinem Gesicht, während wir reden? Da fällt mir ein, dass mein Gesicht ja gerade von einem weißen Sandstrand bedeckt ist, so ein Glück.

»Du brauchst nichts dagegen zu unternehmen. Und immer wenn du meinst, dass du das müsstest, denk an die fluffigen roten Eichhörnchen. Sie verbringen ihre Tage damit, Eicheln zu verbuddeln, Bäume hochzuklettern und rumzuhängen. Die wissen wahrscheinlich nicht mal, wie sie aussehen. Sie fragen sich nicht, ob sie schön sind, und sie striegeln auch nicht ihr Fell, um der aktuellen Eichhörnchenmode zu entsprechen. Die sind einfach happy, dass sie leben.« Er rückt näher heran. »Und klar, wir Menschen verschwenden Unsummen und jede Menge Zeit auf unser Aussehen, aber letztlich unterscheiden wir uns nicht so sehr von den Eichhörnchen. Auch wir bestehen aus Knochen und Fell, und keiner wird sich daran erinnern, wie unsere Haut und unsere Klamotten aussahen, wenn wir – ra-bums – sterben.«

Ich starre ihn an. »Ra-bums? Sehr tröstlich.«

»Ich will doch nur sagen, am Ende werden sich die anderen daran erinnern, was sie für dich empfunden haben. Und wenn irgendwer wegen etwas so Unwichtigem wie Akne weniger von dir hält, dann ist er einfach deine Zeit nicht wert. Das gilt auch für Brian.«

Wenn ich selbst doch aufhören könnte, so wenig von mir zu halten. Normalerweise würde ich erst beim zehnten Treffen neugierige Fragen stellen, aber ich kann mich nicht zurückhalten. »Darf ich dich was Persönliches fragen?«

»Na klar. Dafür ist die Damenumkleide doch da.« Er lächelt mich an, und stützt das Kinn auf die Hände. Ich entdecke ein paar Sommersprossen auf seinen Wangen, die waren mir bisher entgangen.

»Hast du eine Freundin?«

»Im Ernst? Das ist deine Frage?«

Ich werde rot. »Ja. Ich bin neugierig. Ich schätze, du hast eine, denn mit deiner Eichhörnchen-Rede könntest du in null Komma nichts das Herz aller Mädchen erobern. Was mich zu der Vermutung führt, dass du eine Quelle hast. Eine Eingeweihte.«

»Ich hab tatsächlich eine Quelle, aber ich hab keine Freundin.«

»Aha.«

Vielleicht ist er schwul.

»Und ich bin hetero, falls das deine nächste Frage wäre.«

»Aha.«

Vielleicht geht er genau wie ich langsam, aber sicher an unerwiderter Liebe zugrunde.

»Meine Quelle ist meine Mutter. Sie hat mir durch meine Ich-wachse-einfach-nicht-Phase geholfen, als ich mich fast jede Woche gemessen und mich an Kletterstangen gehängt habe, um größer zu werden. Sie hat Chemietechnik studiert und dann als Kosmetikchemikerin gearbeitet, deshalb weiß sie, wie man mit geschicktem Marketing allen das Gefühl gibt, nicht schön genug zu sein. Und sie weiß, was für Giftstoffe in Kosmetikprodukten stecken.«

Natürlich löst es meine Probleme nicht, wenn ich mein Gesicht jeden Tag mit Make-up glasiere, aber wenigstens bin ich dann nicht mehr nur das schlaue indische Mädchen. Vielleicht bin ich dann bekannt für meinen krassen Lidstrich.

Ich wickele eine Haarsträhne um meinen Finger. »Ich sterbe wahrscheinlich sowieso früh, weil ich zu viele verarbeitete Lebensmittel esse, da kann ein bisschen Blei im Lippenstift auch nicht mehr groß schaden, oder?«

»Das Blei im Bleistift passt besser zu dir.« Plötzlich springt er auf. »Aisha, ich hab eine Idee. Was wäre das Schlimmste, was jemand über die Klamotten sagen könnte, die wir ausgesucht haben?«

»Hä?«

»Das kann dir helfen, mehr wie ein verspieltes Eichhörnchen zu denken und weniger wie ein unsicherer Mensch. Ich fang mal an.« Er dreht sich zu den Sachen um und nimmt etwas von der Stange. Es ist eine Bomberjacke mit silbernen Pailletten. »Soll das eine Jacke sein oder … eine schlappe Discokugel?«

Ich kichere. »Das war übel.«

Er hält eine hauchdünne cremefarbene Fransenbluse mit Kristallbändern am unteren Saum hoch. »Jetzt du.«

Ich überlege kurz. »Ist das eine Bluse oder ein Lampenschirm?«

Er kichert und schnappt sich ein kurzes schwarzes Kleid mit dreieckigen Cutouts links und rechts der Taille. »Da hat wohl einer ein Loch in das Kleid geschnitten, als es zusammengefaltet war.«

»Ist das ein Kleid oder wolltest du eine Pop-up-Karte zum Muttertag basteln?«

Wir prusten los, und nach ein paar weiteren Kommentaren geht es mir schon besser. Schließlich scheuche ich Quentin aus der Umkleide und probiere alles, wirklich alles an. Sogar die Bomberjacke, mit der man mich aus dem Weltall sehen könnte. Es ist jetzt mehr wie ein Spiel, aber nicht das Spiel

Aisha gegen Klamotten. Als ich durch bin, hilft Quentin mir, alles zurück auf die Bügel zu hängen. Er benutzt die Schlaufen, die innen eingenäht sind, damit die Sachen nicht von den Bügeln rutschen. Ich wusste nicht mal, dass sie dafür da sind.

»Ich weiß nicht, wie du das hingekriegt hast«, sage ich, »aber es hat direkt Spaß gemacht, alles anzuprobieren. Normalerweise kritisiere ich mich dabei in Gedanken die ganze Zeit. Du könntest dich als Life-Coach selbstständig machen. Ich zeichne dir ein Eichhörnchen-Logo und so weiter.«

»Ich hab mich immer gefragt, ob Life-Coaches so schlechte Ratschläge geben, dass ihre Klienten immer wiederkommen.«

Nachdem wir unsere Sachen beisammenhaben, sehe ich Seema mit einer Bluse über dem Arm durchs Geschäft trotten.

»Guck mal, sie hat einen von den Lampenschirmen.« Quentin stößt mich an und ich kichere.

Als Seema uns sieht, bleibt sie ruckartig stehen und schaut mich streng an. »Wart ihr etwa zusammen in einer Umkleide? Hör mal, Aish, beim Thema Make-up bin ich eine coole Schwester, aber es gibt Dinge, die ich nicht …«

»Was? Wir haben uns da drin nur ausgeruht, weil es hier keine Stühle gibt!«

»Entspann dich. Ich mach doch nur Spaß.« Sie schnaubt. »Du hast ja schon Angst, dass es als Ruhestörung gilt, wenn du in der Bibliothek deine Möhrchen knabberst, da wirst du wohl kaum in einer Umkleide rumknutschen.«

Rumknutschen? Ich stöhne und Quentin lacht. Ich kann ihn nicht angucken. Bestimmt sieht man meine roten Wangen durch die Sandschicht – äh, durch das Make-up.

»Wir treffen uns draußen.« Seema grinst mich breit an.

»Deine Schwester zieht dich gern auf«, bemerkt Quentin. Ich grunze nur und stürme zur Kasse. So war sie immer schon. Ich finde, sie geht zu weit. Sie findet, ich bin überempfindlich. Für ihre Expertise in Modefragen war ich bereit, darüber hinwegzusehen, aber heute war sie mir überhaupt keine Hilfe.

Seema kauft die Lampenschirm-Bluse, ich kaufe einen Cordrock mit einer aufgenähten Chilischote, das Oberteil mit regenbogenfarbenen Nadelstreifen, eine rote Jeans, einen getupften Pulli und das Kleid mit den Cutouts. Ich hatte Zweifel, ob mir das Kleid steht, aber seit ich es als Pop-up-Karte betrachte, geht es mir besser.

»So, Shoppen erledigt, jetzt geb ich einen aus«, sagt Seema, und das ist ihr erster hilfreicher Beitrag heute. Wir stellen uns bei Jamba in die Schlange. Ein paar Kinder machen Fotos mit einem zwei Meter großen Weihnachtsmann.

»Ah, das hätte ich fast vergessen.« Quentin fasst in seine Umhängetasche und reicht mir einen schwarzen Edding.

»Soll das eine Alternative zum Eyeliner sein?«, frage ich.

»Nein …« Er fischt einen Zettel aus der Tasche und reicht ihn mir. Es ist der Klebezettel mit der Aufschrift *Einen neuen Look ausprobieren*, der an seiner Wand hing. – »Den hab ich mitgebracht, und du hast jetzt die Ehre, ihn durchzustreichen.«

Ich lege den Zettel auf meinen Oberschenkel und male eine zittrige Linie durch das Geschriebene. Als ich ihm den Zettel zurückgebe, wage ich zu behaupten, dass ich ein bisschen stolz bin.

Wir setzen uns mit Snacks und Getränken auf eine Bank vor einem steinernen Brunnen. Seema und Quentin sitzen links und rechts von mir. Eine Weile baumeln wir mit den Beinen und lassen das dumpfe Geplapper der anderen Mall-Besucher auf uns wirken. Auf dem Grund des Brunnens glitzern Cent-Münzen.

»Was glaubt ihr, was sich die Leute gewünscht haben?« Ich trinke einen Schluck von meinem Wassermelonen-Smoothie.

»Ich hab heute eine erschreckende Menge unbeholfener

Teenies an dem Brunnen gesehen, und die haben sich vermutlich alle gewünscht, dass ihr Crush sie bemerkt.« Seema haut die Zähne in ihre Zimtbrezel, und der Puderzucker rieselt auf meine Schuhe, aber das scheint sie nicht zu bemerken. Kopfschüttelnd wische ich den Zucker weg, und Quentin unterdrückt ein Grinsen.

»Vielleicht haben sie sich eine Lösung für den Klimawandel gewünscht«, sage ich, aber ich weiß, dass es nicht stimmt.

»Unwahrscheinlich. Aber man kann ihnen nicht verdenken, dass sie sich nach ein bisschen Liebe sehnen. Die Highschool ist eine harte Zeit, vor allem für indische Schüler und Schülerinnen, weil wir in dieser Zeit alle potthässlich sind.«

Quentin verschluckt sich fast an seinem Veggie-Vitality-Saft.

»Na, komm schon. Es ist einfach eine Tatsache, dass unsere Blüte später kommt. Jede Wette, dass sogar Priyanka Chopras Schulfotos scheußlich aussehen.« Sie legt ihre zur Hälfte vernichtete Brezel mit der Serviette auf den Granitrand, wischt sich den Zucker von den Händen und sieht mich an. »Deshalb hab ich dich heute begleitet. Ich weiß, dass du damit zu kämpfen hast, dich in der Schule normal zu fühlen. Das ging mir genauso, und ich hätte damals auch gern jemanden an meiner Seite gehabt. Nicht unbedingt, um zu reden, einfach dass jemand da ist.«

Ich nicke. »Ja, und mehr war es dann heute auch nicht. Du warst bloß da.«

Sie haut mir auf den Arm. »Halt den Mund. Ja, ich komme immer zu spät zur Party und setze dann meine Unterschrift auf irgendeine Karte, aber das heißt nicht, dass mir nichts an den Leuten liegt. Und ich weiß, wie hart es in der Schule ist. Manchmal fühlt es sich so an, als wären die Schule und zu Hause zwei verschiedene Leben. Uns fehlt der Raum, um die Dualität unseres Lebens auszudrücken – Mac and Cheese auf der einen Seite und Biryani auf der anderen.« Seema stößt Quentin an. »Du verstehst mich, oder?«

»O ja.« Er nickt. »Ich hab auch manchmal das Gefühl, mich entscheiden zu müssen. Als könnte ich nicht zugleich Filipino und Italiener sein. Andere können kaum verstehen, dass man mehreres ist.«

»Und ich hab begriffen, dass man sich nicht kleiner machen sollte, nur damit die anderen es verstehen.« Sie zuckt mit den Schultern. »Aber hey, es bewegt sich was. Neuerdings ist es angesagt, Kurkuma in den Latte zu tun. Nur noch eine Frage der Zeit, bis Jamba Juice auf den Zug aufspringt.«

»Es heißt Jamba«, murmele ich und Quentin sieht mich an. »Stimmt«, sagt er. »Meine Mutter mischt jetzt auch Kurkuma in ihre Gesichtsmasken.«

Seema lächelt mich erfreut an. »Siehst du? Wir erobern die Welt, Aish, Kurkumalöffel für Kurkumalöffel. Und das, was auf der Highschool passiert, spielt später zum Glück sowieso keine Rolle mehr. Die Welt ist so viel größer als die Arledge Prep.«

»Kann sein.« Ich seufze. »Aber wenn man drinsteckt, kann man sich das nur schwer vorstellen.«

»Klar. Ich hab mir auch die ganze Schulzeit Sorgen gemacht, was die anderen über mich denken. Angenommen, ich wäre damals zur Schule gekommen und hätte jemanden mit einem riesigen Affen auf dem Kopf gesehen. Die logische Reaktion wäre zu schreien und zu fragen, was das soll, oder?«

»Hm, ja …« Quentin sieht Seema an, als hätte sie einen Affen auf dem Kopf.

»Aber auf der Highschool ist man permanent im Panik-Modus. Deshalb wär mein erster Gedanke gewesen: Moment, müsste ich auch einen Affen auf dem Kopf haben? Hab ich meinen Affen zu Hause vergessen?«

Ich kichere. »Fühl ich.«

»Ich will damit nur sagen, die Highschoolzeit muss nicht unbedingt supertoll werden. Ich träume immer noch manchmal, ich hätte die Zahlenkombination für meinen Spind vergessen, völlige Freiheit kann ich dir also nicht versprechen, aber ...« Seema legt mir eine Hand auf den Kopf. »Das wird schon. Das Leben verändert sich. Vergiss das nicht für deine Manifestation.«

»Manifest«, verbessern Quentin und ich sie, und Seema stöhnt.

»Puh, von mir aus.«

Quentin und ich lächeln uns an, und dann wenden wir uns alle wieder unserem Essen zu. Ich überlege, was ich mir wünschen würde, wenn ich einen Cent in den Brunnen werfen würde. Ich würde ja zu gern behaupten können, ich wäre ein erleuchteter Mönch und würde mir nicht wünschen, dass ich in Stanford angenommen werde und dass Brian mich mag, weil das idiotisch ist und so weiter.

Aber ich bin, wie ich bin. Natürlich wünsche ich mir beides.

Mein amerikanischer Traum

✓ Zu einer coolen Party eingeladen werden

Jeder Staat der USA hat ein typisches Motiv, das in jeder Reklame für diesen Staat auftaucht. In Vermont ist es ein Herbstwald. In Kalifornien ein Sonnenuntergang am Strand. Und in Michigan ist es ein verschneites Häuschen mit Seeblick.

Die Tage vor den Weihnachtsferien haben in Michigan etwas an sich, das alle fröhlich stimmt. Auch wenn die Windschutzscheiben und die Straßen vereisen, ist der Winter willkommen, weil er mit heißem Cider und Zimtäpfeln verbunden wird. Vom Busfahrer wird man mit einem freundlichen Hallo statt dem üblichen Grummeln begrüßt. Der Schülersprecher trägt bei Versammlungen eine Weihnachtsmütze.

Ich fand die Feiertage immer schon toll, aber dieses Jahr erscheinen sie mir noch vielversprechender, besonders nachdem ich in der Drogerie ein billiges Make-up-Set erstanden habe. (Ich habe Seema in der Drogerie geschrieben und sie gefragt, welche Marke das beste Preis-Leistungs-Verhältnis hat, und ihre Antwort lautete »Acryl«. Fast hätte ich nach der Marke gesucht, als mir klar wurde, dass sie mich auf den Arm nimmt und Acrylfarbe meint, aber nicht mal das konnte mir die Laune vermiesen.)

Jetzt summe ich vor mich hin und trage auf der Mädchen-

Toilette dunkelblauen Eyeliner auf. Ich habe mich regelrecht aus dem Bus gestürzt, um als Erste da zu sein. Zu Hause habe ich mein Mäppchen geleert und mein Schminkzeug hineingepackt, denn dort würde meine Mutter nie nachschauen. Als indisches Mädchen muss man manchmal Geheimoperationen auf CIA-Niveau abziehen.

Während ich mich mühe, den Reißverschluss über dem dicken Rougepinsel zu schließen, höre ich langsame Schritte. Lily Perez. Die dunklen glatten Haare fallen ihr über die Schultern wie ein glänzender Wasserfall. Sie beachtet mich kaum und nickt mir nur zu, dann geht sie in eine Kabine. Ich hatte auf ein »Oh, du siehst ganz verändert aus« gehofft, schließlich habe ich mir stundenlang Online-Tutorials angesehen, um diesen Look hinzukriegen, aber von Lily kann ich das wohl nicht erwarten.

Die Lerngruppen an der Arledge werden aus pädagogischen Gründen klein gehalten, und die nichtweißen Schüler und Schülerinnen kennen sich natürlich sowieso, trotzdem reden Lily und ich kaum miteinander. Marcy meint, ich bilde es mir nur ein, aber ich bin überzeugt, dass Lily mich insgeheim nicht ausstehen kann. Wenn ich in der Häkel-AG einen Witz mache, um die Stimmung aufzulockern, lächelt sie mich immer nur kühl an oder sieht durch mich hindurch. Sie nimmt das Häkeln zu ernst. Unsere Schals sollen schließlich nicht in irgendeine Kollektion aufgenommen werden. Sie werden in der Andenkenkiste auf dem Dachboden enden, deshalb verstehe ich die ernsten Blicke nicht. Vielleicht mag sie mich nicht, weil ich als Sprecherin der Häkel-AG gegen sie angetreten bin, aber ich hab ja nicht gewonnen. Außerdem betrachte ich mich als zu unsichtbar, um gesteigerte Abneigung auf mich zu ziehen. Das ist so, als würde man Stickstoff hassen – wer hat dafür die Energie?

Das erste Klingeln ertönt, und bevor ich die Toilette verlasse, kämme ich noch schnell mit den Fingern durch die Haarsträhnen, die mein Gesicht umrahmen. Normalerweise schleiche ich mit gesenktem Kopf durch die Flure, aber heute schaffe ich es, aufrecht zu gehen und den anderen ins Gesicht zu schauen. Hier und da ernte ich ein Lächeln, und Kevin winkt mir im Vorbeigehen. Klar, die Menge macht mir nicht Platz und niemand murmelt »Wer ist das denn? Ist sie neu?«. Trotzdem, ich fühle mich neu. Jetzt, da meine kreischenden Kickel mit Grundierung ruhiggestellt wurden, kann der gewonnene Raum mit quentinmäßigen Zen-Vibes gefüllt werden. Würde ich in diesem Moment meine Yogamatte ausrollen, könnte ich plötzlich wundersamerweise Spagat. Und wenn ich zum Ballett ginge, würde ich direkt eine Pirouette hinlegen.

Als ich in Ms Kavnicks Kurs komme, halte ich nach Brian Ausschau, aber er ist nicht da. Ich setze mich auf meinen Platz neben Marcy. Sobald sie mich sieht, klappt sie ihr Buch zu.

»Wow.«

»Guck mich nicht so an. Ich hab dir doch gestern Abend geschrieben, dass ich mir Make-up gekauft habe.«

Marcy beugt sich so nah zu mir hin, dass ich zurückweiche. »Ich hätte dich bitten sollen, mich für den Ball zu schminken. Wo hast du das gelernt?«

»Ehrlich gesagt, ist es nicht so viel anders als ein Chemie-Experiment.« Ich kann ein breites Lächeln nicht zurückhalten. Hätte die Schule schon immer so sein können? So, dass ich mich nicht die ganze Zeit am liebsten in meinem Spind verkriechen würde?

Ms Kavnick zieht gerade die Beamer-Leinwand herunter, als Brian hereinkommt, noch knapp pünktlich. Unsere Blicke treffen sich, und vielleicht bilde ich es mir ja nur ein, aber ich meine ein Lächeln zu sehen.

»Also.« Ms Kavnick zieht ihre Strickjacke um den Körper.

»Das ist jetzt die letzte Woche vor den Weihnachtsferien. Ich frage Sie nicht, was Sie in den Ferien vorhaben, denn das weiß ich schon. Sie werden einen Essay zu einer offenen Frage schreiben, die ich Ihnen heute aufgebe.«

Ein Stöhnen breitet sich aus, aber Ms Kavnick legt ungerührt einen Stapel Papier auf Lilys Tisch. In jedem Kurs, in dem ich bisher mit Lily war, übernimmt sie das Verteilen der Arbeitsblätter. Da es dafür keine Pluspunkte gibt, kann ich mir ums Verrecken nicht vorstellen, warum sie das tut.

»Ihre Aufgabe ist es zu analysieren, wie in diesen Textbeispielen aus *Die Früchte des Zorns* der amerikanische Traum dargestellt wird. Sie werden Parallelen zu einigen Themen feststellen, die wir beim *Großen Gatsby* bereits diskutiert haben. Und weil die Ferien vor der Tür stehen, hab ich noch etwas Schönes für Sie.«

Alle beugen sich vor.

»Sie dürfen in Vierergruppen zusammenarbeiten. Und Sie dürfen bereits die ganze heutige Stunde für die Hausaufgabe nutzen.«

Allgemeines erleichtertes Seufzen.

»Aber bevor wir Gruppen bilden, ist es wichtig, dass wir den amerikanischen Traum, der im Text präsentiert wird, genau definieren. Kann noch mal jemand kurz das Konzept erklären?« Sie zieht die Kappe von ihrem Marker ab und schaut sich nach einem Opfer um.

Vielleicht, weil mein Manifest die Verwirklichung meines persönlichen amerikanischen Traums ist, oder vielleicht, weil ich von morgendlicher Make-up-Energie berauscht bin, hebe ich den Arm. Es ist kein selbstbewusster Eichenast-Arm. Eher ein vorsichtiger Espenzweig-Arm, aber Marcy lächelt mich so stolz an, als hätte ich mich gerade freiwillig zum Friedenskorps gemeldet. Sie hat schon oft gesagt, ich hätte als Redakteurin beim Antilopen-Anzeiger weitermachen sollen, denn, Zitat, »in dem seltenen Fall, dass du mal was sagst, ist es in der Regel was Vernünftiges«.

Ms Kavnick nickt mir zu. »Aisha?«

»Es ist der Glaube an Chancengleichheit für alle. Wer hart arbeitet, kann sein Leben verbessern.«

Ms Kavnick kritzelt auf das Whiteboard. »Richtig. Es ist die Vorstellung, dass sozialer Aufstieg für alle möglich ist. Ich möchte, dass Sie darüber nachdenken, wie Sie das sehen und wie Sie allgemein zur Leistungsgesellschaft stehen. Glauben Sie, dass Armut selbst gewählt ist? Und ist harte Arbeit Ihrer Meinung nach eine hundertprozentige Garantie für Erfolg? Behalten Sie dabei den subjektiven Begriff von Erfolg im Hinterkopf, über den wir bei der Lektüre von *Gatsby* diskutiert haben.«

Opfer bringen, hart arbeiten. Für Einwandererfamilien sind das wohlbekannte Schlagworte. Meine Eltern waren da keine Ausnahme. Vielleicht fällt mir deshalb nichts zu der Frage des Stanford-Essays ein – meine Eltern haben ihre Komfortzone verlassen, damit ich es nicht muss.

Ich dachte immer, das Schwerste wäre der Prozess des Einwanderns an sich, aber angesichts der Tatsache, dass unsere Familie eine Stunde mit dem Auto bis zum nächsten Tempel fährt, war das Schwerste wohl, sich hier einzugewöhnen. Es kommt vieles zusammen. Der Flug ist so lang und teuer, dass meine Eltern ihre Eltern nur alle paar Jahre sehen können. Halloween verstehen sie immer noch nicht. Mein Vater sagt immer: »Wir putzen das Haus und machen die Spinnweben weg, um zu Diwali die Göttin Lakshmi zu begrüßen, und die Amerikaner bringen absichtlich Spinnweben an!« Sie haben keine Nachbarn, mit denen sie Hindi sprechen könnten. Meine Mutter hat ihr Studium der Biotechnik abgebrochen, um für meine Schwester da zu sein. Der Teppich unserer Familie ist aus Schweiß und Tränen gewebt, und deshalb bin ich so besessen von Stanford. Was meine Mutter angefangen hat, muss ich zu Ende bringen.

Marcys laute Stimme reißt mich aus meinen Gedanken.

»Ich glaube, der amerikanische Traum ist eine Hoffnung, nicht Realität. Unsere Generation hat erdrückende Studienschulden. Selbst wenn wir aufs College gehen, sichert uns das noch lange nicht unser Auskommen. Viele verschiedene Faktoren entscheiden darüber, ob man Erfolg hat: das Viertel, in dem man aufwächst, der Zugang zu Bildung, die Familiensituation ...«

Ich schätze es sehr an Marcy, dass sie, obwohl ihre Eltern ihr die Ausbildung locker finanzieren können, einen Sinn für die Probleme der allgemeinen Bevölkerung hat.

»Und körperliche Voraussetzungen«, fügt Lily hinzu. »Manche haben eine körperliche oder eine Lernbeeinträchtigung, und dann ist es schwieriger, in die Schule oder zur Arbeit zu gehen.«

Ms Kavnick notiert in Kurzform, was Marcy und Lily gesagt haben.

»Das sind alles sehr gute Argumente. Die Familie Joad, um die es bei Steinbeck geht, war auf der Suche nach einem besseren Leben, doch dann müssen sie feststellen, dass Kalifornien ganz und gar nicht dem entspricht, was sie sich vorgestellt haben. Für sie entpuppt sich der amerikanische Traum als falsches Versprechen. Manche sagen, auch das College sei ein falsches Versprechen. Aber ...« Ms Kavnick dreht sich zu uns herum. »Das Wichtigste und Interessanteste an diesem Literaturkurs ist, dass die Texte, die wir lesen, vielschichtig sind und sich ganz unterschiedlich interpretieren lassen. Gibt es jemanden unter uns, der an das Konzept des amerikanischen Traums glaubt? Oder der meint, Armut sei selbst gewählt?«

Aus dem Augenwinkel sehe ich, dass Brian aufzeigt.

»Mag sein, dass manche einen Startvorteil haben, aber ich

glaube, dass die Strukturen Amerikas es erlauben, ein Vermögen zu bilden, auch wenn man bei null anfängt. Und ich glaube, manche Leute sind einfach zu faul, um zu versuchen, ihre Situation zu verbessern, deshalb warten sie einfach auf Sozialleistungen des Staats oder bleiben in Jobs ohne Perspektive.«

Ich rechne damit, dass Ms Kavnick Marcy oder Lily um ein Gegenargument bittet, doch sie schreibt Brians Position einfach an die Tafel. Dann macht sie den Stift wieder zu. »Sehr schöne Diskussion. Dann wollen wir jetzt mal Gruppen bilden. Versuchen Sie, unterschiedliche Positionen in einer Gruppe zusammenzubringen. Sie sollen für diese Aufgabe beide Seiten des Themas im Text beleuchten, für einen richtig guten Essay brauchen Sie also unterschiedliche Perspektiven.«

Alle laufen kreuz und quer durch den Raum. Ich hänge mich natürlich wie eine Klette an Marcy. Ich bitte Lily dazu, die hinter mir sitzt, und sie reagiert mit dem üblichen kurzen Nicken. Wir wollen gerade loslegen, als Ms Kavnick zu unserer Tischgruppe kommt.

»Brian hat eine andere Meinung als ihr. Ich habe ihn dazugebeten, damit euer Essay ein paar neue Aspekte bekommt.«

Marcy und ich tauschen Blicke. Mein Puls geht schneller, als Brian hinter Ms Kavnick auftaucht. Er schiebt einen Tisch direkt an meinen. Er setzt sich und ein blumiger Duft schwebt zu mir herüber, der mich an frisch gewaschene Wäsche erinnert. Am liebsten würde ich das Gesicht in seinem Schulpulli vergraben. Ich senke den Blick.

»Hi, Leute.«

Er ist so nah, dass ich jede Schwingung in seiner Stimme klar und deutlich hören kann.

»Hi, Brian.« Mit strahlenden Augen sieht Marcy mich an nach dem Motto *Ich freu mich schon drauf.*

»Wir können den Text ja erst mal gemeinsam auf Stilmittel hin untersuchen und dann aufteilen, wer über welche Stilmittel schreibt.« Er lässt den Bleistift zwischen den Fingern wirbeln. Wie schafft er es nur, ihn so um den Daumen zu drehen? Ob er mich auch beim Winterball so herumgewirbelt hätte – selbstbewusst, schnell, leidenschaftlich?

Lily sieht Brian müde an, steckt sich die Kopfhörer in die Ohren und verbirgt das Gesicht hinter einer Wand aus Haaren, während sie ohne uns in ihr Heft schreibt. So viel zum Thema Gruppenarbeit.

»Klingt gut«, piepse ich und starre auf meine Hände. Wenn ich Brian zuschaue, wie er seinen Bleistift dreht, wird mir ganz schwindelig.

Marcy beugt sich vor. »Ich bin gespannt, wie die beiden potenziellen Jahrgangsbesten zusammenarbeiten. Werden sie einander sabotieren?«

Brian verdreht die Augen. »Früher haben Aisha und ich andauernd zusammengearbeitet.« Er schenkt mir ein winziges Lächeln, als hätten wir ein Geheimnis miteinander, und mein Herz macht einen Hüpfer.

»Und es muss auch nicht unbedingt einer von uns beiden werden«, füge ich hinzu. »Da sind vielleicht noch andere im Rennen.«

Marcy nagt am Ende ihres Bleistifts. »Schöner Eyeliner übrigens, Aisha.«

Ich mache große Augen. Anscheinend hat sie einen teuflischen Plan – so wie immer. Brian sieht mich an und ich werde auf meinem Platz ganz klein. »D...danke.«

»Dein neuer Look ist echt super«, fährt sie fort, und aus dem Augenwinkel sehe ich, dass Lily einen Kopfhörer herausgezogen hat, um zu lauschen. »Gehört das zum Manifest?«

»Manifest?«, wiederholt Brian und legt seinen Bleistift hin.

Ich sehe seine muskulösen Arme. Glatt und wohlgeformt. Wie soll ich in dieser Gruppe irgendwas zustande bringen, wenn er dabei ist? »Ein Manifest wofür?«

Ich beiße mir auf die Unterlippe. Aus dieser Nummer komme ich nicht mehr raus. »Ich versuche nur, mich ein bisschen aus meiner Komfortzone zu bewegen. In dem Essay für die Stanford-Bewerbung soll man darüber schreiben, wie man die Komfortzone verlassen hat, und ich hab gemerkt, dass mir dazu nichts einfällt. Deshalb hab ich eine Liste mit Sachen erstellt, die mich Überwindung kosten. Und die probiere ich jetzt aus – um einen besseren Essay schreiben zu können, aber auch für mich selbst.«

»Wie eine Bucketlist.« Er strahlt. »Das ist cool.«

Ich zucke die Achseln, als wäre es nicht der Rede wert.

»Es ist eine ehrgeizige Liste. Ich weiß nicht, wie sie die ganz allein abarbeiten will.« Marcy seufzt tief, als würde sie um ihren Ehemann trauern, der nicht aus dem Krieg heimgekehrt ist. Dass Quentin mir hilft, lässt sie vorsichtshalber unerwähnt.

»Was steht denn alles so auf der Liste?«, fragt Brian neugierig, und Marcy sieht mich an, als wollte sie sagen: *Ich hab ihn am Haken.*

»Na ja.« Sie wischt unsichtbare Fusseln von den Ärmeln ihres Schulpullis. »Da stehen viele einfache Sachen drauf wie zum Beispiel Schwimmen und Backen. Aber es gibt auch schwierigere wie zu einer Party gehen mit Alkohol und Beer Pong und so weiter ...« Sie schaut Lily an und klimpert mit den Wimpern. »Vielleicht weiß unsere Sprecherin der Häkel-AG, wo demnächst eine coole Hausi stattfindet?« Über Lilys finstere Miene muss ich einfach kichern. Erstaunlich, dass sie überhaupt so lange zugehört hat.

»Vielleicht brauchst du Lilys Hilfe gar nicht.« Brian sieht mich mit seinen dunklen Augen an. »Mein Freund Sanjay hat am Jahresende sturmfrei und schmeißt eine Silvesterparty. Wenn ihr Lust habt, seid ihr eingeladen.«

In meinem Kopf heulen die Sirenen und alle meine Gedanken fahren rechts ran, um den Weg für diesen Augenblick frei zu machen. Diesen wahrhaft historischen Augenblick.

»Sanjay sagt, wegen ihm kann ich einladen, wen ich will«, fügt Brian hinzu.

»Seinetwegen«, murmelt Lily, und obwohl ich unter Schock stehe, höre ich es.

»Echt? Wir würden supergern kommen.« Marcy sagt es so, als hätte Brian angeboten, für die College-Ausbildung ihres ungeborenen Kindes aufzukommen.

»Wenn es Aisha bei ihrem Stanford-Essay irgendwie hilft, ist es das Mindeste, was ich tun kann. Vor allem nach dem Winterball … und so.«

Noch vor wenigen Wochen war Brian Lichtjahre von meinem Sonnensystem entfernt. Jetzt ist er ein Meteor, der auf meine Planeten zurast und ihr empfindliches Gleichgewicht zu erschüttern droht. Hunderttausend Gedanken tauchen in meinem Kopf auf wie winzige schwarze Löcher im Universum:

1. Brian hat mich auf eine Party eingeladen.
2. Marcy sollte Kriegsstrategin werden.
3. Auf keinen Fall erlauben meine Eltern mir viel länger wegzubleiben als bis Mitternacht, nicht mal an Silvester.
4. Zu einer Party zu gehen, auf der getrunken wird, erschien mir in der Theorie wie ein lustiger Initiationsritus, aber was, wenn ich wegen Alkoholkonsums Minderjähriger festgenommen werde und in den Jugendknast wandere?
5. Ich könnte das neue Kleid mit den Cutouts anziehen.
6. Das ist meine Chance, den Klebezettel *Silvester um Mitternacht jemanden küssen* abzuhaken.
7. Brian hat *mich* zu einer Party eingeladen?!

Ich bin in dem Labyrinth in meinem Kopf so gefangen, dass ich gar nicht weiß, was ich antworten soll. Da rettet mich ausgerechnet Lily.

»Kann ich auch kommen?«, fragt sie und reißt den anderen Kopfhörer heraus. Wir alle gucken sie an. Im ersten Moment denke ich, es soll ein Witz sein. Dann sehe ich ihre zusammengepressten Lippen. Es ist ihr wirklich ernst.

Überrascht fährt Brian sich mit der Hand durchs Haar. »Klar, Lily. Sanjay hat garantiert nichts dagegen.«

»Geht dieser Sanjay auf unsere Schule?«, fragt Marcy. »Und ist er süß? Ich frag für eine Freundin.«

Ich funkele sie an, und sie zuckt die Schultern nach dem Motto: *Wieso? Stimmt doch.*

»Ich würde sagen, er sieht gut aus, aber nein, er geht auf die Kresge, auch in die Zwölf«, sagt Brian und es durchzuckt mich.

Die Kresge High. Quentins Schule.

Wenn ich Quentin mit auf die Party nehme, kennt er dort bestimmt Leute. Und ich hätte jemanden, der mich nach Hause fährt. Marcy wird sicher ewig bleiben und in einem Nebenraum Brettspiele machen. Sie bringt immer die Party-Edition von Bananagrams mit und wartet, bis die meisten gegangen sind, um ein Grüppchen zum Spielen zusammenzutrommeln. »Es ist tragbar und leicht verständlich – was will man mehr von einem Spiel«, sagt sie immer.

»Wirsinddabei.« Ich spucke die Worte aus, bevor ich sie wieder runterschlucken kann. »Meinst du, ich kann noch einen Freund mitbringen?«

»Quentin?«, fragt Marcy stumm, und ich nicke.

»Na klar, du kannst mitbringen, wen du möchtest.« Brian lächelt so breit wie auf dem Jahrbuchfoto der fünften Klasse. »Ein Literaturkurstreffen außerhalb der Schule, was?«

Hoffentlich wird auf der Party nicht getanzt, denn wenn

ich tanze, sehe ich aus wie ein sich windender Fisch auf dem Trockenen. Bei diesem angenehmen Gedanken klingelt es. Als wir alle aufstehen, wird mir bewusst, dass wir nichts geschafft haben. Ich war zu verzaubert von Brians wirbelndem Bleistift. Für mich war es wie Eiskunstlauf auf olympischem Niveau.

»Wir haben nichts zustande gebracht«, stöhnt Marcy, als hätte sie meine Gedanken gelesen, und klappt ihre Mappe zu. Es ist eine schlichte Ledermappe, die weit mehr kostet, als eine Mappe kosten dürfte. Man sieht Marcy nicht auf den ersten Blick an, dass ihre Familie Geld hat. Man merkt es nur, wenn man auf die Kleinigkeiten achtet – makellose Mappen und schwere japanische Druckbleistifte. (Obwohl sie sowieso meistens ihr Mäppchen vergisst und meine billigen Kratze-Bleistifte benutzen muss.)

»Sollen wir nach der Schule in der Bibliothek zusammen an dem Essay arbeiten?«, fragt Marcy in die Runde, und ich will gerade antworten, als Lily murmelt, dass sie zur Häkel-AG muss. Damit verschwindet sie in der Horde, die zur Mensa strömt.

»Ich hab heute kein Training«, sagt Brian. »Ich bin dabei.«

»Ich auch«, stimme ich ein. Ich hatte eigentlich auch Häkel-AG, aber jetzt nicht mehr. Auf keinen Fall lasse ich mir die Gelegenheit entgehen, noch mehr wirbelnde Bleistifte zu sehen. Und Lily wird es schon verschmerzen, wenn ich einmal nicht auftauche. »Kannst du mich nachher nach Hause fahren, Marce? Meine Eltern haben um fünf einen Termin.«

Ich halte es absichtlich vage – sie gehen zu einer Puja im Bhartiya-Tempel. Seit die Bewerbungsphase fürs College angefangen hat, gehen meine Eltern sehr oft zum Tempel.

Nicht, dass es da einen Zusammenhang gäbe.

»Ich würde dich ja fahren, aber ich muss später noch am Jahrbuch arbeiten. Und Kevin und ich müssen das Layout für den nächsten Antilopen-Anzeiger fertig machen ...« Sie seufzt. »Apropos, krieg ich nun endlich einen Gastbeitrag von dir?«

Ich beiße mir auf die Lippe. »Tut mir leid, Marce. Du weißt, dass meine Bewerbungsessays Vorrang haben. Aber ich warte dann nachher einfach in der Bibliothek, bis du fertig bist.«

»Das könnte aber spät werden. Und deine Eltern wollen ja immer, dass du zum Abendessen zu Hause bist.« Sie sieht Brian an nach dem Motto: *Wenn du schon die College-Ausbildung für das eine Kind zahlst, kannst du sie für das andere ja wohl auch noch übernehmen, oder?*

Brian kapiert und zieht an den Gurten seines Rucksacks. »Äh, ich kann dich mitnehmen, Aisha.«

Marcy lächelt. Es ist ein richtig boshaftes Lächeln – so wie der Smiley auf den Schildern *Bitte lächeln, Kameraüberwachung* –, aber man muss Marcy schon sehr gut kennen, um ihre unterschiedlichen Arten zu lächeln und die damit verbundenen Abstufungen von Boshaftigkeit einordnen zu können.

In den letzten fünf Minuten hat sie mehr für mein Sozialleben erreicht als ich selbst in den vergangenen siebzehn Jahren.

Lange Heimfahrt

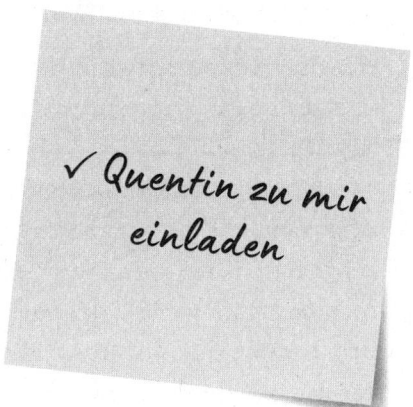

✓ Quentin zu mir
einladen

Nach der Schule treffen Marcy, Brian und ich uns in der Bibliothek, um den Essay zu schreiben. Ich sitze Brian gegenüber, Marcy sitzt neben ihm. Bestimmt hat sie mir extra den Platz mit Aussicht überlassen.

»Lily hat mir geschrieben, dass sie in den Weihnachtsferien Beispiele aus dem Text einarbeiten kann. Wenn wir heute die Argumentationsstruktur hinkriegen, sind wir so gut wie fertig«, sagt Marcy. »Ich hab ein paar Stellen im Buch angestrichen, in denen deutlich wird, wie schmerzlich das Scheitern des amerikanischen Traums ist. Am Ende lässt Rose von Sharon einen Hunger leidenden Mann an ihrer Brust trinken, das ist ja schon krass.«

»Na ja.« Brian beugt sich vor. »Dass Rose das macht, zeigt aber doch auch, dass das Gemeinschaftsgefüge noch intakt ist. Ich hab es so verstanden, dass Steinbeck damit Hoffnung ausdrücken will. Oder vielleicht deutet er an, dass die Gemeinschaft sich zusammentun und auf Reformen drängen sollte. Tom und Casy haben auch gegen das System gekämpft, obwohl sie mit dem Widerstand ihr Leben riskiert haben.«

»Was ist mit der Schildkröte im dritten Kapitel? Die Schildkröte, die den Oklahoma Highway überquert, symbolisiert die unmögliche Reise der umherziehenden Farmer, oder?«

»Oder ihr Durchhaltevermögen.«

Marcy seufzt genervt. »Aisha, du liebst doch Schildkröten. Was meinst du dazu?«

»Äh …« Beide sehen mich an. Ich bin zwar eher Marcys Meinung, möchte es aber nicht so deutlich sagen. »Vielleicht schließen eure Gedanken einander nicht aus. Die Schildkröte könnte für beides stehen – sie ist vielleicht hilflos, aber gleichzeitig zäh. Genauso zäh wie die Farmer – sie haben es schwer, aber sie versuchen unermüdlich, Arbeit zu finden und ihre Familien durchzubringen.«

So geht das Gespräch weiter, und ich überlasse Brian und Marcy größtenteils das Feld. Brian will das Versagen der Regierung und die ungleiche Verteilung von Reichtum im Buch unbedingt schönreden, und ich verstehe nicht so ganz, warum. Jeder, dessen Eltern in die Vereinigten Staaten eingewandert sind, müsste wissen, dass die Regierung den Immigranten das Leben nicht leicht macht. Früher stand Brian auf Comics über gewöhnliche Leute, die sich gegen eine tyrannische Macht gewehrt haben. Vielleicht spielt er nur den *advocatus diaboli*?

Als Marcy zur Jahrbuch-AG hetzen muss, schaue ich sie so panisch an wie damals meinen Vater, als er die Stützräder von meinem Fahrrad abmontiert hat. Dann gehen Brian und ich zusammen zu seinem Wagen. Ich habe ihn schon oft mit dem Auto vom Parkplatz fahren sehen und mich gefragt, wie es wäre, mit ihm zu fahren und so zu reden wie früher. Jetzt fahre ich schon zum zweiten Mal in einem Auto mit, von dem ich nie gedacht hätte, dass ich mal darin sitzen würde.

»Brauchst du eine Wegbeschreibung?« Ich will schon mein Handy aus der Rocktasche holen.

»Also bitte, Aisha. Ich erinnere mich ja wohl noch an euer Haus. Und an die orange Wohnungstür.«

Ich spiele mit den Enden meines Schals. Während Brian

losfährt, durchforste ich mein Gehirn nach einem Gesprächs-thema.

»Wie läuft es mit dem Stanford-Essay?«, fragt Brian. Er hat eine Hand am Lenkrad und eine auf der Mittelkonsole, nur wenige Zentimeter von meiner entfernt. Er wirkt ganz ruhig. Wenn ich fahre, umklammere ich immer das Lenkrad und rechne jeden Moment damit, dass ein Eichhörnchen direkt vor mir von einem Baum runtersegelt.

»Ich hab schon was geschrieben, aber, hm, es ist schreck-lich geworden.« Ich hätte gedacht, mein Make-up würde alles verändern, aber in Brians Nähe fühle ich mich immer noch so, als wären all meine Worte über den Winter in den Süden gezogen, raus aus meinem Gehirn. »Wie ist die Sache mit dei-ner Mutter ausgegangen?«

»Sie stresst immer noch rum wegen meiner College-Bewer-bungen. Machen deine Eltern sich auch so verrückt?«

»Eigentlich nicht. Meine Mutter sagt, ich soll auf Gott ver-trauen, und was immer jetzt geschieht, geschieht nicht ohne Grund.«

Den Satz kann ich auswendig. Bekäme ich jedes Mal fünf Cent, wenn dieser Satz in meiner Familie fällt, hätte ich schon ein Dutzend von Marcys schicken Ledermappen.

»Ob sie das ernst meint?«

»Ich glaub, sie wäre enttäuscht, wenn ich in Stanford nicht angenommen würde, aber ich wäre total am Ende.«

»Das glaub ich sofort. Das wäre die Gelegenheit, endlich aus diesem Kaff rauszukommen.«

»Genau«, stimme ich automatisch zu, aber eigentlich mag ich Arledge mit seinen Kürbisfeldern im Herbst, den Kunst-märkten im Frühling und den altmodischen Cafés.

Vor unserem Haus hält Brian und schaltet den Motor aus. Er schaut mich an, und mein Herz flattert wie die Seiten eines offenen Buchs im Wind. Diese Augen. Immer wenn ich denke, es wird besser, werfen seine Augen mich wieder zurück. Es ist das Vertraute seines Blicks gepaart mit seiner neuen, hm, Sexyness.

»Noch mal zu deinem Manifest. Kann ich mitmachen?«

Was? »Wie meinst du das?«

»Ich würde dir mit deiner Bucketlist gern helfen. Ich bin dir wegen des Winterballs noch was schuldig, und es wäre auch eine nette Ablenkung von den College-Bewerbungen. Und von Riley, um ehrlich zu sein. Sie ... datet nämlich schon wieder jemanden.«

Ein Hoch auf Königin Marcy. Ihr Plan geht ja fast schon zu gut auf.

»Im Ernst? Es wäre natürlich super, wenn ich Hilfe hätte.«

Ich stelle mir vor, wie Quentin in allen Klebezettel-Situationen durch Brian ersetzt würde. Alles wäre auf einmal romantisch gefärbt – ein Sepiafilter für jedes Erlebnis.

»Ich stehe dir zu Diensten. Du kannst mir ja nachher ein Foto von der Liste schicken.«

»Mache ich!« Meine Stimme überschlägt sich fast. »Dann kannst du gucken, bei welchen du helfen willst. Kein Stress natürlich.«

Bei dem Foto werde ich mir ein paar künstlerische Freiheiten rausnehmen. Ich gruppiere die Klebezettel einfach so, dass alle mit draufkommen, die möglichst viel Brian-Zeit versprechen. Vielleicht kann ich sogar den Zettel mit dem Mitternachtskuss mit aufnehmen, aber ein bisschen abgeschnitten, nach dem Motto: *Ups, der sollte gar nicht mit drauf!*

»Guter Plan. Und kann ich dich was fragen?«

Fragt er mich jetzt nach einem Date? Will er mit mir tanzen gehen, als Ersatz für den Winterball? Will er ...

»Wer ist der Typ, der da mit deiner Schwester redet?«

Ich schaue hin und sehe Quentin.

»Was zur ...« Ich schnalle mich ab und widerstehe dem

Drang, die Nase an die Scheibe zu pressen. Quentin steht vor unserem rot verklinkerten Wohnblock und redet wild gestikulierend mit Seema, und Seema neben ihm schwankt kichernd hin und her. Es ist ein Moment wie letzte Woche, als ich »Close to You« von den Carpenters hörte, bis das Kabel meiner Kopfhörer an der Türklinke hängen blieb und mir den Schnulz aus den Ohren riss.

»Äh, das ist bloß jemand, dem ich hin und wieder Nachhilfe gebe.«

Sofort habe ich ein etwas schlechtes Gewissen. Es ist nicht ganz okay, Quentin als jemanden zu bezeichnen, dem ich *bloß* Nachhilfe gebe. Und da wir uns zweimal pro Woche sehen, trifft *hin und wieder* es auch nicht so ganz.

»Seine Kiste ist uralt.« Brian zeigt auf den Jetta, der ein Stück weiter parkt. »Ist das sein Wagen?«

»Yep. Er ist alt, aber er fährt.«

»Aber nicht mehr lange.«

Ich bin verwirrt. Was macht Quentin hier? Und welche meiner Geheimnisse werden da ausgeplaudert? Verrät meine Schwester Quentin gerade, dass ich das Kondenswasser auf Tassen als Kind Tassenschweiß genannt habe? Ich will schon die Autotür aufreißen, als Brian mich an der Schulter berührt.

»Hey, warte mal.«

»Ja?« Er hat Nervenenden in meiner Schulter geweckt, von deren Existenz ich bisher gar nichts wusste.

»Ich wollte dich noch fragen … was hast du in den Weihnachtsferien vor?«

»Das Gleiche wie du. Sanjays Silvesterparty, weißt du noch?« Ich hebe die Hände mit den Handflächen nach oben über den Kopf und bewege sie rhythmisch auf und ab.

Brian lacht. »Wenn ich den Dance-Move sehe, weiß ich nicht, ob das so deine Szene ist.« Immer wenn ich Brian zum

Lachen bringe, versetzt es mir einen Kick – so als hätte ich gerade eine Flipperkugel hochgeschossen. »Falls du in den Ferien sonst nichts vorhast, Kevin und ich gehen am ersten Januar Schlittschuh laufen. Kevin fragt Marcy, und wenn du nicht zu beschäftigt mit deiner Stanford-Bewerbung bist, hast du vielleicht Lust mitzukommen?«

Omeingott.

Ich kann nicht Schlittschuh laufen. Rein gar nicht. Doch Brians dunkelbraune Augen verwirren mich und vernebeln mein Denken, so wie der Handyempfang immer schlechter wird, wenn man in den Norden von Michigan fährt. Das ist der Traum von einem Double-Date.

»Klar! Ich meine, ja! Total gern.«

»Du kannst doch Schlittschuh laufen, oder?« Sein Blick sucht meinen.

»Ja!«

O Aisha, was hast du getan.

Ich springe aus dem Wagen und will meinen Rucksack von der Rückbank holen. Er hängt irgendwo fest und ich zerre an ihm wie an einem Kind, das nicht aus dem Süßigkeitenladen hinausgehen will. Als ich Brian ein letztes Mal ansehe, fällt mein Gehirn in eine Zuckerwattemaschine und wird in alle Richtungen verwirbelt. »Danke fürs Heimbringen.«

Brian saust los, ohne noch mal zurückzuschauen. Als ich mich umdrehe, winken Seema und Quentin mir zu. Ich lächele, aber es fühlt sich nicht echt an. Meine Schwester fliegt auf mich zu, während Quentin allein vor der Haustür stehen bleibt.

»Liebes Schwesterherz, wie groß du geworden bist!«, säuselt sie und krallt mir die Hände um die Schultern. »Freust du dich nicht wahnsinnig, dass ich vom College nach Hause gekommen bin, um die Feiertage mit dir zu verbringen? Dir drei Wochen Glückseligkeit zu schenken?«

Ich winde mich aus ihrem Schraubstockgriff. »Ja, endlich nimmt wieder jemand die Fernbedienung in Beschlag. Es war einfach nicht dasselbe, als ich gucken konnte, was ich wollte.« Eine herrliche Stille tritt ein, aber sie wird nicht von Dauer sein. Drei, zwei, eins …

»Wieso hast du den Rock von deiner Schuluniform an? Ich weiß, die Wollhose ist nicht sexy, aber besser, als eine Erkältung zu kriegen. Und vergiss nicht, dich abzuschminken, ehe du hochgehst, sonst kriegt Ma einen Anfall. Und war das gerade Brian in dem Auto? Den hab ich ja ewig nicht gesehen.«

»Wir waren nur in der Bibliothek.«

»Moment mal, stehst du etwa noch auf ihn?« Sie senkt die Stimme. »Wenn ich mich richtig erinnere, warst du doch damals schon von ihm besessen. Weißt du noch, als du ihm die schönste von unseren Valentinskarten gegeben hast? Und du hast Mandarin bei Mr Langweil als Wahlfach genommen, nur weil Brian in dem Kurs war.«

»Ich bin nicht von Brian besessen! Und der Lehrer hieß Mr Lang.«

»Ja, aber alle nannten ihn Mr Langweil, weil er immer wieder vom Thema abschweifte.« Sie hebt die Hände. »Ich sag ja nur.«

Das ist ein typisches Seema-Gespräch. Gegen meinen Willen wird mein Inneres nach außen gekehrt und platt gewalzt. Sehr angenehm. Quentin schlendert auf uns zu, sein Blick wandert von meiner genervten Miene zu dem selbstgefälligen Blick meiner Schwester.

»Worum geht's?«

»Nichts.« Was hat er hier zu suchen, in seiner marineblauen Winterjacke mit der Fellkapuze? Das ist ein schräges Crossover zwischen Privatleben und ehrenamtlicher Arbeit.

»Was machst du denn hier?«

»Ich hab ihm gesagt, er kann ein bisschen bei uns im Gemeinschaftsraum chillen.« Seema zuckt die Achseln. »Anscheinend hat er dir geschrieben, aber du hast nicht geantwortet, deshalb hat er mir geschrieben und mich gefragt, ob er kommen kann.«

»Aber warum bist du überhaupt gekommen?«, bohre ich nach.

Er wirkt perplex. »Selber hi.«

Ich sehe ihn an und weiß, dass mehr dahinterstecken muss, aber es gibt jetzt drängendere Themen. »Ich hab dir heute Mittag geschrieben. Dass Brian mich nach Hause fährt und wegen Sanjays Party. Hast du die Nachricht gelesen?«

»Ja, und ich hab auch geantwortet. Das ist ein witziger Zufall, ich war mit Sanjay mal ziemlich gut befreundet.«

Bei diesen Worten hüpfe ich auf den Fußballen, fast laufe ich auf der Stelle. »Echt? Dann kommst du mit?«

»Ich frag meine Mutter. Bestimmt kann ich hin, wenn …«

»Moment, das war noch nicht alles!« Ehe ich merke, dass ich ihn unterbreche, sprudeln die Worte schon heraus. »Brian hat mich gerade gefragt, ob ich mit ihm, Kevin und Marcy Schlittschuh laufen gehe.«

»Was?« Er hebt die Hand und ich schlage ein. »Ist ja der Wahnsinn«, sagt er. »Dein Manifest geht voll ab. *Auf ein Date gehen*, abgehakt.«

»Moment mal.« Seema wendet sich an Quentin. »Du hilfst Aisha mit Brian? Das ist ja verrückt, denn ich dachte ernsthaft, ihr beide …«

»NEIN!«, rufen Quentin und ich wie aus einem Mund, dann sehen wir uns an.

Ich hatte mir schon gedacht, dass Quentin sich nach allem, was er über mich weiß, nie wirklich für mich interessieren würde, und sein vehementes Nein gerade eben bestätigt das. Für mich ist das okay. Wenn von vornherein ausgeschlossen

ist, dass zwischen uns was laufen könnte, kann ich viel lockerer mit ihm umgehen.

Außerdem kann ich es ihm nicht verdenken. Wenn man
ein schlechtes Musikvideo zu einem Song sieht, den man ur-
sprünglich nicht so übel fand, kann man sich das Video hinterher nicht mehr wegdenken. Bestimmt kann er sich auch
nicht mehr wegdenken, wie ich in seinem Auto Rotz und
Wasser geheult und in der Mall über meine Kickel gejammert
habe, und ich kann mir nicht mehr wegdenken, dass er das
alles über mich weiß.

»O-kay. Sor-ry.« Seema schaut mich an, und natürlich fragt
sie sich, ob ich lüge. Ich schüttele den Kopf, und das bedeutet:
Ich will nichts von ihm, ich schwöre. Und das meine ich auch
so. Mein Herz schlägt in seiner Nähe so gleichmäßig wie ein
Metronom.

»Und mit dem Typ willst du Schlittschuh laufen?«, fragt
sie.

Quentin horcht auf. »Mit dem Typ? Magst du ihn nicht?«

»Er hat eine bewegte Vergangenheit. Und er hat es nicht
verdient, dass Aisha ihm so schnell verzeiht, nachdem er sie
beim Winterball versetzt hat.«

»Er hat alles erklärt!«, protestiere ich. »Seine Mutter ist
streng, das war nicht leicht für ihn. Tief drin ist er ein netter
Mensch.«

»Tief drin ist jeder nett, Aish, aber hoffentlich nicht so tief,
dass du dafür einen Tauchkurs auf den Malediven brauchst.«

Quentin grinst und ich feuere mit Blicken Paintballs auf
ihn ab. »Ich mag ihn jedenfalls.«

Seema zieht die Augenbrauen hoch. »Cool, dass du es zu-
gibst. Obwohl es dich ein ganzes Jahr mit Mr Langweil gekostet hat.« Ihr Handy leuchtet auf. Bestimmt ein Herzensbrecher
vom College. Sie geht zur Haustür. »Da muss ich rangehen.
Viel Spaß euch.«

»Wer ist Mr Langweil?«, fragt Quentin, sobald sie außer Hörweite ist, und ich kneife die Augen zusammen.

»Warum bist du wirklich gekommen? Doch nicht um mir Hi zu sagen.«

»Ich will ehrlich sein. Als du mir geschrieben hast, dass Brian dich nach Hause bringt, hab ich mir überlegt, bei dir aufzutauchen. Und zwar so, dass er mich sieht.«

»Was?«

»Eifersucht funktioniert immer.« Er zuckt mit den Schultern, als wären das die Grundlagen der Physik.

»Hast du echt …«

Er lacht. »Na komm, bild dir nichts ein. Ich hab meinen Hausschlüssel vergessen. Meine Mutter kommt erst spät von der Arbeit, da brauchte ich einen Ort, wo ich mir die Zeit bis dahin vertreiben konnte. Ich hab dir geschrieben, weil ich dachte, du kämst ungefähr zur selben Zeit von der Häkel-AG nach Hause, aber du hast nicht geantwortet.«

»Und dann?« Ich muss ganz genau wissen, was in jedem Winkel meines Königreichs vor sich geht.

»Dann kam ich auf die Idee, Seema zu schreiben. Sie hat mich in den Gemeinschaftsraum eures Hauses gelassen. Das war alles, du hast nicht viel verpasst.«

Ich komme mir vor wie mit zehn, als meine Eltern mit mir und Seema in den Freizeitpark gefahren sind und ich auf die Hälfte der Attraktionen noch nicht draufdurfte. »Wann habt ihr überhaupt Nummern ausgetauscht?«

»An dem Tag in der Mall.«

Ich weiß nicht, warum meine territorialen Tigerstreifen blinken. Es kommt mir manchmal so vor, als hätte Seema sowieso schon alles: Sie ist schön, sie studiert Medizin, sie bekommt Nachrichten von unzähligen Freunden. Mit Quentin zu chillen war das Einzige, was ich nur für mich hatte.

Quentin zittert im eisigen Wind und setzt die Kapuze auf.

Der Pelz umrahmt sein Gesicht, und ein paar seiner Locken lugen heraus. »Herzlichen Glückwunsch, dass er dich gleich zweimal eingeladen hat. Ist ja wie eine doppelte Portion Schokosoße.«

»Danke ...« Ich räuspere mich. »Was das betrifft ... da wäre noch eine Winzigkeit, bei der ich deine Hilfe gebrauchen könnte.«

Er sieht mich einen Moment an, dann stöhnt er und fasst sich an den Kopf. »Scheibenkleister!«

»Wow, weißt du überhaupt, was ich ...«

»Du kannst nicht Schlittschuh laufen, oder?«

Ich grinse ihn breit an wie ein Kind, das darauf hofft, dass sein Krickelkrakelbild an den Kühlschrank gehängt wird.

»Schon gut, schon gut, ich bring's dir bei. Guck mich nicht so an, das ist creepy.«

Mein Krickelkrakelgrinsen wird noch breiter. »Du bist der Beste, weißt du das? Und wie wär's, wenn wir nächsten Freitag nach der Nachhilfe zusammen Macarons backen? Dann können wir das von der Klebezettelwand streichen und haben auch noch ein Mitbringsel für die Party.«

Ein Lächeln zuckt in seinen Mundwinkeln. »Du willst selbst gemachte Macarons mit zu einer Highschool-Party bringen? Nur so ein Gedanke, es könnte passieren, dass die betrunkenen Gäste sie nicht ganz so zu schätzen wissen.«

»Die sind für Brian. Als poetischer Endpunkt des asiatischen Tupperdosenkriegs. Ich packe die Macarons in die Tupperdose von Brians Mutter und gebe sie ihm zurück.«

So gestriegelt, wie Brian immer herumläuft, weiß er hübsche Macarons bestimmt zu würdigen. Außerdem ist Zucker bekanntermaßen das beste Heilmittel gegen Liebeskummer.

»Ach so, klar. Tupperdosen. Die wichtigste Zutat zu jeder epischen Teenie-Romanze.«

»Ach, sei still.«

»Vielleicht können wir die Macarons bei dir backen. Bei uns wird diese Woche unten das Badezimmer gestrichen.«

Ich schlucke. Ich habe noch nie jemanden von der Arledge Prep in unsere Winzwohnung eingeladen, geschweige denn einen Jungen. Wenn Marcy mich heimfährt, setzt sie mich immer vor dem Haus ab. Abgesehen davon, dass es bei uns so beengt ist, weiß ich genau, dass meine Eltern irgendwelche peinlichen Bemerkungen machen, und der Geruch von Ghee und die Ganesha-Statue könnten abschreckend wirken. Ich sehe direkt vor mir, wie Lily die Nase über unsere verblichenen Sofakissen rümpfen würde.

Seema hatte wohl recht mit den zwei voneinander getrennten Leben. In der Schule gehe ich jeden Morgen über einen großzügigen Hof mit Springbrunnen und esse in der Mittagspause amerikanisches Zeug, und zu Hause esse ich Rajma mit Jeera-Reis und weiß nicht, wie ich mein Buch und meinen Laptop gleichzeitig auf dem Mini-Schreibtisch unterbringen soll.

»Ist das okay?«, fragt Quentin, und mir wird bewusst, dass ich seit einer Weile stumm dastehe und ihn angucke. »Sonst können wir die Macarons auch ein andermal backen.«

Wenn meine Mutter erfährt, dass der Junge, dem ich Nachhilfe gebe, in meinem Alter ist, wird sie Quentin ein bisschen zu lange anschauen, ohne mit der Wimper zu zucken, und ihm dann trotzdem Chai und etwas zu essen anbieten. Das ist in einem indischen Haus Ehrensache. Und da Quentin mir mit meinem Manifest hilft, komme ich kaum drum herum, ihn auch mal zu mir einzuladen. Er hat schon so viel von mir gesehen, was ich normalerweise verberge, da kommt es auf unsere Wohnung auch nicht mehr an.

»Na klar«, bringe ich heraus. »Komm vorbei.«

Stanfordessay. docx (2)

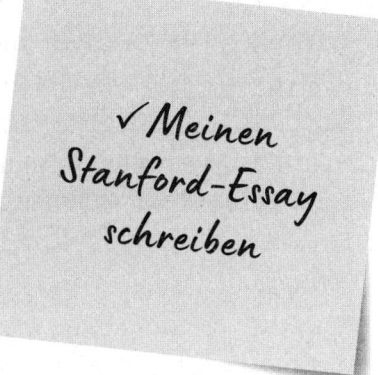

✓ Meinen Stanford-Essay schreiben

Stanford-Essay.docx
Letzte Änderung Freitag 20.12. 21:49 Uhr

Schildern Sie eine Situation, in der Sie Ihre Komfortzone verlassen haben. (600 Wörter)

~~Ehrlich gesagt, habe ich persönlich noch nie meine Komfortzone verlassen, ganz im Gegensatz zu meinen Eltern. Meine Mutter hat ein Studium in Stanford aufgenommen, nachdem sie in die USA eingewandert ist. Meine Eltern haben alles dafür getan, meiner Schwester und mir ein besseres Leben zu bieten ... <hier mehr emotionale Details über Anstrengungen indischer Immigranten einfügen. Während ich hier sitze und Peperoni-Chips futtere??~~

~~Meine Komfortzone zu verlassen bedeutet für mich, etwas Neues auszuprobieren. In der letzten Zeit habe ich zwei neue Sachen ausprobiert, von denen ich nie gedacht hätte, dass ich Zeit dafür hätte: Make-up und Jungs. Ich habe sogar einen Jungen zu mir nach Hause eingeladen. Obwohl ich in solche Bereiche vorgedrungen bin, bin ich sehr auf~~

meine Ausbildung konzentriert und würde niemals meine
akademische Laufbahn für

Vergessen Sie es, ich will gar nicht auf Ihre DÄMLICHE UNI
gehen alssefjdlfjsdfldsfj

Weihnachts-
bäckerei

✓ Glutenfreie
Weihnachts-
Macarons backen

Die Weihnachtsferien haben begonnen. Für Marcy bedeutet das: Urlaub im Ferienhaus ihres Vaters, mit Tannenbaum-Backförmchen und heißem Kakao. Für mich bedeutet es, gemütlich auf dem Sofa zu sitzen und meine To-do-Liste mit unterschiedlichen Farben zu markieren – Entwürfe für den Stanford-Essay, Bewerbungen um Stipendien, Essay für den Literaturkurs. Aber dieses Jahr kommt noch etwas hinzu, und zwar die Rubrik Spaß. Bis jetzt steht in dieser Rubrik *Ein Aquarell fertig malen* und *Meine Schildkröte fertig häkeln*. Ich arbeite seit Wochen an der Schildkröte, während Lily bestimmt schon eine ganze Farm beisammenhat.

Ich will gerade Sanjays Silvesterparty in die Spaß-Rubrik eintragen, als mein Handy vibriert. Ich bekomme oft Spam-Anrufe von angeblichen Vertretern der Steuerbehörde oder Anrufe von Seema mit der Bitte, ihr Wasser zu holen, wenn sie zu faul ist, vom Sofa aufzustehen. Als ich mein Handy umdrehe und Quentins Namen sehe, setze ich mich auf. Ich gebe ihm jetzt schon seit einigen Wochen Mathe-Nachhilfe, aber wir haben noch nie miteinander telefoniert, immer nur geschrieben. Obwohl er mich nicht sehen kann, streiche ich mir die Haare glatt, bevor ich drangehe.

»Hallo?«

»Aisha.« Er klingt gehetzt. »Entschuldige, dass ich so kurzfristig frage, aber wär es in Ordnung, wenn ich heute Abend zur Macaron-Back-Party einen süßen Elfjährigen mitbringe? Sein Vater erlaubt ihm nicht, Zucker zu essen, und er würde sich extrem freuen.«

»Hmm, ich weiß nicht. Dann hätten wir zwei Jungs mit dem Denkvermögen eines Elfjährigen hier.«

»Hey, sag nicht so was. Dein Vater ist doch bestimmt nicht auf den Kopf gefallen.«

»Sehr witzig. Wer ist es?«

»Owen. Das ist der Nachbarjunge, auf den ich manchmal aufpasse.«

»Ach so. Der Scheibenkleister-Junge.«

»Genau. Ich wollte seinen Vater bitten, den Termin zu verschieben, aber meine Schicht bei Divine Tea ging heute länger, deshalb konnte ich nicht rechtzeitig …«

Ich presse das Telefon ans Ohr. »Moment. Du arbeitest bei Divine Tea? Und das hast du mir wochenlang verschwiegen?«

Divine Tea ist ein Teeladen in der Innenstadt, den Marcy mir mal gezeigt hat. Dort bekommt man frischen Tee in Teekannen und bunten Tassen, keinen Beuteltee.

»Hm, ich dachte nicht, dass das so eine bahnbrechende Nachricht wäre. Ich arbeite da nur ein- bis zweimal in der Woche. Also ist es okay, wenn Owen mitkommt?«

»Na klar. Willst du mich gar nicht fragen, wo ich genau wohne? Bisher kennst du ja nur den Gemeinschaftsraum.«

»Du wohnst im Erdgeschoss, und eure Wohnung ist die einzige mit einer orangen Tür, oder? Und das hast du immer auf deine Geburtstagseinladungen geschrieben?«

Ich schnappe nach Luft. »Du warst doch gar nicht dabei, als ich das deiner Mutter erzählt habe.«

»Unsere Wände sind aus Pappe. Ach so, und gelauscht hab ich auch.«

»Bah. Ciao.«

Die nächste Stunde bereite ich die Wohnung auf Quentins Besuch vor, inspiziere jede Ecke bis auf Seemas Zimmer, denn sie hält ein Nickerchen und würde mir den Kopf abreißen, wenn ich sie wecken würde. Aufräumen bedeutet für mich alles Sichtbare in den Schränken verschwinden zu lassen. Meine Mutter späht gelegentlich über ihr Buch – sie liest gerade *Emma* von Jane Austen – zu mir herüber, während mein Vater in der Küche Reis kocht. Ich schüttele die Sofakissen auf, bis sie genau die richtige Fluffigkeit haben, als mein Vater um die Ecke schaut.

»Ist ja unglaublich, was du aus der Wohnung gemacht hast«, spottet er.

»Ich sehe den Unterschied, okay?«

»Guck dir mal ihr Zimmer an. Das müsste wirklich dringend aufgeräumt werden. Ein bisschen Unordnung hier stört niemanden«, sagt meine Mutter, als wäre ich gar nicht im Raum. »Es ist normal, dass man ein paar Sachen hat, wenn man seit Jahren in einer Wohnung wohnt.«

»Oder vielleicht ist unsere Wohnung zu klein für den ganzen Krempel.«

Sofort bereue ich meine Worte, als meine Mutter ihr Gesicht wieder hinter ihrem Buch versteckt und leise etwas von »undankbaren Kindern heutzutage« murmelt. Ich sage mir ja immer, dass ich gar nicht so sein will wie die verwöhnten Rich Kids an der Arledge Prep, aber manchmal bin ich einfach nur genervt. Nein, kein Latte macchiato von Starbucks, wenn man sich doch einfach »selbst einen Chai machen kann, der ist dann auch nicht so süß«. Neben dem Spruch »Das hätte ich auch zu Hause machen können« ist ein weiteres Lebensmotto von Einwanderer-Eltern: »Such dir die billigste Wohnung in der besten Gegend.« In einem anderen Ort hätten wir uns wahrscheinlich eine Eigentumswohnung leisten können, aber meine Eltern haben sich für Arledge entschieden, weil es hier sicher ist und es gute Schulen gibt. Und wegen der Nähe zum Jai-Ho-Supermarkt.

Die Melodie der Türklingel ertönt. Ich schaue auf die Herduhr. Punkt sieben.

»Dein Schüler ist aber pünktlich.« Meine Mutter setzt ihre Lesebrille ab. Sie wirkte regelrecht erfreut, als ich ihr sagte, dass ich heute backen möchte. Und sie hat mir sogar versprochen, mit meinem Vater das Feld zu räumen, sobald wir mit den Macarons loslegen. Meine Eltern halten mir zwar oft Vorträge darüber, dass sie nur wegen des herausragenden Schulsystems hergezogen sind und ich das ausnutzen solle, aber natürlich wollen sie auch nicht, dass ich ein Bücherwurm bin. Immer wieder sagt meine Mutter mir, bevor ich aufs College ginge, müsse ich lernen, in meinem Zimmer Ordnung zu halten und ein paar einfache Gerichte zu kochen, ohne die Bude abzufackeln.

Schnell laufe ich durch die Küche, meine Flauschsocken mit dem Avocadomuster gleiten über die Fliesen. Ich atme einmal tief durch, bevor ich die Tür aufmache. Quentin steht aufrecht da, das Gesicht halb vom Flurlicht beschienen. Eine Hand liegt auf Owens Schulter, in der anderen hält er eine Papiertüte. Owen hat kurze braune Haare, trägt eine runde Brille und einen Pulli mit Rautenmuster. Er könnte direkt einem Banana-Republic-Katalog für Kindermode entsprungen sein.

»Hallo, Owen.« Ich winke ihm zu. »Ich bin Aisha.«

»Hi«, murmelt er und Quentin haut ihm leicht auf den Kopf nach dem Motto: Sei freundlich.

»Kommt rein.« Ich verspüre plötzlich den Drang, ihnen die Tür vor der Nase zuzuschlagen und so zu tun, als wären sie nie gekommen. Ich frage mich, wie meine Eltern reagieren, wenn sie sehen, dass Quentin nicht der erwartete Grundschüler ist, der sich mit dem kleinen Einmaleins herumschlägt.

»Gut riecht es hier.« Quentin beugt sich vor und zieht seine Schuhe aus, unter denen die üblichen Ringelsocken zum Vorschein kommen. Mist. Trotz der Kälte draußen habe ich gelüftet und gehofft, dass der Geruch von brutzelnden Senf- und Kuminsamen verschwinden würde. Ich nehme Quentin die Winterjacke ab, als mir auffällt, dass wir keine Garderobe haben. Soll ich sie in meinen Schrank hängen? Wie geht Besuch haben?!

»Aisha, dein Vater hat ein bisschen Dal gekocht.« Meine Mutter kommt um die Ecke. Als sie Owen sieht, beugt sie sich zu ihm herunter und lächelt ihn breit an. »Hallo, du musst Quentin sein. Ich habe gehört, dass ihr heute zusammen etwas backen wollt.«

O nein.

»Ma ...« Ich hüstele und zeige wild nach oben. Ich steche praktisch in die Luft. »Also, Quentin ist der hier. Er ist mein Nachhilfeschüler, und das ist Owen, sein Nachbar.«

Ihr Lächeln schwindet und sie sieht mich lange an, während ich die Unschuldige spiele. Es ist kein Problem, solange du es nicht zum Problem machst, sagt Marcy immer.

»Hatte ich das nicht erwähnt? Quentin ist auch im letzten Highschool-Jahr.« Ich lasse es klingen wie: Ist das nicht ein verrückter Zufall?

»Mein Fehler«, sagt meine Mutter, aber ihr vorwurfsvoller Blick sagt: dein Fehler. Dann nickt sie Quentin mit dem misstrauischen Blick zu, mit dem sie in Indien Straßenhändler bedenkt, um sie dann direkt herunterzuhandeln. »Hallo, Quentin.«

Ich leide innerlich. Bei ihr klingt es eher wie Quantin, aber Quentin scheint es nicht zu bemerken.

»Hallo, Mrs Agarwal. Freut mich, Sie kennenzulernen.«

Mein Vater kommt dazu, und ich drücke Quentins Jacke, die ich in den Armen halte, fester an mich. Je mehr Elternteile, desto größeres Peinlichkeitspotenzial. Ich folge Quentins Blick. Sieht er die abgelaufenen Gutscheinbücher? Die Küche, in der sich die Töpfe häufen? Den abgenutzten Teppich?

»Hallo«, sagt mein Vater und sieht Owen an, also zieht er vermutlich denselben Schluss wie meine Mutter.

»Das ist Quentin«, sage ich schnell und zeige auf ihn. Jetzt hab ich schon zweimal auf ihn gezeigt, als wäre er ein Hinweisschild fürs WC.

Mein Vater wirkt kurz verwirrt, dann fällt der Groschen. Immerhin lächelt er. Er versteht schon eher als meine Mutter, dass »ein Freund« nicht dasselbe wie »mein Freund« ist.

»Hallo, Mr Agarwal«, sagt Quentin. »Danke Ihnen beiden, dass ich kommen durfte.«

»Natürlich. Ein bisschen Gesellschaft tut Aisha gut.«

Ich funkele meinen Vater an.

»Ich meine mathebegeisterte Gesellschaft wie dich«, ergänzt er mit unbeirrbarem Lächeln, als er meinen Blick auffängt.

»Sollen wir dann mal mit den Macarons loslegen?« Ich reibe mir die Hände so fest, dass man meinen könnte, ich wollte ein Buschfeuer entfachen.

»Ja, aber vorher möchte ich noch …«« Quentin gräbt in seiner Tüte, hebt eine Pflanze heraus und reicht sie meiner Mutter. Ihre Form erinnert mich an ein Twister-Eis. »Die ist für Sie. Eine Hyazinthe. Meine Mutter hat gehört, dass Sie Pflanzen mögen, und sie wollte mich nicht mit leeren Händen gehen lassen.«

Ich verschlucke mich fast. Ich bin jedes Mal mit leeren Händen zu Quentin gekommen. Es stimmt, im ersten Gespräch mit Quentins Mutter habe ich erwähnt, dass meine Mutter Pflanzen mag. Erstaunlich, dass sie sich das gemerkt hat. Die versteinerte Miene meiner Mutter wird etwas weicher. Sie berührt die Blätter der Hyazinthe und lobt den Terracotta-Topf.

»Das wäre wirklich nicht nötig gewesen, aber vielen Dank. Die ist wirklich hübsch.«

Quentins Blick fällt auf unseren künstlichen Weihnachtsbaum, der in der Nähe der Küche auf dem Boden steht. Wobei Baum ein bisschen übertrieben ist. Im Grunde ist es ein besserer Partyhut, und meine Schwester und ich haben uns sehr dafür starkgemacht, dass er im Wohnzimmer stehen darf. Ich gebe jedes Jahr mein Bestes, ihn zu schmücken, aber er ist natürlich kein Vergleich zu Quentins zwei Meter hohem Baum.

»Euer Baum?«, fragt Quentin und wir folgen ihm im Gänsemarsch. »Wie schön, mit selbst gemachtem Schmuck.«

Ich habe den Schmuck selbst bemalt, und ich liebe jedes einzelne Teil, auch wenn meine Schwester behauptet, sie sähen aus wie Relikte einer Kiste vom Dachboden mit der Aufschrift *Krimskrams, den ich aufbewahre, um mein Kind nicht zu kränken.* Aus dem Augenwinkel sehe ich, dass Owen seine Jacke auszieht. Ich will sie ihm gerade abnehmen, als er Quentins Jacke unter meinem Arm wegzieht. Dann marschiert er zum Sofa und legt beide Jacken ordentlich über die Armlehne. Nachdem er einfach so mein Jackenproblem gelöst hat, kommt er wieder zurück.

Owen schaut sich jeden einzelnen Baumschmuck an den grünen Kunststoffzweigen an und nimmt sich besonders viel Zeit für ein Foto mit einem Rahmen aus Moosgummi. Es ist ein altes Bild von meinen Eltern mit Glitzer drumherum. Meine Mutter umarmt meinen Vater und strahlt, ihre Backen sind so rot wie das Bindi auf ihrer Stirn. Jetzt sehen die beiden anders aus. Mein Vater hat ein paar Kilo mehr auf den Rippen (vermutlich von dem vielen Ghee und den indischen Keksen). Die Haare meiner Mutter haben graue Strähnen.

»Sind das deine Eltern?«, fragt Owen und sieht mich mit seinen großen grünen Augen durch die Brillengläser an.

Quentin beugt sich zu Owen herunter und hält das Foto so, dass sich das Licht der Küchenlampe nicht darin spiegelt.

»Ja«, sage ich. »Das hab ich in der fünften Klasse in Kunst gebastelt.«

»Das Foto wurde ein Jahr vor unserer Hochzeit aufgenommen«, erklärt mein Vater und zeigt auf den gelben Datumsstempel in der Ecke. »Auf dem College.«

»Haben Sie sich auf dem College kennengelernt?«, fragt Quentin. Kaum hat er das gesagt, sieht er mich an, als wollte er fragen: Ist es okay, dass ich deinen Eltern so eine persönliche Frage stelle? Ich zucke die Achseln: Musst du selber wissen.

Meine Mutter lächelt, doch dann fällt ihr anscheinend ein, dass sie sich nicht zu sehr mit meinen männlichen Freunden verbrüdern sollte. »Ja, wir haben uns am Birla Institute of Technology and Science in der Theater-AG kennengelernt. Akshay hat mich immer vor dem Mädchen-Wohnheim besucht. Dann haben wir geheiratet.«

Meine Mutter erzählt diese Geschichte zu gern, aber nie verrät sie etwas über die Einzelheiten zwischen dem Kennenlernen und der Heirat. Sie sagt, da gebe es nichts zu erzählen, was mir umso mehr Sorgen macht. Bevor ich heirate, würde ich mindestens fünf Jahre mit jemandem zusammen sein wollen, um sicherzugehen. Das wären zwanzig Jahreszeiten, je fünf Geburtstage und fünf Jahrestage.

»Und dann«, schallt Seemas Stimme durch den Flur. »Zwei Jahre nachdem sie geheiratet haben, bin ich gekommen. Zu ihrem großen Glück.«

Seema reibt sich die Augen und taumelt in ihrem Schneemann-Schlafanzug herein. Als sie Owen sieht, guckt sie mich an und zieht die Augenbrauen hoch. Ihr Blick sagt: Du hast gleich zwei Jungs eingeladen? Nicht schlecht. Jedenfalls möchte ich gern glauben, dass sie das denkt. Sie könnte auch denken: Bist du so verzweifelt auf der Suche nach Freunden, dass du neuerdings Kinder einlädst?

»Und, gefällt euch unser Baum?«, fragt Seema. Quentin nickt, aber Owen zuckt mit den Schultern.

»Er ist schön«, sagt er schniefend. »Aber klein.«

Kinder sagen eben immer die Wahrheit.

»Stimmt. Wir fragen unsere Eltern jedes Jahr, ob wir einen größeren haben können, aber ohne Erfolg.«

»*Hamaare ghar mein itanee jagah nahin hai*, Seema.« Meine Mutter seufzt. »*Vaise bhi, hum Christian nahin hai, aur agar* Baum *dekhna hai, tho* Mall *main dekho. Kitna acha ped hai* Mall *mein.*« Wir haben nicht genug Platz und wir sind keine Christen. Wenn du einen Baum sehen willst, geh in die Mall. Der ist so schön.

Ich verstehe das Argument, aber unsere Eltern leben jetzt schon seit zwanzig Jahren in den Vereinigten Staaten. Ein bisschen Tradition hat noch niemandem geschadet, besonders, wenn Milch und Plätzchen dazugehören.

Ich verdrehe die Augen. »Ma, bitte. Du brauchst keine Angst zu haben, dass wir unsere Hindu-Wurzeln vergessen könnten. In ein paar Wochen machen wir sogar eine Puja.«

»Was ist das? Klingt cool.« Quentin sieht mich an. Ich weiß nicht, warum er so neugierig ist. Von meinen Schulfreunden hat sich bisher noch nie jemand für meine indische Seite interessiert. Alexander kann immer noch nicht meinen Namen aussprechen. Marcy fragt zwar manchmal nach indischen Gerichten, aber da ich in der Mittagspause meistens Snickers esse, hat sie noch nicht viel zu Gesicht bekommen.

»Da kommt ein Pandit zu uns nach Hause und hält eine dreistündige Gebetszeremonie ab, um unsere Wohnung zu segnen. Hinterher essen wir indische Süßspeisen. Man nennt es Satyanar...« Ich höre selbst, wie schlecht meine Aussprache ist.

»Satyanarayana Puja«, vollendet mein Vater meinen Satz. Als Kind mochte ich die Zeremonie, weil ich wusste, dass es Halva zu essen gab, während der beruhigende Duft von Weihrauch die Wohnung erfüllte. In den letzten Jahren nervt es mich, dass sie mir so viel Zeit raubt, die ich mit Schlafen oder Lernen verbringen könnte. Ist das schlimm?

»Was meinst du, Quentin?«, fragt Seema und lächelt mich wissend an. »Klingt es immer noch cool?«

»Ehrlich gesagt, ja. Es klingt nach einer schönen Art der Entschleunigung. Und hinterher gibt es Süßspeisen? Da wäre ich zu gern dabei.«

Seema und ich sehen uns panisch an. Meine Mutter guckt gequält und umklammert ihre Topfblume.

Da wäre ich zu gern dabei scheint eine harmlose Bemerkung zu sein, ist es an dieser Stelle aber nicht. Wenn es um das Gebet geht, nimmt der indische Aberglaube alles wörtlich. Sagt man, dass man Samstag in den Tempel gehen will, dann *muss* man Samstag in den Tempel gehen, sonst passiert etwas Schlimmes. Man muss das Prasad, die heiligen Speisen, immer mit allen in der Nähe teilen. Und wenn schließlich jemand sagt, dass er zum Gebet kommen möchte, tja ... dann lädt man ihn besser ein, sonst wird man vom Gott Shiva mit dem Dreizack geschlagen.

Oder so ähnlich.

Meine Mutter schaut meinen Vater an. Dann schaut sie zu Quentin. »Hm, also dann ... solltest du kommen«, sagt sie gepresst.

Armer, armer Quentin. Er weiß nicht mal, dass er die Einladung der nackten Angst vor dem Dreizack zu verdanken hat. Ich klopfe so schnell mit dem Fuß auf den Boden, dass sich meine Avocadosocke in Guacamole verwandeln könnte.

Er schaut kurz zu mir. »Echt? Wow, ich meine, wenn ich wirklich darf, wäre es mir eine Ehre ...«

»Aber Quentin ist kein Hindu, ich bezweifle, dass er bei dem ganzen ... Brimborium dabei sein will«, platze ich heraus.

»Meine Familie ist zwar katholisch, aber wir sind eher spirituell als religiös unterwegs. Meine Mutter findet jede spirituelle Handlung bereichernd.«

»Dann bist du herzlich willkommen«, sagt mein Vater mit fester Stimme. »Komm. Es ist am zweiten Samstag im Januar um neun Uhr morgens.«

Meine Schwester sieht meinen verdatterten Blick und verbeißt sich ein Lächeln. Wenn ich mir vorstelle, dass Quentin bei etwas so Persönlichem dabei ist – bei den Gebeten, Ritualen und Gesängen –, würde ich am liebsten zum nächsten Kanalschacht krabbeln und im freien Fall bis zum Erdkern versinken. Bis jetzt habe ich überlebt, indem ich meine amerikanische Schulwelt und meine indische Familienwelt strikt voneinander trenne. Nur mit dieser Trennung kann mein Leben funktionieren. In nur wenigen Minuten bei mir zu Hause hat Quentin Santos all das zunichtegemacht.

Ich lege Owen eine Hand auf die Schulter. »Okay, Leute. Jetzt wird gebacken.«

Während ich Quentin und Owen in die Küche scheuche, schaue ich verstohlen zu meiner Mutter. Sie sieht verwirrt aus, was ich ihr nicht verdenken kann. Ich habe mir alle möglichen Szenarien für heute Nachmittag ausgemalt, und in keinem davon wurde Quentin zu unserer Puja eingeladen. Man kann sich doch immer darauf verlassen, dass das Schicksal bei dem Chaos, das es anrichtet, kreativ ist.

»O Mann«, murmele ich, sobald meine Familie sich verzogen hat, und Quentin sieht mich mit einem niedlichen Der-Hund-hat-meine Hausaufgaben-gefressen-Lächeln an.

Wie sich herausstellt, sind Quentins Backkünste bescheiden. Für die erste Fuhre Macarons nimmt er aus Versehen

Backpulver statt Mandelmehl. Anscheinend ist es ihm sehr unangenehm, denn als wir mit der zweiten Fuhre anfangen, hat er diesen hoch konzentrierten Ausdruck wie bei Mathe und sagt kein Wort.

»So genau kommt es nun auch nicht drauf an«, sage ich, als er mit dem Messer über das Maß streicht.

Er zieht angestrengt die Augenbrauen zusammen. »Diesmal darf nichts schiefgehen. Soll ich wirklich helfen?«

»Na klar. Wir brauchen dich.«

Owen vollzieht genau die umgekehrte Entwicklung – erst hat er nur schüchtern Utensilien hin und her geschoben, jetzt ruft er Befehle durch die Küche. Quentin und ich werden zu Souschefs, aber das stört mich nicht. Owen sieht süß aus, wie er hochkonzentriert auf Wollsocken dasteht und uns herumkommandiert.

»Hier steht, man soll den Teig als Tupfen aufs Blech spritzen. Das werden dann die Macaron-Schalen.« Owen liest das Rezept von meinem Handy ab. »Kann jemand ein Backblech holen?«

»Schon unterwegs, Chef.« Quentin reißt so vorsichtig ein Stück Backpapier ab, dass ich lächeln muss. »Owen, sag mir die Wahrheit. Ist Quentin ein guter Babysitter?«

»Ja. Er hilft mir mit den Hausaufgaben. Und wenn mein Vater spät nach Hause kommt, macht er mir manchmal Enchiladas.«

»Wie viel hat er dir dafür gezahlt, dass du das sagst?«

»Quentin ist zu arm, um mir was zu zahlen. Er verdient nicht viel bei Divine Tea.«

Quentin pikst Owen so lange in die Seite, bis der heult wie ein Kojote.

»SCHEIBENKLEISTER!«, kreischt Owen. »Hör auf, Quentin!«

Ich kann nicht widerstehen mitzumachen, bis jeder vor jedem wegläuft. Owen ist so schlau, sich aufs Sofa im Wohnzimmer zu flüchten. Dort sinkt er auf die Jacken nieder. Quentin und ich lassen ihn verschnaufen und spritzen die Macaronschalen fertig, die eher eierförmig als rund geraten. Ich habe die Ehre, sie in den Ofen zu schieben.

»Jetzt kommt der kritische Moment, an dem ich immer scheitere«, sage ich. »Das Warten. Ich will immer den Ofen aufmachen und gucken, wie es wird.«

»Mach das Backofenlicht an, dann siehst du es.« Quentin weicht die Schüsseln in der Spüle ein. Ich gestehe nicht, dass ich das vergessen habe. Mit manchen Sachen kennt er sich in der Küche besser aus als ich. Ich wusste noch nicht mal, dass man für flüssige Zutaten ein anderes Maß verwendet als für feste. Als wir alles abgespült haben, schalte ich das Backofenlicht an.

»Angeblich sollen die Macarons Füße bekommen«, murmele ich und bücke mich, um in den Ofen zu spähen. Meine Augen sind so nah an der Tür, dass meine Wimpern fast das Glas berühren. »An den Füßen erkennt man, dass sie gut geworden sind und nicht hohl innendrin. Wir sind verloren. Unsere haben keine Füße. Guck.« Ich fuchtele mit den Armen vor Quentin herum wie eine Verkehrspolizistin. »Keine Füße.«

»Sag noch ein Mal Füße.«

»Es ist mein Ernst! Ich sehe mich auf das nächste Backdesaster zusteuern. Was machen wir bloß, wenn sie …«

»Schsch. Sie werden mit ihren Füßen vor deinem Pessimismus wegrennen. Geradewegs vom Backblech.«

»Oder sie trampeln dir mit ihren Füßen auf dem Gesicht herum.«

»Wann bist du noch mal mit der ersten Klasse fertig?«

»Bin ich schon. Ich stelle mich nur auf das Niveau meines Publikums ein.«

»Deines unfreiwilligen Publikums.«

»Unfreiwilliges Publikum noch mindestens sieben weitere Minuten lang, bis die Dinger fertig sind.«

»Solange ich sie nicht essen muss.« Er beugt sich vor. »Ich meine, die haben ja nicht mal Füße ...«

»Halt die Klappe. Sie werden super. Stimmt's, Owen?«

»Was?«, ruft Owen, der sich immer noch auf dem Sofa lümmelt. »Ich hab nicht zugehört.«

»Aber wenn sie nichts werden«, sage ich zu Quentin, »dann war alles für die Fü...«

Ich stoße ihn an, bis er lacht. Noch nie konnte ich in der Nähe eines anderen so sehr ich selbst sein. Hätte ich gewusst, dass ich mich mit jemandem so wohl fühle, nachdem ich in seinem Auto geheult habe, hätte ich das schon in allen möglichen Autos gemacht.

Als Quentin und ich mit den abgekühlten Macarons zurück ins Wohnzimmer kommen, damit Owen probieren kann, hören wir leises Schnarchen. Quentin legt eine Decke über Owen und steckt sie zwischen den Sofakissen fest. Wir setzen uns neben das Sofa auf den Boden, die Beine an die Brust gezogen, das Blech mit den Macarons zwischen uns auf dem Teppich. Die roten und grünen Schalen sind obendrauf ein bisschen gerissen, dafür haben sie passable Füße.

»Also«, setze ich an und sehe durch das Fenster den Autos zu, wie sie durch die Straße kriechen, das Licht ihrer Scheinwerfer streift kurz die Hauswand, bis sie verschwinden.

»Also. Es tut mir echt leid, dass ich das erste Blech Macarons ruiniert habe.«

»Ach was. Das macht doch nichts. Ob Mathe oder Macarons, Fehler sind erlaubt.«

»Mich stresst es immer total, wenn ich etwas vermassele. Nicht weil es mir peinlich wäre, sondern weil ich es furchtbar finde, andere zu enttäuschen. Ich hab echt mein T-Shirt durchgeschwitzt.«

»Denk wie die Eichhörnchen. Die machen sich bestimmt keine Sorgen, dass sie ihre Eichhörnchen-Kumpel enttäuschen könnten«, sage ich todernst, und er lacht.

»Okay, ein Punkt für dich. Wenigstens ist Owen ein guter Konditor.«

»Woher kennst du Owen noch mal?« Ich ziehe eine rote Macaron-Schale vom Backpapier und versuche zu erkennen, ob sie innen hohl ist. Das würde bedeuten, dass wir den Teig zu lange gerührt haben.

»Er ist der Sohn unseres Nachbarn. Ich passe schon seit der Middle School auf ihn auf.«

»Das ist lieb von dir.«

»Nee. Das mach ich für mich. Wenn ich erzähle, dass ich freitagabends mit einem Elfjährigen Puzzle lege, bin ich der schärfste Typ der Straße.«

Ich kichere. »Du scheinst ihn wirklich gernzuhaben.«

»Wir haben viel gemeinsam. Sein Vater ist auch alleinerziehend. Er ist Krankenpfleger und hat manchmal Bereitschaftsdienst, dann braucht er jemanden, der nach Owen sieht.« Er hält kurz inne, als ob er darauf wartet, dass ich etwas sage. »Denkst du jetzt, meine Mutter könnte Owens Vater heiraten und wir könnten eine glückliche Familie sein?«

»Hm, nein. Daran hab ich überhaupt nicht gedacht.«

Er grinst. »Ich schon, früher mal.«

»Hast du versucht sie zusammenzubringen?«

»Und ob. Dann wurde mir klar, dass man nicht mit jemandem zusammenkommt, bloß weil er oder sie in der Nähe ist.«

Er redet natürlich nicht über uns, aber man kann es auf uns übertragen. Quentin und ich verbringen so viel Zeit miteinander, aber er würde sich nie für mich interessieren … und mein Herz gehört Brian.

Ich nehme mir Quentins Matheheft, ich will heute Abend Übungsblätter für ihn korrigieren. Zur Motivation male ich ihm immer einen großen goldenen Glitzerstern auf die erste Seite der Blätter, die er geschafft hat, ganz egal, wie viele Aufgaben davon richtig waren.

Quentin legt sich neben mich auf den Teppich, wirft einen Ofenhandschuh in die Luft und fängt ihn wieder auf. Es gefällt mir, dass er nie nach seinem Handy greift und sinnlos herumscrollt, nicht mal, wenn ich seine Aufgaben korrigiere. Er wartet einfach.

»Ist das deine Art, außerhalb der Saison Tennis zu üben?« Ich schnappe den Handschuh aus der Luft und haue ihm damit auf die Stirn.

»Keine Ahnung. Sind die Glitzersterne auf meinen Arbeitsblättern deine Art, Malen zu üben?«

»Touché.« Ich betrachte Quentins Haarschopf, bei dem ein paar Strähnen abstehen wie Tannenzweige. »Es kommt selten vor, dass es bei uns zu Hause so still ist wie jetzt. Seema verbringt ihre Ferien hier, du kannst dir also vorstellen, wie viel Ruhe da bleibt. Und meine Mutter ist immer zu Hause.«

»Ist sie nicht berufstätig?«

»Nein.« Das kommt schärfer heraus als beabsichtigt. Ich kann nichts dagegen tun. Wenn die anderen in der Schule das hören würden, würden sie bestimmt denken, meine Mutter stammt aus einem indischen Dorf und hatte keine Chance auf ordentliche Bildung. Niemand käme auf die Idee, dass sie eigentlich promovieren wollte. Ich habe mich immer gefragt, wie es wohl zu der Entscheidung kam, dass meine Mutter ihre Karriere aufgegeben hat und nicht mein Vater, aber ich habe nie gefragt. Ich habe fast Angst vor der Antwort.

»Ich gestehe, ich hab ihren Zulassungsbescheid für Stanford an der Wand gesehen.« Er zeigt auf den Holzrahmen über dem Sofa.

»Mein Vater hat ihn für sie eingerahmt, damit sie es nicht vergisst. Und es wäre eine noble Geste, wenn ich mich nur ihretwegen in Stanford bewerben würde, aber so ist es nicht. Ich will auch für mich selbst hin.« Ich bin schon so lange auf Stanford fixiert, dass es etwas Beruhigendes hat, wie eine Cornflakespackung, auf der genau steht, welche Überraschung es gratis dazu gibt. Ich fand es immer blöd, wenn auf der Packung nur stand *Mit Extra-Überraschung!*. »Aber genug von Stanford.«

»Reden wir lieber über die Silvesterparty.« Quentin kramt in seiner Umhängetasche und holt eine Tüte Mandeln heraus. Er bietet mir welche an, doch ich schüttele den Kopf. Wenn irgendwo ein halb gegessener gesunder Snack rumliegt, ist Quentin in der Regel nicht weit. Seine Mutter schwört auf WFPB – wobei ich dachte, das steht für Whole Food Peanut Butter, stattdessen steht es für Whole Food Plant-Based Diet, längst nicht so spannend.

»Hast du deine Mutter schon wegen der Party gefragt? Darfst du hin?«, frage ich. »Ich hab es meinen Eltern als meinen einzigen Weihnachtswunsch verkauft, damit hab ich sie überzeugt.«

»Meine Mutter hat auch Ja gesagt.«

Fast hätte ich eine Siegerfaust gemacht.

»Normalerweise feiern wir Silvester mit Apfelschorle und Owens Vater.« Er lächelt. »Aber meine Mutter versteht, dass die Party in meinem Alter für mich besser passt. Ich kann gar nicht glauben, dass Brian mit Sanjay befreundet ist. Die Welt ist ein Dorf! Sanjay ist in unserer Schule für seine Partys bekannt. Mit superreichen Eltern, die superbeschäftigt sind, ist das natürlich auch leichter.«

»Ich würde auch so gern mal eine Party geben. Aber mehr so eine gemütliche Dinnerparty. Mit leiser Hintergrundmusik.«

»Ja, ich erinnere mich. Das steht auf deiner Klebezettelwand, stimmt's?«

Ich nicke. »Die Backaktion ist besser gelaufen als gedacht, da könnte ich vielleicht sogar ein Dinner bei mir zu Hause durchziehen.«

»Mein Vater hat oft so was veranstaltet. Er hat wahnsinnig gern zum großen Ravioli-Essen eingeladen, um unsere italienischen Wurzeln lebendig zu halten. Er hat sie nach dem Rezept meines Opas gemacht.«

Die Lichter des Weihnachtsbaums tanzen in Quentins Augen wie ein Kaleidoskop. Wie an dem Tag in der Mall habe ich eine indiskrete Frage, die ich wahrscheinlich lieber nicht stellen sollte, aber die Dunkelheit macht mich wagemutig.

»Was ist mit deinem Vater?«

Quentin schaut nicht weg, aber er krallt die Hand fester um die Mandeltüte. »Er ist gestorben, als ich noch klein war, an Bauchspeicheldrüsenkrebs.«

Ich hatte gehofft, Quentins Eltern wären nur getrennt. Das wäre immer noch nicht toll, aber wenigstens könnte er seinen Vater sehen.

»Das tut mir echt leid …« Meine Stimme ist fast ein Flüstern. Er zupft an den Fäden des Teppichs. »Ist es dumm, *es tut mir leid* zu sagen? Es tut mir leid … ich, o Gott, jetzt hab ich es schon wieder gesagt. Ich wollte nur sagen, dass …«

»Alles gut. Ich kann es nur nicht leiden, wenn die Leute sagen, er hätte den Kampf gegen den Krebs verloren. Das klingt so, als wäre er nicht stark genug gewesen, aber so funktionieren Krankheiten nicht. Sie können dich holen, ob du stark bist oder nicht.«

»Denkst du oft an ihn?«

»Es überkommt mich oft, wenn ich gar nicht damit rechne. Die meisten glauben, dass ich bei so was wie Schulabschluss oder Geburtstagen traurig bin, und klar ist das schwer, aber es ist nicht das Schlimmste. Das Schlimmste ist das, womit man nicht rechnet, wenn zum Beispiel jemand sagt ›Was für ein Dad-Joke‹. Dann fällt mir auf, was ich versäumt habe.« Er schaut ins Leere. »Deshalb hat mir die Idee mit deinem Manifest so gut gefallen. Wir denken, wir hätten unendlich viel Zeit, aber das haben wir nicht immer. Alles geht irgendwann zu Ende.«

Ich glaube, der Tod seines Vaters hat Quentins Weltsicht geprägt. Ich denke immer, wenn ich mich anstrenge, warten so viele Chancen auf mich, während Quentin die Welt als unbarmherzig erlebt. Ich sehe seinen harten Blick und wechsele das Thema.

»Schade, dass die Macarons kalt und steinhart sind, bis ich sie nächste Woche mit Creme fülle und Brian mitbringe.« Ich lege meinen goldenen Glitzerstift hin, um unsere Macaronschalen zu probieren.

»Das ist doch gut. Rache ist ein Gericht, das am besten kalt serviert wird.«

Ich sehe ihn finster an. »So schlecht sind sie nun auch wieder nicht.«

Sind sie doch, aber wir bleiben noch eine Weile sitzen und essen trotzdem noch ein paar.

Eiskalt

✓ *Schlittschuh laufen gehen*

»Ogottogottogott«, flüstere ich und drücke mich krampfhaft gegen die Wand. Ich rutsche in meinen Schlittschuhen auf der Stelle, während Quentin neben mir kopfschüttelnd dahingleitet. Es ist der Tag nach Weihnachten und die Bahn ist voller Schlittschuhläufer, die auch wirklich laufen können.

»Erster Schritt. Lass die Wand los.« Quentin versucht meine Finger vom Glas zu ziehen, und sofort gerate ich in Panik.

»Lass das! Ich bin noch nicht so weit.«

»Du stehst schon seit fast einer Stunde so da. Owen kann es schon, und er ist elf.«

Owen dreht auf der Bahn seine Runden. Das inspiriert mich nicht im Mindesten dazu, die Wand loszulassen. Kinder halten sich für unbesiegbar. Wenn ich hinfalle, tu ich mir weh. Und wenn meine Haare mit dem Eis in Berührung kommen, ist meine Frisur dahin. Irgendwie bereitet mir Letzteres mehr Sorgen. »Ich will nicht hinfallen.«

»Ich lass dich nicht fallen. Wieso hast du Brian bloß zugesagt?«, grummelt er.

»Keine Ahnung. Mir sind die Nerven durchgegangen. Und im Film sieht das immer so romantisch aus. Die Frau lernt Schlittschuhlaufen und der große, starke Mann hält sie fest.«

Er starrt mich an.

Ich schlucke. »Was ist?«

»Du musst dich nicht zu irgendwas zwingen, nur weil du denkst, dass die anderen es auch alle machen. Wenn du keinen Bock auf Schlittschuhlaufen hast, lass es sein.«

»Klar, weil du ja nur Sachen machst, auf die du Bock hast. Zum Beispiel Mathe.«

»O-kay. Das war jetzt unnötig.«

»'tschuldigung.«

»Schon gut. Hauptsache, wir lenken dich vom Schlittschuhlaufen ab. Frag mich mal was.«

»Wie hast du die Weihnachtstage verbracht?«

Er legt mir eine Hand leicht auf den Rücken und führt mich, während ich an der Wand entlang übers Eis stakse. »Für Filipinos ist Weihnachten eine ernste Angelegenheit, es war also viel los. Wir haben mit meinen Cousins und Cousinen aus Ohio Bescherung gemacht, tonnenweise meine Lieblings-Süßspeisen gegessen – Bibingka und Buko Pandan –, und Heiligabend sind wir nach Houghton Lake gefahren, wo wir mit meinem Opa und Sophie essen waren. Du weißt schon, die alte Dame, der du die Fahrt weggeschnappt hast.«

»Hey, hey. Ich hab ihr die Fahrt nicht weggeschnappt, ich hab nur die Gelegenheit beim Schopf ergriffen. Und wie war das Essen mit deinem Opa?«

»Er nutzt die Mahlzeiten gern, um mich zu kritisieren und darüber zu sprechen, dass sein Sohn nicht mehr ist, also nicht so toll.« Quentin zieht mich weiter von der Wand weg. »Und wie war es bei dir?«

Als meine Schwester und ich kleiner waren, haben wir von unseren Eltern zu Weihnachten Geschenke bekommen, aber mit den Jahren hat das nachgelassen. Jetzt merken wir Weihnachten nur daran, dass Costco geschlossen ist und mein Vater nicht mit irgendwelchem Knabberzeug ankommen kann, worüber meine Mutter sich dann beschwert.

»Bei uns ist Weihnachten nicht viel los. Ich hab tonnenweise Weihnachtslieder gehört und dabei Essays für die College-Bewerbungen geschrieben. Dann hab ich noch mit Marcy telefoniert und ein paar Bücher im Internet bestellt.«

»Was für Bücher? Ich hab gerade *Die Bücherdiebin* gelesen – immer zwischendurch, wenn im Divine Tea nicht so viel los war.«

»Hm, nee, nicht so was. Ich hab Bücher bestellt, die mir beim Schreiben der Essays helfen sollen.« Es war bestimmt ein lustiger Anblick, wie ich Plätzchen futternd »Frosty the Snowman« gesungen habe, während ich *50 erfolgreiche Bewerbungsessays für Elitehochschulen* meinem Warenkorb hinzugefügt habe.

Er seufzt. »Gib mir deine Hand. Ich hole dich jetzt von dieser Wand weg, und wenn es das Letzte ist, was ich tue.«

Er zieht mich aus meiner Sicherheitszone, und ich versuche mit dem freien Arm die Balance zu halten. Kaum setzen wir uns in Bewegung, verliere ich den Halt und lande mit einem fürchterlichen Rumms auf dem Po. Der Schmerz schießt mir ins Steißbein. Als ich die Augen aufmache, sehe ich, dass Quentin schwer atmend neben mir auf dem Eis sitzt. Wir halten uns immer noch an den Händen.

»DU HAST GESAGT, DU LÄSST MICH NICHT FALLEN.«

Er verkneift sich ein Grinsen, doch seine Augen lächeln. Die goldenen Flecken in der Iris seiner Augen waren noch nie so nah. Ich hätte gedacht, wenn mir jemand so nah käme, würde ich mich sofort wegrollen wie in einem Brandschutzvideo. Aber ich bleibe einfach sitzen.

Lass es, sage ich mir. Quentin ist kein Junge. Er ist eine platonische Scheibe Toast.

Quentin bricht den Zauber, indem er sich aufsetzt und sich vor mich hinkniet wie ein Lehrer, der einem ungezogenen Erstklässler die Leviten lesen will. »Mein Satz ging eigentlich noch weiter. Ich wollte sagen, ich lasse dich nicht fallen, ohne mit dir zu fallen. Wenn du Schlittschuhlaufen lernen willst, musst du hinfallen. Aber ich bin da und helfe dir auf.«

»Ach, wie lieb von dir.«

Ich rutsche über das Eis und nehme widerwillig seine Hand, um wieder hochzukommen. Dieses Mal schaffe ich ein paar Sekunden, bis es mir schon wieder die Füße wegreißt. Obwohl ich jetzt schon weiß, dass ich Marcys Rückenschmerzen morgen ein bisschen zu gut werde nachfühlen können, muss ich zugeben, dass Quentin recht hat. Hinfallen ist gar nicht so schlimm. Nach einer weiteren Stunde mit viel Gezappel und harten Landungen kann ich schon ein paar Runden allein fahren. Von außen betrachtet bin ich ziemlich wacklig auf den Beinen. In meiner Vorstellung jedoch wurde ich soeben mit der Grazie und Wendigkeit einer indischen Göttin wiedergeboren. Als ich an Owen vorbeifahre, ruft er: »Heiliger Bimbam! Du hast es geschafft, Aisha!« Ich halte zwei Daumen hoch und gleite von der Bahn, ziehe die Schlittschuhe aus und reibe mir die schmerzenden Knöchel. Das schreit nach einer süßen Belohnung.

Ich hole überteuerten heißen Kakao für Quentin und mich, vermutlich nur Nesquik mit lauwarmem Wasser. Wir hocken uns auf die Aluminiumstange und schauen Owen und den anderen Eisläufern zu. Hin und wieder winkt Owen uns, um sich zu vergewissern, dass wir auch gucken. Ich bin müde, aber nicht so wie nach einem Berg Hausaufgaben. Ich bin müde nach einem schönen Tag, an dem man etwas geleistet hat. Während ich meine erste komplette Runde gelaufen bin, habe ich überhaupt nicht an Stanford gedacht.

»Danke für deine Hilfe«, sage ich. »Ich kann kaum glauben, dass ich jetzt quasi Schlittschuh laufen kann. Und es hat sogar richtig Spaß gemacht.«

»Du lernst schnell.«

Das sagt er natürlich nur aus Nettigkeit, denn ich habe ja eine Stunde nur an der Wand geklebt, während die Knirpse alle an mir vorbeigesaust sind, aber ich nehme das Kompliment an. Ich denke daran, wie geschickt Quentin auf dem Eis bremsen kann, ohne auch nur zu wackeln. Er hat so entspannt ausgesehen. »Wo hast du so gut Eislaufen gelernt?«

»Von meinem Vater. Er hat mir auch Tennisspielen beigebracht.«

»Stimmt, du bist ja in eurem Schulteam! Ich hab deinen Hoodie gesehen. Erste oder zweite Mannschaft?«

Er schüttelt den Kopf. »Das war so klar, dass du das fragen würdest.«

Ich runzele die Stirn. »Wie meinst du das?«

»Nichts«, sagt er leichthin. »Aber ja, ich bin in der zweiten Mannschaft. Mein Trainer hat mich ermutigt, es in der ersten zu probieren, weil sie noch einen Linkshänder mit zuverlässigem Kickaufschlag brauchen, aber …«

»Aber?«

»Tja, ich wollte schon, aber nach den Probespielen hatte ich Angst, nicht gut genug zu sein. Die Mannschaft will dieses Jahr unbedingt bei den Regionalmeisterschaften dabei sein, und das will ich ihnen nicht vermasseln. In der zweiten Mannschaft geht es um nichts, das gefällt mir.«

Wenn mir jemand sagt, ich könnte noch mehr erreichen, zieht mich das an wie die Schwerkraft. Dann kann ich gar nicht anders. Egal, welche Note ich in meinem Kurs bekomme, ich muss die Zusatzaufgabe übernehmen. Deshalb habe ich auch schon doppelt so viele Stunden wie nötig in der National Honor Society abgeleistet.

»Wenn du es gern wolltest, hättest du es zumindest versuchen können. Sich treu zu bleiben ist ja gut, aber warum sich selbst beschränken? Ich finde, man muss die Chancen ergreifen, die sich bieten.«

Er schnaubt. »Du redest wie ein Glückskeks.«

»Kann sein …« Ich drehe an der Pappmanschette um meinen Kakaobecher, lasse das aufgedruckte Logo der Eisbahn auftauchen und wieder verschwinden. »Aber willst du nie irgendwas? So sehr, dass es wehtut?«

»Früher schon. Ich weiß noch, wie ich meinen Eltern jahrelang damit in den Ohren gelegen habe, dass ich meinen Cousin in Spanien besuchen will, bis sie mir schließlich versprochen haben, dass ich hindarf, wenn ich zwölf bin. Mein Vater sagte, zwölf ist was Besonderes, weil es die erste abundante Zahl ist. Ich hab das schon so oft nachgeschlagen und jedes Mal sofort wieder vergessen, was es bedeutet …« Ich gucke ihn an und er zieht eine Augenbraue hoch. »Du willst es unbedingt sagen, oder?«

»Es bedeutet, dass die Summe der Teiler einer Zahl größer ist als die Zahl selbst!«

Er lacht. »Ah ja, genau. Aber, wie du weißt hat mein Vater Krebs bekommen. Und ich hab das größte Geheimnis des Lebens erfahren: Meistens kriegt man nicht das, was man will.«

»Das verstehe ich …« Meine Stimme wird weich. »Aber etwas zu wollen ist ein Grund, morgens aufzuwachen. Ich werde vielleicht öfter enttäuscht, aber ich würde mich jedes Mal wieder dafür entscheiden, etwas zu wollen.«

Er stellt seinen Becher ab. Er ist noch fast voll. »Kann ich dich etwas fragen? Du brauchst nicht zu antworten.«

»Schieß los.«

»Warum willst du Brian? Ich meine …« Er sieht mich an. »Was ist so besonders an ihm?«

Sobald Brian in meiner Nähe ist, rast mein Herz, ich bringe kaum ein Wort heraus und meine Hände werden feucht. Das passiert mir bei sonst niemandem. Aber es ist schwer zu beschreiben, was ich an ihm heute so mag, denn es ist Jahre her, dass wir richtig Zeit miteinander verbracht haben.

»Also, offen gesagt, er ist süß. Und superschlau. Wir haben so eine Art Wettbewerb ...« Ich will schon sagen »wer Jahrgangsbester wird«, aber das würde angeberisch klingen. »Um gute Noten. Und er ist auch witzig und nett, das merke ich, wenn wir reden.«

»Dann redet ihr viel miteinander?«

»Früher. In der Sechsten und Siebten. Und jetzt auch manchmal. Hin und wieder, wenn es sich ergibt.«

»Aha.«

»Guck mich nicht so skeptisch an.« Ich trinke einen großen Schluck Kakao und schaue dann wieder zur Eisbahn. »Gefühle kann man nicht erklären.«

»Aber wenn Brian nun gar nicht mehr so ist, wie du ihn in Erinnerung hast? Wärst du dann nicht enttäuscht und würdest bedauern, dass du so lange von ihm geträumt hast?«

»Wenn Brian Wu mich eines Tages auch mag, werde ich auf gar keinen Fall enttäuscht sein. Es wäre einfach ein Wunder. Er ist so ein toller Typ, er ist sportlich, witzig, intelligent – natürlich sind die meisten auf der Arledge Prep intelligent, aber die anderen Eigenschaften treffen nicht auf alle zu. Er hat einfach alles. Ich kann mir nicht vorstellen, wieso Riley mit ihm Schluss gemacht hat. Ich dagegen bin nicht sportlich. Und auch nicht superwitzig. Ich weiß nicht, ich bin irgendwie ... langweilig. Wie das Mädchen, das bei der Abschlussfeier auf die Bühne kommt, und alle fragen sich: Wer ist das denn?«

»Aisha, bist du insgeheim Porridge ohne alles?«

»Hä?«

»Wenn nicht, bist du definitiv nicht langweilig.«

Vielleicht weiß ich nicht so viel über Quentin, wie ich denke. Manchmal meine ich ihn durch und durch zu kennen. Er ist gelassen und durch nichts aus der Ruhe zu bringen. Selbst seine Körpersprache ist locker und geschmeidig. Aber in Momenten wie diesem überrascht er mich. Sein Blick ist durchdringend, der scherzhafte Ton wie weggeblasen. Er wirkt so entschlossen wie Lily, als sie sich zur Sprecherin der Häkel-AG wählen ließ.

»Na ja, zurzeit ist doch dieses Manifest das Interessanteste an mir«, sage ich. »Brian hat mir sogar seine Hilfe dabei angeboten.«

Quentin guckt gekränkt. »Werde ich etwa ausgetauscht?«

»Noch nicht. Bis jetzt habe ich ihm nur ein Foto von der Klebezettelwand geschickt. Du weißt schon, das Weitwinkelfoto, das du mir geschickt hast.«

»Ich dachte, das wär für dich als Erinnerung.«

»Nein. Ich hab es ihm geschickt. Und ich hab den Ausschnitt extra so gewählt, dass der Zettel mit dem Mitternachtskuss knapp mit drauf ist.«

Er verdreht die Augen. »Warum fragst du ihn nicht einfach, was weiß ich … ob er sich mal mit dir treffen will?«

»Für mich ist das nicht so einfach. Ich weiß, du scherst dich nicht um die Meinung der anderen. Du bist eben mehr so der praktische Typ.« Sogar Quentins Winterjacke ist »zum Kissen packbar« – am Kragen ist eine Hülle befestigt, mit der sie sich in ein kompaktes Reisekissen verwandeln lässt. »Dein Zimmer ist ja schon auch sehr minimalistisch eingerichtet.«

»Minimalistisch? Schöne Vokabel aus dem Studieneignungstest.«

»Im Ernst jetzt. Du bist ganz anders unterwegs als ich. Außerdem, du fragst mich, warum ich Brian mag, aber – warum magst du niemanden? Das finde ich ehrlich gesagt viel erstaunlicher.«

Er lehnt sich zurück, die Hände an der Aluminiumstange. »Da gibt es keinen speziellen Grund. Ich finde nur, es hat keinen Sinn, so viel Zeit und Energie in eine Beziehung zu stecken, die sowieso nicht über die Schulzeit hinaus halten wird. Und ich möchte auch nicht der Grund dafür sein, dass jemand glücklich oder unglücklich ist. Das ist eine zu große Verantwortung.«

»Wie gesagt, es kommt drauf an, dass man es versucht. Man weiß nie, was passieren kann. Vielleicht hast du einfach noch nicht die Richtige kennengelernt, bei der du dich richtig wohlfühlst und alle deine Seiten zeigen kannst. Sogar diese zynische Seite.«

»Du willst mir also erzählen, ich soll mir eine suchen, mit der ich mich wohlfühle, während du die ganze Zeit versuchst, buchstäblich alles an dir zu verbergen?«

Ich erstarre. Seine Worte treffen mich wie ein Schlittschuh das Eis nach einem gewagten Sprung.

Er hat recht.

In Brians Gegenwart hab ich immer das Gefühl, ich würde für eine Rolle vorsprechen, ohne den Text zu kennen, aber vielleicht muss ich ja gar nicht vorsprechen. Ich bin selbst die begehrte Rolle. Brian und ich kommen zusammen. Wir haben eine gemeinsame Geschichte. Wir sind beide mit überbehütenden Eltern in Arledge aufgewachsen. Wir sind ehrgeizig. Wir leben in derselben Welt mit mörderschweren Kursen und außerschulischen Anforderungen. Wir sind das perfekte Paar, auch wenn Brian das noch nicht erkannt hat.

»Entschuldige«, murmelt Quentin, als er sieht, wie niedergeschlagen ich dahocke. »Ich hab es nicht so gemeint. Ich finde nur, du hast es nicht nötig, so zu tun, als wärst du in allem gut. Ich hab das heute gern gemacht, aber Brian hätte dir ja genauso gut das Schlittschuhlaufen beibringen können und das hätte dann zu eurer Liebesgeschichte dazugehört.«

»Glaubst du, er hätte mich auch hinfallen lassen?«

»Wahrscheinlich nicht. Aber dann hättest du es auch nicht gelernt.«

Ich drehe mich zu ihm. »Mann, eines Tages werde ich dich umbringen müssen. Du weißt zu viel.«

»Ich nehme deine Geheimnisse mit ins Grab, Kameradin.«

Wäre Quentin in der Armee, würde er bestimmt die Geheimnisse all seiner Kameraden hüten. Während er an seinem Kakao nippt, denke ich darüber nach, dass wir schon bald getrennte Wege gehen werden. Die Northeastern liegt an der Ostküste, Stanford an der Westküste. In wenigen Monaten haben wir unseren Schulabschluss. Wahrscheinlich werden wir uns mit der Zeit aus den Augen verlieren. Bei der Vorstellung, dass das Display meines Handys dann wieder ganz ruhig sein wird, ereignislos bis auf den Familienchat und Marcys Nachrichten, schnürt sich mir die Kehle zu. Aber da sehe ich Owen, der seine Runden dreht und uns Grimassen schneidet, und beschließe, dass dieser Moment − das Hier und Jetzt − gerade genug ist.

Silvester

✓ Auf eine typische Highschool-Party gehen (mit Alkohol)
✓ Alkohol probieren
✓ Mit jemandem tanzen
✓ Silvester um Mitternacht jemanden küssen

Ich bürste meine frisch geglätteten Haare und streiche über mein Kleid. Seit einer geschlagenen Stunde blockiere ich das Bad, seit Seema mit ihren Freundinnen zum Irish Pub losgezogen ist. Unserer Mutter hat sie erzählt, sie würden indisch essen gehen.

Ich habe das schäbige Häkel-AG-Sweatshirt gegen das schwarze Kleid mit den Cutouts getauscht. Ein kleiner Bauchstreifen lugt hervor und ruft Hallooo!. Ich komme mir fast vor wie an Halloween, nur dass ich keine Hexe auf dem Besen bin, sondern ein Mädchen außer Rand und Band. »Girls Just Want to Have Fun« ist meine Hymne.

Ich werfe einen letzten Blick in den Spiegel, bevor ich in meinen knielangen Wintermantel schlüpfe und ihn bis obenhin zuziehe. Wenn meine Eltern mich in dem Kleid sähen, würden sie vermutlich fragen, wieso ich keine Hose anhabe. Ich schalte das Licht aus und schleiche aus meinem Zimmer.

Mein Vater geht gähnend durch den Flur. Als er mich sieht, zuckt er erschrocken zusammen. »Aish, mach das Licht an. *Andhere mein kyun chalrahi ho?*« Warum läufst du im Dunkeln herum? Das Flurlicht geht an und er betrachtet meinen Mantel. Ich erwarte, dass er sagt, ich solle rechtzeitig nach Hause kommen, und mir die Regel Kein-Alkohol-keine-Jungs vorhält, aber er ruft: »Kantaaaaaa?«

Ich höre die Bettdecke rascheln. »*Kya hua?*«

»Aisha geht jetzt.«

Der furchtsame Ritter ruft seine Königin. Mein Vater kommt abends immer erst spät von der Arbeit nach Hause und findet wahrscheinlich, dass er für diese Situation nicht qualifiziert ist. Sämtliche Erziehungsfragen delegiert er an meine Mutter.

Sie kommt in den Flur und sieht mich durch die Lesebrille mit ihren glänzenden Augen unverwandt an. »Dann gehst zu jetzt zur Party?«

»Genau«, antworte ich im heiteren Ton von *Chim-Chimney, Chim-Chimney, ich tu, was mich freut* …

»Denk an unsere Abmachung. Du schreibst mir jede Stunde und Punkt halb eins bist du wieder zu Hause. Und dass mir das nicht zur Gewohnheit wird, Aisha. So was kannst du machen, wenn du so alt bist wie Seema, aber ich möchte nicht, dass du eine …«

»Ich weiß, Ma. Du hast mir schon letzte Woche Vorträge über die Party gehalten. Die Schule ist bald zu Ende und es ist die letzte Gelegenheit, noch ein bisschen Spaß zu haben. Und alle meine Freunde aus der Schule gehen hin.« Alle, das heißt Marcy. Und irgendwie Brian.

Bei *ein bisschen Spaß haben* guckt meine Mutter so entsetzt, als hätte ich *ein paar Trips schmeißen* gesagt. »Du bist doch warm genug angezogen, oder?«

Es klingelt und beinahe seufze ich vor Erleichterung. Gerettet. Der Mantel schabt an meinen Oberschenkeln, was mich daran erinnert, dass mein Kleid ziemlich kurz ist. Meine Mutter verunsichert mich, und halb überlege ich, ob ich noch mal schnell in mein Zimmer flitzen und eine weite Jogginghose anziehen sollte. Aber zu spät, schon macht sie mit verkniffenem Mund die Tür auf.

Da steht Quentin, strahlt mich an und klimpert mit den Autoschlüsseln. Er trägt die Haare zurückgekämmt, sie fallen ihm nicht in die Stirn wie sonst. Sein Schal ist leicht mit Schneeflocken bedeckt. »Schön, Sie zu sehen, Mrs Agarwal. Kommen Sie gut ins neue Jahr.«

Der Blick meiner Mutter wird weicher. Mit seinem Lächeln entwaffnet Quentin noch die strengsten indischen Eltern. »Hallo.«

Quentin bemüht sich um Blickkontakt mit meiner Mutter, doch sie schaut mich an. Mein Vater versucht in der Ecke zu verschwinden und schaut sich das Spektakel von ferne an. Fehlt nur noch das Opernglas.

»Kannst du sie spätestens um halb eins nach Hause bringen?«, fragt meine Mutter angespannt, als würde die ganze Prozedur sie zehn Jahre ihres Lebens kosten. Anscheinend traut sie Quentin mittlerweile zu, dass er auf mich aufpasst, deshalb habe ich ihn gebeten, mich zu fahren. Marcy nimmt schon Kevin mit, außerdem fürchte ich, dass meine Mutter denkt, Marcy hätte einen schlechten Einfluss auf mich, weil sie mir letztes Jahr zum Geburtstag Nagellack geschenkt hat und kein Buch über Ruth Bader Ginsburg oder so was. Meine Eltern würden mich natürlich am liebsten selbst abholen und sich bei der Gelegenheit die Party aus der Nähe anschauen, aber an Silvester rufen sie jedes Jahr um Mitternacht ihre Freunde und Verwandten überall in den Vereinigten Staaten an, um ihnen ein frohes neues Jahr zu wünschen. Dabei brüllen sie immer, als würden sie ein Dosentelefon von hier nach North Carolina benutzen.

»Natürlich, Mrs Agarwal. Ich bringe Aisha pünktlich um halb eins zurück, wenn nicht früher.«

Also echt. Schleim, schleim.

Zufrieden ziehen meine Eltern sich zurück. Aber ich höre noch, wie sie sich darüber auslassen, dass die jungen Leute es in Amerika viel zu gut haben. Ich mache die Haustür hinter mir zu und wir gehen hinaus in die eisige Winterluft.

Ich ziehe die Kapuze meines Mantels fest um den Kopf, damit keine Schneeflocke meinen frisch geglätteten Haaren etwas anhaben kann. Quentin will direkt zu seinem Wagen gehen, doch ich ziehe ihn auf den Weg, der zum Gemeinschaftsraum unseres Wohnblocks führt.

»Neben dem Gemeinschaftsraum gibt es eine Toilette«, sage ich, als würde das alles erklären.

»Ähm, in eurem Haus gibt es auch eine Toilette.«

»In unserem Haus gibt es auch eine indische Mutter, die es nicht gutheißt, wenn ich mich schminke oder Absätze trage.« Sobald wir drin sind, zeige ich auf eine künstliche Monstera neben dem Kicker. »Deshalb hab ich heute Nachmittag alles in eine Jutetasche gepackt und hinter der Pflanze versteckt.«

Quentin macht den Mund auf, doch dann seufzt er nur und lässt sich in dem Sitzsack neben dem Billardtisch nieder, während ich ins Bad flitze, mich aus dem Mantel schäle und mein Mäppchen mit Schminkzeug aus der Tasche hole. Gestern habe ich mir zigmal ein »Fünf-Minuten-Party-Make-up«-Tutorial angeguckt, und die elektronische Musik im Hintergrund hat mich richtig in Partystimmung gebracht. Sonst geht es bei mir immer nur um mehr lernen, mehr häkeln, mehr Sport machen, jetzt ist eine ganz andere Art von Steigerung angesagt. Vielleicht erlebe ich ja sogar meinen ersten Kuss mit Brian Wu.

Als mein dunkler Lidschatten, der Eyelinerschwung und die roten Lippen perfekt sind, nehme ich den Mantel über den Arm und trete aus dem Badezimmer nach dem Motto: Ta-da!

Quentin ist mitten im Gähnen, als die Tür knarrend aufgeht, doch kaum sieht er mich, setzt er sich auf. »Oha, du … das ist ja das Pop-up-Karten-Kleid.«

»Und?« Es ist offensichtlich, dass ich auf ein Kompliment

aus bin, aber ich kann es nicht lassen, mich auch noch einmal rundherum zu drehen. »Wie seh ich aus?«

Er starrt mich an. »Anders.«

Ich stöhne.

»Entschuldige, du siehst wirklich hü...« Er wendet den Blick ab. »Ich meine, es sieht hübsch aus.«

Während der Fahrt ist Quentin still. Normalerweise hat er eine Hand lässig am Steuer und eine Hand am Schaltknüppel, während er ein Liedchen pfeift, aber heute hat er beide Hände vorschriftsmäßig auf zehn und zwei Uhr und guckt mich kaum an. Erst als wir vor Sanjays Haus halten, erwidert er meinen Blick.

Es sieht aus wie eine Villa in Beverly Hills, nur dass Palmen und Sonne gegen Tannen und Schnee ausgetauscht wurden. Das Haus wird von unten angestrahlt, sodass es so wirkt, als würden die Backsteine glühen. Ich hatte erwartet, von dröhnender Musik und roten Bechern überall auf dem Rasen empfangen zu werden, aber so ist es nicht. Von der Straße aus ist ein gläsernes Poolhaus neben einer Garage zu sehen, doch niemand springt ins Wasser oder chillt auf den Liegestühlen.

»Ist ja der reinste Schuhkarton, das Haus«, sagt Quentin.

»Das letzte Loch«, stimme ich zu und habe Mühe auszusteigen, ohne dass mir das Kleid hochrutscht. Noch ehe wir klingeln, schaltet sich das Licht auf der Veranda ein und die Tür geht auf. Da steht ein indischer Junge in einem Pullunder mit Rautenmuster, darunter trägt er ein weißes Hemd mit aufgekrempelten Ärmeln, aus denen seine trainierten Arme hervorschauen. Ich frage mich, woher er wusste, dass wir da sind.

»Quentin, mein Freund! Was machst du denn hier?« Er zieht Quentin in eine dieser halben Jungsumarmungen, die eher schmerzhaft als angenehm aussehen.

»Hi, Sanjay. Ich bin mit Aisha gekommen.«

Ich versuche Sanjay besser zu sehen, aber Quentin steht mir im Weg.

»Ah, aus Brians Schule! Noch mehr hochgeschätzte Gäste von der Arledge Prep.« Sanjay beugt sich vor und reicht mir die Hand. »Freut mich, Aisha.« Ich nehme seine Hand und werde rot. Sein Kinn ist wie gemeißelt, und gegen einen Mitternachtskuss von ihm hätte ich auch nichts einzuwenden. Ich behalte es einfach als Backup im Hinterkopf. Mir wird fast schwindelig bei der Vorstellung, dass ich für meinen Kuss einen Plan A und einen Plan B habe. Noch vor wenigen Wochen hatte ich überhaupt keinen Plan.

»Schuhe an oder aus?«, fragt Quentin.

»Normalerweise würde ich sagen, aus, aber heute wird der Fußboden sowieso dreckig, also lasst sie einfach an.«

»Sanjay!«, brüllt jemand. »Wo sind die Becher? Und wir brauchen mehr Jungle Juice!«

»Die Pflicht ruft«, sagt Sanjay. »Kommt rein und bedient euch. Bis später. Und Quentin, freut mich, dich gesund und munter zu sehen, Alter!«

Was hat das denn zu bedeuten? Ich sehe Quentin fragend an, aber er geht nicht darauf ein.

Sanjay verschwindet im Gewusel. Ich bin etwas wacklig auf meinen Absätzen, und Quentin reicht mir seufzend einen Arm. Dankbar sehe ich ihn an und halte mich mit einer Hand an ihm fest. Als wir reinkommen, werden meine Sinne sofort überflutet von Schweißgeruch und ohrenbetäubender Musik. Staunend lasse ich alles auf mich wirken. Ich halte nach Marcys Vorhang aus braunen Haaren Ausschau, sehe ihn in der Menge jedoch nirgends. Als ich eine Schale mit Chips auf einer Theke entdecke, ziehe ich Quentin dorthin.

»Ich hab einen Mordshunger.« Ich schaufele mir Chips in den Mund. Dicke Chipsbacken sind nicht gerade der schönste Anblick, aber zum Glück schaut nur Quentin mich an. Mit

Absätzen bin ich ein paar Zentimeter größer als er und kann ihm auf den Kopf gucken.

»Hast du nicht zu Abend gegessen?« Er sieht mich besorgt an, aber ich zucke die Schultern.

»Im Kühlschrank gab es noch Reste, aber ich hab's völlig vergessen. Ich musste mich ja für die Party fertig machen.«

»Dann sind die Chips heute dein Abendessen?«

Wieder zucke ich die Schultern. Ich würde Quentin gern fragen, ob er hier irgendwen kennt, aber die Musik ist zu laut und er schaut die ganze Zeit weg. Immer wenn ich etwas kommentiere, nickt er nur desinteressiert. Ich dachte mir schon, dass das hier nichts für ihn ist. Er ist eher der Sportler als der Partytyp.

»Sollen wir mal den Drink probieren?«, frage ich strahlend. »Den Mowgli Juice?«

Das bringt mir ein Lächeln ein. »Ich glaub nicht, dass der Jungle Juice was mit dem Dschungelbuch zu tun hat. Und ich fahre dich ja nach Hause, also kein Alkohol für mich. Und vielleicht lässt du es auch langsam angehen, okay? Ich weiß, dass es zu deinem Manifest gehört, aber ich hab deiner Mutter versprochen, dich wohlbehalten nach Hause zu bringen. Alkohol wird sowieso überbewertet. Ist nur ein teurer Kopfschmerz.«

Ich seufze, und eine Weile beobachten wir das Treiben um uns herum. Ich könnte mir natürlich allein was zu trinken holen, aber ich fühle mich zunehmend fehl am Platz. Im Vergleich zu allen anderen, die in Jeans und Pulli gekommen sind, bin ich total overdressed. Bestimmt sieht man, dass ich mir das Kleid erst diesen Monat gekauft habe, und von der Musik kenne ich keinen einzigen –

Jemand stößt gegen mich und ich fliege Quentin gegen die Brust, die Chips in meiner Hand zerbröseln an seiner Jacke. Ich reibe mir die Schulter, drehe mich um und sehe Lily.

War ja klar.

»Tut mir leid.« Ihre Stimme wird von der Musik fast völlig übertönt. Selbst hier kommt ihre kühle, teilnahmslose Art voll zur Geltung. »Ich hab dich gesehen und wollte dich begrüßen, aber ich bin gestolpert.«

Ich schaue auf ihre Tennisschuhe. Lily hat sich auch überhaupt nicht schick gemacht. Sie trägt einen Schulhoodie mit einem gehäkelten Schal und sieht trotzdem schön aus. Durch ihre seidigen Haare könnte man die Hand gleiten lassen, ohne hängen zu bleiben. Es ist okay, sage ich mir. Es gibt Mädchen wie Lily, die mühelos hübsch aussehen, aber deswegen kann ich ja trotzdem mühevoll ... durchschnittlich aussehen. Instinktiv fasse ich mir an die Haare. Hoffentlich kräuseln sie sich nicht.

»Du bist echt gekommen!«, sage ich. »Ich dachte, du machst nur einen Witz.«

»Ich war neugierig, wie es auf so einer Party wohl ist. Und wie ich mir schon gedacht habe, ist es öde.«

»Hast du keinen Spaß?« Ich kann mir nicht vorstellen, dass Lily überhaupt je Spaß hat. Ich kann mir noch nicht mal vorstellen, dass sie als Kind jemals in einer Hüpfburg rumgesprungen ist. Ich wette, sie stand nur mit hängenden Armen in der Mitte rum.

»Kein bisschen. Ich hab kein Wasser gefunden. Es gibt nur Jungle Juice.«

»Ich weiß, wo das Wasser steht. Ich hol dir was«, bietet Quentin ihr an, und sie bekommt Sternchenaugen. Bestimmt fängt sie schon an, in Gedanken einen passenden Häkelpulli für ihn zu entwerfen. Sie nickt, und sobald Quentin in der Menge verschwindet, zeigt sie mir den erhobenen Daumen.

»Wofür ist das jetzt?«

»Dein Freund ist süß.«

»Er ist nicht mein ...« Ich muss schlucken. Warum fällt

es mir schwer, den Satz zu beenden? Ich könnte auf dieser Party küssen, wen ich will, und so soll es sein, oder? *Girls just wanna have fu-un, oh girls just* ... puh. Das zieht mich runter.

»Er ist nicht mein Freund.« Ich sehe Lily in die Augen. »Ich mag ihn, aber nicht auf die Art.«

Und er würde mich auch nie auf die Art mögen. Sie sieht mich mit ihren dunklen Augen an, als wüsste sie mehr als ich. Schließlich kommt Quentin mit dem Wasser zurück. Sie nimmt die Flasche und hebt sie hoch, als wollte sie mir zuprosten.

»Danke für das H_2O. Ich geh mal ein paar Freunde begrüßen, bis dann.«

Ich nicke ihr zu. »Ja, bis dann, Lily.«

Lily taucht in der Menge ab und ich sehe, dass Quentin die Jacke ausgezogen hat. Statt des üblichen einfachen T-Shirts trägt er ein schwarzes Poloshirt, die obersten beiden Knöpfe sind offen. Die Ärmel schmiegen sich um seine Arme. Er sieht ... gut aus. So schick habe ich ihn noch nie gesehen. Beim Gedanken daran, was ich gerade zu Lily gesagt habe, zieht sich mein Herz zusammen.

Quentin ist kein Junge, sage ich mir. Er ist ein platonisches Vulkangestein.

Mein Handy vibriert, eine willkommene Ablenkung. Es ist Marcy.

Wo bist du? Wir spielen Beer Pong.

Endlich entdecke ich Brian, Kevin und Marcy in der hintersten Ecke des Raums. Brian wirft einen Tischtennisball, und die um den Tisch versammelte Gruppe johlt, als der Ball in einem roten Becher landet. Marcy trägt einen schlichten roten Jumpsuit mit schwarzen Ballerinas, der letzte Beweis, dass ich wirklich overdressed bin.

»Guck mal, da sind sie!« Ich schüttele Quentins Arm, als

wären wir auf einer Safari und ich hätte gerade einen Pfau entdeckt.

Er verdreht die Augen. »Dann sputet Euch, Lady Aisha. Euer Mitternachtskuss erwartet Euch.«

»Bis Mitternacht ist es noch ewig hin. Und du willst Brian ja bestimmt auch kennenlernen.«

Wir gehen zu ihnen, und als Brian mich sieht, hellt seine Miene sich auf. Sein Hemdkragen hat ein weihnachtliches Beerenmuster, und das Hemd sitzt wie maßgeschneidert. Ich ziehe mein Kleid herunter und winke ihm leicht zu.

»Wow, Aisha. Du siehst unglaublich aus. Schönes Kleid.«

Es ist, als würden seine Worte mit einem Schiff in mein Gehirn krachen. *Unglaublich.* Brian hat gesagt, ich sehe *unglaublich* aus. Auf einmal bin ich froh, dass ich overdressed bin. Kevin lächelt mich an, und Marcy zwinkert mir zu. Quentin scheint darauf zu warten, dass ich ihn vorstelle, aber nach einem Blick in meine verträumten Augen winkt er Brian zu.

»Hi, ich bin Quentin. Ich bin mit Aisha gekommen.«

»Schön, dich kennenzulernen.« Kurze Stille. »Moment, du bist der mit dem Jetta, oder? Ich glaub, ich hab dich vor einer Woche oder so vor Aishas Haus gesehen.«

»Ja, das war ich.«

»Ich sag's dir nur ungern, aber ich fürchte, du brauchst ein neues Auto.«

Ich winde mich innerlich, denn ich weiß, wie sehr Quentin sein Auto liebt, aber er lässt sich nicht aus der Ruhe bringen.

»Das Auto sieht vielleicht alt aus, aber glaub mir, es ist unverwüstlich. Als mein Opa es mir zum sechzehnten Geburtstag geschenkt hat, hat er mir ein selbst verfasstes Wartungshandbuch ins Handschuhfach gelegt, an das ich mich halte und bis jetzt hat der Wagen noch nie gemuckt.«

Sosehr Quentin seinen Opa auch fürchtet, er schätzt ihn

trotzdem sehr, das weiß ich. Er benimmt sich ja manchmal sogar selbst wie ein Opa: wie er Lily angeboten hat, Wasser für sie zu holen, oder wie er Owen zugedeckt hat. Ich sehe ihn noch viele Sommer seinen Jetta liebevoll in der Einfahrt waschen.

»Hey, ich hab dir was mitgebracht«, sage ich zu Brian und fasse in die Jutetasche, in der ich meine Schuhe versteckt hatte. Ich hole die Macarons in der Tupperdose heraus, die ich mit einer rosa Schleife verziert habe. »Die hab ich gebacken. Als Dankeschön für die Einladung.«

Brian hält die Dose hoch, um von unten hineinzuschauen. »Ah, sogar in Weihnachtsfarben. Danke, Aisha.«

Mein Lächeln fühlt sich an wie aufgeklebt. »Bitte schön.«

»Und wo sind meine Macarons?«, scherzt Kevin. Er streckt die Hand aus, und Marcy haut darauf. Ich schaue sie Hilfe suchend an. Wenn jemand diese krampfige Konversation retten kann, dann sie.

»Und, Aisha«, sagt sie, »hast du dich schon entschieden, wen du um Mitternacht für dein Manifest küssen willst?«

Quentin sieht Marcy an, mit einem Blick, als würde er einen dieser weihnachtlichen Fernsehfilme schauen, bei denen man alle Wendungen immer schon meilenweit im Voraus kommen sieht. Außer man heißt Brian oder Kevin. Sie gucken ganz gespannt.

Brian stellt die Macarons auf den Spieltisch. »Hey, ich glaub, den Zettel mit dem Mitternachtskuss hab ich gesehen – auf dem Foto von deiner Wand, das du mir geschickt hast.«

Ich streiche mir lässig die Haare hinters Ohr nach dem Motto: Echt? Ist ja witzig! Marcy flüstert Kevin etwas zu, wahrscheinlich erzählt sie ihm von meinem Manifest.

»Das ist übrigens meine Wand«, murmelt Quentin, und ich würde ihm am liebsten auf den Arm hauen. Aber dann würde ich wahrscheinlich das Gleichgewicht verlieren. Wieso hab ich bloß diese Stöckelschuhe angezogen? Innerlich unsicher zu sein hat mir wohl nicht gereicht.

»Ich hoffe, der Vorschlag ist nicht zu abwegig, aber …« Brian sieht mich an. »Es wäre mir eine Ehre, dir dabei behilflich zu sein.«

Wie kann Brian seine Lippen so beiläufig anbieten wie Quentin Lily eine Flasche Wasser?

»Ich meine, vielleicht können wir uns gegenseitig helfen. Riley ist mit ihrem Neuen hier, und dann würde sie sehen, dass ich auch nicht allein bin.«

Kevin sieht mich an und hält seine Hände als Öhrchen über den Kopf. Eine Anspielung an unser Gespräch auf dem Winterball über die selbst gemachten Teddybären. Ich lächele und Kevin lächelt zurück.

»Natürlich nur, wenn du dich damit wohlfühlst«, fügt Brian hinzu. Sein Blick ist fest. Selbstsicher. Für ihn bin ich wahrscheinlich einfach das Nachbarmädchen, das er mal gut kannte, da ist er spontan bereit.

Das müsste ich auch sein. Ich müsste mich so freuen, als würde ich das letzte Puzzleteil in ein Tausend-Teile-Puzzle einfügen, doch stattdessen fühlt es sich plötzlich so an, als hätte ich all meine Puzzleteile in einen Mixer gekippt. Meine Brust zieht sich zusammen, meine Knie werden weich. Ich merke, dass ich kurzatmig werde. Ich war nicht darauf vorbereitet. Es geht mir zu einfach und zu schnell.

Brian weiß ja nicht, dass ich noch nie jemanden geküsst habe. Wenn ich nun gar nicht gut küssen kann oder, noch schlimmer, nur dastehe wie ein toter Fisch? Wenn Riley uns sieht und über meine kläglichen Kusskünste lacht, während sie ihren perfekten Dutt richtet?

Wenn ich Nein sage, denkt Brian, ich will ihn nicht küssen. Und Marcy wäre enttäuscht, dass sie alles vergebens eingefädelt hat.

Aber ich fühle mich nicht bereit.

Ich kann das nicht.

»Ehrlich gesagt ...« Ich versuche zu atmen, dann platze ich heraus: »Quentin hat mir schon angeboten, mir dabei zu helfen!«

Ich spüre Quentins Blick und bete, dass die Telepathie funktioniert. Zum Glück kapiert er und rückt einen kleinen Schritt näher zu mir heran.

»Genau. Ich hab schon, hm, meine Dienste angeboten.«

Ich seufze erleichtert. Mein Herz sitzt gemütlich im Korb eines Heißluftballons, der höher steigt, höher und höher ...

»Aus reiner Freundschaft«, sagt er, und mein Ballon fällt in sich zusammen.

»Ach so.« Brian schaut erst zu mir, dann zu Quentin. Kevin kann es kaum glauben und Marcy sieht mich an. »Dann sag mir Bescheid, wie ich mit den anderen Zetteln helfen kann, Aisha. Ich geh mal kurz zu ein paar Freunden da drüben, aber danke für die Macarons.« Er wirkt nicht weiter erschüttert – ungefähr so wie ich, wenn es statt Orangenlimonade nur Zitronenlimonade gibt.

»Klar«, bringe ich heraus.

In einem einzigen Moment habe ich alles, was ich tagelang geplant hatte, zunichtegemacht. Brian und ich hätten die Macarons zusammen essen und einander gestehen sollen, wie sehr wir uns mochten, bevor er wegzog, und das Ganze hätte in einem leidenschaftlichen Kuss gegipfelt. Ich war so nah dran, meine Komfortzone zu verlassen, und dann hab ich einen Rückzieher gemacht. Warum?

Kaum ist Brian weg, dreht Marcy sich steif und langsam um, wie eine schwere Drehtür.

»Hm, wir ziehen auch mal weiter. Lily begrüßen und ein paar Freunde von Kevin.« Sie winkt Quentin zu. »Aber schön, dich kennengelernt zu haben, Quentin.«

Wieso haben auf dieser Party alle irgendwelche Freunde, nur ich nicht?

»Ja, hat mich auch echt gefreut«, sagt Kevin und wirft Marcy einen Blick zu.

Quentin lächelt die beiden herzlich an. Bis heute Abend hab ich Quentin noch nicht so oft andere anlächeln sehen. Seine Aufmerksamkeit gilt normalerweise mir, weil wir meistens nur zu zweit sind. Marcy wirft mir einen bedeutungsvollen Wir-reden-später-Blick zu und verschwindet mit Kevin im Getümmel.

Ich drehe mich zu Quentin um und beiße mir auf die Lippe. »Danke, Quentin. Ich weiß nicht, was in mich gefahren ist, ich bin durchgedreht. Es tut mir leid, dass du für mich lügen musstest.«

Ein Schatten huscht über sein Gesicht. »Hab ich ja nicht. Ich kann, ich meine ... ich kann dir helfen. Wenn es sonst niemanden gibt, mit dem du dich wohlfühlst, kann ich gern ...«

»Du meinst, sozusagen als Backup?« Unsere Blicke treffen sich.

Er steckt die Hände in die Hosentaschen. »Ja, so könnte man es nennen.«

In diesem Moment fühlt sich so an, als hätte ich einen Zettel mit der Aufschrift »Wer will mich küssen?« ans Schwarze Brett gehängt.

Keiner will dich, flüstert eine Stimme in meinem Kopf.

Und vielleicht ist es ja wirklich so. Brian wollte mich nur küssen, damit die sexy Riley es sieht, und für Quentin wäre es eine Art Wohlfahrtsdienst.

»Ich muss mal an die Luft«, sage ich. »Ich geh kurz raus.«

Quentin sieht mich erschrocken an. »Aish, hab ich irgendwas getan, was ...«

»Nein, du hast nichts getan.« Ich schlucke und spüre Tränen aufsteigen. »Ich möchte nur kurz allein sein.«

Er sieht gekränkt aus, trotzdem lasse ich ihn stehen. Ich halte es hier drin nicht mehr aus. Es ist mir zu laut und zu viel. Ohne mich noch einmal umzudrehen, bahne ich mir einen Weg zu der Glastür, die ins Poolhaus führt. Es ist genau wie beim Winterball. Ich bin allein und ich gehe.

Die plötzliche Stille tut gut, die lauten Stimmen und die dröhnende Musik sind durch die geschlossene Tür nur noch gedämpft im Hintergrund zu hören. Ich beuge mich über den Pool, schaue in das reglose Knallblau und bewundere die tanzenden Lichter, die sich darin spiegeln. Ich stelle mir vor, die verschwommenen Lämpchen wären bunte Fische im Wasser. Im Moment ist es ruhig, aber wenn ich wieder reingehe, wird Marcy mich löchern, was zwischen Quentin und mir ist, und dann muss ich erklären, dass da nichts ist. Wie könnte da auch was sein?

Ich bin ein Vogel und Quentin ist ein Fisch, denke ich plötzlich.

Er schwimmt cool und besonnen dahin, fernab von irgendwelchen Highschool-Romanzen, und schert sich nicht darum, was die anderen denken, während ich flattrig und unsicher umherschwirre, guten Noten hinterherjage und allen und jedem gefallen will. Zwischen uns liegen Welten.

»Hey, hier ist verbotene Zone. Keiner darf in den Pool.«

Ich zucke zusammen und fahre herum. Sanjay. »Oh, entschuldige, ich …«

»War nur Spaß.« Grinsend kommt er mit einem roten Becher in der Hand auf mich zu. Er schwankt leicht, wie ein Seiltänzer, anscheinend hat er schon zu viel getrunken. »Ich halte die Tür nur geschlossen, damit die Leute hier nicht rummüllen.«

Ich ziehe mein Kleid runter und schaue ihn verstohlen an. Unsere Schultern berühren sich fast. »Euer Haus ist echt schön.«

Er trinkt einen kräftigen Schluck. »Danke. Meine Eltern sind um die Feiertage herum immer auf Seminaren, deshalb gebe ich jedes Jahr eine Silvesterparty. Bis jetzt haben sie es noch nicht rausgekriegt.«

»Du traust dich was. Ich könnte bei mir zu Hause nie eine Party geben. Und schon gar nicht so eine coole.« Ich sage es, als wäre ich eine richtige Party-Expertin.

»Wenn du sie so cool findest, warum bist du dann hier draußen? Sei ehrlich, ist es eine öde Party?«

Jetzt lächelt er. Seine Art hat etwas Entwaffnendes. Er scheint mich nicht richtig ernst zu nehmen, und das entspannt mich irgendwie.

»Es gibt Magic-Masala-Chips, damit ist es eine super Party. Ich bin nur ...« Ich hole Luft. »Ich bin nur manchmal nicht so gut darin, so was zu genießen.«

»Dann passen wir perfekt zusammen. Ich übertreibe es mit dem Genießen immer ein bisschen. Ich muss versuchen mich etwas zu zügeln.«

Wir passen perfekt zusammen. Ich bin kein Flirt-Profi, aber selbst für meine ungeschulten Ohren klingt das flirtig. Aber was weiß ich schon?

»Wie lange kennt ihr euch schon, du und Quentin?«, frage ich.

»Seit Jahren. Früher haben wir uns andauernd getroffen. Jetzt haben wir nicht mehr so viel Kontakt. Nach dem Tod seines Vaters war er lange nicht in der Schule, und als er zurückkam, hat er irgendwie dichtgemacht. Nicht nur bei mir, auch bei anderen. Er meinte damals, er will mich nicht runterziehen. Er hat in der Zeit eine Menge durchgemacht. Hatte mit Ängsten zu tun und wollte immer für seine Mutter da sein. Zu der Zeit war er schon in Therapie, da konnte er auf meinen laienhaften Trost wohl gut verzichten. Aber ich hab nie richtig kapiert, warum er sich so zurückgezogen hat.

Ich hätte ihn auf andere Gedanken bringen können oder wir hätten einfach mal wieder zusammen Hausaufgaben machen können. Früher ist er nach der Schule immer mit zu mir.«

Ich kann mir überhaupt nicht vorstellen, dass Quentin wegen Ängsten eine Therapie gemacht hat. Das ist so, als würde der eigene Therapeut eine Therapie machen.

Sanjay verzieht das Gesicht. »Entschuldige, ich quatsche zu viel. Passiert mir immer, wenn ich was getrunken hab. Vielleicht kannst du mir beim Austrinken helfen, bevor ich noch mehr quassele.« Er drückt mir den Becher in die Hand. »Jungle Juice.«

Ich betrachte die rote Flüssigkeit, die im Becher herumschwappt. Sieht aus wie Fruchtpunsch, so schlimm kann es also nicht sein. Ich lege die Lippen an den Rand und nehme kurz entschlossen einen großen Schluck. Es ist bitterer als Hustensaft mit Kirschgeschmack, und kaum ist es durch meine Kehle geronnen, brennt es wie Feuer.

Sanjay schaut mir zu. »Ist wohl nicht dein Lieblingsdrink, was?«

Ich lächele ihn schüchtern an. »Nee, eher nicht.«

Er nimmt mir den Becher ab, woraus ich schließe, dass er einer von den Guten ist, nicht wie diese Typen in den Lernvideos zum Thema Gruppendruck, die sie uns in der Middle School vorgeführt haben.

»Es schneit.« Er stellt den Becher auf die Fliesen, und als ich hochschaue, sehe ich, wie die Schneeflocken die Glasscheiben küssen. »Tanzt du mit mir? Ich wollte schon immer mal tanzen, wenn es schneit.«

Das ist ein seltsam präziser Wunsch, aber da fällt mir ein, wie viel Jungle Juice der Junge vermutlich intus hat.

»Ich hab nicht so eine tolle Koordination.« Um ein Haar erzähle ich ihm, dass ich zwei Stunden gebraucht habe, um eine Runde auf der Eisbahn zu fahren, aber damit würde ich doch etwas zu viel von mir preisgeben.»Ich kann nicht besonders gut tanzen.«

»Ich auch nicht. Aber es macht bestimmt Spaß. Komm, ein Lied.« Er stößt mich an. »Bitte, ja?«

Unter seinem flehenden Blick nicke ich unwillkürlich, und im nächsten Moment fällt mir der Zettel an Quentins Wand ein: *Mit jemandem tanzen.* Die Uhr an der Wand zeigt zwanzig nach elf, und ein Tanz wäre die perfekte Überleitung zu einem Mitternachtskuss. Ich könnte es hinter mich bringen, ich könnte meinem freundlichen Fisch Quentin sagen, ich hätte jemand anderen zum Küssen gefunden, und falls es ein komplettes Desaster wird, muss ich Sanjay nie wieder sehen.

Plan B tritt in Kraft.

Sanjay spielt auf seinem Handy ein Lied ab, das ich noch nie gehört habe. Ich kann den Text nicht gut verstehen, aber es ist auf jeden Fall Hindi. Hindi erinnert mich an zu Hause, und schon deshalb fühle ich mich ihm irgendwie näher. Ich lege eine Hand auf seine Schulter und er lässt eine Hand zu meiner Taille gleiten. Er ist ein Stück größer als ich auf Absätzen, doch ich kann ihm über die Schulter gucken. Er macht einen Schritt zurück, ich mache einen Schritt vor. Ich tanze! Und mein Kleid verrutscht nicht.

»Danke für diesen Tanz, Mylady.« Auch wenn er ein bisschen lallt, muss ich lächeln. Wir tanzen und ich denke nicht nach. Ich bin ... glücklich. Das Lied endet, das nächste beginnt.

»Hey, ich hab eine Idee.« Sanjays Atem kitzelt mich am Ohr.

»Was denn?« Ich schaue zur Tür, als säße ich im Flugzeug und suchte nach dem Notausgang.

»Wollen wir mal eine Drehung probieren?«

Puh. Einen kurzen Moment hatte ich Angst, er würde mit »Soll ich dir mal mein Zimmer zeigen?« ankommen wie die Jungs in dem Gruppendruck-Video.

»Hm, ich glaub, das ist keine so gute Idee. Mit den hohen Absätzen könnte ich hinfallen.«

»Ich fang dich auf.« Er macht einen Bitte-bitte-Schmollmund.

»Na gut.« Ich lächele und er legt die Hände um meine Handgelenke. Ich halte den Blick auf die Füße gerichtet und kriege eine langsame Drehung hin. Das ging schon mal gut. Aber da schreit Sanjay auf.

Ich hatte natürlich nicht bedacht, dass *er* fallen könnte.

Er prallt voll gegen mich, und mit einem scheußlichen Klatsch landen wir auf den Fliesen. Der Schmerz schießt mir in den Knöchel.

»O Mann«, stöhnt Sanjay und rollt sich von mir herunter. Er rappelt sich auf, schwankt jedoch, als könnte er jeden Moment wieder hinfallen.

Ein paar Sekunden lang liege ich reglos da, dann setze ich mich benebelt auf und versuche zu begreifen, was gerade passiert ist. Ich wäre fast ins tiefe Ende des Pools gefallen. Die Hindi-Musik läuft immer noch. Ich versuche aufzustehen, aber vergebens. Ich halte mir den Knöchel, als erneut der Schmerz hineinfährt, schlimmer diesmal.

Sanjay streckt eine Hand aus. »Das tut mir so leid. Alles gut bei dir? Lass mich …«

»Aisha, alles okay?«

Ich schaue hoch, direkt in Quentins Gesicht, über das rote und grüne Lichter tanzen. Er steht zwischen Sanjay und mir, und ich habe ihn noch nie so wütend gesehen. Seine Augen sprühen Funken, seine Hände sind zu Fäusten geballt. Vielleicht ist es nur, weil ich am Boden sitze, aber er kommt mir plötzlich viel größer vor.

»Hey, was ist los?« Mit glasigem Blick sieht Sanjay ihn an.

»Sie kann nicht schwimmen und um ein Haar wär sie ins zwei Meter tiefe Wasser gefallen, das ist los.«

Sanjay ist zu betrunken, um irgendwas zu kapieren. »Sorry, ich wollte nicht …«

»Du kannst reingehen. Ich kümmere mich schon um sie.«

»Ich …«

»Geh einfach. Bitte.«

Quentin, der sonst immer die Ruhe selbst ist, der nicht mal bei den kompliziertesten Matheaufgaben die Nerven verliert, ist völlig außer sich. Und das wegen mir. Sanjay geht rein, Quentin kniet sich neben mich und zieht mir den Schuh aus.

»Ist dein Knöchel heil?«, fragt er mit verkniffener Miene.

»Ich glaub schon. Er ist jedenfalls nicht gebrochen«, flüstere ich.

»Ich bring dich nach Hause.« Er zieht mir den Schuh wieder an, legt meinen Arm um seine Schulter und hilft mir auf. Ich lehne mich fest an ihn und humpele benommen über die Fliesen. Er macht die Glastür auf, die vom Poolhaus nach draußen führt, dann gehen wir über den mit Raureif bedeckten Rasen zu seinem Jetta.

Wie kann es sein, dass ich im einen Moment fröhlich zu Hindi-Musik tanze und mich im nächsten Moment auf dem Boden wiederfinde?

Die Eiseskälte lässt mich erschauern. Fast ist es eine erfrischende Ablenkung von dem höllischen Schmerz in meinem Knöchel. Quentin schließt den Wagen auf und hilft mir auf den Beifahrersitz. In einer fließenden Bewegung schnallt er mich an, schließt die Tür und stampft dann hinüber zur Fahrerseite. Stotternd springt der Motor an, im Licht der Scheinwerfer tanzen die flirrenden Schneeflocken. Quentin stützt die Stirn in die Hand. Ich will gerade fragen, ob er sauer auf mich ist, als ich Marcy sehe. Sie zieht die Beine ihres Jumpsuits hoch, damit sie nicht über den Boden schleifen, und ihre Ballerinas hinterlassen Spuren im Schnee.

»Hey, wartet mal!« Sie klopft an die Scheibe und ihr Atem bildet flüchtige kleine Kringel auf dem Glas. Ich kurbele die Scheibe runter. »Es ist noch nicht mal Mitternacht. Sag nicht, dass deine Mutter es dir nicht länger erlaubt hat.«

»Ich … ich hab mir den Knöchel verknackst.« Hoffentlich sehe ich nicht so kläglich aus, wie ich klinge.

»Mist. Geht's einigermaßen?«

»Ich glaub schon.«

»Ah. Na gut.« Sie sieht so aus, als wollte sie noch mehr sagen. »Du hast deinen Mantel vergessen. Und ich hab deine Tasche an den Schildkröten erkannt. Ich wusste leider nicht, was Quentin für eine Jacke hatte.«

»Danke, Marce.« Ich nehme die Sachen durchs Fenster entgegen.

»Gute Fahrt euch beiden. Und frohes neues Jahr.«

»Frohes neues Jahr«, murmele ich und kurbele die Scheibe wieder hoch. Ein frohes Jahr ist das nun wirklich nicht. Und das neue hat ja noch nicht mal angefangen. Bevor Marcy wieder im Haus verschwindet, dreht sie sich noch mal um und gibt mir ein Zeichen, dass ich sie anrufen soll.

»Wir müssen noch nicht fahren«, sage ich und halte die Hände über das Heizungsgebläse. »Es ist erst zwanzig vor zwölf, wenn du also noch bleiben möchtest, können wir …«

»Aisha.« Sein Blick ist auf einen Hydranten in der Ferne gerichtet.

Ich beiße mir auf die Lippe. »Es tut mir leid, echt. Ich wollte nicht, dass du dir Sorgen machst.«

»Ich hab dich überall gesucht und alle gefragt, ob sie dich gesehen haben. Und dann seh ich dich mit …« Er verstummt.

»Ich versteh's nicht. Ich dachte, du wolltest allein sein.«

»Wollte ich auch, aber dann ist Sanjay rausgekommen und war echt nett zu mir. Und nachdem ich meine Chance auf einen Kuss von Brian zunichtegemacht hatte, dachte ich … ich dachte, er könnte mir helfen. Ich versuche nur, neue Erfahrungen zu machen, auch wenn sie wehtun.« Ich zeige auf meinen Knöchel, der in den letzten paar Minuten auf das Doppelte angeschwollen ist. »Buchstäblich.«

»Aber ich war doch da. Ich hab doch gesagt, dass ich ...«

»Ich wollte keinen Mitleidskuss, Quentin. Da hätte ich mich schrecklich gefühlt.«

»Einen Mitleidkuss? Du denkst, dass ...« Er seufzt. »Okay. Vergiss es, aber was ist mit dem Rest des Abends? Du warst überhaupt nicht du selbst.«

Immer wollen alle, dass ich anders bin, als ich bin. Marcy sagt, ich soll draufgängerischer sein, meine Eltern sagen, ich soll vorsichtiger sein, meine Schwester sagt, ich soll entspannter sein, und jetzt sagt Quentin, ich soll *ich selbst* sein. Was auch immer das heißen soll.

»Tja, vielleicht will ich aber gar nicht ich selbst sein. Vielleicht ist das genau der Punkt.« Mit aller Kraft halte ich die Tränen zurück. Wäre ja nicht das erste Mal, dass ich in seinem Auto losheule.

»Und was ist mit mir? Deine Eltern vertrauen darauf, dass ich dich wohlbehalten wieder nach Hause bringe. Soll ich etwa tatenlos zusehen, wie du für dein Manifest fast ertrinkst?«

»Das klingt jetzt aber sehr dramatisch.«

»Und dein Aufzug?«

Eine Träne läuft über, doch ich wische sie weg wie eine Fliege, die auf meiner Wange gelandet ist. »Ich kann anziehen, was ich will!«

»So hab ich es nicht gemeint. Ich bin total dafür, dass du anziehst, was du willst. Und wenn du gar nichts anziehen willst, vor mir aus! Aber es sieht überhaupt nicht so aus, als ob du dich wohlfühlst. Hattest du nicht gesagt, du trägst nicht gern so viel Lippenstift? Weil deine Lippen davon, Zitat, wie Backpflaumen werden? Und die ganze Zeit hast du an deinem Kleid rumgezo...« Er umklammert das Lenkrad. »Ich halte jetzt lieber den Mund.«

»Ja, das ist wirklich das Beste.« Ich feuere meine Worte auf ihn ab wie Pistolenkugeln. »Denn dein Verständnis von Sich-Wohlfühlen ist auch nicht gerade erstrebenswert. Wenn man nie etwas ausprobiert, kann man auch nicht scheitern, also lässt du es halt bleiben.«

Quentin erstarrt. »Was soll das denn heißen?«

»Du kapitulierst vor Matheaufgaben, ohne es zu probieren. Du bist nicht in die erste Tennismannschaft gegangen, obwohl du gern wolltest, und warum? Weil du Angst hattest, dass deine Mannschaft auf dich zählt? Als wir Macarons gebacken haben, wolltest du nicht mehr helfen, nur weil du beim ersten Blech etwas falsch gemacht hast. Und Sanjay hat mir erzählt, dass du dich total von ihm zurückgezogen hast. So kann man auch nicht leben. Immer aufgeben, wenn es schwierig wird. Ich mache lieber Fehler, als es gar nicht erst zu versuchen.«

»Ich versuche es doch. Ich lerne Mathe mir dir, oder?«

»Es geht doch nicht nur um Mathe. Du willst nie was riskieren. Das hat nichts mit Zufriedenheit zu tun. Das ist einfach Trägheit.«

Quentins Blick wird hart. »Wenn du mich so siehst, bitte. Dann mische ich mich von jetzt an nicht mehr ein. Ich helfe dir, die Klebezettel abzuarbeiten, wie vereinbart, und halte mich mit Kommentaren zurück. Wahrscheinlich gibst du mir sowieso nur deshalb Nachhilfe, damit du genug ehrenamtliche Projekte für deine College-Bewerbung hast. Ich bin nur ein weiterer Punkt auf deiner Liste, den du abhaken musst.«

Ich drehe mich zu ihm. »Was ist heute Abend mit dir los? Was ist aus deiner Gelassenheitsnummer geworden?«

»Meine Gelassenheitsnummer?« Quentin runzelt die Stirn. »Nur weil ich einen Buddhismus-Kurs besuche, heißt das noch lange nicht, dass ich keine Gefühle hab, Aisha. Dass es mir egal ist, wenn du dich verletzt.«

»Ich hab mich nicht verletzt. Ich kann auf mich selbst aufpassen.«

»Okay, du kannst auf dich selbst aufpassen, aber du lässt es lieber bleiben. Dein Abendessen heute bestand aus Chips. Du gehst mit einem betrunkenen Typ, den du nicht kennst, in sein Poolhaus. Anscheinend würdest du alles mitmachen, um Stanford oder Brian zu kriegen oder was auch immer du dir gerade in den Kopf gesetzt hast.« Er wird lauter. »Wo bleibst du dabei? Bist du nicht wichtig?«

»Doch, natürlich, aber ich muss …«

»Du musst überhaupt nichts. Du kannst stolz auf dich sein, so, wie du bist.«

Obwohl das klingt wie ein Spruch von einem Mutmach-Plakat, tun seine Worte mir weh. Ich weiß, dass ich Seiten von mir verberge: dass meine Familie wenig Geld hat, dass wir indisch sind. Was nicht meinem Wunschbild von mir selbst entspricht, wird ausgeblendet. Aber darauf muss man mich ja nicht unbedingt mit der Nase stoßen.

»Ich mache doch schon, was ich möchte. Ich häkele. Ich male.«

»Wann hast du das letzte Mal gemalt?

»Das ist schon eine Weile her, aber ich …« Meine Stimme versagt.

Ich bin das Mädchen, das Macarons mit zu einer Party bringt. Ich strenge mich an, um zu gefallen. Meine Sukkulente ist eingegangen, weil ich sie zu viel gegossen habe. Zum ersten Mal in meinem Leben wünscht sich jemand, ich würde mich weniger anstrengen. Eine Weile bleibt es still, jedes Pochen meines Herzens ist wie ein Gongschlag.

»K…kannst du mich einfach nach Hause b…bringen?«

Quentin sieht, dass mir die Tränen über die Wangen laufen. Er presst die Lippen zusammen und legt den ersten Gang ein. Wieso tut das alles so weh? Wie kann Quentin sagen, er wäre nur ein Punkt auf meiner Liste? Ich liege nachts wach und denke darüber nach, wie ich ihm Integralrechnung noch besser vermitteln könnte. Ich verbringe Stunden damit, seine Arbeitsblätter zu korrigieren und mit einem lächelnden Goldstern zu verzieren.

Schweigend fahren wir zu mir nach Hause. Wie können die schwebenden Schneeflocken so schön sein, während in meinem Kopf nur Müll ist? Die Fahrt kommt mir ewig vor.

Als wir vor unserem Wohnblock halten, läuft Quentin um den Wagen herum zu meiner Seite. Als ich die Tür aufmache, reicht er mir die Hand, doch ich schiebe sie weg. Ich setze nicht mal die Kapuze auf – sollen meine Haare sich doch kringeln, wie sie wollen. Ich warte auf das Röhren des Motors, aber er fährt nicht los. Wahrscheinlich wartet er, bis ich wohlbehalten im Haus bin. Wie aufmerksam, wie nervig. Ich humpele über den Weg, den seine Scheinwerfer mir zeichnen, während das Zischen einer Silvesterrakete die Luft zerreißt.

Mitternacht.

Ich schaue in den Himmelsfetzen zwischen den Bäumen, ob da noch etwas bunt aufleuchtet, aber nichts. Plötzlich blinkt das Scheinwerferlicht zu meinen Füßen. Blinzelnd drehe ich mich um und versuche etwas zu erkennen. Wieder blinken die Scheinwerfer, und kurz darauf wird Quentins verschwommene Gestalt größer, bis er direkt vor mir steht.

»Hey, warte.« Seine kalten Finger streifen meine Hand. »Es tut mir leid. Ich möchte nicht so auseinandergehen.«

Ich versuche die Flecken vor meinen Augen wegzublinzeln. »Ich auch nicht, aber ich hab einen Namen, weißt du. Du musst mich nicht mit dem Fernlicht blenden, damit ich dich bemerke.«

»Doch, muss ich.«

Allmählich kann ich wieder etwas erkennen. Ich sehe goldene Augen und gerötete Wangen. Zitternd steht er in seinem Poloshirt da, während die Schneeflocken fallen und auf seiner Haut schmelzen. Er sieht mich so gespannt an wie ich ihn sonst immer, wenn ich darauf warte, dass er seinen Rechenfehler bemerkt. Da legt er mir die Hände auf die Schultern und zieht mich zu sich heran. Viel näher als beim Schlittschuhlaufen.

Ich sehe alle Brauntöne seiner Augen, und plötzlich begreife ich. Als wir das Manifest an die Wand geklebt haben, da habe ich ihm gesagt, dass ich bei einem Kuss am meisten Angst vor dem Davor habe. Und wir haben gewitzelt, dass man mich vorher blenden müsste.

Er streicht mir die Haare aus dem Gesicht und kommt näher. Ich spüre seinen Atem auf den Lippen und schließe die Augen. Ich bin mir sicher, dass er es tut, aber nach ein paar spannungsgeladenen Sekunden wird mir klar, dass er auf mich wartet.

Ich überlege nicht, ob ich Quentin küssen soll, was er von meinen Küsskünsten halten könnte oder was danach passiert. Ich überwinde den letzten Zentimeter und spüre seine Lippen auf meinen. Seine Hände liegen auf meiner Taille und ich umfasse seine Schultern. Einige elektrische Augenblicke bleiben wir so stehen. Dann löst er sich.

»Frohes neues Jahr, Aisha.«

Er geht zurück zu seinem Wagen, ohne sich auch nur umzuschauen, und lässt mich im Schnee stehen, während das Feuerwerk vom dunklen Himmel regnet.

Funkstille

✓ Schweigestrafe ertragen

Am nächsten Morgen macht Seema Besan Puda, Crêpes aus Kichererbsenmehl. Die ganzen Weihnachtsferien bittet sie unsere Mutter schon, ihr beizubringen, wie man indisch kocht. Sie sagt, ihr steht der »frittierte Mensafraß« bis obenhin und sie sehnt sich nach selbst gekochtem Essen.

»Morgen, Sonnenschein.« Seema stellt mir einen Teller Puda hin und ich schaufele mir ein paar Bissen in den Mund. Dann setzt sie sich mit einem Teller in der Hand mir gegenüber.

»Ich müll mich reden.«

»Wolltest du heute Nachmittag nicht mit Marcy und Brian Schlittschuh laufen gehen?«

»Ja, und mit Kevin. Marcy möchte, dass ich ihn besser kennenlerne. Aber ich hab mir gestern Abend den Knöchel verknackst.«

»Ooh, du hast dir den Knöchel verknackst? Wobei denn? Zwinker, zwinker.«

Typisch Seema, »zwinker, zwinker« zu sagen, anstatt einfach zu zwinkern.

»Ich hab gar keinen Hunger«, verkünde ich und schleppe mich in mein Zimmer. Ich frühstücke lieber später in Ruhe. Als ich die Tür hinter mir zumache, stelle ich fest, dass ich mein Handy auf dem Tisch vergessen habe. Aber wahrscheinlich ist das sowieso egal – Quentin meldet sich nicht.

Wenn ich bloß wüsste, ob er mich wegen des Manifests geküsst hat oder weil er es wollte.

Genau genommen hab ich ja ihn geküsst.

Und ich bin nicht mit wedelnden Pompoms im Kopf drauflos, nach dem Motto: Juhuu, Plan C tritt in Kraft! In dem Moment hat mein Gehirn sich wundersamerweise ausgeschaltet.

Ich kuschele mich in meine Häkeldecke und döse weg. Im Halbschlaf wirkt der Kuss nach wie eine dahinziehende Wolke, die meine Sinne streichelt – und sich durch lautes Klopfen an der Tür zu einem Regenschauer verdichtet.

»O Mann, was ist?«

»Hier ist deine Lieblingsschwester. Kann ich reinkommen?«

»Na gut.«

Seema krabbelt zu mir ins Bett, zieht mir ein Stück Decke weg und legt sie um ihre Beine. Sie hält meinen halb leer gegessenen Teller in der einen Hand und mein Handy in der anderen. Ich nehme mein Handy und checke meine Nachrichten. Nichts. Dann schnappe ich mir den Teller und mache mich über die Puda her.

»Waf willft du?«

»Du wirkst bedrückt, Aish.« Seemas Blick wird weich. »Ist gestern Abend irgendwas vorgefallen?«

Seema und ich haben zwar nicht unbedingt zusammen Höhlen aus Decken gebaut und einander erzählt, welchen Jungen wir toll finden, aber wenn wir merken, dass bei der anderen etwas nicht stimmt, haken wir nach. Es braucht nur noch einen Blick, dann platzt die ganze Geschichte aus mir heraus. Der Beinahe-Kuss mit Brian. Der Tanz mit Sanjay. Dass Quentin mir vorgeworfen hat, ich wäre für mein Manifest fast ertrunken. Ich erzähle ihr alles bis auf den Kuss mit Quentin. Davon kann ich nicht erzählen, sonst wird es real. Ausnahmsweise hört sie mir zu, ohne mich zu unterbrechen.

»Hmm«, sagt sie schließlich. »Da hat Quentin ja nicht ganz unrecht.«

»Du solltest auf meiner Seite sein!«

»Na komm, Aish. Du planst all deine Tage durch, um so produktiv wie möglich zu sein. Du glaubst, wenn du irgend so eine Checkliste des Lebens abarbeitest, wirst du glücklicher. Aber so funktioniert das Leben nicht.«

»Was ist verkehrt daran, Ziele zu haben?«

»Nichts, aber manchmal rennt man einer Sache hinterher und läuft in Wirklichkeit vor sich selbst davon.« Sie hält kurz inne. »Mann, klingt das weise. Was ich sagen will: Rennen bringt nichts. Glücklich sein beginnt mit Anhalten. Schluss mit den Checklisten. Du musst einfach lernen, dich selbst zu akzeptieren.«

»Das tu ich doch. So sehr wie noch nie.«

»Immer wenn eine Freundin von mir kommt, verschwindest du erst mal im Bad und glättest deine Haare. Und du hast für Brian Macarons gebacken, damit er dich mag. Ich hab von den übrig gebliebenen Macarons probiert, und sagen wir mal so, da ess ich noch lieber Katzenfutter.«

Ich gucke sie wütend an, aber natürlich hat sie recht. »Ich wollte einfach mehr wagen. Ich wollte mehr, na ja, verwegene Abenteuer erleben.«

»Schon klar, aber vielleicht musst du dich für diese Manifestation ja nicht komplett verbiegen.«

»Manifest.«

»Von mir aus. Jedenfalls war Sanjay wahrscheinlich nicht die beste Wahl für deinen ersten Tanz.«

»Was mache ich jetzt mit Quentin?«

Sie sieht mich ungeduldig an. »Schreib ihm. Garantiert sitzt er auch da und wartet darauf, dass du dich meldest.«

»Ihm ist es bestimmt egal. So lange kennen wir uns ja noch nicht. Umso merkwürdiger, dass wir uns zerstritten haben.«

»Du bist ihm nicht egal. An dem Tag, als er herkam, weil er sich ausgesperrt hatte, hat er mir erzählt, du wärst das Beste, was ihm dieses Jahr passiert ist. Genau genommen letztes Jahr.«

»Echt?« Ich setze mich auf. »Das hat er mir noch nie gesagt.«

»Tja, ich hab so eine Wirkung auf die Menschen. Sie vertrauen sich mir an.« Ich verdrehe die Augen und sie steht auf. »Übrigens, während du geschlafen hast, hat Brian angerufen und ich bin drangegangen. Er wollte wissen, wie es dir geht. Wahrscheinlich hat er gehört, was gestern Nacht passiert ist.«

Ich rolle praktisch aus dem Bett. »Was? Und was hast du geantwortet?«

»Ich hab gesagt, dir geht es gut. Aber es kommt noch besser. Quentin hat auch angerufen, genau gleichzeitig. Ich hab ihn dazugeschaltet und wir hatten eine kleine Konferenz zu dritt und ...«

»WAS?!«

»Du bist zu leichtgläubig, Aish.« Sie kichert. »Ich mach mir Sorgen um dich. Aber Brian hat wirklich angerufen. Wir haben ein bisschen geplaudert und ich hab ihm erzählt, dass du bald Geburtstag hast, vielleicht schenkt er dir ja was. Ein Porträt von sich selbst, so stark vergrößert, dass man alle Poren sieht.«

Ich hätte nie gedacht, dass Brian mich anrufen würde. Das Manifest scheint ja wirklich zu funktionieren. Oder vielleicht waren die Macarons so köstlich, dass sie wie ein Liebeszauber gewirkt haben.

Na gut, wohl eher Ersteres.

»Kannst du jetzt mal aus meinem Zimmer gehen?«

»Okay, okay. Ich erinnere mich noch an die Zeit, als du mir auf deinem Fahrrädchen mit Stützrädern überallhin gefolgt bist. Und jetzt sagst du mir, ich soll aus deinem Zimmer gehen …« Da sieht sie den Bücherstapel auf dem Boden und verstummt. »Sag jetzt nicht, es ist das, was ich denke.«

»Die Bücher können dabei helfen, einen erstklassigen Essay zu schreiben.«

»Aisha, die Freizeit im letzten Schuljahr ist kostbar, sie kommt nie zurück. Hör auf eine alte Häsin wie mich.«

Sie zieht die Vorhänge an meinem Fenster zurück, dann knallt sie die Tür hinter sich zu. Ich sehe die Nachbarskinder auf der Straße spielen, sie stapfen durch den von Reifenspuren durchzogenen Schnee. *Du musst lernen, dich selbst zu akzeptieren*, hallt es in meinem Kopf wider. Ich nehme mein Handy.

Hey Q, alles gut zwischen uns?

Zu flapsig. Löschen.

Quentin, es tut mir echt leid wegen gestern Abend.

Löschen.

Ich schmeiße das Handy auf den Friedhof der Essaybücher. Quentins Worte tun immer noch ein bisschen weh. Wenn er echt glaubt, er wäre nur ein Teil meiner College-Bewerbung, von mir aus. Nur zu seiner Information, ich hab so viel ehrenamtliche Arbeit auf meiner Liste, da würde die Nachhilfe mit ihm gar nicht mehr draufpassen.

In der Woche darauf läuft es in der Schule nicht richtig rund. Quentin und ich haben kaum Kontakt. Nächsten Dienstag ist die Deadline für den Stanford-Essay. In meinen Entwürfen erzähle ich davon, dass ich Klamotten getragen habe, die ich sonst nicht anziehe, und mit jemandem zu einem Hindi-Song getanzt habe, und das ist schon ganz passabel, aber irgendwas fehlt noch. Und dann werde ich weiter erschüttert, als Marcy, Brian und ich am Freitag vor der freien Schreibstunde unseren Essay über den amerikanischen Traum zurückbekommen. Ms Kavnick sagt, wir sollen uns in unseren Gruppen zusammenfinden, und legt mir unseren Essay mit der ersten Seite nach unten auf den Tisch. Ich drehe ihn um.

Zwei minus.

Seit Jahren bekomme ich keine schlechtere Note als eine Eins minus. Nur einmal in der Zehnten habe ich in einem unangekündigten Sozialkundetest vergessen das Blatt umzudrehen und die Rückseite auszufüllen.

Marcy nimmt den Essay und flüstert: »Sinn und Zweck dieser Aufgabe war es, verschiedene Perspektiven des Konzepts vom amerikanischen Traum zu untersuchen und eine differenzierte Argumentation anzufertigen. Dieser Essay ist zwar gut geschrieben, beschränkt sich jedoch weitgehend darauf, das Konzept des amerikanischen Traums zu stützen. Die Schwachstellen werden nur unzureichend behandelt.«

Ich denke daran, wie wir den Essay in der Bibliothek gemeinsam geschrieben haben. Ich fand schon da, dass unser Essay einseitig war. Vor lauter Faszination für Brians Bleistiftwirbel habe ich nicht meine Meinung gesagt. Marcy hat versucht mit Brian zu diskutieren, aber schließlich hat sie aufgegeben und mir zugeflüstert: »Vergebliche Liebesmüh.«

Brian ist still und reibt über die eingekreiste 2–, als wollte er einen Fleck vom Papier wischen. Ms Kavnick sieht unsere bedröppelten Mienen. Während die anderen Gruppen über ihre Noten reden, bleibt sie bei unserem traurigen Grüppchen stehen.

»Soll ich euch noch genauer erläutern, wie es zu der Note gekommen ist?«, fragt sie leise.

»Nein, wir verstehen das schon«, sage ich. Ich verstehe, dass ich durch diese Zwei minus von einer guten Eins auf eine knappe Eins abrutsche. Wenn ich wirklich Jahrgangsbeste werden will, darf ich mir keine weiteren Patzer erlauben.

»Können wir irgendwas tun?«, fragt Brian. »Den Essay noch mal neu schreiben? Dazu wären wir bestimmt alle bereit.«

Wir nicken alle, doch Ms Kavnick lächelt bedauernd.

»Das sieht die Schulordnung leider nicht vor.« Sie seufzt, und ihre Eulenohrringe drehen sich hin und her. »Aber ich bin ganz auf eurer Seite. Ich finde diese Regelung auch nicht richtig. Es wäre besser, wenn man die Chance hätte, sich hochzuarbeiten.«

Im Weitergehen klopft sie auf meinen Tisch, und mir wird klar, dass sie nicht über einen Fehler im Notensystem gesprochen hat. Sie hat den amerikanischen Traum gemeint. Typisch Ms Kavnick – sie lässt sich keine Gelegenheit entgehen, uns etwas beizubringen.

Die restliche Stunde starre ich Löcher in die Luft. Nicht mal die Mittagspause mit Marcy kann ich genießen. Es ist nicht nur die Note – ich schäme mich dafür, dass ich mich in dem Essay mit den Schwachstellen des amerikanischen Traums nicht kritisch beschäftigt habe. Bestimmt hätten meine Eltern zu dem Thema jede Menge zu sagen.

Marcy packt eine Banane aus. »Wir haben dich beim Schlittschuhlaufen vermisst. Aber dass Brian dich angerufen hat, ist ja ein Ding. So langsam tut sich was.«

»Ja, kann sein.« Ich seufze. »Ich bin mir nicht mehr so sicher, wie sehr ich Brian wirklich mag. Und was es überhaupt heißt, jemanden zu mögen. Ja, ich mochte ihn in der Siebten, aber er hat sich ganz schön verändert, und …«

Und ich hab Quentin geküsst.

Ich bringe es nicht über mich, Marcy davon zu erzählen. Jedes Mal, wenn ich davon anfangen will, stelle ich mir vor, was sie sagen würde: *Ein Kuss bedeutet, dass er dich mag und du ihn. Ihr könnt es doch einfach miteinander versuchen. Wo ist das Problem?* Aber so einfach ist es nicht. Ich glaube nicht, dass Quentin was von mir will, und ich denke schon so lange an Brian, das muss doch etwas bedeuten. In meinem Kopf herrscht ein großes Durcheinander.

»Ich weiß, wie du das herausfinden kannst«, sagt Marcy. »Weißt du noch, als ich einen Crush auf die Sängerin hatte, die in der Live Music Night bei Wooly's aufgetreten ist?«

»Klar. Das Pferdeschwanz-Mädchen.« Sie war eins der ersten Mädchen, von denen Marcy mir erzählt hat. Fast hätte sie es damals ihrer Mutter gesagt, doch dann wollte sie mit ihrem Coming-out lieber warten, bis ihre Großeltern von den Ferien in Key West zurückkämen. Am Ende verließ sie der Mut. »Ich erzähl es ihnen, wenn ich mit einem Mädchen zusammenkomme«, sagte sie, aber sie war enttäuscht von sich.

»Und als ich sie dann getroffen und mir ein Autogramm von ihr geholt habe, stellte ich fest, dass sie gar nicht so besonders war und irgendwie nach alten Jelly Beans roch.« Sie wirft die Bananenschale in den Mülleimer. »Du musst Brian also so nah kommen, dass du ihn riechen kannst, dann merkst du, ob deine Gefühle echt sind. Vielleicht bist du ihm einfach noch nicht nah genug gekommen.«

Ich wickele mein Snickers aus. Quentin nah zu kommen, hat alles nur noch komplizierter gemacht. Vor dem Kuss konnte ich Quentin als Freund betrachten. Nicht mehr und nicht weniger. Danach war alles anders. Aber so langsam verliert diese nächtliche magische Verwandlung ihren Zauber und ich bin immer noch nicht dahintergekommen, weshalb er in der Silvesternacht aus seinem Jetta gestiegen ist. Waren Gefühle im Spiel oder war der Kuss doch nur für mein Manifest gedacht?

»Hast du so gemerkt, dass du etwas für Kevin empfindest? Indem du ihm nah gekommen bist?«, frage ich.

»Ja, irgendwie schon. Apropos, wann unternimmst du endlich mal was mit uns?«

»Wenn ich meinen Freund mitbringen kann, anstatt ein bemitleidenswertes fünftes Rad am Wagen zu sein.«

Sie seufzt. »Aber nächsten Monat werde ich komplett im Jahrbuch versinken. Gerade läuft ja die Abstimmung über die

Titel. Ich glaube, Jayden macht das Rennen als Supermodel und Brian ist ein heißer Anwärter auf den Titel Aus-jedem-Knöllchen-Rausquatscher. Was glaubst du, was du wirst?«

»Graue Maus.«

»Ach Quatsch, alle kennen dich. Denk doch mal an deinen Artikel zum Thema Social Media in der Neunten, der kam damals super an. Na ja, gib mir Bescheid, wenn es bei dir passt, okay? In letzter Zeit haben wir uns fast gar nicht getroffen, und ich glaub, wenn du Kevin besser kennen würdest, würdest du ihn echt ...«

Mein Handy vibriert.

»Quentin?« Marcy reckt den Hals über ihr Tablett.

»Nee, nur Spam.« Ich knabbere an meinem Snickers. »Quentin und ich haben uns diese Woche kaum geschrieben. Das wird richtig komisch, wenn er Sonntag kommt.«

»Moment, er kommt zu dir nach Hause?« Sie guckt mich ungläubig an. »Ich wusste gar nicht, dass Quentin für die Nachhilfe zu dir kommt.«

»Nur einmal bisher. Sonntag zum zweiten Mal, weil seine Mutter ihren Buchclub zu sich eingeladen hat, da wird es laut, sagt sie.«

Marcy klappt ihr Brot auf und nimmt die Tomatenscheiben herunter. »Mich hast du noch nie eingeladen. Du sagst immer, deine Mutter hat nicht gern Besuch.«

»Es ist ja ehrenamtliche Arbeit, deshalb macht sie eine Ausnahme«, lüge ich. »Tut mir leid, ich fände es natürlich auch schön, wenn du mal kommen könntest ...«

Was bin ich für eine schreckliche Freundin. Aber ich kann mir Marcy mit ihren schicken Ledermappen einfach nicht in unserer Wohnung vorstellen. Wenn sie bei uns essen würde, würde der Gott Ganesha ihr jeden Bissen in den Mund gucken.

»Wenn du dir Sorgen machst, frag Quentin doch einfach,

ob ihr euch bei Wooly's treffen könnt statt bei dir zu Hause. Falls es unangenehm wird, kannst du dir eine Ausrede einfallen lassen und gehen.«

»Super Idee, ich glaub, das …« Da erstarre ich. »Marce, der wievielte ist morgen?«

»Der achte.« Sie blickt von ihrem Brot auf. »Warum?«

Scheibenkleister. Am achten Januar ist unser Familiengebet.

Quentin und ich sehen uns früher wieder als gedacht – zusammen mit einem singenden Pandit und, schlimmer noch, meiner ganzen Familie.

Gesegnete Bücher

✓ Eine Puja bei mir zu Hause mit einem Freund überleben

Am nächsten Morgen überhöre ich meinen Wecker. Eigentlich wollte ich meine Haare glätten, bevor der Pandit kommt, aber dafür bleibt keine Zeit. Hastig schmeiße ich mich in Jeans und Hoodie und gehe ins Wohnzimmer. Mein Vater rührt ununterbrochen die Halva, damit sie nicht anbrennt, während meine Mutter und Seema alles, was wir für die Puja brauchen, auf dem Boden arrangieren – Statuen indischer Gottheiten, Gewürze, 25-Cent-Stücke, Weihrauch, frische Ringelblumen, Kokosnuss und Obst. Ich rieche den duftenden Zucker, Kardamom und Safran. Quentin hat sich nicht gemeldet. Ich frage mich, ob er noch daran denkt. Ich wünsche es mir und gleichzeitig wünsche ich es mir nicht.

»Da kommt Kumbhakarna.« Meine Mutter zeigt auf mich und streicht sich die Haare aus den Augen. Ihr Kopf ist locker mit einem roten Seidentuch bedeckt. Kumbhakarna ist eine Figur aus dem berühmten indischen Epos *Ramayana*. Seine Schwäche besteht darin, dass er sechs Monate lang schlafen muss. »Ich hab Seema gesagt, sie soll dich wecken, aber sie war so lieb, dich schlafen zu lassen.«

»Ich hab Aisha nur einmal kurz angesehen und beschlossen, dass sie wirklich dringend ihren Schönheitsschlaf braucht«, stichelt Seema.

Kein Gefallen von Seema ohne einen dummen Spruch dazu.

»Kommt dein Freund auch?«, fragt meine Mutter. »Wir haben für ihn auch ein bisschen Obst vorbereitet, das er verteilen kann.« Wow, sie hat Freund gesagt, nicht Nachhilfeschüler. Ein echter Aufstieg.

»Er hat es bestimmt vergessen. Ich hab ihn nicht noch mal dran erinnert, deshalb ...«

In dem Moment klingelt es und alle gucken mich an. Einfach so tun, als ob nichts wäre, sage ich mir. Quentin ist nicht der Junge, den ich geküsst habe. Er ist ein Betonklotz.

Ich mache die Tür nur einen Spalt auf, als wären meine Eltern nicht zu Hause und ich müsste ein Paket annehmen. Da steht er in seiner marineblauen Jacke und mit seiner Umhängetasche. Wir sehen uns an, das Herz schlägt mir bis zum Hals. Ich versuche an etwas anderes zu denken, irgendwas, aber in mir schreit es Kusskusskuss. So weit zu meinem Betonklotz-Plan.

»Hi.« Er sieht mich nicht an.

»Hi, komm rein.«

Langsam macht er den Reißverschluss seiner Jacke auf. Als ich Stück für Stück sehe, was er unter der Jacke trägt, wird meine Nervosität von einem Lachreiz überlagert. Das hier ist lustiger als eine Karaoke-Party mit meinen indischen Onkels und Tanten.

Quentin hat eine mit goldenen Perlen bestickte helle Kurta an, dazu einen Dhoti, eine weite Hose. Normalerweise trägt man zu Hause nur eine einfache Baumwoll-Kurta. In unserer Familie halten wir die Gebetszeremonie schon seit Jahren in Jeans und T-Shirt ab. So auffällige Kurtas wie die von Quentin bekomme ich nur noch auf indischen Festivals oder Hochzeiten zu Gesicht.

Ich kann mich nicht beherrschen und pruste los.

Quentin ist verwirrt, aber ich sage nichts weiter. Als er die

Sneaker ausgezogen hat und seine Ringelsocken zum Vorschein kommen, nehme ich ihn mit in die Küche. Er sieht mich mit Rehaugen an, und ich komme mir ein bisschen fies vor, ihn den Wölfen zum Fraß vorzuwerfen, aber mein Leben ist so langweilig, ich brauche das jetzt.

»Pa, Quentin ist da.«

»Hallo.« Ich stupse meinen Vater an, und da erst schaut er von seinem Topf hoch. Als er Quentins Aufzug sieht, hellt sich seine Miene auf. »Du trägst eine Kurta?«

Quentin guckt so, als würde er am liebsten im Boden versinken.

»Sieht sehr schön aus«, versichert mein Vater ihm.

Meine Mutter schafft es nicht, ihre kühle Haltung zu wahren. Sie verbirgt ihr Lächeln hinter einer Hand. »Steht dir sehr gut.«

Seema verliert keine Zeit. Schnell zückt sie ihr Handy, macht ein Foto und schenkt mir ein durchtriebenes Lächeln, nach dem Motto: Ich schick es dir später.

»Wo hast du die bloß aufgetrieben, Quentin?«, säuselt sie. »Hier gibt es ja nicht so viele Läden mit indischer Kleidung.«

»Ich hab sie von einem Freund geliehen.« Er verschränkt die Arme vor der Brust, um so viel wie möglich von der Kurta zu verdecken.

»Von welchem Freund?«, frage ich, und als er sich räuspert, fällt bei mir der Groschen. »Sanjay?«

Seine Ohren werden rot wie Chilipulver, bestimmt werden gerade seine schlimmsten Befürchtungen wahr. »Bin ich heute etwa der Einzige in traditioneller Kleidung?«

Meine Mutter arrangiert die Ringelblumen auf einer Stahlplatte. »Zur Puja tragen wir sie nicht mehr oft; ich trage nur einen Dupatta, um meinen Kopf zu bedecken. Aber es ist schön, dass du das angezogen hast. Du hältst dich besser an die Traditionen als wir.«

»Du brauchst Bücher, um den Ganesha zu stützen, oder?«, frage ich meine Mutter.

Sie nimmt eine Rolle rotes Garn aus einer Papiertüte. »Such drei dicke Bücher aus. Quentin kann dir tragen helfen.«

Kaum sind wir in meinem Zimmer, setzt er sich auf den Bettrand und lässt betrübt den Kopf hängen.

»Hey, entspann dich, Aladin. Der steht dir wirklich gut.«

Er schnieft und schaut sich um. »Dein Zimmer sieht aus, als wären ein paar Farbtöpfe explodiert.«

Da hat er recht. Überall an den Wänden hängen Aquarell-Farbproben, als würde ich Farbtonkarten aus dem Baumarkt testen.

Ich verschränke die Hände hinter dem Rücken und betrachte mein Bücherregal. »Hilf mir mal, die drei Glücksbücher auszusuchen.«

»Wofür?«

»Wir benutzen sie als Stützen für die Statuen der Gottheiten. In den letzten Jahren hat meine Mutter immer Bücher für den Studieneignungstest genommen. Bei der Puja werden die Bücher nämlich offenbar gesegnet und man hat in dem Bereich Erfolg.«

Quentin legt den Kopf schief, um die Titel auf den Buchrücken zu lesen. Der Duft seines Kiefern-Parfüms gibt mir ein vertrautes Gefühl, so wie zischende Kreuzkümmelsamen mich immer an zu Hause erinnern. Quentin in einem traditionellen indischen Gewand, da prallen Welten aufeinander. Er sieht … gut aus. Die goldenen Perlen betonen das warme Braun seiner Augen, und der cremefarbene Stoff harmoniert mit seiner Hautfarbe. Er dreht meine Handflächen nach oben, und von der Berührung kribbelt meine Haut.

»Okay, ich nehme *50 erfolgreiche Bewerbungsessays für Elitehochschulen* und *Wie schreibe ich den Essay für die College-Bewerbung*, weil ich weiß, dass du dir auf diesem Gebiet

Segen wünschst.« Er legt mir die Bücher in die Hände. »Und für mich suche ich auch noch eins aus …«

Sanft legt er das dritte Buch dazu. *Meisterschule Aquarell – Materialien, Motive, Stile.* Grinsend schaue ich auf, aber er schlurft schon aus dem Zimmer. Ich brauche keinen zweifachen Segen für meine Essays. Ich tausche *Wie schreibe ich den Essay für die College-Bewerbung* aus gegen *Stark in Mathematik – Eigenschaften von Funktionen.* Vielleicht hilft es Quentin bei seiner Zwischenprüfung.

Der Pandit kommt und die Puja beginnt. Er singt Mantras, während wir Samagri, eine Mischung würziger Kräuter, in ein kleines Feuer geben. Auf einmal komme ich mir albern vor, weil ich vor dem heutigen Tag Angst hatte. Quentin scheint an dem Ritual mehr Spaß zu haben als ich, er trägt seine Kurta mit wahrer Größe und wirft begeistert Samagri in die Flammen. Für mich war unsere jährliche Puja immer etwas, was ich verstecken wollte, und Weihnachten das Fest, das gefeiert werden musste. Aber wenn ich darüber nachdenke, ist es auch ziemlich komisch, an den Weihnachtsmann zu glauben. Menschen sind wohl einfach überall auf der Welt merkwürdig.

Ein paar Stunden später ist die Puja beendet und der Pandit geht wieder. Meine Mutter gibt mit einem Löffel Halva auf Teller, mein Vater verteilt sie. Es entgeht mir nicht, dass meine Mutter Quentin die größte Portion mit den meisten Rosinen gibt. Irgendwie hat er sich in ihr Herz geschlichen. Wir essen schweigend im Kreis auf dem Fußboden. Zum ersten Mal seit Langem herrscht Stille in meinen Gedanken, die wogende Brandung nur noch ein Plätschern.

»Vielen Dank für die Einladung«, sagt Quentin. Er hat seine Halva in Rekordgeschwindigkeit bis auf den letzten Krümel verputzt. »Und diese Hose mit dem Kordelzug ist wirklich die bequemste, die ich je anhatte.«

Mein Vater lächelt. »In Indien lieben wir fließende Baumwollstoffe. Diese hautengen Jeans und Kunststoffleggings sind eine sehr westliche Mode.«

»Ich muss so langsam mal meine Mutter anrufen, damit sie mich abholt. Sie ist bestimmt schon ganz gespannt, was ich von der Puja erzähle.« Quentin schaut kurz zu mir und ganz schnell wieder weg. »Ich arbeite gleich noch bei Divine Tea, aber morgen komme ich ja schon wieder zur Nachhilfe.«

»Deine Mutter holt dich ab?«, fragt meine Mutter und stellt ihren Teller hin. »Bist du nicht mit deinem Auto gekommen?«

»Nein, das brauchte einen Ölwechsel.«

»Aisha, kannst du ihn nicht zum Divine Tea fahren?«

Was? Meine Mutter schlägt mir von sich aus vor, Zeit mit einem gleichaltrigen, nicht indischen Jungen zu verbringen? Gelten die Regeln des Universums plötzlich nicht mehr? Quentin sieht mich an, bestimmt erwartet er, dass ich sage, ich müsse noch lernen. Das könnte ich natürlich vorschieben, aber ich will nicht. Nachdem ich ihn in einer Kurta bei mir zu Hause gesehen habe, begreife ich, dass unsere Freundschaft tiefer geht als ein kleiner Streit.

Und als ein kurzer Kuss.

»Klar. Ich fahr dich.«

Ich warte seine Reaktion nicht ab. Während er ins Bad geht und sich umzieht, hole ich meinen Rucksack. Gemeinsam gehen wir hinaus in den eisigen Winter, und ich klimpere zur Beruhigung mit den Autoschlüsseln. Autofahren macht mich extrem nervös, zumal mit jemandem, den ich noch nie zuvor gefahren habe.

»Geht das denn mit deinem Knöchel?«, fragt Quentin.

»Kein Problem. Der ist ganz schnell verheilt.«

»Dann bin ich heute zum ersten Mal der Beifahrer.« Quentin zeigt auf den Aufkleber hinten auf unserem babyblauen Chevy Spark. Er hat die Aufschrift *Anfängerin – bitte um*

Nachsicht, daneben ein dicker gelber Smiley. »Was ist das denn?«

Ich stöhne. »Den hat mein Vater aufgeklebt. Ich hab ihm gesagt, dass ich Angst vorm Fahren habe, und er sagte: ›Warum in weitere Fahrstunden investieren, wenn wir einfach diesen Aufkleber kaufen können?‹«

»Mein Opa hat sich für sein Haus in Houghton Lake ein Schild *Vorsicht, Hund* gekauft. Ist viel billiger als ein Wachhund, sagt er.«

Elterliche Knauserei geht anscheinend über alle kulturellen Grenzen.

»In der achten Klasse haben wir mal einen Ausflug nach Houghton Lake gemacht!«, fällt mir ein.

»Ja, es liegt nur ungefähr zwei Stunden Richtung Norden. Eigentlich immer nur geradeaus auf der Interstate 75.«

Mir fällt auf, dass Quentins Locken gezähmt sind. Okay, gezähmt ist vielleicht zu viel gesagt. Sie sind nur nicht ganz so wild wie sonst. Aber selbst wenn er sie nur ein kleines bisschen nach hinten kämmt, ist er schon nicht mehr der Quentin, den ich kenne. Für die Arbeit muss er sie so tragen.

Während wir schweigend fahren, überlege ich, wie ich die Sprache auf Silvester bringen könnte. Vielleicht haben wir das, was zwischen uns vorgefallen ist, unter den Gesprächen heute begraben und jetzt ist es zu spät, es wieder hervorzukramen. Als wir an der Einkaufsmeile ankommen, dankt Quentin mir fürs Mitnehmen. Ich sehe ihm nach, bis er im Eingang von Divine Tea verschwindet.

So geht das nicht. Ich parke den Wagen.

»Kann ich einen grünen Jasmintee zum Mitnehmen haben?«

Die Barista schaut Kaugummi kauend auf den Küchenmonitor und beachtet mich nicht. Quentin stellt im hinteren Teil des Cafés Teetassen auf ein Tablett, aber als er meine Stimme hört, dreht er sich um. Er trägt eine braune Leinenschürze über dem Hemd.

Sofort kommt er zum Tresen. »Ich mach das schon, Keesha.«

Sobald Keesha sich zu den Backwaren verzieht, lege ich los.

»HeyichwolltedirsagenestutmirechtleidwegenSilvester.«

Er macht den Mund auf.

»Ich hätte bei Sanjay vorsichtig sein sollen. Und was ich alles gesagt habe, dass du es nicht versuchst und so, das war verkehrt. Ich weiß, dass du es versuchst.«

»Aisha, mir tut es auch wirklich leid. Ich hab vorhin nichts gesagt, weil ich dachte, du möchtest vielleicht nicht darüber reden.« Er dreht den Griff einer der Teetassen so herum, dass alle ordentlich nebeneinanderstehen. »Ich hab nicht das Recht, dir zu sagen, was du tun sollst. Mein Job war es ja nur, dich zu unterstützen. Ich hab total überreagiert.«

»Ach was, das ist …«

»Aber ich hab es gut gemeint. Es hat mich rasend gemacht, dass du dir so übertrieben viel Mühe gibst, weil … weil ich möchte, dass du erkennst, wie toll du bist.«

Ich tue so, als würde ich meine Haare über die Schulter werfen. »Ich weiß doch schon, wie toll ich bin.«

Bestimmt durchschaut er mich, aber er bedrängt mich nicht weiter. »Na ja, also mir tut's jedenfalls auch leid. Das und dass ich dich geküsst habe. Ich dachte nur, hm … ich hatte das Gefühl …«

»Du hast mir geholfen. Für das Manifest.« Es fühlt sich an, als ob mir jemand Kerzen an die Wangen hält. »Stimmt's?«

Er senkt den Blick. »Genau.«

Wie schrecklich, dass er das sagt. Ein Glück, dass er das sagt. Ich weiß nicht, was ich will. Was soll's.

»Dann möchtest du jetzt einen Tee oder was?«

»Natürlich. Ich bin eine Kundin, Sir.«

»In dem Fall, Ma'am, haben Sie unsere Treuekarte? Sie tragen hier Ihren Namen, Mailadresse und Geburtstag ein. Für fünfhundert Punkte gibt es ein Getränk gratis.« Er dreht den Monitor zu mir herum und ich trage mich ein. »Vielen Dank. Sie müssten gleich eine Bestätigungsmail erhalten. Und was darf es jetzt sein?«

Ich lache. Er macht das richtig professionell. »Einen kleinen grünen Jasmintee zum Hiertrinken bitte.«

Als er meine Bestellung eingibt, murrt Keesha etwas davon, dass er jede Kundin angräbt. Quentin presst die Lippen zusammen nach dem Motto: Danke, dass du mir Ärger einhandelst. Ich zeige auf mich: Wer, ich?

»Ich kann meinen Eltern sagen, dass ich hier lerne, bis ihr schließt. Ich hab ja meinen Rucksack dabei.«

Er grinst. »Hätte mich auch gewundert, wenn nicht.«

Ich strecke ihm die Zunge raus, und mit der Gewissheit, dass wir noch Freunde sind, kann ich mich wieder auf Brian konzentrieren. Mein Selbstvertrauen ist eindeutig gewachsen, sonst hätte ich mich nicht getraut, Quentin zu küssen und dann noch mit ihm darüber zu reden. Derart gewappnet, kann ich bei Brian aufs Ganze gehen.

Ich hole meinen Rucksack aus dem Auto und setze mich in die Bücherecke des Cafés. Ich versuche eine Chemie-Übungsklausur zu machen, aber die Worte fliegen vom Blatt zu Quentin. Es ist faszinierend, ihn so in seinem Element zu sehen, ganz anders als beim Mathelernen. Er plaudert mit allen Kunden, während Keesha, wenn sie nicht gerade Nachrichten auf dem Handy schreibt, Tee kocht. Wie konnte ich mir auch nur einen Moment einbilden, Quentins Kuss würde bedeuten, dass er womöglich mehr für mich empfindet? Ein Fisch könnte sich niemals in einen Vogel verlieben. Der Kuss war einfach Bestandteil unseres Deals, so wie man in früheren Zeit einen Scheffel Weizen gegen ein Paar Schuhe getauscht hat.

Einige Stunden später bin ich mit der Übungsklausur durch und Quentin weist die letzten Gäste freundlich darauf hin, dass das Café bald schließt. Ich stehe auf und stelle meine Tasse in den Kasten neben dem Tresen. »Tut mir leid, dass du jetzt noch eine Tasse mehr zu spülen hast.«

Quentin wirft eine Schürze nach mir. »Wenn es dir wirklich leidtut, kannst du mir abtrocknen helfen.«

»Wie behandelst du denn deine geschätzte Lehrerin?« Ich ziehe mir die Schürze über und versuche sie hinter dem Rücken zuzubinden.

Keesha hört auf, in ihr Handy zu tippen. »Ist das irgend so ein schräges Lehrerin-Schüler-Rollenspiel, was ihr da veranstaltet?«

Quentin bricht in schallendes Gelächter aus, und ich haue ihm mit einem Geschirrtuch auf die Schulter. »Ganz sicher nicht. Quentin ist bloß mein Schüler.«

O nein. Ich rede schon wie meine Mutter.

»Wie nett. Da komme ich mir ja ganz besonders vor. Wie eine Plastiktüte.«

»Hm, mein besonderer Schüler?«, schlage ich vor. Ich kämpfe immer noch mit den Schürzenbändern.

Quentin langt hinter mich und zieht an den Bändern. Ich halte es nur wenige Sekunden aus, dann springe ich weg wie ein verschrecktes Eichhörnchen.

»Hey, ich war noch nicht fertig.«

»Ich kann die Schürze vor dem Bauch binden.«

»Naaa gut.«

Keesha beobachtet uns interessiert. »Quentin, du kannst allein abschließen, oder?«

»Klar. Schönen Abend noch«, sagt er, ohne den Blick von mir zu wenden.

Keesha steckt ihr Handy ein und eilt hinaus. Ich nehme mir ein frisches Geschirrtuch vom Waschbecken.

»Also, ganz ehrlich«, sagt Quentin. »Ich war echt geschockt, als du hier reinkamst. Das war mutig.«

»Mir war eingefallen, dass du bald deine Zwischenprüfung
hast, und ich wollte nicht, dass beim Lernen irgendwas zwischen uns steht.«

»Nur deshalb?«

»Ich will, dass du bestehst. Entgegen der allgemeinen Auf-
fassung bist du nicht nur ein Punkt auf meiner Liste für die
College-Bewerbung.« Ich sage es leichthin, als wäre es nur ein
freundlicher Scherz, doch er dreht sich ernst zu mir um.

»Aisha, es tut mir leid, dass ich das gesagt habe. Ich weiß,
dass es nicht stimmt. Ich meine, die handgemalten goldenen
Sterne auf all meinen Arbeitsblättern. Ich hab mich total blöd
benommen.«

Ich trockne eine Porzellantasse ab. Sie ist so groß wie eine
Schale. Wie viel Tee trinken die Leute hier? »Schon gut. Außerdem sind die College-Bewerbungen fast vorbei. Als Nächstes darfst du mir dabei zur Seite stehen, wenn ich mich um
ein Praktikum fürs College bewerbe.«

»Meine Damen und Herren, sie ist wieder da!«

Quentin stapelt die Stühle und dimmt das Licht. Ich war
noch nie in einem Café, wo gar nichts los war. So stelle ich es
mir backstage bei einem Konzert vor.

Er reicht mir meinen Mantel. »Ich bring dich noch zum
Wagen.«

»Soll ich dich nicht mitnehmen?«

»Meine Mutter holt mich auf dem Weg vom koreanischen
Supermarkt ab.«

»Ich kann allein zu meinem Wagen gehen. Ist ja noch gar
nicht spät.«

»Ich denke eher an die anderen Leute auf der Straße. Vor
allem an die Autofahrer. Wer weiß, in welches Auto du als
Nächstes steigst.«

Während ich ihm zum Parkplatz folge, fällt mir auf, wie beschwingt seine Schritte sind. »Du hast ja richtig gute Laune. Das Teekochen macht dir Spaß, oder?«

»Das ist so ziemlich das Einzige, was ich nie vermassele. Und es gefällt mir, dass der Tee ein Weilchen ziehen muss. Aber ehrlich gesagt ...« Er verlangsamt seinen Schritt, bis wir nebeneinandergehen. »Hab ich mich gefreut, dich zu sehen. Ich hab viel darüber nachgedacht, was Silvester passiert ist. Ich war so verzweifelt, dass ich fast meine Mutter um Rat gefragt hätte.«

»Ist das so ungewöhnlich?«

»Meine Mutter und ich reden nicht viel über Gefühle. Früher schon, nach dem Tod meines Vaters, aber jetzt nicht mehr. Ich hab gelernt, alles mit mir selbst auszumachen, auch wenn das nicht immer so gut klappt. Außerdem würde sie mich umbringen, wenn sie wüsste, was ich zu dir gesagt habe.«

Ich klimpere mit den Wimpern.

»Du weißt, dass sie dich gernhat.«

»Hey, meine Mutter hat dich auch gern, du hast dir ihre Zuneigung mit einer Hortensie erkauft. Während ich mir die Zuneigung deiner Mutter ehrlich verdient habe, das wollen wir doch mal festhalten.«

»Zum hundertsten Mal, es war eine Hyazinthe.« Er dreht sich zu mir. »Hey, warte mal. Bist du eigentlich Schlittschuh laufen gegangen?«

Ich zeige überdeutlich auf meinen Knöchel. »Mein Partysouvenir hat immer noch genervt. Also nein. Die meisten Leute haben nach einer Party ja Kopfschmerzen, ich dagegen ...«

»Du hast eben den Dreh raus.«

»O Mann, danke. Aber es hatte auch sein Gutes.« Ich trete gegen den gefrorenen Boden. »Nach dem ganzen Chaos war ich nicht in der Stimmung. Außerdem hätten Marcy und Kevin wahrscheinlich die ganze Zeit auf der Eisfläche rumgeturtelt und ich hätte mit Brian allein reden müssen.«

»Wäre das nicht gerade gut gewesen?«

»Nicht, wenn man so unsicher ist wie ich. Es wär besser, wenn ein paar Puffer dazwischen wären. Mit mehr Leuten dabei müsste ich nicht so viel reden.«

Vor unserem Wagen bleibt Quentin stehen. Man könnte meinen, ich hätte vorgeschlagen, er solle seine Organe an ein Wolfsrudel verfüttern. »Denk nicht mal dran.«

»Hast du keine Lust auf ein bisschen Gesellschaft?«

»Ehrlich gesagt, mache ich da noch lieber Mathe.«

»Und wenn ich …«

»Siehst du die Sonne? Über dem Hügel?«

»Netter Themenwechsel.« Ich stelle mich auf die Zehenspitzen, um über den Hügel schauen zu können. Das Sonnenlicht überzieht die Baumwipfel mit Gold.

»Aisha, ist das nicht der allerschönste Sonnenuntergang, den du je gesehen hast?«

»Der allerschönste? Ich weiß nicht.« Plötzlich muss ich an die Titel im Jahrbuch denken. »Hey, habt ihr in eurem Jahrbuch auch eine Rubrik mit Titeln?«

»Nee. Klingt nach irgend so einem präpotenten Arledge-Prep-Ding.«

»Ich glaube, die meisten Schulen machen so was. Deine bestimmt auch.« Ich schaue ihn von der Seite an. »Was glaubst du, was mein Titel sein könnte?«

»Delinquentin? Mit diversen Missetaten auf dem Kerbholz, vor allem Autos kapern? Identitätsklau zulasten einer alten Dame namens Sophie?«

»Ich verbitte es mir, je wieder davon zu hören.« Ich hebe die Arme und schaue zum Himmel. »Wenn ihr jetzt geruhen würdet mir meinen Tee zu bringen.«

Quentin schnaubt. »Na gut. Also, ganz ehrlich …« Meine

Augen haben sich an die Dämmerung gewöhnt und ich kann alle Konturen seines Gesichts erkenne. »Revolutionärin.«

»Was? So still und schüchtern, wie ich bin?«

»Es sind immer die Stillen, die eine Revolution anzetteln.«

»Im Ernst jetzt.«

»Das ist mein Ernst. Du bist die Erste, die mich zu der Erkenntnis gebracht hat, dass Mathe gar nicht so schlimm ist. Das allein fühlt sich fast an wie eine Revolution. Und wenn du etwas wirklich willst, gibst du alles dafür. Das bewundere ich an dir.«

Unsere Blicke treffen sich kurz, bevor ich wegschaue. Er stößt mich an. »Was ist?«

»Nichts. Ich hab mich nur … noch nie so gesehen.« Am liebsten würde ich mich auf eine Druckerpresse legen und seine Worte auf meiner Haut verewigen lassen.

»Und was wäre mein Titel?«

Ich lehne mich an die Wagentür. »Kostümsieger bei jeder Puja.«

»Nach den tiefsinnigen Sätzen, die ich über dich gesagt habe?«

Auf der Heimfahrt spiele ich den Tag in meinem Kopf noch mal ab. Nichts von dem, was heute passiert ist, stand auf meinem Klebezettel-Manifest, aber es war schön, nach der Zeremonie mit meiner Familie Halva zu essen und Quentin beim Teekochen zuzuschauen. Vielleicht waren die Aufgaben, die ich an jenem kalten Nachmittag an Quentins Wand geklebt habe, gar nicht wirklich meine. Vielleicht dachte ich nur, ich müsste all das machen, um Spaß zu haben.

Auf einmal weiß ich, was in meinem Stanford-Essay noch fehlt.

Stanfordessay. docx (3)

Stanfordessay.docx
Letzte Änderung Montag 10. 01. 17:49

Schildern Sie eine Situation, in der Sie Ihre Komfortzone verlassen haben (600 Wörter)

Als ich die Aufgabenstellung für diesen Essay zum ersten Mal gelesen habe, war ich zutiefst beschämt. Um eine überzeugende Antwort zu schreiben, so dachte ich, müsste man mindestens mit Haien geschwommen sein. Ich hatte mich noch nie in derart gewagte Situationen begeben, und um das zu ändern, erstellte ich eine Liste von Aufgaben, die für mich schwierig zu bewältigen sind. Meine beste Freundin nannte die Liste mein Manifest, und ich glaubte, damit die Entwicklung meiner Persönlichkeit fördern zu können. So versuchte ich ironischerweise, eine Entwicklung strukturiert zu planen, die sich doch eigentlich wild und spontan vollziehen sollte. Während ich die klassischen Punkte auf meiner Liste abhakte und beispielsweise zum ersten Mal mit einem Jungen tanzte, waren es eher scheinbar belanglose Erfahrungen, die echte Veränderungen bewirkten. Ich lud einen Freund zu einer indischen Gebetszeremonie ein, ich ging zum ersten Mal Schlittschuh laufen und ich entschuldigte mich bei jemandem für einen Fehler. Das alles war ganz schön schwer. Ich habe daraus gelernt, dass eine herausfordernde neue Erfahrung für jeden etwas anderes sein kann. Es muss nicht unbedingt eine extreme Unternehmung sein wie den Half Dome ohne Seil zu erklimmen. Für jemanden, der Angst vor engen Räumen hat, kann schon eine Fahrt mit dem Aufzug eine Mutprobe sein. Niemand kann die Grenzen der Komfortzone einer anderen Person bestimmen. Die vermeintlich kleinen Herausforderungen, denen ich mich gestellt habe, waren enorm wirkungsvoll. Sie haben mir gezeigt, dass ich mehr kann, als ich dachte, und dass ich mich mit meinen engen Vorstellungen selbst begrenzt habe ...

Grandpa Shelly

✓ Für einen Freund einem alten Mann die Stirn bieten

Nachdem ich die Stanford-Bewerbung abgeschickt habe, tanze ich durchs Zimmer. Ich wirbele so schnell herum, dass mir die Brille von der Nase fliegt. Zwar hab ich keine vorzeitige Bewerbung zustande gebracht, aber ich habe etwas abgeschickt, worauf ich stolz bin. Und jetzt bin ich mit den Bewerbungen durch – ich habe meine Unterlagen schon an ein Dutzend anderer Colleges gesendet, darunter ein paar der besten. Ich sammele meine Brille wieder ein und schreibe Brian.

Ich hab's geschafft! Ich hab die Stanford-Bewerbung abgeschickt.

Seine Antwort kommt prompt.

Gratuliere!!! Ich bin stolz auf dich.

Vielleicht ist es der Überschwang der Essay-Abgabe, der mich antreibt, vielleicht auch mein neu entdecktes Selbstbewusstsein. Jedenfalls schreibe ich zurück, ob er Lust hat, in die Spielhalle zu gehen. »Mit ein paar Leuten«, füge ich hinzu, weil mir für ein Eins-zu-eins-Date vielleicht doch noch ein Fitzelchen Mut fehlt. Am kommenden Freitag werden an allen Highschools in der Gegend die Abschlussjahrgänge schwänzen, der Tag eignet sich also perfekt. Außerdem steht *Schule schwänzen und in die Spielhalle gehen* auf meiner Liste, und Brian hat ja angeboten, mir zu helfen.

Ich stecke mein Handy ein und fahre zu Quentin nach Hause. Er ist noch nicht von seiner Schicht im Divine Tea zurück, aber Ms Santos lädt mich spontan zu einem kleinen Imbiss ein. Owen ist auch da.

»Quentin hat eine Sammlung von Duftkerzen unter dem Bett«, erzählt sie, während sie uns einen Teller Linsencracker hinstellt. »Ich sag ihm immer, dass er das Geld, das er im Café verdient, buchstäblich verbrennt.«

Ich lache. »Sie würden sich bestimmt gut mit meiner Mutter verstehen.«

»So sind wir Einwanderer eben. Sparsam. Aber für manches schmeißen wir das Geld zum Fenster raus.« Sie zeigt auf ihre Haare. »Ich zahle eine Menge für den richtigen Braunton.«

»Und meine Mutter kauft immer alle möglichen Toppings für Frozen Yogurt, obwohl die vor dem Bezahlen abgewogen werden.«

»Frozen Yogurt?« Owen seufzt. »Ich darf keinen Zucker essen.«

»Vielleicht können wir mal alle zusammen Frozen Yogurt essen gehen«, sagt Ms Santos. »Ich würde so gern deine Eltern kennenlernen, Aisha. Bestimmt ist deine Familie so wunderbar wie du. Lauter liebevolle Menschen auf einem Haufen.«

»Absolut nicht. Meine Schwester ist das Gegenteil von liebevoll. Sie kritisiert alles und jeden.«

»Na ja. In einer Familie hat man sich gern, ist aber auch besonders kritisch. Quentin kennt das von seinem Opa. Wir nennen ihn Grandpa Shelly, wegen seiner harten Schale.«

»Grandpa Shelly ist böse«, flüstert Owen mir zu.

»Nicht böse, nur ... schroff.« Ein Schatten fällt auf Ms Santos' Gesicht. Sie schiebt ihre leere Schüssel von sich, als wollte sie eine Erinnerung loswerden. »Als Grandpa Shelly erfuhr, dass Quentin in Mathe durchfällt, hat er ihn angerufen, und es war kein gutes Gespräch. Er hat ihn einen Faulpelz genannt.«

Ich runzle die Stirn.

»Es kommt noch schlimmer. Am nächsten Tag hat Shelly Quentin gebeten, eine Freundin von einer Jazzprobe in der Stadt abzuholen.«

Meine Hand mit dem Cracker erstarrt auf halbem Weg zum Mund. Das war der Abend, als ich Quentin kennengelernt habe.

»Und dann?«, frage ich, obwohl ich es schon weiß.

»Quentin hat zugesagt, aber dann hat er vor dem falschen Eingang gewartet und sie verpasst. Du kannst dir vorstellen, wie Shelly sich aufgeregt hat. Er hat mich angerufen und gesagt, damit wäre endgültig klar, dass Quentin die Weihnachtsferien bei ihm in Houghton Lake verbringen sollte.« Sie massiert sich die Schläfen. »Ich hab es sogar in Betracht gezogen. Quentin hat sich nach dem Tod seines Vaters nicht richtig wieder gefangen, obwohl ich wirklich alles versucht habe.«

»Aber er ist auf einem guten Weg. Er macht Riesenfortschritte in Mathe.«

»Ich habe Angst, dass Mathe nur ein Symptom für ein größeres Problem ist. Früher war Quentin immer der Beste in Mathe. Er ist erst abgesackt, als ...« Sie seufzt. »Er steht ständig unter dem Druck, niemanden zu enttäuschen. Keinen Stress zu machen. Er behält alles für sich.«

Quentin ist manchmal schwer zu durchschauen, das stimmt, aber mir kam er immer absolut gefestigt vor. Während ich ständig Panik schiebe und fast in den Pool falle.

»Aber seine Gesamtnote hat sich so verbessert, ich kann

dir gar nicht genug danken. Es ist schön, dass sich jemand so für ihn einsetzt.« Sie nickt Owen zu. »Ihm tut es auch gut.«

Owen schaut ruckartig hoch. »Ja, es ist viel cooler, wenn mal Mädchen im Haus sind. Ich mache jetzt auch mehr mit Mädchen, seit ich mit Yasmin zusammen bin.«

Ms Santos und ich tauschen einen Blick.

»Danke, Owen«, sage ich. »Und Glückwunsch, du bist in Sachen Liebe weiter, als ich je war. Ich hab gerade erst angefangen, mit meinem Crush zu reden.«

Ms Santos haut mir auf den Arm. »Man sagt, die Blume, die spät erblüht, hat den schönsten Duft. Außerdem bist du eine tolle Gesprächspartnerin. Sogar Shelly würde dich mögen.«

»Das bezweifle ich. Er scheint ja niemanden zu mögen.« Ein bisschen wie Lily.

»Shelly ist … er ist ein bisschen bärbeißig, aber er hat ein gutes Herz. Heute Abend fährt er den ganzen Weg von Houghton Lake zu einem Dinner mit uns bei Zola's. Ich hab ihn eingeladen. Quentin hat überlegt, dich dazuzubitten.«

Ich setze mich so ruckartig auf, als hätte mich etwas gestochen. »Das hat er überhaupt nicht erwähnt.«

»Er hätte gern jemanden dabei, der die Aufmerksamkeit von ihm ablenkt. Ein Essen mit seinem Opa ist für ihn immer schwierig. Wenn du mitkommst, hast du einen großen Gefallen bei ihm gut.«

Ah, ich wüsste schon, um welchen Gefallen ich Quentin bitte. Das wird ihm gar nicht gefallen.

»Sie haben also Shelly zum Dinner eingeladen«, fasse ich halb überrascht, halb bewundernd zusammen.

»Er ist der Vater meines verstorbenen Mannes. In den Philippinen haben wir ein Sprichwort. *Kung pukulin ka ng bato, tinapay ang iganti mo.* Das heißt … wenn jemand mit Steinen nach dir wirft, wirf Brot zurück.«

Ich will noch mehr nach Grandpa Shelly fragen und wie

man ihn gnädig stimmen kann, als wir ein Geräusch an der Tür hören.

Quentin kommt mit klimpernden Schlüsseln herein. »Aisha, ich hab deinen Wagen in der Einfahrt gesehen. Was machst du denn schon hier? Ich dachte, du sitzt an deinem Essay.«

»Ich wollte es dir persönlich erzählen. Ich hab ihn abgeschickt. Endlich fertig.«

»Heilige Sch...« Sein Blick fällt auf Owen. »Heiliger Bimbam. Herzlichen Glückwunsch! Das muss gefeiert werden.«

»Was glaubst du, was wir hier machen, *iho*?«, fragt Ms Santos. »Ich hab Aisha zu einem Imbiss eingeladen und ihr ein paar Geschichten über dich versprochen.«

Er schaut von mir zu Owen zu seiner Mutter. »Owen, was hat meine Mutter ihr erzählt?«

»Nicht viel. Nur dass du süchtig nach Duftkerzen bist.«

Stöhnend kommt Quentin zum Tisch und legt mir die Hände auf die Schultern. »Bevor meine Mutter noch mehr Schaden anrichtet, gehen wir mal lieber nach oben. Ich muss mir noch ein paar Glitzersterne verdienen.«

»Ich wollte eigentlich noch ein bisschen mit deiner ...« Er zieht einen Flunsch. »Na gut.«

Quentin stellt meinen leeren Teller in die Spüle, dann scheucht er mich die Treppe hoch in sein Zimmer. »Nanay, lass das Geschirr einfach stehen«, ruft er. »Ich mach das nachher.«

Ich starre ihn an. Meine Eltern können mich kaum je dazu bewegen, Pflichten im Haushalt zu übernehmen. Ich rede mich immer damit raus, dass ich lernen muss.

Quentin lässt sich auf seinen Stuhl sinken. Ich setze mich ans Fußende des Betts. Dann lege ich mir ein Kissen auf den Schoß und stütze die Ellbogen darauf. »Und, ich hab gehört, du willst mich um einen Gefallen bitten?«

»Hä?«

»Reimt sich auf Rallye und Spinner.«

»Hm …«

Ich beuge mich vor nach dem Motto: Na?

»Shelly und Dinner?« Quentin stöhnt. »Das hat sie dir erzählt? Ich hatte nur kurz überlegt, ob ich dich fragen soll, und hab mich dann dagegen entschieden. Genau deshalb erzähle ich meiner Mutter nichts. Sie kann einfach nichts für sich behalten.«

»Sieht so aus, als könnte hier eine Hand die andere waschen. Ich komme heute Abend mit dir und deinem Opa ins Restaurant, und du kommst Freitag mit mir und meinen Freunden in die Spielhalle. Passt doch perfekt.«

»Das ist so typisch für dich, ein Tauschgeschäft daraus zu machen. *Mit deinen Freunden* heißt doch bestimmt, dass Brian mitkommt. Warum willst du da so viele andere dabeihaben? Es soll doch was Besonderes werden, oder?«

»Brian und ich haben uns in letzter Zeit öfter geschrieben, aber Schreiben ist ja auch einfacher. Wenn er vor mir steht, bin ich irgendwie immer total angespannt. Ich brauche Unterstützung. Ich hab schon Marcy gefragt, sie ist dabei. Kevin kann nicht, seine kleine Schwester hat ein Volleyballspiel. Aber zu viert fände ich es auch genau richtig.«

»Okay, ich komme mit. Aber dafür musst du nach dem Dinner noch mit Owen und mir Eis essen gehen.«

»Das mach ich doch sowieso, du Quatschkopf. Wieso überhaupt Eis essen?«

»Weil ein Abend mit Grandpa Shelly mich stresst und ich danach garantiert ein Eis brauche.«

»Ich dachte, gegen den Stress benutzt du Duftkerzen.«

»Sagt das Mädchen, das gegen den Stress To-do-Listen schreibt. Meine Methode bringt jedenfalls was.«

»Hey, apropos To-do-Listen: Wo ich den Essay jetzt abgegeben habe, ist mein Manifest ja womöglich bald geschafft.«

Doch ich weiß schon im selben Moment, dass es nicht stimmt. Die Klebezettel hören nie auf.

Am Abend fahren wir mit Ms Santos zum Restaurant.

»Kinder, wir sind da!«, trompetet sie und parkt den Wagen. »Wer hat Lust auf Pasta?«

»Falls ich einen Bissen essen kann, ohne runtergemacht zu werden«, murmelt Quentin und steigt nach mir aus dem Wagen.

Owen nickt Quentin todernst zu. »Es war schön, dich gekannt zu haben.«

Wir gehen hinein und Grandpa Shelly winkt uns. Ich hatte ihn mir als griesgrämigen alten Mann mit Zwirbelbart und gebügeltem Einstecktuch vorgestellt, dazu ein Gehstock, mit dem er die Leute pikst. Aber er hat eine goldene Nickelbrille auf der Nase, trägt eine Schiebermütze und einen schlichten Pulli.

»Ciao, Arianne.« Er küsst Ms Santos auf die Wangen. Quentin nickt er zu und Owen wuschelt er durchs Haar. Dann fällt sein Blick auf mich. Er hat Quentins Augen, allerdings ist sein Blick eher stechend als warm.

»Guten Abend, ich bin Aisha. Eine Freundin von Quentin.«

»Sie hilft ihm mit Mathe«, erklärt Ms Santos.

»Du kannst mich Shelly nennen. Es ist mir eine Ehre, endlich das Mathegenie kennenzulernen. Ich hab für uns einen Tisch weiter hinten ergattert. Und ich hab auch eine Freundin mitgebracht.«

»Wusste gar nicht, dass du noch Freunde hast«, murmelt Quentin.

Während wir uns um die Tische und riesigen Pflanzen schlängeln, entdecke ich ein bekanntes Gesicht über einer Speisekarte. Ihre langen silbernen Haare sind unverkennbar.

Sophie. Kevins Oma. Die eigentlich zu Quentin ins Auto steigen sollte.

»Hallo zusammen.« Sie legt die Speisekarte auf den Tisch und steht auf. Selbst bei Tageslicht ist sie die vornehmste alte Dame, die ich je gesehen habe. Lila Samtpumps, goldener Armreif und ein dazu passendes, fein gearbeitetes Medaillon.

Ich schaue Quentin von der Seite an. Er zuckt die Achseln nach dem Motto: Sie ist steinalt, bestimmt erkennt sie dich nicht wieder. Ich warte, bis sich alle einen Platz ausgesucht haben, damit ich möglichst weit entfernt von Sophie sitzen kann. Der letzte freie Platz ist neben Shelly. Noch nie habe ich die Redewendung »die Wahl zwischen Pest und Cholera haben« so gut verstanden.

Als wir uns setzen, ruht Sophies Blick auf mir. »Wer ist das, Jack? Mach uns bitte mal miteinander bekannt.«

»Natürlich.« Grandpa Shelly legt eine Hand auf die Lehne meines Stuhls. »Das ist Sophie, und das ist Aisha, eine Freundin von Quentin. Wie ich höre, ist sie der Yoda der Stadt.«

»Ich bin Quentins Nachhilfelehrerin«, erkläre ich. »Und Quentin hilft mir auch.«

»Quentin hilft dir«, wiederholt Shelly. »Aber du bist doch auf der Arledge Preparatory, oder? Ich bezweifle, dass Quentin dir da helfen kann.«

»Er hilft mir mit einer Art Bucketlist. Ich verbringe viel Zeit damit, für die Schule zu lernen, und so habe ich ganz vieles noch nicht erlebt. Er hilft mir beim Nachholen.«

»Wie ... interessant.«

Das erinnert mich an damals, als ich noch bei Brian ein und aus ging. Brians Mutter hatte die Gabe, andere mit einem einzigen Wort kleinzumachen. Als ich einmal Flicken auf meine Jeansjacke genäht hatte, fand sie das nicht toll oder kreativ. Sie fand es *interessant*.

Quentin schaut so lange in die Speisekarte, dass er sie schon mindestens viermal durchgelesen haben muss.

Sophie mustert mich immer noch. »Haben wir uns schon mal irgendwo gesehen? Du kommst mir bekannt vor. Vielleicht warst du mal in einem meiner Konzerte? Ich trete mit der Klarinette auf.«

»Nein, Ma'am. Wahrscheinlich gibt es einfach viele, die so aussehen wie ich.« Ich schenke ihr mein freundlichstes Lächeln.

Nein, Ma'am, äfft Quentin mich stumm nach und ich funkele ihn an. Da vibriert mein Handy auf dem Tisch. Eine Nachricht von Brian. Bestimmt gilt bei Grandpa Shelly die Kein-Handy-am-Tisch-Regel, aber ich kann es nicht lassen. Ich schaue drauf.

Spielhalle klingt super! Ich bin dabei.

Ich werde mich also endlich mit Brian treffen. Ein echtes Date. Na ja, mit Quentin als Begleitung und Marcy als Gesprächsretterin, aber vielleicht zählt es trotzdem. Ich tippe eine Antwort.

Marcy und Quentin kommen auch mit! Sie wollten auch mal zocken gehen.

Als ich von meinem Handy hochsehe, sieht Quentin mich an.

»Und wie geht es dir, Quentin?«, fragt Sophie. »Brichst du auch nicht zu viele Herzen?«

»Eher breche ich Bleistifte entzwei, während ich für meine Zwischenprüfung lerne«, sagt er. »Und ich arbeite im Divine Tea. Kommen Sie doch mal vorbei.«

»Zu gern! Aber dann mache ich das lieber bald, bevor du mit der Schule fertig bist und wegziehst.«

»Keine Eile«, wirft Shelly ein. »Wenn Quentin so weitermacht, arbeitet er noch da, wenn er so alt und grau ist wie ich.«

Ms Santos sieht aus, als wollte sie etwas erwidern, aber da kommt der Kellner. Jetzt verstehe ich, wieso Quentin mich bei diesem Dinner dabeihaben wollte. Bestimmt hat er, wenn er Matheaufgaben löst, die ganze Zeit die Stimme seines Opas im Kopf. Als das Brot kommt, bete ich, dass mich niemand fragt, wieso ich nichts davon nehme. Ich bin es leid, immer und immer wieder von meiner spät aufgetretenen Glutenunverträglichkeit zu berichten.

»Das Brot ist nicht übel«, bemerkt Shelly. »Ich bin gespannt, ob die Pasta mit unseren hausgemachten Ravioli mithalten kann.«

»Familienrezept?«, frage ich.

»Genau. Mein Sohn Emilio hat jedes Jahr in der Weihnachtszeit Ravioli nach unserem Rezept gemacht. Er hat dann immer ein großes Fest für Freunde und Verwandte gegeben, und viele sind von weit her angereist. Das Geheimnis liegt im Olivenöl. In diesem Land ist das Olivenöl meist alt und tot, so wie ich es bald sein werde ...«

Aus dem Augenwinkel sehe ich, wie Sophie den Kopf schüttelt.

»... aber das wahre Olivenöl ist jung. Süß an der Zungenspitze, würzig in der Kehle.«

»Das werde ich mir merken. Ich wollte schon lange mal eine Dinnerparty geben.«

»Ich fand es eine wunderbare Tradition, auch wenn ich immer an Emilios Vier-Käse-Füllung herumgemäkelt habe.« Shelly tupft sich die Mundwinkel mit der Serviette ab. »Hätte ich es doch damals mehr zu schätzen gewusst. Ich würde alles dafür geben, diese Momente mit ihm noch einmal erleben zu können.«

Ms Santos schaut angestrengt und mit feuchtem Blick auf ihren krümeligen Teller. Quentin tunkt sein Brot in Olivenöl. »Entschuldigung, ich wollte nicht …«, setze ich an, doch Shelly hebt die Hand.

»Nein, nein, ich habe von Emilio angefangen. Es ist schön, über ihn zu reden und seine Geschichten weiterleben zu lassen. Obwohl mein Enkel wohl die besten Geschichten über ihn erzählen kann. Liegt wahrscheinlich daran, dass sie nicht von Mathe handeln.«

»Sollte das ein Kompliment sein, Grandpa?«, fragt Quentin leicht genervt.

»Ich denke schon.«

Ich schaue Quentin an und schiebe die Unterlippe vor. »Kann ich eine Geschichte hören, Quentin?«

Quentin guckt mich an, als wollte er mich mit sämtlichen Gabeln im Raum attackieren.

»Ich hör auch gern Geschichten«, fügt Owen hinzu.

»Ich auch«, stimmt Sophie ein.

Ms Santos nickt, und Quentin seufzt. »Es gibt da eine ganz schöne, die ich erzählen könnte.«

Ich spüre dieses gespannte Kribbeln an den Armen, so wie früher, wenn ich in die Bücherei ging, um nach neuen Romanen zu schauen.

»Es war in der fünften Klasse im Herbst in der kleinen Stadt Kresge. Ich wollte zu Halloween unbedingt als Superman gehen. Nanay war auf einer Ingenieurskonferenz, also hat mein Vater mich in den Kostümladen begleitet. Ich wusste genau, in welchem Gang was zu finden war. Der rote Umhang in A12, das blaue T-Shirt, das ich darunter tragen wollte, in G4, und die Textilfarbe für das S-Symbol in C9. Ich fand das blaue T-Shirt, dann die Textilfarbe, und gerade als ich mir den Umhang genommen hatte und den Gang A12 runterlief, sah ich ihn. Gary Mackens.«

Ms Santos verdreht die Augen. »Über Gary ist er nie hinweggekommen.«

»Gary Mackens war die Plage der Schule und mein Erzrivale. Ich war mir ziemlich sicher, dass er mir meine Schachtel mit den vierundsechzig Buntstiften geklaut hatte. Und in diesem Moment war ich am Boden zerstört. Denn ich sah ihn mit genau den gleichen Sachen: roter Umhang, blaues T-Shirt, Textilfarbe.«

»Nein«, sage ich geschockt.

»Wie konnte ich, der Superman für seine unbeschreibliche Güte bewunderte, in dem gleichen Kostüm gehen wie der Bösewicht der Schule? Das war unmöglich. Also bin ich, wie alle mutigen Kinder ... zu meinem Vater in Gang C9 gelaufen und habe bitterlich geweint.«

Owen schüttelt den Kopf, nach dem Motto: Kinder.

»Mein Vater versprach mir, dass wir mit den Sachen ein völlig anderes Kostüm basteln würden. Ein besseres. Eins, das mich zum wahren Halloween-Helden machen würde.«

Ms Santos lächelt und murmelt: »So war Emilio.«

»Kaum waren wir zu Hause, verschwand mein Vater im Arbeitszimmer. Eine ganze Stunde lang kam er nicht heraus. Dann sagte er, ich solle die Augen zumachen.«

»Und dann?«, fragt Owen gespannt.

»Als ich die Augen wieder aufmachte, war ich ein unglaubliches, ein umwerfendes ...« Quentin sieht uns alle an. »BLAUES SUPER-M&M!«

Einige am Tisch stöhnen.

Ich kapiere und hebe den Finger. »Dein Vater hat das blaue T-Shirt als M&M genommen und ein weißes m aufgemalt, und der Umhang stand für das ›Super‹, stimmt's?«

»Genau, Aisha. Er hat mir erklärt, ich wär der wahre Halloween-Held, denn der einzige Zweck von Halloween besteht darin, Süßes zu bekommen. Ende der Geschichte.«

»Und heute …«, Ms Santos legt einen Arm um Quentin und drückt ihn fest, »ist Quentin genauso empathisch wie sein Vater, hab ich recht?«

»Nanay, bitte.« Quentins Ohren werden feuerrot.

»Absolut«, stimme ich zu, und zwar aus vollem Herzen. Wenn ich etwas sage, hört Quentin immer ganz genau zu, bevor er wohlüberlegt antwortet. Dabei spielt es keine Rolle, ob ich über Mathe doziere oder darüber jammere, wie traumhaft Seemas Haare sind.

Ms Santos streicht Quentin die Haare zurück und er windet sich.

»Ja, es stimmt wohl, dass Quentin Emilio ähnelt«, sagt Shelly, und auf Quentins Lippen lässt sich der Hauch eines Lächelns erahnen. »Mit dem entscheidenden Unterschied, dass Emilio es problemlos aufs College geschafft hat.«

Ich ertrage es nicht, Quentins aschfahles Gesicht zu sehen. Nach einem langen, unangenehmen Schweigen wird ein Stuhl quietschend zurückgeschoben.

»Danke für das Brot. Ich geh dann mal.«

Als ich aufblicke, ist Quentin schon weg, seine Jacke hängt nicht mehr über dem Stuhl. Ms Santos ist bleich, aber zu meiner Verwunderung sagt sie nichts. Sophie schaut missbilligend zu Shelly, doch auch sie sagt nichts. Ich schaue zu Owen. Er guckt mich an wie ein kleiner Junge, der gerade sein Spielzeugauto kaputt gemacht hat und dann sagt: Mach das wieder heile.

»B-bei allem Respekt, Sir, das war eine ungerechte Bemerkung.«

Ich hatte gar nicht vor, etwas zu sagen. Unter Grandpa Shellys abschätzendem Blick schrumpfe ich zu einem Wurm, der am Boden an ihm vorbeikriecht. Ich räuspere mich.

»Quentin ist intelligent und fleißig. Er braucht einfach nur Unterstützung. Sie haben gesagt, Sie hätten die Zeit mit Emilio

mehr würdigen sollen. Gilt das für Quentin nicht genauso?«
Ich stehe auf. »Ich geh ihn suchen. Owen, möchtest du …?«
»Ja«, piepst Owen und folgt mir zum Ausgang.

Als die Winterluft in meine Lunge dringt, kippe ich fast aus den Latschen. Ich hatte bis jetzt überhaupt nicht geatmet. Geschickt.

»Heiliger Scheibenkleister! Das war der Wahnsinn!«

»Danke, Owy.« Ich erspähe Quentin in der Nähe des Parkplatzes. Er steht über eine kleine Bank gebeugt da, auf dem Boden neben ihm haufenweise halb geschmolzener Schnee. Owen und ich gehen zu ihm.

Als er uns sieht, blinzelt er so schnell, dass seine Wimpern einen Schneesturm aufwirbeln könnten. »Was macht ihr zwei denn hier draußen? Geht wieder rein und esst was. Ich komm schon klar.«

Ich mache noch einen Schritt auf ihn zu. »Du kannst nicht hier draußen warten, es ist eisig.«

Owen hüpft in seinen Stiefeln auf der Stelle. »Weißt du, was Aisha grad …«

Ich halte ihm den Mund zu. »Wir können zu Wooly's gehen, das ist ganz in der Nähe. Ich hab dir versprochen, dass ich mit dir Eis essen gehe, und dieser arme Junge sollte auch seine Zuckerration bekommen, oder?«

Quentin kneift die Augen zusammen. »Was hast du gemacht, Aisha?«

»Nichts, ich schwöre. Wie wär's mit Chocolate Chip Cookie Dough?«

Er nickt und wir stapfen den Gehweg entlang. Owen trödelt hinterher und bricht ein paar Winterbeerenzweige von einem Strauch ab, der aus dem gefrorenen Boden ragt. Bestimmt will er den Strauß Montag seiner Freundin überreichen.

Ich schaue Quentin von der Seite an. Er sieht nicht wütend aus. Sein Gesichtsausdruck ist beinahe … leer. »Alles okay?«

»Ja. Es ist nur hart, sich so was anhören zu müssen. Ich frag mich dann immer, ob mein Vater auch von mir enttäuscht wäre, wenn er noch leben würde.«

»Niemals. An Stelle deiner Eltern wäre ich superstolz auf dich. Du erzählst die besten Geschichten. Du bietest ungefragt an, das Geschirr abzuwaschen. Du bist ein toller Babysitter. Du rettest deine Freunde davor, in den Pool zu fallen. Jetzt weiß ich auch deinen Titel fürs Jahrbuch. Er lautet: Liebling aller Eltern!«

Das bringt mir ein kleines Lächeln ein.

»Ich weiß nicht, warum Shelly so ist, aber du hast seine Anerkennung nicht nötig. Guck dir all die Sterne auf deinen Arbeitsblättern an. Du hast es drauf. Du schaffst das.«

»Danke, Aisha. Das tut gut.«

Ich tue so, als würde ich mich verneigen und dem bewundernden Publikum Kusshände zuwerfen.

Er sieht mich kritisch an. »Du solltest mal deinen eigenen Rat befolgen. Ich glaube, du hast es auch nicht nötig, dass Marcy und ich dir bei deinem Date mit Brian auf der Pelle hocken. Er würde dich auch ohne uns als Beiwerk mögen.«

»Ach ja? Sagst du das nicht nur, um aus der Nummer rauszukommen?«

»Nein, Ma'am«, kräht er und ich muss lachen. »Also, was hast du bei Zola's veranstaltet? Es muss ja einen Grund dafür geben, dass Owen so aus dem Häuschen ist.«

»Es ist im Geiste des Manifests, aber es steht auf keinem Zettel. Ich hab improvisiert.«

Ich drehe mich um und bewundere Owens spontan gepflückten Winterbeerenstrauß. Vielleicht kann ich ja auch lernen, dem Ungeplanten mehr abzugewinnen.

Date mit Aufsicht

✓ Schule schwänzen und in die Spielhalle gehen
✓ Auf ein Date gehen

Ich hüpfe in Quentins Jetta, so wie ich mich nach der Schule zu Hause aufs Sofa plumpsen lasse. Es ist wirklich erstaunlich, wie wohl ich mich in seinem Auto fühle.

»Anschnallen, Miss. Und als dein treuer Chauffeur habe ich den Klebezettel mit *Schule schwänzen und in die Spielhalle gehen* ins Handschuhfach gelegt.«

Er denkt einfach an alles. Ich krame den Zettel aus dem Handschuhfach, dann wackele ich zu Songs von den Bee Gees mit dem Kopf und genieße die Sonne auf den Armen. Heute ist meine Welt in Ordnung. Meine Kickel sind ein bisschen besser geworden, es schneit nicht, obwohl Schnee angesagt war, und morgen hab ich Geburtstag. Das heißt, mein Vater backt mir einen glutenfreien Marmorkuchen.

»Sollen wir Brian und Marcy abholen?«, fragt Quentin.

»Nein, nicht nötig. Brian wollte selber fahren, und Marcy wird von ihrer Mutter gebracht.

»Ich fasse es nicht, dass ich meinen schulfreien Tag für so was verwende.« Er seufzt. »Findest du es nicht komisch, dass du mich zu deinem Date mit Brian mitschleppst und ich dich als dein Anstandswauwau zur Spielhalle fahre? Müsste ich dich jetzt nicht nach deinem elterlichen Erlaubnisschreiben fragen?«

»So was würde meine Mutter mir im Leben nicht unterschreiben, erst recht nicht, wenn sie wüsste, dass ich mit gleich zwei Jungs ausgehe. Es war schwer genug, sie zu überreden, dass ich heute schwänzen darf. Ich bin ja mal gespannt, was du nach dem Tag heute von Brian hältst.«

Er weicht einem Schlagloch aus. »Ich hab schon mal zu viel gesagt. Diesmal bin ich offiziell nur neutraler Beobachter.«

»Was hast du dann vor? Willst du mir helfen, so viele Bons zu erspielen, dass ich einen von den rosa Teddybären kriege, die an der Decke hängen?«

»Genau, und immer wenn peinliches Schweigen eintritt, stelle ich eine Frage, die dich in ein gutes Licht rückt. *Hey, Aisha, weißt du noch, als du die sterbende Katze vom Baum runtergeholt hast?*«

Ich habe ein flaues Gefühl im Bauch, aber ich weiß, dass es ohne Quentin und Marcy noch viel schlimmer wäre. Außerdem haben wir zu viert größere Chancen, genug Bons für einen Teddybären zu sammeln.

Brian wartet schon am Eingang der Spielhalle und scrollt durch sein Handy.

»Brian!« Ich winke.

Er schaut hoch. »Hi! Marcy ist schon drin. Sie besorgt uns Spielmarken.« Sein Blick wandert zu Quentin. »Gut, dich wiederzusehen, Alter.«

Sobald wir reingehen, saust Marcy auf uns zu. Sie trägt eine rote Beanie-Mütze und rote hohe Sneaker und schwenkt einen großen Plastikbecher mit Jetons. »Da seid ihr ja! Ich bin mit den Jetons vielleicht ein bisschen eskaliert, aber ich konnte mich nicht beherrschen.«

Sie hakt sich bei mir unter. »Aisha, du darfst das erste Spiel aussuchen.«

Da sehe ich den leuchtenden Pfeil des Greifautomaten. Mit einem süßlichen Grinsen zeige ich darauf und alle stöhnen.

Marcy drückt mir ein paar Jetons in die Hand, und nachdem ich sie eingeworfen habe, positioniere ich den Greifarm direkt über einen Plüschhasen mit Baumwollohren und niedlichen Knopfaugen.

Quentin klopft an die Scheibe. »Ein bisschen mehr nach links.«

»Präzision hilft hier nicht, du Quatschkopf.«

Wie erwartet kommt der Greifarm leer wieder hoch.

Quentin krempelt die Ärmel seines grünen Pullis hoch. »Dann versuch ich jetzt mal, das Häschen zu schnappen.«

»Nicht dein Ernst. Nie im Leben hätte ich gedacht, dass du deine Jetons auf dieses Spiel verschwenden würdest.«

»Eine weise Freundin hat mir mal gesagt, ich soll mehr riskieren. Sie hat mir außerdem gesagt, mein Zimmer wär zu unpersönlich eingerichtet. Dieser Jeton ist die Lösung für beides.«

»Ich versteh euch nicht.« Brian schüttelt den Kopf. »Wie kann man nur ein Spiel spielen, das ganz offensichtlich so manipuliert ist, dass man verliert?«

»Seh ich genauso«, sagt Marcy.

Quentin zuckt mit den Schultern. »Weil's Spaß macht.« Er kriegt den Hasen auch nicht, also gehen wir weiter zum Whac-A-Mole. Ich erspiele sage und schreibe sechs Bons. »An meinen schlechten Reflexen ist bestimmt nur der Schlafmangel schuld.«

»Ich dachte, wenn man die College-Bewerbungen vom Tisch hat, geht es an der Arledge Prep etwas entspannter zu«, sagt Quentin.

Marcy seufzt. »Schön wär's. Jetzt raubt uns die Frage den Schlaf, an welchen Colleges wir angenommen werden, was wir erst in ein paar Wochen erfahren. Ich bete für das Northwestern, aber ich bin offen für alle Colleges, die einen anständigen Journalistik-Studiengang anbieten.«

Jetzt heißt es Quentin gegen Moles. Moles verliert. Unter unseren ehrfürchtigen Blicken spuckt der Automat einen Bon nach dem anderen aus.

»Auf welches College willst du gehen, Brian?«, fragt Quentin.

»Harvard.«

Quentin zieht die Augenbrauen hoch. »Wow. Ziemlicher Druck.«

Brian nickt. »Wenn sie mich jetzt nicht nehmen, peilt meine Mutter es für den Master-Studiengang an.«

»Möchtest du denn wirklich hin? Oder machst du es deiner Mutter zuliebe?«

»Ich würde ja gern behaupten, es wär der Traum meiner Mutter und nicht meiner, aber irgendwann wollte ich es tatsächlich selbst, wahrscheinlich nachdem ich all die Videos von den Leuten gesehen habe, die eine Zusage bekommen haben. Es ist so entscheidend für deine Zukunft, an welcher Uni du studierst. Und dass du Beziehungen hast.«

Er hat natürlich recht, aber es wäre schön, wenn es anders wäre. Das ist wie bei dem Essay, den wir zusammen geschrieben haben. Dem amerikanischen Traum zufolge spielt der soziale Hintergrund keine Rolle, aber natürlich macht es etwas aus, dass meine Eltern weniger Geld haben und nicht in Amerika aufgewachsen sind. Manche Arledge-Eltern haben illegalen Zugang zu den Fragen des Studieneignungstests, andere sind seit Generationen vermögend und sichern ihren Kindern so einen Platz an den Top-Colleges. Meine Eltern machen das weltbeste Mango-Pickle, aber das nützt mir nicht viel.

»Das stimmt aber nicht immer«, wirft Quentin ein. »Aisha ist ganz aus eigener Kraft an die Arledge Prep gekommen.«

Ich starre ihn an. Wie war das noch mit der Katze, die ich vom Baum gerettet habe?

Brian legt mir einen Arm auf die Schulter und ich werde

ganz steif. »Weil sie die schlauste Person ist, die ich kenne. Wir werden beide Jahrgangsbeste.«

»Ähm.« Marcy hebt eine Hand. »Nicht so voreilig, bitte. Es wandeln vielleicht noch andere mit einem super Notenschnitt durch die Flure unserer Schule.«

»Es ist schon toll, überhaupt unter den Besten zu sein. Glückwunsch euch beiden.« Quentins Stimme ist ausdruckslos, gar nicht so beschwingt wie vor ein paar Tagen, als er mir zu meinem ersten Kochversuch gratuliert hat. Da habe ich Brokkoli-Käse-Suppe gekocht.

Okay, hauptsächlich war es Käsesuppe.

Wir gehen weiter zu den Multiplayer-Spielen. Quentin macht ab und zu einen Scherz, bleibt jedoch ein paar Schritte zurück. Er spielt nicht mit. Gerade will ich ihn fragen, ob alles in Ordnung ist, als sein Handy klingelt.

»Bin gleich wieder da«, murmelt er. »Meine Mutter.«

Brian geht zur Toilette und Marcy und ich spielen eine Runde Airhockey, aber ich schaue immer wieder zu Quentin. Er geht neben dem Greifautomaten auf und ab, während er telefoniert. Die Neonstreifen seiner Socken lugen unter der Hose hervor.

»Erde an Aisha.« Marcy schnippt mit den Fingern. »Ich hab sechs Tore gemacht und du hast es kaum mitgekriegt.«

»Ich hab es mitgekriegt, aber peripheres Sehen funktioniert bei mir gerade nicht so gut.« Ich zeige auf meine Brille mit dem schwarzen Rahmen. Meine Augen waren heute Morgen zu trocken für Kontaktlinsen, obwohl ich es dreimal ausprobiert habe.

»Ich hab den Eindruck, du kannst ganz gut sehen. Vielleicht bist du mit deinen Gedanken einfach woanders.«

Ich kneife die Augen zusammen. »Wie meinst du das?«

»Du hast Quentin heute die ganze Zeit angeschaut. Du kannst es mir ruhig sagen, Aish. Ausnahmsweise würde ich ganz gern mal rechtzeitig von deinem Crush erfahren.« Sie presst die Lippen zusammen. »Bist du in ihn verliebt?«

»Natürlich nicht!« Meine Stimme klingt schrill. »Ich hab die Aktion heute doch organisiert, um Zeit mit Brian zu verbringen.«

Sie sieht mich finster an. »Erstens: aua. Ich dachte, du hättest mich gefragt, weil du Lust hast, was mit mir zu machen. Zweitens ist es ja wohl nicht so abwegig, dass du auf Quentin stehen könntest. Ihr trefft euch richtig oft, und meinen Segen hast du. Was er da vorhin gesagt hat, dass du es aus eigener Kraft auf die Arledge geschafft hast ... Man merkt, dass er ...«

»Marce, er ist nicht mein Typ.«

»Was soll das überhaupt heißen, nicht dein Typ?«

Ich verschränke die Arme vor der Brust. »Nur weil ich noch nie einen Freund hatte, darf ich keine Vorstellung von meinem Traumtypen haben?«

»Was für ein Typ soll das denn sein? Jahrgangsbester und größer als du?«

»Ja, vielleicht.«

Sie sieht mich skeptisch an. »Als College kommt für dich also nur Stanford infrage und als Freund nur Brian?«

»So ist das nicht.«

Meine Wangen brennen, denn genauso ist es. Ich will immer an die Spitze – Spitzencollege, Spitze des Jahrgangs, Spitzenposition in der Häkel-AG. Vielleicht hab ich mir unbewusst auch den Jungen ausgesucht, der in meinen Augen an der Spitze steht. Marcy will noch mehr sagen, doch da kommt Brian angetrabt.

»Wer gewinnt?«, fragt er mit seinem Grübchenlächeln.

»Aisha«, sagt Marcy zuckersüß. »Verblüffend, wie konzentriert sie spielt.«

Ich seufze. Was weiß Marcy schon? Sie kann diesen überwältigenden Drang, immer die Beste sein zu wollen, gar nicht nachvollziehen. Wenn sie auf dem College nicht so gut abschneidet, hat sie immer noch die schicke Villa ihrer Eltern im Rücken.

»Jetzt ist es offiziell, Leute«, sagt Quentin in meine Gedanken hinein. Ich habe gar nicht gemerkt, dass er gekommen ist. »Ich fahre morgen mit meinem Opa zum Eisangeln am Ende der Welt.«

Das trifft mich völlig unvorbereitet. »Du fährst weg?«

»Früher sind mein Vater, mein Opa und ich jedes Jahr zusammen gefahren. Wir haben ein paar Tage miteinander verbracht und geangelt. Die reinste Folter. Und in Houghton Lake hab ich nicht mal Empfang, weil mein Opa praktisch auf einer Farm lebt. Die größte Attraktion dort ist das Eismuseum. Frag mich irgendwas über die Geschichte der Eisgewinnung in der Gegend, ich weiß es.«

Ich hab einen Kloß im Hals. »Wie lange bleibst du weg?«

»Nur übers Wochenende. Und ich nehme meine Matheaufgaben mit. Nachdem das Dinner so in die Hose gegangen ist, will meine Mutter, dass ich es wiedergutmache.«

Ich drehe den Puck in der Hand. Ein Wochenende kommt mir vor wie eine Ewigkeit. Und er verpasst meinen Geburtstag.

Ich brauche einen Eisbecher.

»Hey«, sage ich. »Wer kommt mit zu Wooly's? Für heute war Schnee angesagt, aber ich finde es sonnig genug für ein Eis.«

»Ich glaub, ich fahre nach Hause«, sagte Marcy mit schmalem Lächeln. »Ich muss noch am Jahrbuch arbeiten.«

Brian wirkt zögernd. »Ich wollte eigentlich auf meine Ernährung achten wegen Basketball ...«

Ich mache einen Schmollmund. »Ach, kommt schon, man lebt nur einmal. Kann ich wenigstens ein Eis essen?«

»Na gut.« Brian grinst ein wenig und kommt auf mich zu.
»Ich kann fahren.«

»Quentin?« Ich sehe ihn bittend an. »Kommst du mit?«

»Nee, macht ihr mal. Ich muss los.«

Quentin müsste mit zu Wooly's kommen und mich anschließend nach Hause bringen. So hätte alles seine Ordnung, wie bei den Figuren auf einem Schachbrett. Aber warum hoffe ich darauf? Die Nervosität wegen Brian hat sich so weit gelegt, dass ich ihn beim Fruit Ninja schlagen und ihn dann noch fragen konnte, ob er mit mir Eis essen geht.

»Aber du magst den Chocolate Chip Cookie Dough doch so gern.«

Quentin schaut kurz auf seine Armbanduhr. »Es ist schon fünf, und ich muss noch für die Zwischenprüfung lernen, ich bin ja am Wochenende weg. Aber Marcy, ich kann dich nach Hause fahren. Deine Mutter hat dich ja gebracht, oder?«

Sie sieht mich an und zieht kaum merklich eine Augenbraue hoch. »Danke, gern, das ist supernett von dir.«

Quentin hat mich nach Hause zu fahren. Der Läufer darf nicht seitwärts ziehen.

»Dann fahren Aisha und ich weiter.« Brians tiefe Stimme klingt näher denn je. »Und hey, Quentin, falls du noch mehr Hilfe beim Lernen brauchst, sag mir Bescheid. Ich mache einen Mathefan aus dir, versprochen.«

Quentins Lächeln wirkt gezwungen. »Danke, aber ich steh mehr auf Geschichte.«

»Du magst echt Geschichte?«

»Wenn man sich mit der Vergangenheit beschäftigt, kann man vermeiden, dass man Fehler wiederholt. Der Gesellschaft wird sozusagen ein Spiegel vorhalten, in dem sowohl ihre Grausamkeiten zu sehen sind als auch ihr Potenzial für Veränderung.«

Wow, so hab ich das noch nie betrachtet. Vielleicht hätte ich lieber Geschichte als AP-Fach wählen sollen.

Marcy räuspert sich. »Ich hab übertrieben viel Limo getrunken, ich muss mal kurz verschwinden. Ich bin in fünf Minuten bei deinem Wagen, Quentin. Welcher ist es?«

»Silberner VW Jetta, ziemlich weit vorne.«

»Ich komme noch kurz mit«, platze ich heraus. »Ich … ich hab was im Wagen vergessen.«

Quentin guckt kurz überrascht, stellt meine Behauptung aber nicht infrage.

Brian zuckt die Achseln. »Lasst euch Zeit. Ich werf mit den letzten Jetons noch ein paar Körbe.«

Schweigend gehen Quentin und ich zum Parkplatz. Vor seinem Wagen bleiben wir stehen. Ich will ihn gerade fragen, ob es ihm Spaß gemacht hat, aber dann überlege ich es mir anders.

»Danke«, sage ich.

»Gerne. Das gehörte zu unserer Abmachung, und da du jetzt mit Brian allein Eis essen gehst, können wir *Auf ein Date gehen* wohl von der Liste streichen.«

»Obwohl ich ihn streng genommen gefragt habe?«

»Ich hab den Rechtsberater des Manifests gefragt, und er sagt, es zählt.« Er lächelt, doch nicht mit dem eindringlichen Blick, den ich von ihm kenne. Er drückt mir seine Sammlung von Bons in die Hand. Überrascht schaue ich ihn an.

»Willst du sie nicht einlösen?«

»Nimm sie als vorzeitiges Geburtstagsgeschenk. Du kannst ja auf deinen Bären sparen.«

»Woher weißt du, wann ich Geburtstag hab? Das hab ich nie erwähnt, oder? Hat Seema …?«

»Weißt du noch, als du dich im Divine Tea für die Treuekarte angemeldet hast? Da hast du deinen Geburtstag angegeben.«

Ich grinse. Gute Detektivarbeit.

»Es tut mir leid, dass ich an deinem Geburtstag nicht da bin. Ich kann dir noch nicht mal schreiben, weil ich bei Shelly keinen Empfang und kein WLAN hab, aber im Geiste werde ich bei dir sein. Heb mir ein Stück Kuchen auf, ja?«

Als Quentin in seinen Jetta steigt, habe ich ein weißes Rauschen in den Ohren. Ich schaue zu, wie er sich vorbeugt und den Schlüssel ins Zündschloss steckt. Er kurbelt das Fenster runter.

»Übrigens wusste ich gar nicht, dass du in letzter Zeit Schlafprobleme hattest. Dabei hast du mir doch erklärt, wie wichtig der REM-Schlaf ist, um alles zu behalten, was man lernt. Alles okay bei dir?«

Ich beuge mich zu ihm hinunter. »Alles gut. Ich glaube, ich bin einfach nur aufgeregt wegen Stanford.«

»Du brauchst ein paar von meinen Duftkerzen.«

Ich zwinge mich zu lächeln.

»Wenn du mal wieder nicht schlafen kannst, ruf mich an. Als ich klein war, hat mein Vater mir immer aus dem Lexikon vorgelesen, das hat jedes Mal funktioniert.« Er klopft auf den Beifahrersitz. »Was hast du eigentlich im Wagen vergessen? Hier liegt nichts.«

»Ah! Ja, stimmt, ich dachte, ich hätte mein Handy vergessen.« Ich klopfe auf meine Jeanstasche. »Aber hier ist es.«

»Na dann. Ich wünsch dir einen schönen Geburtstag, Aisha.«

»Fahr vorsichtig, Quentin.«

Ich sehe Marcy aus der Spielhalle Richtung Parkplatz kommen. Ich winke ihr zu, aber sie reagiert nicht mit ihrem üblichen Turbowinken. Es ist nur ein Miniwinken. Ich weiß nicht, warum, aber es gibt mir ein Gefühl, als wär ich das Allerletzte.

»Willst du wirklich nichts?«, frage ich Brian, als die Kellnerin mir meinen Eisbecher bringt. Wie kann Brian so unwiderstehlich aussehen, auch wenn er einfach nur am Fenster sitzt? Das Licht wirft Schatten auf seine muskulösen Oberarme. Ich sehe sogar die Adern pulsieren.

Er dreht das Wasserglas in den Händen. »Wirklich nicht. Ich hab immer die Stimme meiner Mutter im Kopf, die mir sagt, dass ich zunehme, wenn ich Zucker esse. Du weißt ja, wie pummelig ich früher war. Das will keiner noch mal sehen.«

Ich schon. Ich würde alles geben, um noch mal Zeit mit dem Brian von damals zu verbringen. Anscheinend hat seine Mutter ihm immer das Gefühl vermittelt, er wäre nicht gut genug, anstatt ihn bedingungslos zu lieben, wie Eltern es tun sollten – wie ich es damals getan habe.

»Ich hab damals richtig viel abgenommen, durch strenge Diät und Basketball. Ehrlich gesagt machen mir die Bemerkungen meiner Mutter gar nichts mehr aus. Aber ihre theoretischen Kommentare, die krieg ich nicht aus dem Kopf.«

Kritik der Eltern hallt immer nach. Meine Eltern sagen auch andauernd, dass ich zu viel Snickers esse, zu viel am Computer hocke, nicht genug Kokosnussöl auf meine trockene Kopfhaut reibe, und warum nur mache ich nicht mal per Videocall Yoga mit meiner Großmutter?

»Ich muss mich für die nächste Saison in Form bringen«, fügt er hinzu.

Er ist bereits mehr als gut in Form.

Genau das hier hab ich mir gewünscht, als ich den Zettel *Auf ein Date gehen* an Quentins Wand geklebt habe. Mit Brian reden, eine Verbindung zu ihm herstellen, an einem richtigen Tisch mit ihm sitzen anstatt in den Tiefen der Bibliotheksregale. Warum denke ich dann jetzt, da mein Wunsch in Erfüllung geht, die ganze Zeit an …

»Quentin scheint ja echt cool zu sein.«

»Ja, ist er auch.« Ich stelle mir all die goldenen Sterne vor, die ich in den nächsten Tagen nicht auf seine Aufgabenblätter malen kann.

»Läuft da was zwischen euch? Ihr scheint ja richtig eng zu sein.«

Ich erstarre. Solch eine Frage würde ich Brian höchstens um vier Uhr nachts bei Schummerlicht stellen. Er ist genauso direkt wie Marcy.

»Quatsch.« Ich lache kurz auf. »Meine Eltern würden mich umbringen, wenn ich einen Freund hätte, das kennst du ja. Außerdem hab ich jemand anders im Blick. Und Quentin ist auch gar nicht interessiert.«

Ich kann die Härchen von Brians Augenbrauen zählen. Allein das verwirrt mein Denken wie ein Zauberwürfel.

»Und wer ist dieser geheimnisvolle Jemand? Kenne ich ihn?«

Ich wollte meine Gefühle verborgen halten, bis Brian mir eines Tages, wenn wir uns näher kennengelernt haben, seine Liebe gesteht. So war das nicht geplant. »Na ja, ich ...«

»Du musst es mir nicht verraten, wenn du nicht willst.« Er wühlt in seinem Rucksack. »Aber ich darf insgeheim hoffen, dass mein Geburtstagsgeschenk besser ist als seins, oder?«

Er schiebt eine Schachtel mit Schwung über den Tisch. Ich fange sie auf.

Trüffel. Sie sind mit Glasur überzogen, die so fein gemustert ist wie Buntglasfenster in einer Kirche.

»Das sind Schokoladentrüffel von Compartés, dem Chocolatier aus Los Angeles. Ich dachte mir, wenn du in der Mittagspause schon Schokolade isst, dann doch wenigstens gute.«

Die sehen teuer aus. Teuer wie die Schulgebühren an der Arledge Prep. Und Brian hat sie extra aus dem Staat meiner Träume bestellt.

»Die sehen einfach toll aus«, bringe ich mühsam heraus. »Vielen, vielen Dank, Brian.«

»Ich musste mich doch revanchieren. Für die Macarons, die du mir geschenkt hast.«

Ich senke den Blick. »Hoffentlich haben sie dir geschmeckt. Das war mein erster Versuch, und sie sind ein bisschen zu trocken geraten, deshalb ...«

»Sie waren echt lecker.«

Die Kellnerin kommt zu uns an den Tisch und fragt, ob wir noch etwas möchten. Ich schüttele den Kopf, setze ein Lächeln auf und rühre in meinem flüssigen Eis herum nach dem Motto: Genau so mag ich es.

Als wir Wooly's verlassen, fühle ich mich plötzlich total erschöpft. Eigentlich müsste ich nach Brians Geschenk das herrlichste Geburtstagsgefühl aller Zeiten haben. Doch die riesigen Hoffnungen, die ich in diesen Tag gesetzt hatte, haben meine Energie verrinnen lassen wie Sand durch ein Stundenglas. Am liebsten würde ich mich in dem klebrigen Inneren eines Trüffels verkriechen.

»Hey.« Sanft unterbreche ich Brians Monolog über die Basketball-Saison. »Ist es okay für dich, wenn ich zu Fuß nach Hause gehe? Nach dem ganzen Zucker hab ich überschüssige Energie.«

»Meinst du echt? Es soll heute noch schneien. Ich fahre dich gern nach Hause.« Er legt mir eine Hand auf die Schulter.

»Ich halte auch die Klappe. Ich weiß, dass ich zu viel rede.«

»Ach was. Guck mal, es ist kein Wölkchen am Himmel. Und vielleicht rufe ich nachher noch Marcy an und helfe ihr mit dem Jahrbuch.« Ich trete einen kleinen Schritt zurück und seine Hand gleitet von meiner Schulter. »Apropos, was glaubst du, was mein Titel wird? Hast du eine Idee?«

Er überlegt eine Weile, dann schnippt er mit den Fingern. »Topkandidatin für alle Eliteunis.«

»Danke«, sage ich, aber seine Antwort hinterlässt ein Gefühl, wie wenn man eine Avocado aufschneidet und sie innen braun und matschig ist.

Auf meiner Pilgerwanderung nach Hause laufen in meinem Kopf die Bilder des Tages ab, wie ein alter Super-8-Film. Quentin, der mich fragt, warum ich nicht schlafen kann. Brians Trüffel. Marcys halbes Winken. All das vermischt sich zu einem Gedankenbrei, so suppig wie mein Eis. Die wichtigste Zutat in der Suppe ist das Gefühl, dass sich das Zusammensein mit Brian allein nicht so angefühlt hat wie erhofft.

Eine Schneeflocke küsst mein Handgelenk und schmilzt. Ich hatte gar nicht gemerkt, dass sich der Himmel zugezogen hat.

»Passt ja«, murmele ich, als es anfängt zu schneien.

Herzlichen Glückwunsch, Aisha

✓ Ein cooles Geburtstagsgeschenk bekommen

»Was möchtest du essen, Geburtstagskind?«, fragt meine Mutter am nächsten Morgen und bricht mir mit ihrer Umarmung fast die Rippen. »Papa ist für den Kuchen zuständig, also mache ich das Frühstück.«

»Mir ist alles recht.«

Wenn mein Geburtstag auf ein Wochenende fällt, trinke ich normalerweise eine Tasse heißen Kakao, nehme ein Vollbad und ziehe mein liebstes Sweaterkleid an. Heute habe ich mich aus dem Bett gequält und überlegt, wie meine Tage aussahen, bevor Quentin und ich uns geschrieben haben. Er hat keinen Empfang und mir kommt es so vor, als wäre er auf seiner Reise ins All in der Atmosphäre verbrannt. Marcy ist übers Wochenende zu ihrem großen Bruder nach Chicago gefahren, und vorher hat sie mir eine von diesen fancy Pop-up-Geburtstagskarten vorbeigebracht, ich hab also etwas, worüber ich mich freuen kann. Gestern hab ich sie noch angerufen und meine Hilfe beim Jahrbuch angeboten, aber sie hat abgelehnt, und ich hab mich gefragt, ob irgendwas zwischen uns steht. Heute Morgen kam sie dann mit der Karte vorbei, ein Zeichen, dass alles gut ist. Aber sie hatte die ganze Zeit den Blick gesenkt, ganz sicher bin ich mir also nicht …

»*Sab teek tho hai, beta?*« Alles in Ordnung, mein Kind?

Vor ein paar Wochen hatte ich Ziele. Ich wollte Brians Herz erobern und wahrscheinlich Informatik in Stanford studieren. Jetzt überfordert mich das alles, als müsste ich zehn Kreisel gleichzeitig am Laufen halten, ohne dass einer davon ins Trudeln gerät.

»Ja, Ma. Ich bin nur müde.«

»Bete zu Shiva um Energie. Nachher kommt Seema und isst mit uns zu Abend. Sie sagt, sie hat ein Geschenk für dich.«

Dafür, dass es am College angeblich so viel besser ist als auf der Schule, kommt Seema ziemlich oft nach Hause. Und sie schenkt mir nie etwas, was ich gebrauchen kann, immer nur irgendwas, wovon sie meint, ich müsste es haben wollen. Letztes Jahr hat sie mir Socken mit Avocadomuster und Toast-Ohrringe geschenkt. Glutenfreier Avocadotoast. Har, har.

Mein Handy brummt. Brian.

Herzlichen Glückwunsch zum Geburtstag,
Aisha!

Danke. 😊 Wie war dein Wochenende?

Gut! Vielleicht gehen Kevin und ich später
noch in die Spielhalle.

Vielleicht gewinne ich ja diesmal bei Fruit
Ninja. 😊

Lol

Das lösche ich wieder. Ich antworte ihm später.

Gerade als ich in mein Zimmer huschen will wie eine Ratte,

die vor dem Licht flüchtet, kommt mein Vater in die Küche.
»Hallo, Geburtstagskind! Was ist das denn? Du hast ja gar
nicht dein Lieblingskleid an.« Er senkt die Stimme. »*Baat kya
hai?* Was ist los? Machst du dir Sorgen, ob du in Stanford
angenommen wirst?«

»Ein bisschen.«

»Komm mal mit. Ich hab was gefunden, was dir vielleicht
gefällt.«

Ich folge ihm ins Schlafzimmer meiner Eltern. Er öffnet einen alten Pappkarton und reicht mir einen Stapel zerknittertes Papier. Es riecht wie in der Schulbibliothek.

»Vor ein paar Wochen hab ich meine Papiere für die Steuer
geordnet und das hier gefunden.«

Eine Sammlung von Bildern, die ich als Kind gemalt habe,
und Arbeitsblätter aus der Grundschule. Meine Eltern hatten
festgestellt, dass ich beim Malen zuverlässig zur Ruhe kam. Ich
schaue mir die Blätter mit Strichmännchen und unleserlichem
Gekritzel an. Der Frage-Antwort-Stil der Arbeitsblätter erinnert mich an Ms Kavnicks Aufgaben für unsere Schreibhefte.

Was möchtest du werden, wenn du groß bist? Antwort:
MALERIN.

Was ist deine beste Eigenschaft? Antwort: Ich gebe NIE
auf.

Ich blättere weiter zu einem Bild von mir und Cory, den
ich in der Grundschule mochte. Ich habe uns als Brautpaar
gemalt. »Ich fasse es nicht, dass du die alle aufgehoben hast,
Pa.«

»Ein paar sind wirklich originell. Du hast eine ganze Geschichte über uns gemalt, da sind wir eine außerirdische Familie mit besonderen Kräften.« Er legt mir eine Hand auf die
ungekämmten, wuscheligen Haare. »Ich sollte vielleicht noch
erwähnen, dass Seema in der Geschichte die einzige mensch-
liche Figur war und überhaupt keine Kräfte hatte.«

»Richtig so.«

Sein Blick wird ernst. »Du hast dich in letzter Zeit viel in dein Zimmer zurückgezogen, *beta*. *Stanford itni badi baat nahin hai, jaise tum soch rahi ho.*« Stanford ist nicht so wichtig. Genau davor habe ich ja Angst. Was ist, wenn nichts von dem, was ich mir so lange gewünscht habe, besonders toll ist? Zum Beispiel wenn sich das Zusammensein mit dem Jungen, den ich seit Jahren anhimmele, gar nicht so anfühlt, als würde ich Sterne vom Himmel pflücken, sondern eher so, als würde ich in einem Diner Eiscremesuppe löffeln?

Mein Vater zieht die Hosenbeine hoch und setzt sich auf seinen Schreibtischstuhl. »Pläne lassen sich jederzeit ändern. Ich hatte aus der Heimat einen Abschluss in Elektrotechnik. Jetzt leben wir in Amerika und ich arbeite in der IT.«

»War es nicht der Plan, hier zu leben?« Ich dachte, meine Eltern hätten ihren Umzug nach Amerika von klein auf geplant, die Strecke auf der Karte abgesteckt und die Abkürzungen der Bundesstaaten auswendig gelernt.

»Natürlich nicht. Wir hatten nicht vor, für immer hier zu bleiben. Und jetzt, wo unsere Eltern älter werden, fragen wir uns, ob es die richtige Entscheidung war.«

»Warum seid ihr dann geblieben?« Das sollte nicht vorwurfsvoll klingen, aber mein Leben wäre ja vielleicht einfacher, wenn ich entweder ganz amerikanisch oder ganz indisch wäre anstatt immer zwischen zwei Stühlen zu sitzen. Bisher dachte ich, meine Eltern wären aus demselben Grund hergekommen wie alle anderen: wegen des amerikanischen Traums. Doch nachdem wir das Thema bei Ms Kavnick durchgenommen haben, kommt mir das zu simpel vor.

»Meine Firma hat mich hergeschickt und es hat uns gefallen. Die Chancen, die Annehmlichkeiten.«

»Costco?«

Er lacht. »Das auch. Und wenn ich einen Job in Bangalore

hätte, müsste ich jeden Tag irrsinnig lange pendeln. Da gibt es eine Ampel, die Sony World Signal genannt wird, da steht man oft Sunden.«

Das klingt schrecklich, aber ich stelle mir vor, wie viele Hörbücher ich mir in der Zeit reinziehen könnte. So was Abgefahrenes wie *50 erfolgreiche Bewerbungsessays für Elitehochschulen.*

»Und dann hat deine Mutter die Zusage für das tolle Ingenieurstudium in Stanford bekommen.«

»Ja, aber sie hat es nicht abgeschlossen.«

Mein Vater sieht mich erschrocken an. »Das war ja nicht so geplant. Deine Mutter hat nicht fertig studiert, weil Seema auf die Welt kam, und wir waren uns einig, dass jemand zu Hause bleiben und sich um sie kümmern musste.«

»Aber warum musste das unbedingt Ma sein?«

Er streicht sich durch den zottigen Bart. Mir fallen die vielen grauen Stellen darin auf. »Damals war das noch anders. Wir haben nicht so viel nachgedacht. Sie hat entschieden, zu Hause zu bleiben, ich bin arbeiten gegangen.« Er sieht mein verkniffenes Gesicht. »Als ihr beide größer wart, haben wir darüber gesprochen, ob sie ihr Studium wieder aufnehmen könnte, aber sie wollte nicht.«

Ich lehne mich mit der Hüfte an den Schreibtisch und nehme meine alten Bilder. Die siebenjährige Aisha kannte sich besser als die erwachsene. Sie wusste, dass sie Malerin werden wollte. Sie wusste, dass sie Cory heiraten wollte. Heutzutage lege ich eine planlose Klebezettelwand an und komme nicht dahinter, was es bedeutet, jemanden zu mögen. Ich habe mich zurückentwickelt.

Es klopft vorsichtig an meine Zimmertür. »Aisha?«, fragt meine Mutter leise.

»Ja? Hat der Timer vom Ofen gepiept?«

»Noch nicht. Aber du hast Besuch.«

»Was?«

Ich bin noch nicht so weit. Ich hab noch nicht mal einen BH an. Ich nehme das Tuch, das über dem Schreibtischstuhl hängt, und drapiere es um meine Brust, streiche mir über die wirren Haare und stecke den Kopf zur Tür heraus.

Owen.

Er hat eine Geschenktüte in der Hand, aus der knallgelbes Seidenpapier quillt. »Herzlichen Glückwunsch zum Geburtstag.«

»O mein Gott, Owen! Wie bist du denn hergekommen?«

»Ms Santos hat mich gebracht. Ich soll dir das hier von Quentin bringen, weil er mit Darth Vader angeln gefahren ist.« Owen rüttelt mit der Tüte, bis ich sie ihm abnehme. »Ich muss jetzt zum Geigenunterricht, aber ich wollte dir noch sagen, dass ich mit Absicht nicht auf der Karte unterschrieben hab. Das Geschenk ist einfach zu doof.«

Ich schlüpfe in meine Schlappen und begleite ihn nach draußen. Dort sehe ich ihm nach, wie er sich seinen Weg durch die verwilderten schneebedeckten Sträucher bahnt, die unser Vermieter fast nie schneidet. Sie sehen aus wie in weiße Schokolade getunkte Kuchen-Lollis.

Ich winke dem SUV zu, der vor dem Haus parkt, und hoffe, dass Ms Santos mich sieht, dann laufe ich zurück in mein Zimmer. Es fühlt sich so an, als hätte ich Post von einem Brieffreund auf dem Mond. Als Erstes lese ich die Karte. Auf der Vorderseite ist ein Aquarell mit Macarons. Ich bin überrascht, wie lang der Text innen ist. Ich hätte gedacht, er schreibt nur irgendwas Witziges über die Macarons und fertig.

Liebe Revolutionärin,
ich hätte nie gedacht, dass ich das mal sagen würde, aber ich
bin froh, dass du meinen Wagen gekapert hast. Du hast mir

viel beigebracht, und damit meine ich nicht nur Mathe. Ich habe
gelernt, dass man mit der nötigen Entschlusskraft alles schaffen
kann. (Außer vielleicht Macarons backen. Die waren ziemlich
schlecht, ganz ehrlich. Siehe Vorderseite der Karte, wenn du wis-
sen willst, wie richtige Macaronfüße aussehen.) Die Zeit mit
dir in den letzten Wochen war einfach toll. Lass uns nach der
Schule Kontakt halten. Womöglich komme ich einmal im Jahr
zu eurem Gebet vorbei und ziehe eine Curta an (wie scheibt man
das?).
Ich hoffe, mein kleines Geschenk gefällt dir. Damit wirst du nie-
mals aufhören, Abenteuer zu erleben, wie klein und albern sie
auch sein mögen. Du wirst noch so viel erleben. Wenn ich Glück
habe, darf ich dir dabei zugucken.
Herzlichen Glückwunsch zum Geburtstag.
Es grüßt
der Liebling aller Eltern
PS: Als nächsten Klebezettel nimmst du dir am besten »Schwim-
men lernen« vor. Du lebst im Staat der Großen Seen!!!

Ich ziehe das gelbe Seidenpapier ab und pruste augenblicklich
los.

Die Tüte ist voller einzeln verpackter bunter Klebezettelblöcke.

Einen nach dem anderen hole ich sie heraus. Meine Augen werden feucht. Dass ich über Klebezettel weine, ist eine
Premiere, aber obwohl sie unbeschrieben sind, vermitteln sie
eine Botschaft – das kosmische Versprechen, dass alles gut
wird.

»Ai-sha, Seema ist da«, singt mein Vater durch die Tür.

»Ich komme!«

Seine Schritte entfernen sich. Meine Eltern haben auch
ganz schön viel durchgemacht. Sind in ein fremdes Land gegangen, haben zwei Kinder großgezogen. Aber ich bin nicht

so allein, wie ich dachte. Ich hab meine Familie. Ich hab eine Handvoll (okay: zwei) gute Freunde. Ich stelle mir die Abenteuer vor, die auf den vielen unbeschriebenen Klebezetteln Platz haben, und ich bin dankbar für dieses letzte Jahr.

Liebeskrank

✓ Einen kranken Freund besuchen

Am nächsten Tag höre ich Lo-Fi-Musik auf voller Lautstärke, während ich den Rest vom Abendessen verdrücke und gleichzeitig meine Hausaufgaben mache. Ich bin in eine komplizierte chemische Reaktionsgleichung vertieft und bemerke Seema erst, als sie mir gegen den Arm boxt.

»Jo. Hast du dich schon für den Aquarellkurs angemeldet?«

Seema hat mir einen Gutschein für die Crafterina geschenkt. Der Betrag auf dem Gutschein kommt dem Preis für einen vierwöchigen Aquarellkurses verdächtig nah. Ich war gerührt, dass sie mir einen echten Wunsch erfüllt hat, anstatt den Toast-Ohrring-Trend fortzusetzen.

»Noch nicht. Ich brüte über chemischen Reaktionsgleichungen.«

Sie fläzt sich auf mein Bett und schlägt ein Bein über das andere. »Melde dich lieber an, bevor die Winterkurse ausgebucht sind.« Ihr Blick fällt auf die Schachtel mit Trüffeln auf meinem Nachttisch. Ich hab schon hunderttausend Fotos von der Schachtel aus unterschiedlichen Perspektiven und in verschiedenen Lichtverhältnissen gemacht. Als sie die Schachtel nimmt, fällt die Broschüre, die obendrauf liegt, herunter.

»Daran erkennt man teure Schokolade – wenn eine Anleitung dabei ist. *Dunkle Schokoladen-Ganache mit Zimt aus Vietnam.* Woher hast du die denn?«

»Von Brian. Kannst du haben, wenn du willst. Ist Gluten drin.«

Sie nimmt den Deckel ab und steckt sich einen Trüffel in den Mund. »Weiß Brian nicht, dass du kein Gluten verträgst?«

»Ich hab's ihm nicht erzählt. Ich wollte ihm nicht das Gefühl geben, dass ich das Geschenk nicht zu schätzen weiß, und so eine Lebensmittelallergie ist ja auch nicht gerade sexy.«

»Alter.« Sie schmatzt genüsslich mit den Lippen. »Du hast ein Problem.«

In meinem Bauch verknotet sich etwas. Warum kann sie nicht mal was Positives sagen? So was wie: Wow, tolle Trüffel. Wow, was für ein schönes Geschenk. Du Glückliche.

»Ja, oder? Ich bin echt verkorkst. Und es tut mir echt leid, dass ich eine Lebensmittelallergie hab – warum kann ich nicht so vollkommen sein wie du?«

»Ähm.« Sie setzt sich auf und zieht die Augenbrauen hoch. »Wo kommt das denn jetzt her?«

»Immer lässt du raushängen, dass dein Leben besser ist als meins, Seema.« Meine Stimme wird laut. »Aber du hast überhaupt keine Ahnung. Du weißt nicht, wie es ist, ich zu sein. Kann ich jetzt ausnahmsweise mal meine Musik allein genießen, ohne dass du mich daran erinnerst, was alles mit mir nicht stimmt?«

»Aisha, ich will doch nur …«

»Lass mich einfach in Ruhe. Bitte.«

Seema steht auf, doch bevor sie geht, guckt sie mich noch einmal hocherhobenen Hauptes an, nach dem Motto: Ich gehe nur, weil ich es will. Kaum ist sie weg, schnappe ich mir mein Handy. Ich drehe durch, und es gibt nur einen Menschen, der meine Hirnchemie wieder ins Gleichgewicht bringen kann.

Q, bist du schon wieder da? Kann ich vorbeikommen?

Wenige Sekunden später kommt die Antwort.

Bin gerade nach Hause gekommen, aber ich bin krank. ☹

Wenn du keine Angst vor Viren hast, komm vorbei!

Ich stecke den Löffel in die halb gegessene Schale mit Linsen und katapultiere mich aus dem Zimmer. »Ganz ruhig, Speedy«, sagt mein Vater, als er mich zur Tür schlittern sieht. Seema sitzt am Esstisch und sieht mich nicht an. »HelfenurschnellQuentinbeimLernen.«

»Fahr vorsichtig!«, ruft mein Vater. »Und sei spätestens um neun wieder zu Hause. Heute ist Sonntag.«

Ich halte kurz beim Macaron-Laden. Als ich bei Quentin ankomme, geht gerade die Sonne unter und malt rosa Streifen an den Himmel. Ob Quentin den Sonnenuntergang von seinem Fenster aus sieht? Owen macht die Tür auf. Er hat blaue OP-Handschuhe an und ein rotes Tuch mit Paisley-Muster über Mund und Nase gebunden. Ich schleudere die Stiefel von mir und stelle die Schachtel mit Macarons auf die Küchentheke. »Wo ist Ms Santos? Und was soll dieser Aufzug?«

»Ms Santos ist einkaufen, damit sie neue Suppe für Quentin kochen kann, es ist kaum noch was da. Quentin ist in seinem Zimmer, damit er niemanden ansteckt. Ich hab Dienstag ein Vorspiel, das ich nicht verpassen darf, außerdem bin ich morgen nach der Schule mit Yasmin in der Bibliothek verabredet.« Seine Stimme klingt durch das Tuch gedämpft. »Deshalb will ich mir auf keinen Fall seine Seuche einfangen.«

Ein Elfjähriger hat weit mehr Sozialleben, als ich vermutlich je haben werde. Ich gehe die Treppe hoch und klopfe an Quentins Zimmertür. Keine Reaktion.

»Quentiiin?« Ich lege ein Ohr an die Tür.

»Komm rein«, krächzt er.

Es ist dunkel bis auf feine orange Lichtstreifen, die durch sein Rollo dringen. Er liegt auf dem Bett, sein Kopf ist nur halb zu sehen, so viele zerknüllte Taschentücher liegen um ihn rum. Wie eine Vase inmitten von Verpackungschips. Ausnahmsweise ist sein Zimmer mal nicht aufgeräumt – auf dem Boden liegen ein paar Socken und ein Hoodie. Es muss ihm wirklich schlecht gehen.

»Du lebst!« Ich beuge mich hinab, um ihn zu umarmen. Erst regt er sich nicht, dann legt er die Arme um mich. Er glüht förmlich. Ich schalte die Nachttischlampe ein.

»O mein Gott, du siehst ja fürchterlich aus. Wie vom Bus überfahren. Und als hätte der Bus dann gewendet und dich noch mal überfahren.«

»Danke.« Seine Augen sind rot gerändert. »Sehr charmant.«

Durch die Tür höre ich Owens Geige. Ich spitze die Ohren. »Wow, das klingt ja toll. Er hat sich echt verbessert.«

»Der Kleine lässt mich nicht schlafen. Und nebenbei, du brauchst nie zu fragen, ob du vorbeikommen kannst. Komm einfach.«

»Und wenn ich hergefahren wäre und du wärst nicht zu Hause gewesen? Oder wenn du lieber allein sein wolltest?«

»Diese Jugend von heute. Zu meiner Zeit haben wir noch stundenlang vor der Tür gewartet, um einen Freund zu treffen. Heutzutage dagegen habt ihr alle eure Handys und denkt …«

»O-kay. Ich glaub, du hast zu viel Zeit mit Grandpa Shelly verbracht.«

»Stimmt.« Er stöhnt. »Ich hätte dir gern geschrieben, wie schlimm es in Houghton Lake war. Mein Opa schreibt noch Briefe mit der Hand. Er sammelt Briefmarken. Er glaubt, WLAN ist böse und die Strahlung schädlich fürs Gehirn.«

»Vielleicht ist da was dran. Old School hat schon was. Vor

allem handgeschriebene Karten.« Ich lächele. »Vielen Dank dafür, Quentin. Und für das Geschenk. Ich hab mich echt gefreut.«

»Keine Ursache. Erst wollte ich dir Aquarellpinsel kaufen, aber ich dachte mir, die hast du bestimmt schon.«

»Es war genau das Richtige.« Ich zeichne die Blätter auf seiner Bettdecke mit dem Finger nach. »War die Reise nur wegen dem fehlenden WLAN schlimm? Oder wegen deinem Opa?«

»Erstaunlicherweise war mein Opa richtig nett zu mir. Er hat sogar angeboten, mit mir ins Eismuseum zu gehen. Ich hab die ganze Zeit auf die üblichen Seitenhiebe gewartet, aber da kam nichts ...« Er hustet. »Und du? Wie ist dein Date noch gelaufen? Auf meinem Nachttisch ist der Klebezettel mit *Auf ein Date gehen*, damit du ihn durchstreichen kannst.«

»Es war ... gut.«

Quentin hält mir die Hand für ein High Five hin, lässt sie aber wieder sinken. »Lieber nicht, ich bin ansteckend. Aber das ist ja super, Aish. Ich freue mich für dich.«

»Danke.«

Er zieht eine Augenbraue hoch. »Okay, was ist los?«

Ich ziehe die Knie an die Brust. »Ich bin mir nicht sicher, ob Brian mich mag. Ich hab keine richtige Erinnerung an das Date.«

»Was bist du, ein Goldfisch?«

»Nein, das ist so ... kennst du diesen Zustand, wenn man im Halbschlaf ist und lauter verrücktes Zeug träumt? So geht es mir mit ihm. Als wäre ich gar nicht richtig anwesend. Ich bin ständig in Gedanken.«

»Ich verstehe.« Quentin nimmt seine Tasse. Das Etikett am Teebeutel baumelt hin und her. »Vielleicht fährst du mal ein bisschen durch die Gegend. Das hilft mir immer, meine Gedanken zu sortieren.«

»Kommst du mit?«

»Was? Nein, das muss man alleine machen.«

»Aber ich bin überhaupt nicht gern alleine. Dann hab ich immer die absurdesten Gedanken.«

»Das ist ja grad der Witz daran.«

»Na gut.« Ich nehme mir einen Klebezettel von seinem Schreibtisch, kritzele mit dem Edding *Durch die Gegend fahren und mein Leben sortieren* darauf und klatsche ihn an die Wand. Als ich mich umdrehe, hat Quentin sich noch tiefer unter die Decke vergraben. Ich befühle seine Stirn.

»Du bist echt warm.«

»Das richtige Wort ist ja wohl *heiß*.«

Ich verdrehe die Augen. »Owen hat gesagt, es ist noch ein bisschen Suppe da. Ich wärme dir was auf.«

Blinzelnd macht er die Augen auf und sagt mit rauer Stimme: »Danke, mein Kind. Das werde ich dir nie vergessen. Ich stehe für immer in deiner …«

»Halt die Klappe. Ich hab dir auch Macarons mitgebracht, die kannst du essen, wenn es dir besser geht.«

Quentin tut so, als müsste er würgen, und ich funkele ihn an.

»Ich hab sie gekauft, okay?«

»Ah, Gott sei Dank.«

»Grmpf. Tschüs.«

Ich gehe ins Wohnzimmer, wo Owen inzwischen an seinen Hausaufgaben sitzt.

»Wie geht's Quentin?«, fragt Owen.

»Er schlägt sich tapfer. Übrigens bist du auf dem besten Weg, ein großer Violinist zu werden.«

»Findest du? Ms Adeline hat gesagt, ich bin ein Favorit für das Solokonzert im Frühling. Kommst du zugucken, falls es klappt?«

»So einen besonderen Tag würde ich mir nie entgehen lassen.«

»Ah, bei *besonderer Tag* fällt mir ein, wie war dein Geburtstag? Hast du Quentins komisches Geschenk ausgepackt?«

»Ich fand es toll. Das war ein kleiner Insider von uns.«

»Scheibenkleister.« Owen nagt an seinem Bleistift. »Dann
hätte ich doch meinen Namen auf die Karte schreiben sollen.«

»Dass du so bist, wie du bist, ist Geschenk genug.«

»Das ist nett. Ich versuche auch so nette Sachen zu Yasmin
zu sagen.«

Ich verkneife mir ein Lächeln. »Ach ja?«

»Ja. Ich sage Quentin immer, er soll dir auch mehr nette
Sachen sagen. So kriegt man eine Freundin. Aber das mit den
Mädchen hat er nicht so drauf, wahrscheinlich magst du des-
halb ja auch einen anderen.«

Ich starre ihn an. Er legt den Bleistift hin.

»Du wusstest nicht, dass Quentin dich mag?«

»Das ist nicht …« Ich verschränke die Arme. »Quentin
hilft mir mit Brian, außerdem hält er nichts von Beziehungen
in der Schulzeit.«

Natürlich hab ich es schon mal in Betracht gezogen. Der Silvesterkuss. Wie er mich manchmal ansieht, einen Herzschlag
zu lang. Wenn er über meine Witze lacht, während Seema
genervt guckt. Aber er hat gesagt, der Kuss war für mein Manifest. Als wir in der Spielhalle waren, ist er früher gefahren.
Und keine Beziehung in der Schulzeit ist für ihn eine eiserne
Regel.

Owen beugt sich vor, als wollte er mir ein Geheimnis an-
vertrauen. »Frag ihn doch einfach, ob er dich mag.«

Und als Nächstes frag ich dann Kim Jong-Un, ob ich eine
Tasse Ginseng-Tee haben kann. Owen stellt sich das so einfach vor. Wenn ich Quentin so etwas fragen würde, denkt er
natürlich, ich frage, weil ich ihn mag. Was nicht der Fall ist.
Oder selbst wenn, dann nicht so sehr. Ich hab es noch ganz
gut im Griff. Genau deshalb fahre ich nicht gern allein durch

die Gegend. Meine Gedanken würden den ganzen Wagen erfüllen und mich erdrücken.

»Ich mach jetzt mal die Suppe warm.« Ich bleibe noch einen Moment stehen und beneide Owen darum, wie mühelos er sich wieder seiner Bruchrechnung zuwendet, nachdem er meine Welt in tausend Stücke gesprengt hat. Während ich in der Küche auf und ab gehe, drehen sich meine Gedanken im Kreis wie die Suppenschale in der Mikrowelle. Ich habe mich nach Kräften bemüht, die Freundschaft mit Quentin zu pflegen und gleichzeitig Brian kennenzulernen. Das hat super geklappt, bis jetzt.

Die Mikrowelle macht pling. Ich gehe wieder nach oben und balanciere die Schale so, dass die Suppe nicht überschwappt. Warum fühlt sich das alles plötzlich inniger an?

Ich klopfe. Keine Reaktion.

Ich gehe ins Zimmer und stelle die Schale auf seinen Schreibtisch. Im Schlaf sieht er so friedlich aus. Als ich aus dem Zimmer gehen will, stoße ich mit dem Bein gegen den Nachttisch. Eine kleine Holzschachtel fällt auf den Teppich und der Deckel geht auf. Zum Glück rührt Quentin sich nicht. Ich knie mich hin, um den verstreuten Inhalt wieder einzusammeln. Kleine Papiersterne, bemalt mit …

Bemalt mit meinem Goldstift.

Es sind die Sterne, die ich Quentin auf seine Arbeitsblätter gemalt habe.

Der Junge ohne jede Deko im Zimmer schneidet meine wertlosen Sterne aus und bewahrt sie auf. Ich halte einen Stern hoch und lächele, doch das warme Gefühl in meiner Brust weicht einer bangen Ahnung. Warum bewahrt er sie auf? Als Andenken an seine Fortschritte, okay, aber …

Owen irrt sich. Das kann doch nicht sein.

Ich drehe die Schachtel um und will die Sterne zurücklegen, als ich sehe, dass noch etwas darin ist. Ich fasse hinein.

Meine Finger schließen sich um die Blüte einer gepressten Rose – es ist die Rose, die ich Quentin an dem Abend geschenkt habe, als wir uns kennengelernt haben.

Antilopen-Anzeiger.org / Nachrichten / Verkündung-der-Jahrgangsbesten /

✓ Jahrgangsbeste werden

Aisha Agarwal und Brian Wu wurden gemeinsam zu den Jahrgangsbesten des Abschlussjahrgangs gewählt. Beide haben einen Notendurchschnitt von glatt 1,0. Laut Direktor Cornish gibt es damit erstmals seit acht Jahren wieder zwei Jahrgangsbeste an der Arledge Prep. Die Jahrgangsbesten werden auf der Grundlage des Notendurchschnitts und unter Berücksichtigung sämtlicher Zeugnisse und des Schwierigkeitsgrads der einzelnen Kurse ermittelt.

Agarwal ist Mitglied in der Häkel-AG, in der Organisation Youth for Tomorrow, der National Honor Society und diversen ehrenamtlichen Projekten. Ihre glänzenden Leistungen führt sie auf unterschiedliche Faktoren zurück.

»Ich habe immer alle möglichen Angebote der Schule genutzt«, sagt sie. »Außerdem hatte ich hervorragende Lehrer, zum Beispiel Ms Kavnick, meine Literaturlehrerin.«

Agarwal hat vor, im Hauptfach Mathematik zu studieren und im Nebenfach eventuell Kunst.

Brian Wu spielt in der Schulauswahl der Basketball-Mannschaft und ist im Debattierclub aktiv. Wie er sagt, hatte er bei der Wahl der Kurse nie nur seinen Notendurchschnitt im Sinn.

»Ich habe Kurse gewählt, die mich wirklich interessieren«, sagt er. »Und die vier Jahre Basketball waren einfach großartig. Wir sind ein super Team.« Wu möchte Medizin studieren.

Die beiden werden ihren Erfolg diese Woche mit einem Eisbecher in ihrem Lieblingslokal Wooly's feiern.

»Unsere Eltern laden uns ein«, erzählt Wu. »Man wird ja nicht alle Tage Jahrgangsbester.«

Sowohl Wu als auch Agarwal sagen, sie hätten ihre Rede für die Abschlussfeier noch nicht geschrieben. Die beiden werden an der Seite der Jahrgangssprecherin Marissa Ringwold sprechen.

Sean Truwald, Redakteur
Antilopen-Anzeiger

Die letzte Schlacht

✓ Den
Tupperdosen-
Krieg
beenden

»Herzlichen Glückwunsch, Aisha«, sagt Ms Kavnick, und da merke ich, dass alle anderen, darunter auch Marcy, das Klassenzimmer nach und nach verlassen haben. Marcy hat seit dem Tag in der Spielhalle nicht viel mit mir geredet. Ich hätte gedacht, sie würde mir nach der Verkündigung der Jahrgangsbesten gratulieren. Das war gestern, und bis jetzt hat sie nichts gesagt. »Ich hab gehört, dass du Jahrgangsbeste geworden bist. Weißt du schon, an welches College du gehst?«

Ich hänge meinen Rucksack über die Schulter und gehe zu Ms Kavnick ans Pult. »Bis jetzt nicht. Ich warte noch auf ein paar Antworten.«

»Dann hoffe ich, dass ich hiermit nicht zu spät komme.« Sie reicht mir einen zerknitterten Prospekt. Als Erstes sticht mir das große M ins Auge – die University of Michigan. Dort habe ich mich auch beworben, wie wahrscheinlich alle in Michigan.

»Ich hab von einem Stipendiatenprogramm an der Penny Stamps School of Art and Design gehört und dachte mir, das könnte was für dich sein. Es ist ein duales Studium, bei dem sich zugelassene Studierende für generative Kunst bewerben können. Dabei wird mit Programmierung gearbeitet.«

Das erinnert mich an das Forschungsprojekt, bei dem ich mich letztes Jahr mit Fraktalen in der Natur beschäftigt habe. Ich wusste gar nicht, dass man Kunst und Mathe zusammen als Hauptfach studieren kann – ich dachte, man müsste sich für ein Fach entscheiden.

»Das klingt spannend.« Ich schlucke schwer. »Aber ist es nicht sehr schwierig, ein Stipendium für das Bachelorstudium zu kriegen?«

Sie zwinkert mir zu. »Deshalb gebe ich den Prospekt ja dir.«

Ich weiß es zu schätzen, dass Ms Kavnick an mich denkt, aber jetzt, wo ich Jahrgangsbeste geworden bin, will ich erst recht nach Stanford. Ich habe einen Vorgeschmack davon bekommen, wie es ist, alles zu erreichen, was ich will. Dahinter kann ich jetzt nicht mehr zurück.

Während ich zu meinem Spind trotte, die Schultern gebeugt von den schweren Büchern im Rucksack, ruft die Schulsekretärin ein paar arme Würstchen über den Lautsprecher aus. Garantiert weidet sie sich insgeheim daran, das Privatleben der Betreffenden breitzutreten, wenn sie nicht schnell genug kommen.

Als Lily letzte Woche ausgerufen wurde, hieß es zunächst: »Lily Perez, bitte melden Sie sich im Sekretariat«, dann wurde daraus: »Lily Perez, bitte melden Sie sich im Sekretariat. Ihr Vater wartet auf Sie, um Sie zur Weisheitszahn-Operation zu bringen.« Heute hatte ich zwischen zwei Kursen meine Kopfhörer auf, sodass ich jetzt das Vergnügen habe zu hören: »Aisha Agarwal, bitte melden Sie sich im Sekretariat. Ihre Mutter wartet mit Ihrem Mittagessen auf Sie.« Ich lasse meinen Rucksack zusammen mit meiner Würde am Spind zurück und flitze ins Sekretariat.

Da steht meine Mutter. Sie hat eine graue Steppjacke an und eine Stahldose an die Brust gedrückt. Die Sekretärin tippt am Computer, ein frostiges kleines Lächeln im Gesicht, vermutlich gespeist aus der Demütigung der Schüler und Schülerinnen.

»Aisha, du solltest dir morgens mehr Zeit nehmen.« Meine Mutter reicht mir die Dose. »Mittagessen *ghar pe rehgaya.*« Du hast dein Mittagessen zu Hause vergessen.

Ich bringe es nicht übers Herz, meiner Mutter zu sagen, dass ich in der Mittagspause seit Monaten Snickers esse. Sie glaubt, ich nehme eine ausgewogene Mahlzeit aus der Mensa zu mir, wo mich eine perfekte Ernährungspyramide vom Tablett anlächelt. Ich lasse sie in dem Glauben. Aber an manchen besonderen Tagen gibt meine Mutter mir ein Mittagessen mit, heute zu Ehren meiner Wahl als Jahrgangsbeste. Meine Mutter hat nicht gerade gesagt, dass sie mir zutraut, den Klimawandel abzuwenden, aber mit ihrem speziellen Biryani mit karamellisierten Zwiebeln zeigt sie mir auf ihre Art, dass sie stolz auf mich ist.

»Danke, Ma.«

Ich wäre selbst auch gern stolz auf mich. Als gestern die Jahrgangsbesten verkündet wurden, ging ich durch die Flure, als würde eine Mariachi-Band hinter mir hermarschieren. Ich hab es genossen, auf der Website der Schule meinen Namen neben Brians zu sehen. Ich hab sogar einen Screenshot von der Seite gemacht für den Fall, dass der Direktor es wieder runternimmt. Ich hab Quentin angerufen, ohne an die lästigen ausgeschnittenen Sterne zu denken. Ich hab High Fives von der Häkel-AG bekommen, sogar von der ollen Häkel-Lily. Es war mein Tag. Dann wurde der Kalender umgeblättert. Die Mariachi-Band ging wieder auf Tour, die Gäste fuhren einer nach dem anderen heim.

Meine Mutter legt mir eine Hand auf die Wange. *»Acha, main chalti hoon, lekin tumne Seema se baat kee? Usane ghar par phone nahin kiya, aur voh har hafte karti hai.«* Na gut, ich gehe jetzt, aber hast du mit Seema gesprochen? Sie hat noch nicht angerufen wie sonst immer jede Woche.

Ach du je. Womöglich hat das etwas mit meinem Ausbruch neulich zu tun.

»Bestimmt muss sie viel lernen.«

So wie Quentin. Morgen hat er seine Zwischenprüfung in Mathe. Ich will meine Mutter gerade fragen, ob ich länger bei Quentin bleiben darf, um mit ihm zu lernen, als Mrs Wu den Warteraum betritt. Während meine Mutter eine Jogginghose und ein verwaschenes T-Shirt mit dem Logo der Firma meines Vaters anhat, sieht Mrs Wu so aus, als käme sie gerade von einen Auftritt in *Good Morning America*. Sie trägt hochhackige schwarze Schuhe, eine gebügelte Kakihose und eine Bluse mit Kranichmuster. Sie sieht keinen Tag älter aus als damals. Kaum bemerkt die Sekretärin sie, greift sie nach dem Mikrofon für die Lautsprecheranlage.

»Brian Wu, bitte melden Sie sich im Sekretariat.«

Oje. Brian soll sich mal fix hierherbewegen, wenn er nicht will, dass seine persönlichen Angelegenheiten durch die ganze Schule posaunt werden. Ich hole mein Handy raus, um ihm Bescheid zu sagen.

»Kanta, das gibt es ja nicht!« Mit schnellen Trippelschritten geht Mrs Wu auf meine Mutter zu. Klack-klack-klack. »Wie schön, dich zu sehen.«

Meine Mutter lächelt. »Es ist lange her. Wie geht es dir?«

»Ganz gut. Ich hab immer viel zu tun auf der Arbeit. Und Aisha, gratuliere. Brian hat mir erzählt, dass du auch Jahrgangsbeste geworden bist. Ich muss sagen, es hat mich nicht wirklich überrascht.«

»Danke.« Je mehr ich darauf angesprochen werde, desto schlechter fühle ich mich. Irgendwie hatte ich erwartet, wenn ich Jahrgangsbeste werde, verwandele ich mich in einen neuen Menschen, aber das ist nicht passiert. Ich fühle mich genau wie vorher, nur mit der Aussicht, bei der Zeugnisverleihung eine zusätzliche Medaille zu tragen.

»Ich wollte nur Brian seine Basketballhose bringen. Die hat er zu Hause vergessen.« Sie hält einen Stoffbeutel hoch. »Aber ich freue mich, dass ich euch beide hier treffe. Brian hat vorgeschlagen, dass wir alle zusammen zu Wooly's gehen und das Ereignis mit einem Eis feiern. Was meint ihr? Ich weiß, dass du mit Zucker aufpasst, Kanta.«

Meine Mutter legt mir eine Hand auf die Schulter. »Ich glaube, für diesen Anlass ist Zucker angemessen.«

»Dann ist das abgemacht. Wir Mädels und die Jahrgangsbesten. Unsere Männer lassen wir zu Hause.«

Meine Mutter lacht. »Wie wär's mit morgen Abend? Heute fahre ich mit Akshay zu Costco. Ich muss aufpassen, dass er nicht wieder diese Riesen-Kekspackung kauft.«

»Aisha, vielleicht gehst du jetzt mal lieber und isst das, was deine Mutter dir gebracht hat«, mischt sich die Sekretärin ein. »Die Mittagspause ist schon fast vorbei.«

»Ah ja, stimmt. Danke.« Ehe ich gehe, winke ich meiner Mutter und Mrs Wu zu, aber sie sind in ihr Gespräch vertieft. Es ist wie die Wiedervereinigung der Entfremdeten. Genauso wie Brian und ich uns wieder angefreundet haben, reden meine Mutter und Mrs Wu nach Jahren plötzlich wieder miteinander. Ich habe keine Ahnung, warum sie keinen Kontakt gehalten haben – sie scheinen sich doch gut zu verstehen.

Als sich die Tür des Sekretariats hinter mir schließt, entdecke ich einen panischen Brian, der durch die Flure joggt. Ich würde ihm gern versichern, dass der Verbleib seiner Basketballhose nicht enthüllt wird, aber das geht nicht. Ich habe nur noch zehn Minuten Mittagspause, und ich muss zu Marcy. Wir haben schon länger nicht mehr zusammen die Pause verbracht.

»Klopf, klopf!«, rufe ich, und Marcy schaut von ihrem Computer hoch. Ganz wie erwartet, sitzt sie im Computerraum an einem Artikel für den Antilopen-Anzeiger. Ich hocke mich auf den Tisch neben ihr und sehe ihr zu, wie sie Textrechtecke hierhin und dorthin verschiebt.

»Hey«, murmelt sie und guckt wieder auf den Bildschirm.

»Wo hast du gesteckt? Du hast mir nicht zurückgeschrieben. Du hast es wahrscheinlich schon mitgekriegt, aber ich wollte dir erzählen, dass ich …«

»Dass du Jahrgangsbeste geworden bist. Ich weiß. Es stand in der Zeitung, deren Redaktionsleiterin ich bin.«

Mein Lächeln erstirbt. »Ist alles okay?«

»Yep.«

So kalt war Marcy noch nie zu mir. Es … macht mir Angst. Sie steht auf, dreht mir den Rücken zu und stellt Handbücher ins Regal.

»Was ist los, Marce?«

»Nichts.«

»Irgendwas hast du doch.«

»Nö.«

»Bist du …« Ich verstumme.

»Ob ich was bin? Neidisch auf dich?«

Ich sage nichts.

»Im Ernst jetzt?« Sie fährt herum. »War ja klar, dass du so was denkst. Nimm dich mal nicht so wichtig, Aisha.«

Ich werde rot. »Nein! Es ist nur, ich hab dich noch nie so …«

»Zu deiner Information, ich hab mich für dich gefreut. Denn darum geht es schließlich bei einer Freundschaft. Man redet, man verbringt Zeit miteinander, man fiebert für die andere mit.«

»Das weiß ich doch. Warum bist du …«

»Aisha, nach dem Tag in der Spielhalle ist mir was klar

geworden.« Sie stellt den Bücherstapel, den sie in den Armen hält, ab und dreht sich zu mir um. »Wir reden kaum noch miteinander. Du hast mich nur wegen Brian gefragt, ob ich mit in die Spielhalle komme. Wenn ich dir nicht irgendwie mit deinem Manifest helfe, existiere ich gar nicht für dich. Ich wollte mich mal mit Kevin und dir gemeinsam treffen, weil ihr euch garantiert super verstehen würdet, aber du gibst mir immer einen Korb. Du kannst mich nicht einfach ein- und ausschalten, wie es dir gerade passt.«

Von ihrem Blick wird mir ganz übel. Warum droht plötzlich alles auseinanderzubrechen, was so haltbar schien? Marcy ist eine Konstante in meinem Leben, ich baue auf ihren Rat, ihre Listicles und ihr Lachen. Und jetzt sieht es so aus, als hätte ich sie verloren. Sie kann mich nicht mehr leiden.

»Nein! So ist das nicht. So denke ich überhaupt nicht über dich, Marcy«, sage ich flehend. »Ich war in letzter Zeit nur so beschäftigt, deshalb hab ich …«

»Es ist nicht nur das. Du hast immer gesagt, deine Mutter erlaubt nicht, dass du Freunde einlädst, und Quentin ist auf einmal die magische Ausnahme? Das soll ich dir glauben? Seit Jahren frage ich dich, ob ich mal bei euch indisch essen darf.«

Ich dachte immer, Marcy würde sich für meinen indischen Hintergrund nicht interessieren und sich in unserer kleinen Wohnung nicht wohlfühlen. Ich habe mir eingeredet, sie könnte nichts damit anfangen und ich würde sie davor beschützen. Aber indem ich davon ausging, dass sie sich nicht dafür interessiert, habe ich genau das verhindert. Ich habe nur mich selbst beschützt.

»Das Einzige, was ich je von deinem Essen probiert habe, waren diese steinharten Macarons.«

Ich merke, wie ich blass werde. »Wie meinst du das? Ich hab doch nur eine einzige Dose gepackt, und die hab ich …«

»Brian geschenkt. Und er hat sie bei Sanjay liegen gelassen. Er hat sie nicht mal geöffnet. Ich hab die Dose mitgenommen, um dir die Enttäuschung zu ersparen.«

Eine friedliche nicht-asiatische Teilnehmerin hat sich in den asiatischen Tupperdosen-Krieg eingeschaltet – die neutrale Schweiz ist in den Ring getreten. Wieso hat Brian behauptet, dass er die Macarons mochte, wenn er sie doch gar nicht probiert hat? Wahrscheinlich hat er die Dose vergessen und wollte mich nicht kränken. Tränen springen mir in die Augen bei der Vorstellung, dass Marcy meine kleine Tupperdose wochenlang aufbewahrt hat.

»Es tut mir wirklich leid, Marce ...« Meine Stimme versagt.

»Wirklich. Aber es ist nicht so leicht für mich. Du weißt, wie ich mich an der Arledge fühle. Ich passe hier überhaupt nicht rein.«

»Ich weiß, und das ist echt Mist. Aber du kannst auch nicht gerade behaupten, du müsstest dich am eigenen Schopf aus dem Sumpf ziehen. Diese Schule führt hin zu einem Elite-College, wir alle haben also automatisch einen Vorteil. Ich jedenfalls versuche das im Hinterkopf zu behalten, während du immer nur betonst, wie schwer du es hast, oder dich darüber beklagst, dass Alexander nicht seinen Anteil an den Chemie-Berichten übernimmt. Du könntest ja einfach mal mit ihm reden, oder?«

»Hab ich ja! Letzte Woche hab ich ihm erklärt, wie man meinen Namen ausspricht, und er hat es endlich kapiert!«

Selbst in meinen eigenen Ohren klingt das albern, aber ich war echt stolz auf mich. Quentins Kollegin Keesha vom Divine Tea hat mich auf die Idee gebracht. Auf ihrem Namensschild steht »Quiche-a« mit einem Bildchen von einer Quiche daneben, deshalb hab ich ein Ei neben meinen Namen gemalt und Alex gesagt, er soll einfach an ein Ei denken. Hat funktioniert.

»Na, da bin ich aber froh, dass du dafür nur vier Jahre gebraucht hast. Hoffentlich dauert es nicht noch mal vier Jahre, bis du ihm erklärst, dass er seine Hälfte des Berichts ordentlich machen muss. Und übrigens bist du nicht die Einzige, die das Gefühl hat, anders zu sein als die anderen. Ich hab meiner Mutter gesagt, dass ich bi bin, und es war ...« Ihre Stimme bricht. »Echt hart. Sie hat so getan, als hätte ich überhaupt nichts gesagt. Ich bin letztes Wochenende zu meinem Bruder gefahren, um mal rauszukommen.«

»Warum hast mir nichts davon erzählt?«

»Du hattest ja nicht mal Zeit, einen Gastbeitrag für die Zeitung zu schreiben. Als ob du Zeit hättest, mir zuzuhören.«

»Ich hab Zeit.« Jetzt weine ich. »Ich hab dich nicht vergessen. Ich dachte einfach nur, dass es dir gut geht. Normalerweise geht es dir ja auch gut, und ...«

»Geht es überhaupt irgendwem richtig gut?« Sie senkt den Blick. »Weißt du, du warst meine beste Freundin, aber ich glaube, umgekehrt war das nie so. Vergessen wir das Ganze.«

Es klingelt zum Ende der Pause. Marcy holt meine Tupperdose aus dem Rucksack und stellt sie neben den Computer, dann stürmt sie hinaus. Ich stehe da, dämme die Tränenflut mit dem Ärmel meines Arledge-Pullis, und es ist mir egal, dass ich zu spät zum Unterricht komme.

Marcy hat recht. Ich habe unsere Freundschaft nicht wichtig genug genommen, und ich weiß auch, warum. Nachdem Brian mit mir gebrochen hatte, dachte ich, niemand, der mich von Nahem sieht – so nah, dass alle Splitter und Risse erkennbar sind –, könnte mich wirklich mögen. Deshalb habe ich Quentin und nicht Marcy gebeten, mir bei dem Manifest zu helfen. Andauernd vergleiche ich mich mit Marcy, Brian und den anderen von der Arledge. Deshalb das Versteckspiel, die vielen kleinen Lügen. Das ist so anstrengend.

Und jetzt habe ich Marcy verloren.

Ich will die Tupperdose einstecken, als es darin rappelt, und ich schaue hinein. Darin sind lauter Snickers. Der asiatische Tupperdosen-Krieg ist vorbei.

Fast direkt nach der Schule fahre ich zu Quentin. Er sitzt mit gebeugtem Rücken an seinem Schreibtisch, auf dem lauter Übersichtsbögen und Arbeitsblätter liegen. Wir gehen Fragen aus dem Arbeitsbuch durch, aber ich habe das Gefühl, dass er nicht so gut drauf ist, ganz abgesehen von seinem hartnäckigen Husten. Die Stunden vergehen, ohne dass er in Schwung kommt. Es hakt bei Aufgaben, die er vorher immer konnte. Als unsere Zeit fast um ist, gebe ich ihm eine Übungsklausur. Ich zünde eine Kerze an und hoffe, dass der Lavendelduft ihn ein bisschen beruhigt. Als der Timer geht, schaue ich mir seine Arbeitsblätter an.

Die Hälfte ist unausgefüllt.

»Ich bin bei einer Aufgabe hängen geblieben und dann kam ich einfach nicht weiter. Immer wenn ich mit was Neuem anfangen wollte, habe ich wieder an diese eine Aufgabe gedacht.« Er ist den Tränen nah und sieht mich nicht an. »Ich glaub, ich pack das nicht, Aish.«

»Hey, hey. Klar packst du das. Wir haben so lange zusammen gelernt.«

»Die Prüfung morgen kommt mir so unheimlich wichtig vor. Alles läuft darauf hinaus, die ganze Lernerei, und dann die Arbeit, die du da reingesteckt hast ...«

»Ach was. Wir sind Freunde, das steht über allem anderen.«

»Ich weiß, aber der Tag morgen hat für mich so ein wahnsinniges Gewicht. Als wär's D-Day.«

Ich weiß zwar ungefähr, was D-Day bedeutet, aber wenn ich Quentin bitte, mir etwas Geschichtliches zu erklären, hilft ihm das bestimmt.

»Ähm, D-Day? Was war das noch mal?«

Er richtet sich auf. »Das war, als die Alliierten Europa von der Naziherrschaft befreien wollten. Am D-Day sind die alliierten Truppen in der französischen Normandie gelandet. Eine der gewagtesten Militäroperationen aller Zeiten.«

»Tja, ich würde sagen, wir sind auf unseren M-Day ziemlich gut vorbereitet.« Ich mache eine Siegerfaust. »Math Day!«

»Das ist das Beklopteste, was ich seit Langem gesehen hab. Aber was soll man auch anderes erwarten von einer, die *50 erfolgreiche Bewerbungsessays für Elitehochschulen* im Regal stehen hat.«

Ich suche nach einem Kissen, mit dem ich ihn bewerfen könnte, aber ich sehe nur die Holzschachtel auf seinem Nachttisch. Seit ich diese verfluchten Sterne gefunden habe, liegt so eine Spannung zwischen Quentin und mir. Ich weiß nicht mal, ob sie wirklich da ist oder ob ich nur rumspinne.

»Geh jetzt lieber. Als Jahrgangsbeste von Arledge musst du dein königliches Haupt ein wenig ausruhen.«

»Erinnere mich nicht daran. Seit ich Jahrgangsbeste bin, läuft bei mir alles schief. Meine Schwester hasst mich. Und Marcy auch.«

»Das kann nicht sein. Und ich würde da jetzt gern noch mehr drüber erfahren, aber ich will nicht, dass deine Mutter auch noch auf der Liste landet.« Quentin hält mir seine Uhr hin. Schon fast neun. Ich hab noch eine halbe Stunde, sonst kriege ich richtig Ärger.

»Okay, ich gehe. Viel Glück für den M-Day.« Ich reiche ihm die Hand. Für eine Umarmung bin ich gerade zu nervös, also muss ein Händedruck reichen.

Er schüttelt meine Hand heftig. »Danke, Queen Aisha. Als Euer treuer Untertan werde ich alles geben, damit Ihr stolz auf mich sein könnt.«

»Möge es gelingen! Auf dass unser Königreich juchzen und jubilieren werde!«

Ich lasse seine Hand los, vollführe praktisch einen Hecht-sprung die Treppe runter und renne zu meinem Auto. Ich bin schon ein paar Straßen gefahren, als ich die blaue Geschenk-tasche auf dem Beifahrersitz sehe. Scheibenkleister. Ich hab vergessen, Quentin das Geschenk zu geben, das ihm Glück für die Prüfung bringen soll. Wenn ich zurückfahre, komme ich zu spät nach Hause, aber was ist schon eine weitere Straf-predigt von meinen Eltern aufs große Ganze gesehen?

Ich fahre zurück, und noch ehe ich bei Quentin klingeln kann, macht Owen die Tür auf, Geige in der Hand, Bleistift hinterm Ohr. »Ich hab vom Fenster aus dein Auto gesehen.«

»Du Meisterdetektiv. Kannst du Quentin …«

Quentin kommt zur Tür geflogen, immer zwei Stufen auf einmal nehmend. »Du bist wieder da!«

»Ich hab vergessen, dir ein Geschenk zu geben. Als Glücks-bringer.«

»Im Ernst? Weltbeste Lehrerin.«

Owen stellt sich auf die Zehenspitzen, um in die Tasche hineinzuspähen. Quentin nimmt das Seidenpapier ab und holt ein Schraubglas heraus. Er hält es auf der Handfläche, als wäre es ein Juwel.

»HEILIGE SCH…« Er schaut zu Owen und hüstelt. »Schan-de.«

Und dann nimmt er mich in die Arme. Der Knoten, der seit dem Streit mit Marcy in meiner Brust sitzt, löst sich. Als ich merke, dass ich ihn vielleicht ein bisschen zu lange umarme, befreie ich mich.

»Ich fasse es nicht, dass du mir ein Glas voller blauer M&Ms schenkst.« Er lacht und mein Herz schlägt Purzelbäu-me. »Du hast dir echt die Mühe gemacht, alle blauen rauszu-suchen …«

»Das soll dich an das einmalige blaue Super-M&M erin-nern, das du bist.«

Owen rümpft die Nase. »Ihr beide macht euch echt komische Geschenke.«

Darüber denken Quentin und ich kurz nach. Als wir merken, wie recht Owen hat, prusten wir los.

»Ich komme noch mit raus«, sagt Quentin und schnappt seine Jacke vom Garderobenhaken. »Ich muss mich noch mal richtig bei dir bedanken.«

»Du hast mir doch schon gedankt, du Quatschkopf.« Ich sage Owen Tschüs und ziehe die Haustür hinter mir zu. Unsere Schuhe machen ein schmatzendes Geräusch auf der Fußmatte, die immer noch nass ist vom schmelzenden Schnee.

»Ich meine nicht für das Glas.« Das Licht der Straßenlaterne spiegelt sich in seinen Augen. Wir gehen zu meinem Wagen. »Du hattest recht mit dem, was du mir Silvester gesagt hast. Nachdem mein Vater gestorben ist, hab ich mich in mein Schneckenhaus verkrochen. Ich dachte mir, ehe ich andere oder mich selbst enttäusche, mache ich lieber gar nichts. Als wir beide uns kennengelernt haben, ist mir aufgefallen, wie viel Mühe du dir mit allem gibst.«

»Zu viel.«

»Kann sein, aber mir ist dadurch bewusst geworden, dass man sich zwar nicht unbedingt in jeden Kampf stürzen muss, in manche aber schon. Auch auf die Gefahr hin, zu verlieren.«

»Genau. Auch wenn man umknickt, hat man immerhin eine schöne Erinnerung daran, wie dämlich man war, mit Sanjay zu tanzen.«

Er räuspert sich und wir bleiben vor meinem Auto stehen. »Tanzen würde ich das nicht gerade nennen. Ihr habt eher geschunkelt.«

Was? »Du hast uns zugeguckt?«

»Na ja, deine Mutter hatte mir gesagt, ich soll auf dich aufpassen, und …«

»Und was?«

»Und vielleicht war ich auch ein bisschen eifersüchtig.« Er sieht mich an. Er kommt einen Schritt näher, ich weiche einen Schritt zurück und senke den Blick.

»Ich muss dich was fragen, Aisha. Ich verspreche dir, dass ich kein zweites Mal frage. Und du musst auch nicht antworten, wenn du nicht willst.« Er spricht leise, sein Blick scheint magnetische Kräfte zu haben. »Okay?«

Ich nicke.

»Bist du dir sicher, dass du in Brian verliebt bist?«

Jahrelang dachte ich, wenn Brian mich will, bin ich etwas wert. Es genügte mir, eine Motte zu sein, die in der Nähe eines strahlenden Lichts fliegt, doch in letzter Zeit möchte ich selbst leuchten – wie eine Revolutionärin.

Und dann ist da Quentin. Überhaupt nicht der Junge meiner Träume, doch in gewisser Weise mehr als das. Wie er zuhört, wie seine Augen strahlen, wenn er lacht, und wie er lächelt, wenn er mehr weiß als ich. Mit ihm ist es anders. Er wächst mir ans Herz, nein, er wächst in meinem Herzen, bis ich mit allen Fasern von ihm eingenommen bin.

Aber ich gehe noch zur Schule. Vielleicht fühlt es sich nur deshalb so besonders an, weil ich es nicht besser weiß. Ich will nach Stanford, und Quentin wird ganz woanders sein. Vielleicht tauge ich nur als gute Freundin für ihn, mehr nicht? Es ist toll, mit ihm über alles reden zu können, sogar über meine Akne. Ich will meine Worte nicht filtern, aber wenn ich alles ungefiltert rauslasse, merkt er irgendwann, dass ich keine Revolutionärin bin. Dann merkt er, dass ich oberflächlich und ziellos bin. Außerdem sind Brian und ich Vögel – wir gehören zusammen. Quentin ist ein Fisch. Fische und Vögel können nicht zusammen sein.

»Ja.«

Jetzt zwinge ich mich, ihm in die Augen zu sehen.

»Ja, ich bin mir sicher.«

Quentin nickt. Er macht einen Schritt zurück und ich sehe, wie verletzt er ist, doch ehe ich noch etwas sagen kann, dreht er sich um und geht ins Haus.

Ich bleibe zurück mit meinen Gedanken und frage mich, ob ich je das entsetzliche Labyrinth in meinem Kopf durchblicken werde.

Merkwürdiges bei gemischtem Eis

✓ *Brian*
von meiner
Glutenallergie
erzählen

Während der Fahrt mit meiner Mutter von der Schule zu Wooly's bin ich müde. So müde, dass mir die Energie fehlt, vor dem Treffen mit Brian und seiner Mutter aufgeregt zu sein. Letzte Nacht lag ich die ganze Zeit wach und habe immer wieder die Szene mit Quentin in meinem Kopf abgespielt, wie ein Horror-GIF in Dauerschleife. Ich bin mir nicht sicher, ob ich die Wahrheit gesagt habe. Und es ist schrecklich, dass das Gespräch am Abend vor Quentins Zwischenprüfung stattgefunden hat.

»Was hast du?« Während meine Mutter auf den Parkplatz fährt, streicht sie sich mit der Hand durchs frisch geföhnte Haar. Sie hat sich schon lange nicht mehr so schick gemacht. Für gewöhnlich sehe ich meinen Vater in seinem Bürodress und meine Mutter in weiten Strickjacken.

»Ich hab zu wenig geschlafen. Und ich muss nachher noch Hausaufgaben …«

»Aisha, genieß mal den Moment. Es ist schon etwas Besonderes, Jahrgangsbeste zu werden. Sogar Tanuja Aunty hat angerufen und dir gratuliert.«

Tanuja Aunty wohnt ein paar Kilometer entfernt. Ihr Sohn ist drei Jahre jünger als ich, deshalb fragt sie meine Mutter in schulischen Dingen um Rat – wann man anfangen sollte, für den Studieneignungstest zu lernen, welcher Mathekurs empfehlenswert ist und so weiter. Für die indischen Mamas der Gegend bin ich offenbar das große Vorbild.

So oder so hat meine Mutter recht. Heute geht es um mich. Da muss ich Marcy, Quentin und Stanford mal vergessen. Ich hab mir einen stressfreien Eisbecher verdient, um den Lohn all meiner Mühen zu feiern, oder? Trotzdem schreibe ich noch schnell an Quentin und frage ihn, wie seine Prüfung gelaufen ist. Ich sehe, dass die Nachricht versendet, aber nicht zugestellt worden ist. Meine Kickel würden jetzt schreien, dass Quentin mich nicht mehr ausstehen kann und für immer geblockt hat. Meine vernünftigeren Hautzellen beschließen, dass Quentins Akku platt ist.

Als ich hinter meiner Mutter das Café betrete, sehe ich Brian und Mrs Wu bereits an einem Tisch sitzen. Mrs Wu winkt. Brian steht auf, und ich fühle mich wie eine Braut auf dem Weg zum Altar.

Das erinnert mich an die alten Zeiten. Als wir klein waren, haben Brian und ich auf dem Spielplatz im Park gespielt, während unsere Eltern an den Picknicktischen saßen und quatschten. Ich frage mich, ob Brian jene Zeit wohl auch so nostalgisch verklärt. Vielleicht hilft das gemeinsame Eisessen seinem Gedächtnis auf die Sprünge, wie ein alter Zeitungsausschnitt mit der Schlagzeile »BRIAN UND AISHA GEHÖREN ZUSAMMEN UND DAS WAR SCHON IMMER SO«.

»Brian, ich hätte dich fast nicht wiedererkannt«, sagt meine Mutter, als sie sich ihm gegenüber an den Tisch setzt. Ihr Blick ist warm. »Du bist ja größer als ich.«

»Ich hab Sie sofort erkannt, Mrs Agarwal. Sie sehen genauso aus wie damals, keinen Tag älter.«

Der Chor meiner Kickel ist verstummt. Heute Abend komme ich mir nicht so vor, als würde ich für eine Rolle vorsprechen oder auf einen Rückruf warten. Ich gehöre hierher, an diesen Tisch mit Brian. Ich bin Jahrgangsbeste, genau wie er. Ich habe eine Hauptrolle bekommen.

»Herzlichen Glückwunsch euch beiden.« Mrs Wu legt eine Hand auf die meiner Mutter. »Du bist bestimmt sehr stolz, Kanta.« Als sie den Namen meiner Mutter ausspricht, fühle ich mich in die fünfte Klasse zurückversetzt.

»Ja, ich bin stolz, aber es macht mir Sorgen, wie viel Zeit dieses Mädchen am Computer verbringt. Ihre Brillengläser werden jedes Jahr dicker. Bald kann ihre Nase sie nicht mehr tragen.«

»Ma«, stöhne ich. Mrs Wu lächelt. »Ich arbeite auch immer bis abends spät am Computer, ich kann dir also keinen Vorwurf machen, Aisha.«

»Wie läuft es mit der Arbeit?«, fragt meine Mutter.

»Es ist nicht einfach. Ich bin die einzige chinesische Mitarbeiterin in meiner Abteilung, und hin und wieder mache ich mir Stress wegen meines Akzents und weil ich den Small Talk nicht beherrsche. Es gibt die gläserne Decke für Frauen, und es gibt die Bambusdecke für asiatische Menschen. Wir brauchen einfach mehr kluge asiatische Frauen in den Führungsetagen. Solche wie dich, Aisha.« Mrs Wu zwinkert mir zu. »Aber ich bin jeden Tag dankbar dafür, dass ich diese Chance bekommen habe. Als meine Mutter damals die Highschool abgeschlossen hat ...«

Brian sieht mich an nach dem Motto: Die alte Leier.

»Da wurde sie in ein Bauerndorf nach China geschickt. Sie gehörte zu der sogenannten verlorenen Generation Chinas – junge Leute, die man in die ländlichen Gebiete schickte, damit sie die Landwirtschaft dort mit voranbrachten. So war es jedenfalls von Präsident Mao Zedong gedacht. Aber die Rechnung ging nicht ganz auf. Kinder wurden aus ihren Familien gerissen, vor allem Mädchen wurden häufig von Funktionären oder Dorfbewohnern missbraucht. Meine Mutter wurde schließlich nach Hause geschickt, und sie hat es geschafft, die Vergangenheit zu überwinden und für meinen Bruder und mich ein neues Leben aufzubauen. Ich weiß immer noch nicht in allen Einzelheiten, was sie durchgemacht hat. Sie weigert sich, darüber zu sprechen.«

Meine Mutter nickt. »Meine Mutter hat auch frühe Kindheitserinnerungen an die Auswirkungen der Teilung, über die sie nicht spricht, und ich kann es mir nur ungefähr vorstellen. Mehr als eine Million Menschen sollen gestorben sein, als die Grenze zwischen Indien und Pakistan errichtet wurde. So viel Blut ist geflossen, nur wegen unsichtbarer Linien im Sand.«

»Die kleinen Leute müssen die Konsequenzen der Entscheidungen einiger weniger erleiden. Und deshalb vergesse ich nie, dass wir zu den privilegierten kleinen Leuten gehören. Wir leben in Sicherheit, wir haben Zugang zu Bildung, wir können von den Geschichten unserer Vorfahren erzählen und sie damit bewahren. Ich musste mir meinen Platz am Tisch erst mal erarbeiten, aber schließlich habe ich ihn bekommen.« Lächelnd zeigt sie auf ihren gemütlichen Sitzplatz. »Und ich kann sagen, er gefällt mir.«

Ich hatte Brians Mutter als gemeine, herrische Frau in Erinnerung, die noch den Pflanzen im Garten ihren Willen aufzwingt. Aber jetzt verstehe ich, warum sie mit Brian so streng ist, vielleicht sogar, warum sie für seine Zukunft ein paar Grenzen überschreitet. Vielleicht war ihre Mutter auch streng mit ihr, nachdem sie um ihr Überleben hatte kämpfen müssen. Und vielleicht hat Brian deshalb auch den amerikanischen Traum verteidigt. Wahrscheinlich hat er diese Geschichten schon unzählige Male von seiner Mutter gehört – wie sie sich in Amerika ein neues Leben aufgebaut hat. Ein gutes Leben.

Da kommen unsere Eisbecher. Vanille für mich, fettarme Ananas für Brian und seine Mutter und Schoko-Banane für meine Mutter. Ich stibitze einen Klecks von ihr. Ich hatte eine harte Zeit, da brauche ich eine Extradosis Zucker.

»Was machst du so, Kanta?«, fragt Mrs Wu. »Beschäftigst du dich immer noch mit Raumgestaltung?«

»Ach, so hätte ich das niemals genannt. Ich hatte einfach nur Spaß daran, unsere Wände zu streichen, damit sie neuer aussahen.«

Deshalb haben meine Mutter und Mrs Wu sich auseinandergelebt. Mrs Wu ist ein schwirrender Vogel wie Brian und ich, meine Mutter ein dahingleitender Fisch wie Quentin. Sie ist zufrieden damit, sonntags auf dem Sofa ihre Zeitschrift zu lesen, Safrantee zu trinken und den Regentropfen am Fenster zuzuschauen. Ich frage mich, ob sie immer schon ein Fisch war. Schließlich wollte sie mal promovieren. Immer sagt sie mir, ich soll mich auf die Schule konzentrieren. Ein paar aufstrebende Federn muss sie doch haben.

Mrs Wu legt einen Arm um Brian und er lächelt. Es ist dasselbe süße Lächeln wie im Jahrbuch der fünften Klasse. Damals war Brian am Traumberuftag beim Redewettbewerb Erster geworden, und Mrs Wu machte ein Gewese um ihn, als hätte er ein Stipendium für Harvard gewonnen. Während wir uns unterhalten und miteinander lachen, vergesse ich, dass der Junge mir gegenüber der Star der Arledge Prep ist. Allmählich sitze ich wieder meinem alten Freund gegenüber.

»Übrigens, Aisha«, sagt Mrs Wu, nachdem wir alle über das Oxymoron »fettarmer Eisbecher« gewitzelt haben. »Ich möchte mich noch in Brians Namen für den Abend vom Winterball entschuldigen.«

Scheibenkleister. Meine Mutter sieht mich an, mir klopft das Herz bis zum Hals.

»Was war denn da?«, fragt sie, und auf ihrer Stirn bilden sich zwei steile Furchen, die nichts Gutes verheißen.

Ich räuspere mich. »Äh, hm …«

»Hat Aisha dir nicht davon erzählt?« Mrs Wu runzelt die Stirn. »Brian und Aisha wollten zusammen zum Ball gehen, aber dann ist Brian plötzlich furchtbar krank geworden. Das hat mir so leidgetan.«

Sie hält noch an der alten Version der Geschichte fest.

»Ah.« Ich sehe, wie es im Kopf meiner Mutter rattert. »Nein, das hat sie nicht erwähnt.«

»Ich wusste, dass du es nicht gut finden würdest, wenn ich hingehe … egal mit wem«, erkläre ich, und Brian nickt. Er hat die Lippen schon geöffnet, um mir zur Seite zu springen.

»Es war meine Schuld, Mrs Agarwal. Ich hatte Aisha gebeten, mit mir hinzugehen, und ich hätte ihr früher sagen sollen, dass ich es doch nicht schaffe.«

»Ja, das hättest du«, sagt Mrs Wu. Ihr Verhalten hat sich verändert, so abrupt, wie das Wetter in Michigan im Sommer von Sonnenschein zu Gewitter umschlagen kann. »Aber es freut mich, dass ihr beide wieder mehr Zeit miteinander verbringt. Du weißt es vielleicht nicht mehr, Aisha, aber als ihr klein wart, hast du Brian immer vor Scherereien bewahrt.«

»Im Gegensatz zu Seema war Aisha ein sehr braves Kind.« Meine Mutter tätschelt mir das Bein. »Auch wenn ich mir jetzt nicht mehr so sicher bin …«

Mrs Wu lächelt. »Ja, ich erinnere mich gut. Deshalb hab ich auch zu Brian gesagt, wenn du überhaupt mit einem Mädchen zum Ball gehst, dann mit Aisha. Sonst gehst du allein.«

Ich erstarre. Klirrend fällt mein Löffel in den tulpenförmigen Eisbecher.

Jetzt fügt sich alles zusammen – warum Brian ausgerechnet mich gefragt hat und nicht Lily oder eine der anderen Schönheiten aus unserem Jahrgang. Er hat gesagt, er wolle

»um der alten Zeiten willen« mit mir zum Ball, dabei war es um seiner Mutter willen. Mir dreht sich der Magen um, als hätte ich nicht einen, sondern vier Eisbecher gegessen.

»Ich möchte einen Cookie«, platze ich heraus. »Ich hole mir einen an der Theke.«

Ma sieht mich skeptisch an. »Du hast immer noch Hunger?«

Mrs Wu schiebt Brian ihre Kreditkarte herüber. »Kauf du ihr einen.«

Meine Mutter will protestieren, aber als Mrs Wu sie strafend ansieht, gibt sie nach.

»Bitte, Kanta. Heute darf ich die Kinder einladen. Du kannst dich ja nächstes Mal revanchieren.«

Brian sieht so aus, als hätte man ihn dazu verdonnert, zusammen mit den Cookies in den Ofen zu wandern. Er sieht mich nicht an, als wir an den voll besetzten Tischen vorbei zu den Glasregalen mit Cookies gehen. Kurz vor der Theke schneidet er mir den Weg ab.

»Hey, ich …«

»Du hast mich angelogen.« Ich bin von Kopf bis Fuß auf Krieg eingestellt. »Du hast gesagt, du willst mit mir zum Ball gehen. Du hast nie gesagt, dass ich deine einzige Option war.«

»Aisha, so ist es nicht, ich schwöre.« Er sieht mich verzweifelt an. »Ich wollte wirklich mit dir hin.«

»So wie du meine Macarons auch wirklich probiert hast?«

Er senkt den Blick. »O Mann, wie hast du … Ich hab die Dose einfach bei Sanjay vergessen, und ich wollte dich nicht kränken.«

In diesem Moment weiß ich es. Ich habe keine Gefühle für Brian. Ich hatte die ganze Zeit nur Gefühle für den Jungen aus meiner Erinnerung.

Zwar haben wir im selben Viertel gewohnt und beide unter unseren überbehütenden Eltern gelitten, doch die Schlagzeile

»BRIAN UND AISHA GEHÖREN ZUSAMMEN UND DAS WAR SCHON IMMER SO« ist eine große Lüge. Ich war immer aufgeregt in seiner Nähe, aber nur weil ich das Gefühl hatte, nicht zu genügen. Ich musste ihm näher kommen, um zu verstehen, dass ich kuschlige Sweatshirts mag und gern Schildkröten zeichne, während Brian kunstvolle Trüffel und gebohnerte Basketballhallen mag. Ich hätte mich auch mit den gebohnerten Hallen anfreunden können, aber ich kann mir nicht vorstellen, dass Brian mir zuliebe zeichnen oder häkeln würde. Zum ersten Mal sehe ich ihn so, wie er ist.

Eine letzte Frage brennt mir noch auf der Seele.

»Wusstest du, dass ich dich damals mochte?«

Er senkt den Blick.

»Also ja.«

»Ich hab es mir vielleicht gedacht. Du hast Mandarin bei Mr Langweil gewählt, und das hätte niemand freiwillig getan, außer …«

»Mandarin ist eine der meistgesprochenen Sprachen der Welt.«

»Wie kommst du denn jetzt darauf? Was spielt das überhaupt für eine Rolle?«

»Das ist genauso wie mit dem Kurs bei Mr Langweil. Du willst nichts von mir, aber genau wie damals redest du mit mir und machst mir Hoffnungen, nur weil du es kannst. Entweder bist du noch nicht über Riley hinweg oder du langweilst dich oder was auch immer. Und ich bin einfach immer da.«

»Das ist nicht wahr, ich …«

»Nein? Dann magst du mich also?«

Er lässt die Arme hängen. »Ich … ich meine, ich hab mir nichts dabei gedacht …«

»Du hättest mich nicht fragen sollen, ob ich mit dir zum Winterball gehe, Brian.«

Seine Augen sind gerötet, doch ich bin knallhart. Dieser Augenblick gehört mir.

»Es tut mir echt leid«, flüstert er heiser.

»Kein bisschen tut es dir leid.«

Nie hätte ich gedacht, dass ich jemanden wie Brian mal bedauern würde. Jemanden mit Bestnoten, kickelloser Haut und unerschütterlichem Selbstbewusstsein. Aber ich bedaure ihn wirklich. Ich dachte, er hätte es einfach drauf, aber ich hab mich getäuscht.

Ich begutachte die vielen Cookies in der Vitrine. Die Situation schreit nach einem Cookie auf Brians Nacken.

»Ich hätte gern einen glutenfreien Chocolate Chip Cookie.«

Heute steht wieder der süße Kellner hinter dem Tresen. Ich nehme Brian die Kreditkarte seiner Mutter aus der Hand. Seema wäre stolz auf mich. Egal, wie es zu der Offenbarung gekommen ist – endlich hab ich Brian gesagt, dass ich kein Gluten vertrage.

Verschwunden am M-Day

✓ Unter vier Augen mit Ms Santos reden

Ich klingele bei Quentin. Jetzt ist es schon einen ganzen Tag her und meine Nachricht an ihn hat immer noch kein zweites Häkchen.

Ich will ihm noch nicht erzählen, was mit Brian und mir passiert ist. Und auch nicht, dass ich heute den ganzen Tag in der Schule sowohl Brian als auch Marcy aus dem Weg gegangen bin. Da gerade mein ganzes Leben in Flammen aufgeht, wünsche ich mir nichts sehnlicher, als mich von seinen vertrauten braunen Augen erden zu lassen. Ich möchte zu gern hören, wie seine Prüfung gelaufen ist und welche neue Weisheit er aus seinem Buddhismus-Kurs gezogen hat.

»Aisha, komm rein«, ruft Ms Santos. »Die Tür ist offen.«

Ich will sie mit einem Lächeln begrüßen, doch da sehe ich ihr Gesicht. Ihre Wangen sind fleckig, ihre Augen rot gerändert. Der Rucksack fällt mir aus der Hand.

Autounfall. Krebs. Ein Biss der Schwarzen Witwe.

»Wie geht es Quentin?«

Meteorit. Blitzschlag. Lawine. Umgestürzter Baum.

»Es geht ihm ganz gut.« Sie legt mir eine zittrige Hand auf den Arm. »Ich hab schlechte Nachrichten, aber lass uns erst mal hinsetzen, Aisha. Ich hole dir ein Macaron. Ich hab sie frisch in der Bäckerei hier in der Straße gekauft.«

Sie legt ein einsames Macaron auf einen kleinen Teller, setzt sich neben mich und zieht das Paisley-Tuch um den schmalen Körper. Die Haare fallen ihr ins Gesicht, ein dunkelbrauner Vorhang mit ein paar grauen Strähnen.

»Aisha, Quentin hatte bei der Prüfung gestern eine Panikattacke. Er musste in die Notaufnahme.«

Mir stockt der Atem.

Ich sehe Quentin vor mir, abgesondert und allein an einem Tisch in einem sterilen weißen Raum, wie er um Atem ringt. Das kann nicht sein. Quentin ist doch der Entspannte, der Gelassene. Die einzige Variable, die zur Gleichung seines Lebens in letzter Zeit hinzugekommen ist ... bin ich.

Hab ich ihm zu viel Druck gemacht?

Ist das alles meine Schuld?

»Kann ich ihn sehen?«, flüstere ich. Am liebsten würde ich sofort ins Krankenhaus sprinten, aber ich beherrsche mich und streiche über die Falten meines Arledge-Rocks.

»Es tut mir leid, Aisha. Sein Opa hat ihn heute Nachmittag aus dem Krankenhaus abgeholt. Shelly meinte, es wär das Beste für Quentin, wenn er ihn mit nach Houghton Lake nimmt. Ich habe mich schwer damit getan, aber nach dem Dinner bei Zola's damals hatten wir ein langes Gespräch. Shelly hat mir versprochen, dass er sich in Zukunft wie ein Großvater benehmen will und nicht mehr wie ein General. Die Ärztin meinte auch, ein Tapetenwechsel könnte Quentin guttun.«

»Wie lange bleibt er weg?«

»Zwei Tage. Mehr halte ich nicht aus. Ich hab ihn nur gehen lassen, weil ich ihn schon so lange nicht mehr in diesem Zustand erlebt hatte, und es hat mich zurückversetzt in die Zeit, als ...« Ihre Augen füllen sich mit Tränen. »Als mein Mann gestorben ist.«

Mir schnürt sich die Kehle zu. »Dann ist das nicht zum ersten Mal passiert?«

»Nach dem Tod seines Vaters ging es bei Quentin mit den Panikattacken los, und die haben ihn durch die Middle School begleitet, aber ohnmächtig ist er vorher noch nie geworden. Die Ärztin hat gesagt, durch Panik ausgelöstes Hyperventilieren kann dazu führen, dass sich die Blutgefäße verengen, dadurch fließt dann weniger Blut ins Gehirn. Das passiert wohl selten, aber es kommt vor.«

Ich habe eine Bowlingkugel in der Brust, die alle Pins in meinem Herzen trifft. Auf der Silvesterparty hat Sanjay erzählt, dass er und Quentin Freunde waren und Quentin sich zurückgezogen hat. War das deswegen? An dem Abend, als ich zu ihm ins Auto gestiegen bin, habe ich mich gewundert, wie wohl ich mich in seiner Gegenwart fühlte. Ich hätte nie gedacht, dass es für ihn, der so unkompliziert wirkt, schwierig sein könnte, mit anderen zusammen zu sein. Nie hätte ich so viel Schweres hinter seinem entspannten Lächeln vermutet.

»Ich dachte, die Ängste würden sich mit der Zeit legen. Der Trauerbegleiter, zu dem er damals ging, sagte, dass es bestimmte Trigger für die Attacken gibt, und mit der Zeit würde sich das legen. So war es auch, aber gleichzeitig merkte ich, dass Quentin sich zurückzog.« Sie streicht sich eine Haarsträhne aus dem Gesicht. »Er hat immer weniger mit mir gesprochen. Er hatte Freunde, aber er ließ sie nicht richtig an sich ran. In der Schule hat er nicht mehr so gut mitgemacht. Wir haben es mit Medikamenten versucht, aber die Nebenwirkungen waren zu heftig. Ich glaube, nach dem Tod seines Vaters hatte er solche Verlustängste, dass er sich auf nichts mehr einlassen konnte. Als ich mitbekommen habe, dass die Schule diesen Buddhismus-Kurs anbietet, habe ich Quentin sehr dazu ermuntert, weil ich hoffte, so etwas wie Meditation und das Beobachten der eigenen Gedanken könnte ihm vielleicht helfen.«

Mir fällt der Nachmittag nach dem Schlittschuhlaufen ein. Da hat Quentin erzählt, dass er in der ersten Tennismannschaft der Schule hätte mitspielen können und sich dagegen entschieden hat. Und dass er keine Beziehung eingehen möchte, wenn sie sowieso zum Scheitern verurteilt ist. Und sein spärlich dekoriertes Zimmer. Er war darauf vorbereitet, sich jederzeit zurückziehen zu können. Ich habe das als mangelnde Motivation verbucht. War es in Wahrheit die Angst davor, etwas Wichtiges zu verlieren, sobald er es gewonnen hätte?

Ich schaue auf meine Hände. »Ich hätte nie gedacht ...«

»Woher auch. Früher konnte ich kaum sagen, ob Quentin in der Schule war oder zu Hause – so still war er. Seit du ihm Nachhilfe gibst, hat er sich verändert. Auf einmal dringen Stimmen und Lachen durch unsere alten Dielen.« Sie sieht mich durch ihre tränennasse Brille an. »Es tut mir leid, Aisha. Es kommt mir vor, als hätten wir dich irgendwie enttäuscht. Die vielen Stunden, die du investiert hast ...«

»Das ist doch jetzt überhaupt nicht wichtig. Ich will nur, dass es Quentin gut geht.«

Ich dachte immer, ein Gefühl von Nähe entsteht, wenn man sich lange kennt, aber Quentin und ich waren schon nach kürzester Zeit so vertraut miteinander. So vertraut, dass ich mir ein Leben ohne ihn gar nicht mehr vorstellen konnte. Fast hatte ich schon Angst, wir wären einander zu vertraut.

Ms Santos kramt in ihrer Handtasche nach einem Stift. »Du erinnerst dich doch an Sophie, oder? Shellys Freundin, die bei dem Essen dabei war.«

Die alte Dame, mit der alles angefangen hat. So, wie Direktor Cornish uns vor einer Ewigkeit den Schmetterlingseffekt beschrieben hat: *Selbst wenn zwei Ereignisse nur ein einziges Mal in Raum und Zeit zusammentreffen, landen sie für immer in einem Muster wechselseitiger Beeinflussung.*

Sie kritzelt etwas auf eine Serviette. »Das ist Sophies Telefonnummer. In Houghton Lake gibt es so gut wie keinen Empfang, und Shelly ist nicht gut im Zurückrufen. Wenn du ihn erreichen willst, kannst du es besser bei Sophie versuchen. Mit ihr hat er am meisten Kontakt. Und du kannst jederzeit vorbeikommen, Aisha. Owen und ich freuen uns über deinen Besuch.«

Ich falte die Serviette ganz klein und stecke sie in die Rocktasche. Es fühlt sich an, als könnte sie ein Loch in den Stoff brennen.

»Danke, Ms Santos.« Meine Beine sind ganz taub. Ich habe so verdreht gesessen wie eine Brezel. »Und falls Owens Vater jemanden braucht, der auf Owen aufpasst, kann ich gern für Quentin einspringen.«

Da steht sie mit Schwung von ihrem Stuhl auf und nimmt mich in die Arme. »Danke, Aisha. Du hast nicht nur Quentin geholfen. Dadurch, dass du Shelly an dem Abend im Restaurant die Stirn geboten hast, hatte ich den Mut, mit ihm zu reden. Endlich konnte ich eine Brücke bauen.«

Als ich kurz darauf gehe, kann ich keinen klaren Gedanken fassen. Heißt das jetzt, dass Quentin die Prüfung wiederholen muss? Wäre das auch passiert, wenn ich nicht so ein straffes Programm mit ihm durchgezogen hätte?

Ich denke an den Abend zurück, als Quentin und ich uns kennengelernt haben. Da habe ich darüber gejammert, dass in meinem Leben nichts passiert. Kurz darauf wurden durch das Klebezettel-Manifest zahllose Rennwagen zugleich auf die Bahn gesetzt – in die Mall gehen, Schlittschuhlaufen lernen, fürs College bewerben, auf eine Silvesterparty gehen, Quentin Nachhilfe geben, mich mit Marcy zerstreiten, Brian konfrontieren, Quentins Panikattacke. Ich nehme meine Wagen jetzt mal aus dem Rennen.

Es ist an der Zeit zu parken.

Der Status
Ihrer Stanford-
Bewerbung
wurde aktualisiert

✓ *Mein Leben*
zerstören

Liebe Ms Agarwal,

vielen Dank für Ihre Bewerbung. Leider müssen wir Ihnen
mitteilen, dass wir Ihnen keinen Studienplatz an der Stanford University anbieten können. Wir sind beeindruckt von
Ihren Talenten und Erfolgen und von dem Engagement,
das Sie sowohl in der Schule als auch in Ihrer Freizeit auf-
bringen ...

Klebezettel-Bingo

✓ Jemanden
(irgendwen!)
dazu bringen,
sich in mich
zu verlieben

Mein Wecker plärrt, ich fahre hoch und taste nach meinem Handy.

Siebzehn Uhr dreißig.

In dreißig Minuten beginnt die erste Stunde des Aquarellkurses in der Crafterina, für den ich mich angemeldet habe. Ich liege im Bett und habe nicht vor, es zu verlassen. Zum ersten Mal seit meiner Halsentzündung in der Achten war ich zwei Tage hintereinander nicht in der Schule. Meine Eltern haben immer wieder nach mir gesehen und in gedämpftem Ton miteinander gesprochen, mich jedoch weitgehend meiner Trauer überlassen. Selbst Seema hat aufgehört mich zu ignorieren und mich, wenn sie zu Hause war, mitfühlend angesehen. Der einzige Song, den ich zurzeit ertrage, ist »Everything happens to me« von Chet Baker.

Ich weiß, dass schon Schlimmeres auf der Welt passiert ist als die Ablehnung meiner Person von einer der führenden Bildungs- und Forschungseinrichtungen dieser Welt. Ich weiß es. Doch in all den Jahren mit kratzigen Schuluniformen, Direktor Cornishs Geschwafel in der Mittagspause, standardisierten Prüfungen und striktem Stundenplan hat mich dieser eine Gedanke immer bei der Stange gehalten: Am Ende zahlt sich das alles aus. Eines Tages würde ich an der kalifornischen Goldküste Limonade schlürfen. Meine Eltern für ihre Plackerei belohnen. Ich würde unfassbar reich werden (sobald ich mein happiges Darlehen zurückgezahlt hätte). All diese keimenden Hoffnungen sind mitsamt Wurzel ausgerissen worden. Mit einer einzigen Mail.

Es war alles umsonst. Die Prüfungen in den AP-Kursen. Dass ich die Liste meines außerschulischen Engagements aufgepeppt habe. Dass ich den Essay x-mal umgeschrieben habe. Wenn sich harte Arbeit wirklich auszahlen würde, wäre ich in Stanford angenommen worden. Und Quentin hätte seine Matheprüfung mit einer Eins bestanden. Das Leben ist ungerecht, und ich mache da nicht mehr mit. Es ist wie mit dem Greifautomat, Zitat Brian: *Wie kann man nur ein Spiel spielen, das ganz offensichtlich so manipuliert ist, dass man verliert?*

Ich schaue zu, wie die Minuten verrinnen, bis der Aquarellkurs beginnt, an dem ich *nicht* teilnehme. Ich bin offiziell aus dem Spiel ausgestiegen.

Jemand klopft an meine Tür.

»Beta, bist du wach?«, fragt meine Mutter.

»Quasi.« Ich ziehe mir die Decke vom Kopf, meine Haare sind elektrostatisch aufgeladen und stehen in alle Richtungen ab.

Meine Mutter kommt ins Zimmer, in einer Hand ihre Wasserflasche aus Metall, in der anderen einen Stapel Post. Die Haare hat sie zu einem losen Zopf gebunden. Sie stellt die Flasche auf den Boden und legt die Post auf meinen Schreibtisch. Dann setzt sie sich. Garantiert fängt sie jetzt von der Absage an und sagt: »Gott hat für alles seine Gründe«, aber nein.

»Seema hat mir erzählt, dass Quentin seine Prüfung nicht ablegen konnte.«

Das war das Einzige, was ich Seema seit unserem Streit erzählt habe, zur Antwort bekam ich ein Nicken. Kein sarkastischer Kommentar wie »Na, das ist ja nicht verwunderlich, mit dir als Nachhilfelehrerin«. Irgendwie war das mitleidige Nicken noch schlimmer.

Meine Mutter sieht mich aufmerksam an. »Magst du ihn?«

»Ma!« Wenn das ein Ablenkungsversuch sein soll, ist er gelungen.

»Denk dran, Aisha, keine Jungs, solange du noch zur Schule gehst. Und auf dem College vielleicht besser auch noch nicht.«

»Du hast Papa doch am College kennengelernt.«

Sie streicht mir die Haare aus dem Nacken. Auf diese Geste folgt in der Regel eine Predigt. »Das ist etwas anderes, *beta*. Wir haben unsere Beziehung geheim gehalten, bis Akshay um meine Hand angehalten hat. Er hat mich immer am frühen Abend vor dem Mädchenwohnheim besucht.«

»Ma, das erzählst du mir jede Woche. Aber so läuft das heute nicht mehr.«

»Ich weiß. Ich will nur auf dich aufpassen. Guck nicht so böse.« Sie bohrt die Finger in meine Wangen. »Dein Vater hat gesagt, du fängst mit einem Aquarellkurs an?«

»Ich hab mich mit dem Gutschein angemeldet, den Seema mir geschenkt hat. Aber ich lasse die Stunde heute ausfallen.«

Ich habe mich angemeldet, um nicht die ganze Zeit über Quentin nachzudenken. Außerdem stand *Mich für einen Aquarellkurs anmelden* auf einem meiner Klebezettel. Vor seiner Abreise hat Quentin die durchgestrichenen Zettel, die ich ihm zurückgegeben habe, ordentlich nebeneinander an seine Wand geklebt. Er sagte, wenn ich zehn erreicht habe, fängt er eine neue Reihe an. Mit dem Aquarellkurs hab ich das Klebezettel-Bingo erreicht – zehn durchgestrichene Zettel in einer Reihe. Jetzt müsste ich meinen offiziellen Preis bekommen, eine Tüte Werther's und eine Zitronen-Handcreme. Das gibt es jedenfalls immer in der Seniorenresidenz Sonnenschein.

Jetzt spiele ich schon Bingo mit mir selber. Spannend.

»Gut. Dann machst du mal etwas anderes, als die ganze Zeit auf den Computer zu gucken.«

»Ma, ich hab schon Brillengläser wie Glasbausteine. Der Zug ist abgefahren.«

»Du musst mehr Möhren essen. Und Ajowansamen. Gesundheit beginnt im Magen.«

Ich schaue auf die Fältchen um ihren Mund, wie die Knickfalten bei einem Origami-Kranich. Und sie kümmert sich immer noch um mich. »Ma, hast du mal überlegt, wieder zu arbeiten? Oder weiterzustudieren?«

»Warum fragst du das auf einmal?«

»Na ja ... Seema und ich sind jetzt groß.«

»Das sehe ich.«

»Möchtest du nicht da weitermachen, wo du aufgehört hast? Dich mal wieder um dich selbst kümmern?«

Sie sieht mich irritiert an. »Denkst du das, Aisha? Dass ich mich nicht mehr um mich selbst gekümmert habe?«

»Du konntest deine Dissertation nicht vollenden. Und ich hab gemerkt, wie sehr du dich für Mrs Wus Geschichten von ihrer Arbeit interessiert hast. Bestimmt könntest du auch ein Team leiten.«

Sie sieht mich an nach dem Motto: Was soll das alles?

»Ich dachte, wenn ich in Stanford oder an einer anderen Eliteuni angenommen werde ... hättest du wenigstens das Gefühl, du hast nicht völlig umsonst so viel aufgegeben ...«

Ich fange an zu weinen. »Und jetzt bin ich nicht angenommen worden. Nicht in Stanford und auch an keiner anderen Eliteuni.«

Meine Mutter nimmt mich fest in die Arme, streicht mir übers Haar und wiegt mich hin und her. »*Meri pyaari bachi.* Mein liebes Kind, was hast du dir da gedacht, Aisha? Ja, ich hab meinen Doktor nicht gemacht und war nicht berufstätig. Aber dafür konnte ich so viel Zeit mit euch Mädchen verbringen. Ich habe zwei starke Töchter großgezogen, und das ist eine viel größere Leistung als ein Doktortitel.«

Ich drücke das Gesicht an ihre Brust und atme den vertrauten Duft von Kardamom und Lavendel ein. »Aber möchtest du nicht so sein wie Mrs Wu?«

»Früher wollte ich das, aber dann habe ich gesehen, welchen Tribut die Arbeit fordert. Der Grund dafür, dass Mrs Wu und ich uns nicht mehr getroffen haben, war nicht irgendein Streit oder so. Sie hatte einfach keine Zeit mehr für mich, *beta*. Und du siehst ja auch, was für einen Stress dein Vater hat. Andauernd muss er zu irgendwelchen Meetings. Ich habe begriffen, was Opportunitätskosten sind, und obwohl ich meine Dissertation hätte vollenden können, habe ich mich dagegen entschieden. Dafür durfte ich dich und Seema aufwachsen sehen. Das ist ja nicht weniger wert.«

Von ihrem vertrauten Akzent und den rhythmischen Bewegungen ihrer Hand auf meinem Rücken muss ich noch mehr weinen.

»B-bereust du es g-gar nicht?«

Sie küsst mich auf den Kopf. »Kein bisschen. Manchmal frage ich mich, wie mein Leben wäre, wenn ich nicht abgebrochen hätte, aber ich komme immer wieder zu demselben Schluss – dass ich glücklich mit meiner Entscheidung bin und sie jederzeit wieder genauso treffen würde. Und obwohl ich jetzt, wo du und deine *didi* groß sind, wieder arbeiten könnte, habe ich beschlossen, noch zu warten. Ich möchte hier sein, bis ihr beide aufs College geht.«

»Falls ich aufs College gehe.«

Als jemand, die sich immer weiter anstrengt, auch wenn die Noten schon super sind, bin ich automatisch davon ausgegangen, dass insgeheim alle wie ein verrückter Vogel von einer Sache zur nächsten flattern möchten. Und jetzt sagt meine Mutter, sie ist froh darüber, dass sie nicht berufstätig ist.

Sie ist gern ein Fisch. Das erinnert mich an die Frage, die ich Quentin auf der Eisbahn gestellt habe – kann man sich treu bleiben, ohne sich selbst zu beschränken? Ich dachte immer, meine Mutter hätte sich selbst beschränkt, aber das stimmt gar nicht.

»Ach, du wirst schon aufs College gehen, du kleine Drama-Queen«, ertönt es aus dem Flur.

Seema.

Die Tür geht auf und sie späht mit einem Auge ins Zimmer. »Dürfte ich Eure Gemächer betreten, Königliche Hoheit?« Ein Gluckser durchbricht meine Tränen. »Komm rein.«

Meine Mutter seufzt. »Was ist zwischen euch beiden vorgefallen?«

»Nichts.« Seema setzt sich auf mein Bett. »Aisha ist nur neulich einfach grundlos ausgerastet.«

Ich schniefe. »Nicht grundlos. Du tust immer so, als wüsstest du alles besser. Und ich gebe zu, das stimmt ja auch irgendwie. Aber es nervt trotzdem, dass dein Leben so vollkommen ist.«

»Was?« Sie guckt mich so perplex an, als hätte ich ihr vorgeschlagen, sich einem Wanderzirkus anzuschließen. »Mein Leben ist überhaupt nicht vollkommen.«

»Ach nein? Glatte Haare, reine Haut, gute Noten, keine Lebensmittelallergien, und da ...«

»Das ist für dich ein vollkommenes Leben? Glatte Haare?« Seema legt mir eine Hand auf den Kopf und bewegt meinen Kopf hin und her, als wäre ich ein Wackeldackel. »Eine Frage: Schmeckt Butterhühnchen besser, wenn man glatte Haare hat?«

»Nein?«

»Verhindern meine glatten Haare, dass ich jede Pflanze umbringe, die ich je besessen habe?«

»Nein ...«

»Dann nützen meine glatten Haare mir nicht besonders viel, oder?«

»Ich meine ...«

»Schau dich ab und zu mal um, Aish. Du bist nicht die Einzige auf der Welt, die Probleme hat. Was glaubst du, warum ich fast jedes Wochenende nach Hause komme?«

»Keine Ahnung.« Ich zucke die Schultern. »Weil es hier umsonst was zu essen gibt?«

»Ganz sicher nicht, Aisha. Weil ich am College noch keine Freunde gefunden hab. Meine engen Freunde sind fast alle weit weggezogen, deshalb bin ich echt einsam.«

»Ach so. Entschuldige.«

Sie schaut mich noch einen Moment an, dann haut sie mir auf den Kopf. Stöhnend reibe ich mir den Schädel.

»Entschuldigung angenommen. Kannst du dann jetzt bitte dein Trauerspektakel beenden? Es gibt noch viele andere tolle Unis, an denen du studieren kannst, auch wenn sie nicht deine erste Wahl waren.«

»Bis jetzt hab ich von allen privaten Top-Unis nur Absagen gekriegt, Seema. Und auch von den meisten staatlichen Top-Unis. Bei der UCLA stehe ich auf der Warteliste.«

»Top-Uni, Snob-Uni. Außerdem hat ein kleines Vögelchen möglicherweise einen Prospekt für ein spannendes Stipendium an der University of Michigan auf deinem Schreibtisch gesichtet.«

»Sch...« Ich schaue kurz zu meiner Mutter und schlucke. »Scheibenkleister! Wie hast du ...«

»Wie du schon sagst, ich weiß alles, Schwesterherz.«

»Genug jetzt, ihr zwei.« Meine Mutter legt eine Hand auf meine Schulter und eine auf Seemas. »Aisha, steh auf. Ms Santos hat angerufen und dich in einer Stunde zum Abendessen mit ihr und Owen eingeladen. Zu meiner Überraschung habe ich es erlaubt.«

Ich bin auch überrascht. Seit meine Mutter weiß, wie alt Quentin ist, hat sie immer darüber gemurrt, dass ich zu »den Jungs« gehe und »schlechte Gewohnheiten« annehme. Ich weiß nicht, warum sie es erlaubt hat.

»Ich möchte aber nicht«, sage ich. Ms Santos und Owen würden mich zu sehr daran erinnern, dass Quentin kein Betonklotz ist. Er ist ein Junge, wie er im Buche steht mit seinem dummen schiefen Grinsen und seinen dummen Ringelsocken. Dumm, dumm, dumm …

»Ms Santos sagt, sie hat Linsensuppe gekocht.« Die Stimme meines Vaters dringt durch die halb offene Tür. Wir sehen uns alle an und grinsen.

»Nur hereinspaziert, Pa. Nehmt keine Rücksicht auf meine Privatsphäre und macht es euch bei mir so richtig gemütlich.«

Er steckt den Kopf zur Tür herein wie eine grasende Giraffe. »Privatsphäre ist ein sehr amerikanischer Luxus, *beta.* Und deine Mutter hat recht. Wir machen uns Sorgen um dich. Wir haben entschieden, dass es dir guttut, mal aus dem Haus zu kommen. Selbst wenn es das Haus eines Jungen ist.«

Aha, da kommt es.

Meine Mutter wirft mir einen letzten mahnenden Blick zu, bevor sie aus dem Zimmer geht. Seema folgt ihr und ich lege mich wieder hin.

Ich habe immer alle in meinem Leben ordentlich in Schubladen gesteckt. Vogel oder Fisch. Zurückhaltend oder aufgeschlossen. Indisch oder amerikanisch. Der selbstbewusste Brian. Die witzige Marcy. Der entspannte Quentin. Die herrische Mrs Wu. Meine Mutter, Opfer der Verhältnisse. Die vollkommene Seema. Und ich, nerdy Aisha. Sogar meine Interessen habe ich in Schubladen gepackt. Malen ist Kunst, Programmieren ist Mathe und die beiden haben nichts miteinander zu tun.

Keine dieser Schubladen hat sich als passend erwiesen.

Es sieht sogar so aus, als ob keine Schublade – Vogel, Fisch oder was auch immer – je für einen Menschen passt. Wie sich zeigt, lassen sich Menschen nicht vereinfachen wie Brüche. Wer hätte das gedacht.

Zum ersten Mal seit zwei Tagen habe ich nicht das Häkel-AG-Sweatshirt an. Ich muss zugeben, dass sich meine Stimmung nach dem Kämmen meiner wirren Mähne ein bisschen gebessert hat. Ich will gerade klingeln, da donnert Owen mir schon in den Bauch.

»Mann, haben wir uns lange nicht gesehen. Ich muss dir was erzählen. Ich hab den Solo-Part im Frühlingskonzert gekriegt!«

»Das ist ja der Wahnsinn, Owen!«

Seine Begeisterung erinnert mich an meine eigene Kindheit, als ich mich über Schlumpfeis und Radiergummis mit Melonenduft total freuen konnte. Wann hat sich das in Grübeleien über die Aufnahme an irgendwelchen Colleges verwandelt?

Ms Santos kommt an die Tür. »Aisha, wie schön, dass du kommen konntest.«

Im Flur werde ich von zuckersüßem Schokoladenduft empfangen. Wie damals, als ich zum ersten Mal hier war und wir die Klebezettelwand ins Leben gerufen haben. Wie kann ich nostalgisch beim Gedanken an etwas werden, das erst ein paar Monate her ist?

»Wie geht es dir?« Ms Santos sieht mich über den Rand ihrer Brille hinweg an. »Deine Mutter hat mir erzählt, dass es mit Stanford nicht geklappt hat.«

»Es geht mir ganz gut.«

»Das ist gelogen. Aber es gibt nichts, was eine warme Suppe und Schokopudding nicht heilen können.«

Es gibt grüne Linsensuppe in bunten Schalen, und dann erzählt Ms Santos von dem Tomatengarten, den sie im Frühling vielleicht anlegen will. Owen linst auf seine Noten für sein Violinkonzert. Ich habe meine Suppe fast aufgegessen, als ich endlich die Frage stelle, die mir die ganze Zeit unter den Nägeln brennt.

»Wie geht es Quentin?«

Sie tupft sich die Mundwinkel mit ihrer Serviette ab. »Ganz gut. Es fällt mir wahnsinnig schwer, nicht hinzufahren und nach ihm zu sehen, aber Quentin hat gesagt, er braucht ein paar Tage für sich. Wenn er hier wäre, würde ich ihm alle paar Minuten einen Tee bringen. Shelly und ich haben uns die Aufgaben aufgeteilt. Er geht mit ihm angeln, ich schreibe Quentins Lehrern und erkläre die Situation. Ansonsten verbringt Quentin laut Shelly viel Zeit im Bett.«

Das kann ich ja gaaar nicht nachvollziehen.

»Hast du schon mit ihm gesprochen?«, fragt sie.

Ich schüttele den Kopf. Teils habe ich Angst, Quentin aufzuregen, teils bin ich gekränkt, weil er sich nicht bei mir meldet. Und dann ist da noch die bange Frage, ob er sich nicht meldet, weil ich gesagt habe, dass ich Brian mag. Ist die Zeit, die wir miteinander verbracht haben, für ihn bedeutungslos, wenn ich Brian mag?

»Keine Sorge«, sagt sie. »Das kommt schon noch.«

Es wäre schön, wenn es wahr wäre, aber fast nichts von dem, was ich geplant habe, hat sich erfüllt. Ich war nicht auf dem Winterball. Ich bin nicht in Stanford angenommen worden. Ich habe mich nicht in Brian verliebt. So viele meiner Klebezettel bleiben unerledigt. Aber hey, ich hab das Klebezettel-Bingo geschafft.

»Ms Santos, darf ich mal kurz in Quentins Zimmer? Da sind noch ein paar Sachen von mir.«

»Lass dir Zeit. Dein Champorado läuft nicht weg.«

Ich gehe nach oben. Die Tür von Quentins Zimmer steht offen. Es ist komisch, hineinzugehen, ohne dass er mitkommt.

Das Fenster ist gekippt und die jagdgrünen Vorhänge flattern wie wild. Da sind die Kerzen, die Holzschachtel mit den ausgeschnittenen Sternen, das Glas mit den blauen M&Ms, sein Kresge-Tennis-Hoodie, der am Griff des Wandschranks hängt, und seine Sammlung von Druckbleistiften und losen Blättern. Es ist, als hätte sich nichts verändert. Vor der Klebezettelwand bleibe ich stehen.

Schwimmen lernen.

Wie Quentin auf meiner Geburtstagskarte geschrieben hat, sollte ich mich schämen, diese Aufgabe unerledigt zu lassen. In Michigan schwimmen in den Sommerferien fast alle im See. Ich dagegen bin bisher jeden Sommer in Mathe-Arbeitsheften versunken.

Durch die Gegend fahren und mein Leben sortieren.

Das war Quentins Idee. Ich hatte es vor, aber dann kam die Absage von Stanford.

Ziemlich weit oben an der Wand kleben die erledigten Zettel in einer Reihe nebeneinander. Ich nehme mir einen Edding von Quentins Schreibtisch, streiche *Mich für einen Aquarellkurs anmelden* durch und klebe den Zettel neben die andern.

Einen neuen Look ausprobieren
Auf eine typische Highschool-Party gehen (mit Alkohol)
Alkohol probieren
Mit jemandem tanzen
Die Schule schwänzen und in die Spielhalle gehen
(Glutenfreie) Weihnachts-Macarons selbst backen
Silvester um Mitternacht jemanden küssen
Auf ein Date gehen

Ich trete einen Schritt zurück und betrachte die Zettel. Da fällt mir auf, dass es nicht zehn erledigte Zettel sind, sondern elf. Mein Blick bleibt an dem zusätzlichen Zettel in der Reihe hängen.

Jemanden (irgendwen!) dazu bringen, sich in mich zu verlie-
ben.

Den habe ich nie durchgestrichen.

Ich nehme den Zettel von der Wand und halte ihn in der Hand wie etwas Wertvolles. Als wäre er das letzte Snickers auf der Welt. Owen hatte recht, und ich wusste es auch.

Quentin hat Gefühle für mich.

Ich lege mich auf Quentins Bett und meine Haare breiten sich auf seiner Decke mit dem Blattmuster aus. Ich dachte immer, wenn ich mich verliebe, bringt mich das aus dem Gleichgewicht. Aber vielleicht macht man dabei ja viele ganz unterschiedliche Gefühle durch. Nach Sanjays Party war ich wütend. Als Quentin mich eine Revolutionärin genannt hat, fühlte ich mich stark. Bei dem Dinner mit Grandpa Shelly hatte ich den Wunsch, ihn zu beschützen. Als wir in der Spielhalle waren und er früher gefahren ist, war ich enttäuscht. Als er in Houghton Lake angeln war, habe ich mich nach seiner Rückkehr gesehnt. Und als er mich schließlich fragte, ob ich Brian mag, konnte ich ihm kaum ins Gesicht schauen. Ich hatte Angst. Ich wollte die Wahrheit in seinem Blick nicht sehen und ich wollte nicht, dass er sie in meinem sah. Die Wahrheit, die ich mir viel zu lange nicht eingestanden habe, obwohl wahrscheinlich alle sie sehen konnten, nur ich nicht.

Die Wahrheit ist, dass ich mich auch in Quentin verliebt habe.

Der Abriss der Klebezettel- Wand

✓ Durch die Gegend fahren und mein Leben sortieren

Je länger ich auf das Meer gelber Klebezettel schaue, desto klarer wird mir, dass ich Quentin zwar mag, diese Wand aber grauenvoll finde. Alles daran.

Ich habe so viel erlebt, und nichts davon erzählt diese Wand. Diese Wand erzählt von einem Mädchen, das eine Bucketlist mit lauter Vorsätzen erstellt hat, um das Gefühl zu haben, dass sie etwas wert ist, und nur ein paar der Vorsätze in die Tat umgesetzt hat. Hätte ich noch *In Stanford angenommen werden* aufgeschrieben, würde es in der Menge unerledigter Zettel untergehen, unbeachtet wie ein alter Kassenbon.

Einen neuen Look ausprobieren.

Ich schaue an dem ollen T-Shirt herunter, das ich gratis bei einer College-Besichtigung bekommen habe. Tja, der Glanz dieses Vorsatzes ist schneller verblasst als die Sohlen meiner Flip-Flops.

Auf ein Date gehen.

Mein Treffen mit Brian bei Wooly's war eine Art Date, aber erstens wusste er gar nicht, dass es für mich als Date zählte, und zweitens hat es sich auch nicht so angefühlt. Ich habe mein Eis zu einer Suppe schmelzen lassen.

Mit jemandem tanzen.

Toller Tanz, mit einem betrunkenen Jungen, der mich umgeworfen hat.

Auf einmal weiß ich, was ausgleichende Gerechtigkeit für diese Wand bedeutet.

Zieh. Wusch. Flop.

Zieh. Wusch. Flop.

Im Nu sind massenweise gelbe Klebezettel auf dem Teppich verstreut. Das ist meine große Schlacht. L-Day für den Listen-Tag, der jede Menge Zettelopfer gefordert hat.

Während ich über Quentin nachdenke, fallen mir die spontanen Ereignisse der letzten Wochen ein, die wirklich bemerkenswert waren. Ich hole die bunten Klebezettelblöcke, die Quentin mir geschenkt hat, aus dem Rucksack und errichte eine neue Wand.

Das Auto eines Fremden kapern

Ein cooles Geburtstagsgeschenk bekommen

Mit einem völlig Fremden Freundschaft schließen

Schlittschuhlaufen lernen

Goldsterne auf diverse Arbeitsblätter malen

Einem Opa beim Abendessen die Stirn bieten

Einen Freund zu einer Familien-Puja einladen

Quentin beim Teekochen zuschauen

In die Mall gehen

Mir den Knöchel verstauchen

Mich mit meiner besten Freundin streiten

Ich schreibe und schreibe. Meine Zettel kleben nicht so ordentlich an der Wand wie Quentins, aber das macht nichts. Als ich fertig bin, stehe ich vor der großartigsten aller Wände: einer Wand der Wahrheit voller zufälliger bis ungehöriger Erfahrungen. Klar, mir den Knöchel zu verstauchen und mich mit meiner besten Freundin zu streiten war ätzend, aber ich werde definitiv aus beidem lernen.

Ms Santos fragt sich wahrscheinlich schon, ob ich hier drin

eine Séance abhalte – die Dämmerung ist in Dunkelheit über-
gegangen. Als ich die Blöcke in meinen Rucksack werfe, sehe
ich die Serviette, die Ms Santos mir gegeben hat, aus der Reiß-
verschlusstasche herauslugen.

Sophie Scott
1030 Pine St.
248-555-0190

Es ist sieben Uhr. Da wird Sophie nicht schlafen. Meine Oma
in Indien macht immer um halb acht ihr Abendyoga. Ich nehme mein Handy und wähle Sophies Nummer.

»Hallo?«

»Hallo! Hier ist, äh, Aisha.«

Eine Pause und ein Knacken und ich bete, dass sie sich an
mich erinnert.

»Aisha! Die Freundin von Quentin.«

»Genau. Entschuldigen Sie, dass ich Sie einfach so anrufe,
aber Ms Santos sagte mir, Sie wüssten, wo Shelly ist? Ich versuche Quentin zu erreichen.«

»Natürlich. Ich kann dir Shellys Adresse geben, E-Mail,
Telefon, was du möchtest.« Sie klingt aufgekratzt. »Aber ich
muss sagen, fürchterlicher Empfang hier oben. Und Shelly hat
kein WLAN. Wenn er mal eine Mail schreiben muss, geht er
meistens in die Bücherei.«

Shelly in einer Mail meine Gefühle für Quentin zu gestehen, wäre seltsam, aber ich will auch nicht auf eine günstige
Gelegenheit warten, die womöglich niemals kommt. Wenn
ich eins aus dem exzessiven Konsum von Liebesfilmen gelernt
habe, dann das: Hast du einmal deine Liebe für jemanden entdeckt, warte nicht mit der Offenbarung. Sonst taucht bei dem
anderen plötzlich ein alter Schwarm wieder auf, schnappt ihn
dir weg und du wirst nie …

»Am besten fährst du einfach hoch.«

»Was?«

»Die Fahrt nach Norden bei Nacht ist wunderschön. Viele hübsche Straßen führen durch den Wald. Und Quentin würde sich über den Besuch von einer Gleichaltrigen bestimmt freuen. Du brauchst Shelly auch gar nicht vorzuwarnen. Er liebt Überraschungsbesuche.«

Würde Shelly es wirklich *lieben*, wenn ich spätabends unangekündigt bei ihm vor der Tür stehe? Was ist, wenn Quentin mich gar nicht sehen will? Ich will schon höflich dankend ablehnen und nach Shellys Mailadresse fragen, als mir einfällt, was Quentin an dem Abend gesagt hat, als er krank war.

Diese Jugend von heute. Zu meiner Zeit haben wir noch stundenlang vor der Tür gewartet, um einen Freund zu treffen. Jetzt dagegen habt ihr alle eure Handys …

Vielleicht sollte ich wirklich eine große Geste wagen, um Quentin zu zeigen, dass er nicht bloß ein Punkt auf meiner Liste ist – er ist so viel mehr. Kann sein, dass das Adrenalin vom L-Day noch nachwirkt, jedenfalls fühle ich mich unbesiegbar. Wie damals diese Mutter, die ein Auto anheben konnte, um ihr Baby zu retten.

Okay, vielleicht nicht ganz so krass.

»Du wirkst nicht richtig überzeugt.« Ich kann Sophie beinahe lächeln hören. »Vielleicht kann ich deine Zweifel mit einem Sprichwort ausräumen, das ich schon einmal zu dir gesagt habe: Das Glück ist mit den Mutigen.«

Was zur Hölle!? »Sie erinnern sich …«

»So alt bin ich nun auch wieder nicht.«

»Ichmachs.« Ehe ich die Worte aufhalten kann, sind sie schon aus meinem Mund marschiert. »Geben Sie mir Shellys Adresse?«

Am Ende des Gesprächs wünscht Sophie mir viel Glück. Als ich meinen Rucksack zumache, fällt mir etwas ein. Ich wühle in dem unordentlichen Haufen Klebezettel auf dem Boden, bis ich den richtigen gefunden habe.

Durch die Gegend fahren und mein Leben sortieren.

Ich streiche ihn durch.

Bäume links und rechts des Highways schwanken im Wind hin und her. Sie feuern mich auf dem letzten Abschnitt meines Marathons an. So weit nach Norden bin ich noch nie allein gefahren. Ich bin überhaupt noch nie irgendwohin gefahren, ohne meinen Eltern vorher Bescheid zu sagen. Details der Umgebung springen mir ins Auge: Reste von Weihnachtsdekoration an den Häusern, vom Rückspiegel baumelnde Würfel in einem überholenden Auto.

Ich höre 103,1 FM, Ozzys Jazzsender, den mein Vater immer auf dem Weg zu Costco einschaltet. Selbst mit diesem Soundtrack fühlt sich die Situation besonders an – das hier werde ich nicht vergessen. Als ich Jahrgangsbeste wurde, hat es sich ein paar Tage lang besonders angefühlt, dann ließ die Wirkung nach und ich brauchte einen neuen Erfolgskick. Sogar die Zusage für Stanford hätte irgendwann ihren Glanz verloren. Es gibt nicht vieles im Leben, was sich, nachdem man es bekommen hat, noch lange großartig anfühlt. Vielleicht wäre auch der Winterball eine Enttäuschung gewesen.

Nach nachdenklichen zweieinhalb Stunden Fahrt verlasse ich den Highway. Das Navi führt mich auf eine dunkle, gewundene kleine Straße. Der Schotter knirscht unter den Rädern des Wagens. Mein Handy sagt »Kein Netz«.

Dann stimmt es also. Ich hatte mich schon gefragt, ob Grandpa Shelly den angeblich so schlechten Empfang nicht nur vorschiebt, um seinem Eremitendasein zu frönen. Angestrengt gucke ich auf die Hausnummern an den Briefkästen: 124, 126 …

Da: 128.

Ich schalte die Scheinwerfer aus, lasse den Wagen jedoch laufen, als würde ich jemanden observieren. Durch die Windschutzscheibe sehe ich glitzernde Sternhaufen. Käme ich mir nicht so stalkermäßig vor, würde ich sitzen bleiben und sie bewundern.

Ich merke es immer erst mit Verzögerung, wenn ich übereilt gehandelt habe. Erst nachdem Quentin mich damals durch die halbe Stadt gefahren hatte, erkannte ich, was für ein Wahnsinn es war, einfach zu einem Wildfremden ins Auto zu steigen. Diesmal wird es mir klar, während ich vor Shellys Haus halte: Ich bin eine völlig fertige Zwölftklässlerin, die an einem gewöhnlichen Wochentag spätabends über hundert Meilen weit zum Opa des Jungen gefahren ist, den sie mag – uneingeladen, wohlgemerkt –, um ihre Gefühle zu gestehen.

Ich schalte das knacksende Radio ab und steige aus. Am Gehweg entlang verläuft ein Zaun, und vor dem Haus parkt ein großer Geländewagen mit Angelgerät auf dem Dach. Gelbes Licht scheint durch die Vorhangritzen des Fensters neben der Tür. Ich klopfe. Geschirr klappert. Der Vorhang bewegt sich, und zwei braune Augen schauen mich an. Ganz kurz denke ich, es ist Quentin, dann sehe ich um die Augen herum Falten wie gewundene Flüsse auf einer Landkarte.

Die Tür geht auf und ich weiche kurz vor dem grellen Licht zurück. Shelly trocknet sich die Hände an einem Geschirrtuch ab.

»Aisha?« Er sieht erstaunt aus, doch er lächelt. »Was für eine schöne Überraschung.«

»Hallo-Shelly-ich-wollte-Quentin-besuchen-weil-es-ihm-ja-vielleicht-nicht-so-gut-geht-und-da-wollte-ich-ihn-überraschen-tut-mir-leid-dass-ich-so-spät-unangekündigt-reinplatze-und-es-tut-mir-auch-leid-was-ich-damals-beim-Abendessen-gesagt-habe-das-stand-mir-nicht-zu-äh-könnte-ich-wohl-kurz-reinkommen-und-mit-Quentin-reden?«

Er hält mir mit einem Arm die Tür auf. »Mannomann. Du hast aber wirklich etwas für meinen Enkel übrig.«

»Hä?«, piepse ich.

»Komm rein. Du brauchst jetzt ein Stück von meinem Weihnachts-Panettone. Und eine Tasse Tee.«

Was haben sie in dieser Familie bloß immer mit Tee?

Ich folge Shelly ins Haus, die Finger um den Riemen meines Rucksacks gekrallt. Das Haus wirkt wie ein gemütliches Ferienhäuschen. Im Kamin knistert ein Feuer. Hinter dem Rundbogen hängen Angelruten an den Wänden, und eine Leiter aus grobem Holz führt in den oberen Stock. Überall Holz. Selbst der Tisch ist ein polierter Baumstamm mit krummen Jahresringen.

Ich setze mich in einen Korbsessel vor dem Kamin und schaue mich um.

»Suchst du Quentin?« Shelly reicht mir eine Tasse Tee. Ich nehme sie dankbar und trinke einen großen Schluck.

Shelly lehnt sich an den hölzernen Rundbogen. »Tut mir leid, Aisha, aber es sieht ganz so aus, als hättest du den weiten Weg auf dich genommen, nur um mich zu besuchen.«

Ich huste. »Wie bitte?«

»Quentin ist vor ein paar Stunden abgereist. Er hat einen meiner Wagen genommen und ist nach Hause gefahren. Man könnte auch sagen, er hat die Fliege gemacht.«

Scheibenkleister.

Das ist jetzt zu viel, Schicksal. Ich hab's doch schon kapiert – im Leben läuft es nicht immer wie geplant. Aber kann nicht mal ein Plan glücken?

»Tut mir leid.« Shelly schaut mich über den Brillenrand hinweg an.

Tja, dann versuche ich einfach das Beste daraus zu machen. Schließlich bin ich ja wirklich über zwei Stunden hierhergefahren.

»Shelly, es tut mir leid, was ich damals beim Abendessen gesagt habe. Normalerweise habe ich schon, ähm, Respekt vor Älteren. In der indischen Kultur wird das sehr groß geschrieben.«

Ist das hilfreich? Wieso hab ich das Gefühl, dass ich mich hier gerade um Kopf und Kragen rede?

»Bitte entschuldige dich nicht dafür.« Er setzt sich neben mich in einen Korbsessel und hält die fleckigen Hände ans Feuer. »Für mich war das ein Weckruf. Die Wahrheit ist, ich war immer ein hochmütiger und ungeduldiger Mann. Zum Glück liegt das nicht in der Familie.«

Quentin hat bei Wooly's einmal fünfunddreißig Minuten auf seinen Eisbecher gewartet, bevor er die Kellnerin gefragt hat, ob sie ihn vergessen hätte.

»Und ich rede hier nicht nur von Quentin«, fügt er hinzu, als könnte er Gedanken lesen. »Quentins Vater war genauso wie er, und mir war das fremd. Ich dachte immer, im Leben braucht man Geld, Ehrgeiz und Abenteuer, weißt du? Das, was ich nie hatte.«

Beim Wort *Abenteuer* ballt er die Hand und der Schein der Flammen tanzt über seine Wangen. Er guckt wie Mrs Wu, als sie bei Wooly's über Brians Zukunft gesprochen hat. Das ist eine dominierende Liebe, die dem anderen die eigenen Träume aufzwingen will. Die Liebe eines wohlmeinenden Puppenspielers. Auf einmal weiß ich es zu schätzen, dass meine Mutter und mein Vater, sosehr sie mich auch behüten, nie Käpt'n meines Schiffs sein wollen. Es ist hart, wenn dein Schiff von Piraten erobert wird. Das weiß Brian vermutlich besser als jeder andere.

Mit einem Seufzer öffnet Shelly die Faust.

»Sie mögen Abenteuer und trotzdem gehen Sie gern angeln?« Ich zeige auf die Angelruten an der Wand. Daneben hängen zwei überkreuzte hölzerne Ruder. Ich wollte mir ja abgewöhnen, Menschen in Schubladen zu stecken, aber Shelly ist für mich ein typischer Vogel. Ich hätte ihn eher für einen Marathonläufer als für einen Angler gehalten.

»Angeln war Emilios liebstes Hobby. Ich hab zum Andenken an ihn wieder damit angefangen. Und du liebe Zeit, wenn Quentin angelt – du müsstest ihn mal meckern hören. Er behauptet, wir würden ›Nemo aus seinem natürlichen Habitat reißen‹. Wenn er überhaupt angelt, wirft er die Fische immer wieder zurück ins Wasser, deshalb gebe ich ihm Angelhaken ohne Widerhaken. Und jedes Mal, wenn wir auf den See rausfahren, kriegt er hinterher Fieber.«

Ich lächele. Das passt zu Quentin.

»Aber mit seinem Vater hat Quentin gern geangelt. Sie waren bis spätabends draußen und haben am Bach Glühwürmchen gefangen. Sie lieben beide das Wasser. Ich glaube sogar, wenn Emilio von Beruf Angler hätte sein können, hätte er es getan.«

»Was hat Emilio gearbeitet?«

»Er war Mathelehrer an der Highschool. Er hat dafür gesorgt, dass Quentin immer einen Vorsprung hatte.«

Mathe? Es kann kein Zufall sein, dass Quentin ausgerechnet in dem Fach abgesackt ist, das sein Vater unterrichtet hat. Vielleicht haben seine Ängste ja auch damit zu tun.

»Ich würde auch gern eines Tages Mathe unterrichten«, sage ich. »Vielleicht als Professorin für Informatik oder so.«

»Das ist wundervoll. Ich würde gern sagen können, dass ich Emilio damals unterstützt habe. Für mich war der Lehrerberuf die reine Vergeudung seiner guten Noten – ich fand immer, er hätte promovieren und für die WHO forschen sollen. Aber als er dann Krebs bekam …«

»War das alles nicht mehr wichtig«, vollende ich leise seinen Satz.

»Und ich weiß noch, als Emilio seinen Schülern von seiner

Diagnose erzählt hat. Da zeigte sich, dass er in seinem Beruf auf die wahrhaftigste Weise erfolgreich war. Er bekam so viele liebevolle Mails und Briefe, ein Schüler hat ihm sogar einen Rapsong geschrieben. Der hatte echt Mumm.« Mit einem kleinen Lächeln sieht er mich an. »So wie du.«

»Was?«

»Ja, Mädchen. Du hast Mumm. Du erinnerst mich an mich selbst, als ich jung war.«

Ich habe noch nie von mir gedacht, dass ich *Mumm* habe, aber es klingt gut. »Ich weiß ja nicht. Aber Quentin hat mir dabei geholfen, neue Sachen zu wagen.«

»Für das Manifest, oder? Quentin hat mir gestern davon erzählt, aber ich konnte nicht ganz folgen.«

»Es war eher ein Deal, inspiriert durch den New Deal von Franklin D. Roosevelt. Eine Reform unseres Lebens – lebe den amerikanischen Traum, so in die Richtung. Im Gegensatz zu Roosevelt habe ich so gut wie nichts vollbracht. Nur ungefähr zehn Sachen.«

»Tja, meine Liebe, wenn es dich tröstet, der New Deal war auch erst mal nicht so toll. Er führte zur ethnischen Segregation in den Stadtvierteln. Die staatlichen Fördermittel für Wohneigentum wurden damals nicht gerecht verteilt.«

Ich starre ihn an. Ich weiß, dass ich vieles idealisiere: glatte Haare, Stanford, Brian. Und ich habe gelernt, dass bei genauerer Betrachtung nichts, was glänzt, ohne Makel ist. Aber komischerweise schockt mich das jetzt am meisten von allem. Du auch, New Deal?

»Wie auch immer.« Er legt die Hände auf die Knie. »Danke, dass du meinem Enkel Gesellschaft leistest. Es war schlimm für ihn, seinen Vater so früh zu verlieren, und ich mache mir Sorgen um ihn. Ich behandle ihn streng, damit er einmal Erfolg hat. Die Welt lässt keine Nachsicht walten, nur weil dein Vater gestorben ist.«

»Das verstehe ich, aber Quentin hat viele mathematische Probleme schneller verstanden als ich am Anfang. Ich glaube, ihm fehlt nur …«

»Die Lebenslust?«

Das klingt gut. »Ja, so was.«

»Ich dachte schon, er macht eine schwere Zeit durch, weil er vom anderen Ufer ist.« Er lacht in sich hinein. »Nicht, dass daran etwas verkehrt wäre. Ich habe im Laufe der Jahre das eine oder andere dazugelernt.«

Ich erstarre. Meint Grandpa Shelly das, was ich denke?

»Äh, wie bitte?«

»Ich dachte, er schlägt sich vielleicht damit herum, dass er schwul ist. So was in der Art.«

»Ich weiß nicht, ich glaub nicht …«

»Aber dann hab ich gesehen, wie er dich angeguckt hat. Ich war mir nicht sicher, ob es dir genauso geht, bis du mir bei Zola's die Meinung gegeigt hast. Das ist ein Vorteil des Alters. Die Knie ächzen und die Knochen knirschen, aber dafür kriegt man so manches ziemlich schnell spitz, weil man schon mal in der gleichen Patsche gesessen hat.«

Ich schaue angestrengt in meine leere Teetasse, als gäbe es auf dem Grund etwas Faszinierendes zu sehen.

»Und«, fährt er fort, »wenn ich dich hier so sitzen sehe, habe ich ein ziemlich schlechtes Gewissen, weil ich womöglich schuld daran bin, dass du ihn heute Abend nicht sehen kannst.«

»Wie meinen Sie das?«

»Heute Abend haben wir uns unterhalten, und er hat erzählt, dass er dich wirklich mag, aber nicht genau weiß, wie du für ihn empfindest. Er schien zu denken, er wär nicht schlau genug für eine von der Arledge Preparatory wie dich. Da hab ich es als meine Bürgerpflicht betrachtet, ihm zu erzählen, wie du mir im Restaurant die Stirn geboten und ihn verteidigt hast wie eine Königin ihre Untertanen. Du hättest sein Gesicht sehen sollen.«

Ich halte mir die Augen mit den Fingerspitzen zu. »Das haben Sie ihm erzählt?«

»Sì, hab ich. Und anscheinend hat er deshalb beschlossen, schnurstracks nach Hause zu fahren. Kaum hatte ich es ihm erzählt, ist er wortlos verschwunden. Vielleicht hattet ihr heute Abend beide die gleiche Idee.«

Ich schaue auf die Standuhr in der Ecke. Es ist nach zehn. Meine Mutter läuft garantiert wie eine Gefängniswärterin vor meinem Zimmer auf und ab und betet dabei zu dem kleinen Ganesha auf dem Sims. Ich habe ihr noch nicht mal geschrieben, bevor ich gefahren bin, und jetzt kann ich ihr nicht schreiben, weil es hier keinen Empfang gibt und Shelly kein WLAN hat.

»Ich glaube, ich muss mal los. Danke für den Kamillentee.«

»Jetzt hast du gar nicht den Panettone probiert. Nächstes Mal.« Er stellt unsere leeren Tassen auf ein Bambustablett. »Kann ich ein Foto von dir machen, bevor du fährst?« Er sieht mich an, als wäre es die normalste Frage der Welt. »Über dem Kamin dort hängt von jedem, der mich in meiner bescheidenen Hütte besucht, ein Foto. Das ist so eine kleine Tradition von mir.«

An einer Pinnwand sind lauter Fotos mit bunten Reißzwecken angebracht. Komisch, dass sie mir erst jetzt auffallen.

»Na klar.« Lächelnd schaue ich zu der Collage. Ich hätte nicht gedacht, dass Shelly auf solche Andenken steht.

Er verschwindet in die Küche und kommt mit einer uralten Digitalkamera zurück. Unbeholfen stelle ich mich neben die Angelruten vor die Wand, und Shelly schaut eine Weile mit zusammengekniffenen Augen auf das Display, bevor er eine Aufnahme macht. Er macht noch ein paar mehr und murmelt etwas über die schlechten Lichtverhältnisse. Ich muss an meine Nani denken, die in den Monaten, als sie hier war, mit ihrer altersschwachen Canon unzählige verschwommene Fotos geknipst hat.

Nach der Fotosession schaue ich mir die Fotos an der Pinnwand an. Ich erkenne Quentin, Owen, Ms Santos und Sophie. Außerdem hängt da in enger Schreibschrift ein Rezept für hausgemachte Ravioli.

»Hey!« Ich tippe darauf. »Ist das hier das Geheimrezept Ihrer Familie, von dem Sie bei Zola's erzählt haben? Für die Ravioli, die Quentins Vater jedes Jahr gekocht hat?«

Shelly blickt von seiner Kamera auf. »Das ist es.«

»Wow.« Ich fahre mit den Fingern über die Schrift. »Wenn ich mal eine Party gebe, mache ich auch Ravioli selber. Die Gäste werden ausflippen.«

»Dann lass sie so bald wie möglich ausflippen. Schieb es nicht auf.«

Ich lache. »Das würde ich ja, aber ich fürchte, wir haben für eine Dinnerparty nicht genug Platz. Wir haben genau vier Stühle.«

»Für diese Ravioli würden sich die Gäste in deine Wohnung quetschen wie Sardinen in die Büchse.«

Shelly hat viele Fisch-Sprüche drauf, das steht fest.

»Darf ich mir das Rezept vielleicht abfotografieren? Ich werd natürlich erwähnen, dass es von Ihnen ist, versprochen.«

»Nicht nötig, ich schicke dir das Foto. Das hab ich in meiner iCloud.«

In meiner iCloud?

Ich dachte, Shelly hätte mit Technologie nichts am Hut. Er holt sein Handy heraus, und mir bleibt die Spucke weg. Es sieht aus wie ein brandneues iPhone, das Top-Modell.

»Moment mal, ist das ein …« Ich beuge mich vor, doch er reckt den Arm hoch.

»Bevor ich dir das zeige, musst du mir etwas versprechen. Du kannst doch ein Geheimnis für dich behalten, oder?«

Ich nicke mit großen Augen. »Klar.«

Er lässt den Arm sinken. »Wenn das so ist, natürlich habe ich ein Handy. Und natürlich habe ich auch WLAN, ich stöpsele nur immer den Router aus, bevor Quentin kommt. Ich bin auch auf der einen oder anderen Social-Media-Plattform unterwegs. Du kannst mir unter Angler-Unterstrich-Paradies folgen. Aber den Unterstrich nicht vergessen.«

»Was?«

»Ach komm. Niemand kann heutzutage ohne Handy durchs Leben gehen. Aber wenn ich Gäste habe, möchte ich ganz bei ihnen sein, und sie sollen ganz bei mir sein. Mit einem Verschwörungstheoretiker legt sich so schnell keiner an, deshalb tue ich so, als ob ich glaube, dass wir über unsere Handys von der Regierung ausspioniert werden. Funktioniert immer. Wie dem auch sei, Aisha, ich bin froh, dass du heute Abend vorbeigekommen bist.« Seine Augen funkeln, als wüsste er etwas, was ich nicht weiß. Es ist beunruhigend, aber ich werde wohl nie herausfinden, was hinter diesen klugen braunen Augen vor sich geht. »Darf ich dir noch einen ungebetenen Rat mit auf den Weg geben?«

»Unbedingt.«

»Setzt euch nicht unter Druck. Lasst euch Zeit, einander zu finden. Wie wir in Italien sagen, mit Geduld gewinnt man alles. Wenn ich beim Angeln eines gelernt habe, dann das: Mit Geduld und Spucke fängt man einen richtigen Oschi.«

»Wollen Sie Ihren Enkel mit einem dicken Fisch vergleichen?«

Wobei mir der Vergleich ja nicht ganz neu ist.

Shelly hebt achselzuckend die Hände. »Wenn's der Klärung dient, absolut.«

Ich grinse. »Danke, Shelly.«

»Nein, ich danke dir. Ich freue mich immer über Überraschungsbesuch. Hier oben in Houghton Lake ist es ganz schön einsam.« Er zwinkert mir verschwörerisch zu. In Wahrheit genießt er es, in der Hütte seine Ruhe zu haben. Ich muss zugeben, mir gefällt es hier auch ziemlich gut. Es ist so still und friedlich und man muss nicht die ganze Zeit irgendwas tun. Ich bin zu lange durchs Leben gehetzt. Diesmal genieße ich das Warten.

Wundersame
Wasserfarben

✓ Zum ersten Mal einen Aquarellkurs besuchen

»Du musst nicht mit sauber machen, Aisha«, sagt Sarah, doch ich schrubbe weiter den Tisch. Nachdem ich die erste Stunde des Aquarellkurses in der Crafterina verpasst habe, möchte ich bei Sarah punkten. Meine Lehrerin soll mich nicht für faul halten.

Okay, das ist nicht der wahre Grund. Ich versuche meine Strafe ein wenig hinauszuzögern. Weil ich von Houghton Lake so spät nach Hause gekommen bin, hat meine Mutter gesagt, dass heute Töpfe mit Kurkumaflecken und angetrocknetem Reis auf mich warten. Sie pickt sich aus der amerikanischen Kultur das heraus, was ihr gefällt, und am besten gefallen ihr wöchentliche Aufgaben im Haushalt für mich. Die sich verdoppeln, wenn ich abends zu spät nach Hause komme. Sobald ich meine Strafe heute Abend abgeleistet habe, fahre ich zu Quentin.

Sarah geht, um die Schlüssel zu holen, und kommt ein paar Minuten später zurück.

»Aisha?«, sagt sie. Ich schaue nur hoch, weil ihre Stimme ein bisschen komisch klingt. »Erwartest du jemanden? Draußen steht ein gut aussehender junger Mann, der zu dir will. Ich habe ihm gesagt, dass wir geschlossen haben, aber ...«

»Wer ist es?« Ich habe da so eine Ahnung.

351

»Sieh selbst.«

Ich drücke meine Mappe mit Aquarell-Utensilien an die Brust und gehe zum Ausgang. Der Kurs ist besser gelaufen als erwartet. Als sich alle vorgestellt und erzählt haben, weshalb sie den Kurs besuchen, merkte ich, dass ich mit meiner Scheu, meine Bilder anderen zu zeigen, nicht allein dastehe.

Kaum bin ich durch die Schiebetür, sehe ich ihn.

Seine Haare sind noch ein bisschen wuscheliger als sonst, aber da steht er, Quentin Santos, wie er leibt und lebt, mit seiner marineblauen Jacke, der hölzernen Armbanduhr und den Ringelsocken, die unter der knöchellangen Hose hervorlugen. Er kommt sofort auf mich zu.

»Hi, Aisha.«

Du hast mir gefehlt. Ich bin froh, dass es dir gut geht. Das mit deiner Prüfung tut mir leid. Ich fasse es nicht, dass du vier Tage weg warst. Gestern Abend war ich bei deinem Opa. Du hattest recht damit, dass ich wieder malen sollte. Dadurch bin ich wieder ganz bei mir. Ich glaube, ich mag dich wirklich.

»Hi.«

»Entschuldige, dass ich hier einfach so vorbeischneie. Dein Vater hat mir gesagt, dass du hier bist. Können wir reden?«

Ich hatte mir unser Wiedersehen irgendwie romantischer vorgestellt. Ich mit geflochtenem Zopf und fließendem Kleid auf einer Parkbank. Ich trage wunderschöne goldene Riemchensandalen und klopfe leicht mit dem Fuß aufs Kopfsteinpflaster. Er berührt mich an der Schulter. Ich nehme die Sonnenbrille ab. Unsere Blicke treffen sich.

Stattdessen stehen wir auf dem Parkplatz der Crafterina, wo sich in den Fenstern Kästen mit Buntstiften stapeln und geschmacklose Aufkleber »tolle Frühlingsangebote« versprechen. Ich trage einen Kittel voller Farbkleckse.

»Klar.« Ich drehe mich um und will Sarah sagen, dass ich

losmuss, aber sie winkt mir schon durchs Fenster des Ateliers zu. Wir sind bei Quentins Auto, als ich merke, dass ich vergessen habe den Kittel im Atelier zu lassen. Na super.

Quentin sieht die Mappe unter meinem Arm. Er öffnet mir die Wagentür. Ich lege die Mappe hinten ab und setze mich auf den Beifahrersitz. Ich atme den vertrauten, leicht muffigen Geruch seines Wagens ein.

Wir sehen uns an und gleich wieder weg.

Er schluckt schwer. »Ich hab für Viertel nach sieben einen Tisch bei Corelle's reserviert. Hast du Lust, essen zu gehen und zu reden?«

Reserviert? Das ist ungewöhnlich. Wir haben noch nie einen Tisch reserviert.

»Okay.«

Er schaut über die Schulter, bevor er den Wagen zurücksetzt. Seine Augen leuchten in der Sonne. Er ist so nah, dass ich die leichte Röte seiner Wangen und jede einzelne Sommersprosse sehen kann. Wenn ich wollte, könnte ich ihn küssen. Mich zu ihm hinüberbeugen und einfach …

Ich ziehe an dem Haargummi an meinem Handgelenk und rufe mich zur Ordnung. Was denke ich mir da? Ich hab mich in seinem Auto schon immer wohlgefühlt, aber jetzt fühle ich mich magnetisch von ihm angezogen, ich möchte ihn berühren, wenigstens mit den Händen durch seine Haare fahren oder den Kopf an seine Brust legen. Sarah hat eben gesagt, da Aquarellmalerei sich für das Experimentieren mit organischen Stoffen eigne, könne sie »wundersame Gedanken« in uns zutage fördern. Mit solchen Gedanken hätte ich allerdings nicht gerechnet.

Typisch, dass ich mich jetzt für meine Gedanken schäme.

Wir sind so still, dass ich das Gummi der Reifen auf dem Asphalt hören kann. Ich sehe ihn nicht an. Ich fummele nicht an dem alten Autoradio herum. Ich bin so unsicher wie im

Auto einer Arledge-Mutter, die mich zu einem Ausflug der Häkel-AG mitnimmt. Auf einmal bremst der Wagen abrupt. Vor uns ist ein Stau – Stoßstange an Stoßstange reihen sich die Autos den Hügel hinunter.

»Das schaffen wir nicht rechtzeitig. Wahrscheinlich ein Unfall auf der Strecke.«

Quentin trommelt mit den Fingern aufs Lenkrad, aber nicht so wie sonst, wenn die Musik ihn mitreißt. Er macht zwar ein Pokerface, doch ich sehe ihm an, dass er nervös ist. So oft hat er mich ermahnt, einfach ich selbst zu sein, und jetzt ist er so gar nicht er selbst. Bei dem Gedanken muss ich lachen.

»Wa... was ist?«

»Quentin, es ist alles gut. Wir werden nicht sterben, wenn wir es nicht zum Corelle's schaffen. Normalerweise treffen wir uns ja auch nur zu unserem wöchentlichen Eisbecher bei Wooly's. Es muss nicht unbedingt Sterneniveau sein.«

Erst wirkt Quentin überfordert, dann grinst er. Endlich finden wir zu unserem üblichen unbeschwerten Geplänkel zurück.

»Du hast recht.« Er setzt sich entspannt hin. »Ich will eigentlich nur reden. Es ist egal, wo wir hinfahren.«

»Dann hast du Glück, ich kenne nämlich genau den richtigen Ort für ein dramatisches Gespräch.«

»Dann führt uns, Lady Aisha.«

Ich antworte mit meinem miserablen britischen Akzent, was mir ein Lächeln einbringt. Schließlich dirigiere ich ihn direkt in unser Viertel, und er sieht mich fragend an.

»Im Ernst? Das ist dein toller Plan? Bei dir zu Hause, wo dein Vater uns zuguckt, während er seinen abendlichen Masala-Chai trinkt?«

»Nicht ganz.« Als wir nur noch eine Straße von unserem Wohnblock entfernt sind, zeige ich aus dem Fenster. »Da! Fahr bei dem blauen Briefkasten rechts ran.«

Quentin tut es und zieht den Schlüssel ab. Kurz darauf gehen die Scheinwerfer aus. Der Himmel ist orange gestreift, als wäre Surya dort eben mit seinem Sonnenwagen entlanggefahren.

»Äh, wo sind wir?«

»Kommt es dir nicht bekannt vor?«

Quentin schaut zu dem Haus, vor dem wir stehen, dann zu dem himmelblauen Briefkasten, den ein paar weiße Wölkchen zieren. »Jetzt weiß ich! Hier haben wir an dem Abend angehalten, um zu reden, als du meinen Wagen gekapert ...«

»Als ich dir in deinem Wagen Gesellschaft geleistet habe. Ich dachte mir, dieses Plätzchen hat sich für ein gutes Gespräch ja nun wirklich bewährt.« Ich schnalle mich ab, binde den Kittel los und werfe ihn auf den Rücksitz. »Und worüber wolltest du reden?«

Quentin erzählt von seiner Panikattacke. In der Nacht vor der Prüfung konnte er nicht schlafen, und am nächsten Morgen hatte er das Gefühl, als hinge eine unheilvolle Wolke über ihm. Es lief trotzdem nicht schlecht, bis er zu einer Aufgabe mit komplizierteren Integralen kam. Er geriet in einen Ich-kann-das-nicht-Gedankenstrudel. Er konnte nicht mehr atmen und dann wurde alles schwarz.

Ich sage nichts und nicke zwischendurch, damit er merkt, dass ich zuhöre.

»Das war nicht das erste Mal. Seit dem Tod meines Vaters lebe ich mit dieser Angst, irgendwas zu tun. Als ob eine weitere Tragödie passieren könnte, wenn ich nur einen Schritt mache. Aber so langsam wird das besser, dank dir. Du hast mich dazu gebracht, neue Sachen auszuprobieren. Zum Beispiel glutenfreie Macarons zu backen, die wie Sägespäne schmecken.«

»So schlecht waren sie nun auch wieder nicht. Aber ich

frage mich, ob Marcy sie gegessen hat. Sie ist auf der Dose sitzen geblieben.«

Marcy fehlt mir. In der Schule ist es so leer, wenn ich nicht mit ihr rede. Das Essen schmeckt nach nichts. Der Literaturkurs ist öde. Ich würde sie gern um Entschuldigung bitten, aber ich habe Angst davor, dass sie mir nicht verzeiht. Die Entschuldigung müsste es wirklich in sich haben. Ich hab schon verschiedene Möglichkeiten durchgespielt – Luftballons oder schöne Deko für ihren Spind –, aber es fühlt sich alles nicht authentisch genug an. Nicht Marcy genug.

»Ich bin froh, dass es dir wieder besser geht«, sage ich. »Du ... hast mir gefehlt. Owen mit seiner Freundin aufzuziehen war ohne dich nicht dasselbe.«

»Du hast mir auch gefehlt.«

»Bestimmt nicht so sehr wie WLAN.«

»So schlimm war es gar nicht. Ich hab im Bach geangelt wie früher mit meinem Vater. Ich hab über alles nachgedacht, was diesen Winter passiert ist. Und Shelly war freundlicher als üblich.« Er schaut mich von der Seite an. »Und was hast du so gemacht, während ich weg war?«

»Nichts Besonderes.«

Och, gar nichts. Nur festgestellt, dass ich Brian nicht mag und im Grunde ich dich verliebt bin, und dann bin ich noch unangemeldet bei deinem Opa aufgekreuzt ...

»Na komm. Irgendwas muss doch passiert sein. Ich hab gesehen, dass du die Klebezettelwand zerstört und neu zusammengestellt hast.«

»Ich hab mich für den Aquarellkurs angemeldet.«

»Ja, hat dein Vater mir erzählt. Schön.«

»Irgendwie musste ich mich ja beschäftigen, solange du weg warst.«

Er senkt den Blick. »Es tut mir leid, dass ich mich nicht gemeldet hab. Ich wusste ja, wie enttäuscht du sein wirst, dass ich es verbockt hab, und ich hatte keine Ahnung, wann ich die Prüfung wiederholen darf und ob dann womöglich das Gleiche noch mal passiert ...«

»Quentin, du brauchst dich nicht zu entschuldigen. Ich war überhaupt nicht enttäuscht. Ich hab mir wahnsinnige Sorgen um dich gemacht. Du bist in der Notaufnahme gelandet. Das hast du ja nicht mit Absicht gemacht.«

»Tatsächlich bin ich absichtlich in der Notaufnahme gelandet«, sagt er trocken. »So konnte ich dir aus dem Weg gehen nach dem, hm, Gespräch am Abend vor der Zwischenprüfung.«

»Was für ein Gespräch?«

»Halt die Klappe.«

Ich lache. »Bitte sag mir, dass du mich deswegen nicht wirklich so hasst.«

»Ehrlich gesagt, hab ich mir in den letzten Tagen fast gewünscht, es wäre so.«

Ich schaue ihn an, schaue ihn richtig an und sehe, wie schwer die letzten Tage für ihn gewesen sein müssen. Am liebsten würde ich schreien: Nein, bitte hass mich nicht, ich mag dich doch auch, aber die Worte stecken irgendwo fest.

»Aisha, ich will dich nicht in Verlegenheit bringen, aber ich kann nicht leugnen, dass ich ...« Seine Stimme wird weich. »Dass ich dich mag. Sehr sogar. Schon seit einer ganzen Weile. Wahrscheinlich schon vor Silvester, aber ich wollte es mir nicht eingestehen.«

Das weiß ich ja eigentlich schon, aber es aus seinem Mund zu hören, ist noch mal etwas anderes. An dem Tag, als Brian mich gefragt hat, ob ich mit ihm zum Winterball gehe, wusste ich im Grunde schon, dass es eine Seifenblase war – schillernd und glänzend anzusehen, aber innendrin nur Luft. Quentins Geständnis rührt mich an. Wie sein Gesicht im violetten Dämmerlicht leuchtet. Wie seine Worte sich in mein Herz schreiben. Worte, so kostbar, dass ich sie in einer Schachtel aufbewahren und für immer bei mir tragen möchte, um sie in schweren Zeiten hervorholen zu können. Meine kleine Tupperdose mit süßen Macaron-Momenten.

Jetzt muss ich ihm sagen, dass ich ihn auch mag, ihn von Anfang an mochte und …

»Du brauchst nichts zu sagen. Mein Opa hat mir erzählt, wie du bei Zola's für mich eingetreten bist. Und da ist mir etwas klar geworden.«

Weiß er es etwa schon?

»Mir ist klar geworden, was für eine tolle Freundin du bist.«

Wie bitte?

»Dass du mich so verteidigt hast, ist der Wahnsinn. Deine Freundschaft bedeutet mir so viel, ich brauche nur eine Weile, um mich wieder zu sortieren. Es tut mir leid, wenn es jetzt ein bisschen komisch zwischen uns ist, aber das ist so über mich gekommen, und irgendwann musste ich es dir einfach sagen.« Er legt mir eine Hand auf die Schulter. »Aber ich wünsche dir und Brian wirklich das Beste. Ehrlich.«

Ich tue so, als wäre ich von dem blauen Briefkasten da draußen fasziniert. Aus Quentins Sicht war er einfach ein paar Tage weg, während sich für mich alles verändert hat. Ich weiß nicht, ob er das versteht.

»Was hast du?«

»Nichts. Es freut mich, dass du das sagst. Ich muss dir auch noch was erzählen …« Ich verstumme und atme tief durch.

Ein. Aus.

Ich sage mir, dass es nicht der richtige Moment ist, aber in Wahrheit habe ich Angst. Wenn ich Quentin jetzt sage, dass ich ihn auch mag, was ist dann? Denkt er dann, dass ich wahllos von einem Jungen zum nächsten hüpfe? Bin ich auch wirklich bereit, die Konsequenzen meines Geständnisses zu tragen? Ich hatte noch nie ein Date, es sei denn, ein Pausenbrot in der Bibliothek mit meinem Chemie-Partner zählt als Date. Was würde meine Mutter dazu sagen, wenn ich jetzt schon date? Wie geht das überhaupt, daten?

O Mann. Ich bin wie mein Vater, als er letzte Woche versucht hat, den kaputten Duschkopf zu reparieren. Er sagte, er könne das, dann hat er sich daruntergebeugt und gerufen: »Wie kriegt man das Ding ab?« Wir haben alle gestöhnt, denn manche Fragen beweisen einfach, dass man für die Aufgabe schlicht nicht qualifiziert ist. Wenn ich mich frage, was daten ist, bin ich ganz offensichtlich noch nicht so weit. Als ich zu Shelly gefahren bin, hab ich große Töne gespuckt, aber insgeheim war ich erleichtert, dass Quentin nicht da war. Ich habe definitiv nicht das Zeug zu einer Revolutionärin.

Ich habe das Zeug zu einem großen Angsthasen.

»Ich hab eine Absage von Stanford.«

Poch, poch.

Quentin nimmt mich in die Arme. Sein Ohr ist warm an meiner Wange. Ich schließe die Augen.

»Das tut mir so leid, Aish. Aber das wird schon. Du wirst an anderen tollen Unis angenommen, ganz sicher.«

»Ja, ich hab mich für ein Stipendium an der University of Michigan beworben. Das hat meine Literaturlehrerin mir empfohlen. Aber man kommt schwer rein, also weiß ich nicht, ob das klappt …«

Er riecht wie die Kiefern bei Shellys Häuschen. Sein Gewicht erinnert mich daran, dass er echt ist. Wir können unmöglich nur befreundet sein – alles in mir sträubt sich dagegen. Es hat mir die Sprache verschlagen, aber zum Glück ist das hier kein Stanford-Essay und auch kein Artikel für den Antilopen-Anzeiger. Genau wie beim Malen habe ich noch andere Möglichkeiten, mich auszudrücken. Quentin will sich lösen, doch ich komme ihm zuvor und ziehe ihn am Hemdkragen zu mir heran. Er schaut auf den Stoff zwischen meinen Fingern, dann in mein Gesicht. Seine Augen scheinen in einem warmen Chocolate-Chip-Cookie-Braun. Wir atmen.

Ein. Aus.

Ein. Aus.

Ich plane sonst immer jeden einzelnen Schritt in meinem Leben. Die Gedanken halten mich nachts wach, auch wenn ich so gern schlafen würde. Wie wäre es, wenn ich ausnahmsweise mal nicht nachdenken und einfach meinen Gefühlen folgen würde? Wäre das so schlimm?

Ich rücke noch näher an ihn heran und lege meine Lippen auf seine. Überrascht hält er die Luft an. Dann umfasst er meine Taille und zieht mich von meinem Sitz, bis ich fast auf der Mittelkonsole seines Jettas sitze, direkt auf den Getränkehaltern.

Ein. Aus.

Ein. Aus.

Er küsst mich wieder. So oft habe ich gesehen, wie er sich über seinen Matheaufgaben durchs Haar fuhr, und jetzt sind meine Hände in seinem Haar, sie haben sich verselbstständigt. Unser Kuss wird tiefer und sicherer, als hätten wir uns schon viele Male geküsst. Ich lege den Kopf zurück und breite die Arme aus wie ein Gänseblümchen, das die Sonne aufsaugen will. Der Kummer über den täglichen Frust löst sich auf. Ich denke nichts mehr.

Eine Nachricht von Saisha Wagarwal

✓ Eine Entschuldigungs-Mail schreiben

Gesendet 05.02. 17:56 Uhr
An: marcethefarce856@gmail.com
Von: aisha.agarwal@gmail.com
Betreff: !DRINGEND!

Hallo Ms Coleman,
mir ist kürzlich zu Ohren gekommen, dass sich eine Schülerin namens Aisha Agarwal total idiotisch verhalten und Ihre Freundschaft für selbstverständlich genommen hat. Aisha hat Sie nie eingeladen, weil sie sich dafür schämt, dass sie in einer (sehr) bescheidenen Wohnung in Coral Tree lebt, während Sie in einem großen Haus (bzw. einer Villa) wohnen. Mittlerweile ist ihr jedoch klar geworden, dass etwas so Nichtiges wie die Größe einer Wohnung für Sie völlig unerheblich ist. Sie bittet außerdem um Verzeihung dafür, dass sie nicht für Sie da war, als Sie sich gegenüber Ihrer Mutter geoutet haben. Von jetzt an will sie immer für Sie da sein.
Um ihre Entschuldigung zu unterstreichen, hängt sie zwei Dateien an. Erstens eine Einladung zu einer Dinnerparty nächste Woche bei ihr zu Hause. Bitte bringen Sie

auch Ihren Freund mit, denn Aisha möchte ihn gern näher kennenlernen. Das Abendessen wird komplett selbst gekocht sein und garantiert besser als die selbst gebackenen Macarons. Um die Einladung zu gestalten, hat sie eine E-Card-Website besucht, auf der jede Sekunde Werbung für »sexy Singles in deiner Nähe« aufpoppte. Wenn Sie einen Funken Mitleid verspüren, geben Sie sich bitte einen Ruck und kommen. Zweitens hat Aisha einen Gastbeitrag angehängt, den sie hiermit Ihrer geschätzten Zeitung, dem Antilopen-Anzeiger, anbieten möchte. In dem Artikel geht es darum, dass Liebe mehr zählt als Jahrgangsbesten-Titel und Stanford-Zulassungen. Wie Sie sehen werden, hat er ein ähnliches Schmelz-Level wie die hausgemachten Vier-Käse-Ravioli, die Aisha bei dem Dinner kredenzen wird. Natürlich würde es ihr nie in den Sinn kommen, Sie mit Vier-Käse-Ravioli bestechen zu wollen, doch ein winziger Anreiz könnten sie ja möglicherweise sein.

Bitte nehmen Sie die tief empfundene Entschuldigung der idiotischen Aisha an. Sie hat so lange damit gezögert, weil sie auf möglichst aufrichtige Art um Verzeihung bitten wollte.
Mit freundlichen Grüßen
Saisha Wagarwal
Freundschaftsbeauftragte Mittlerer Westen

Anhang:
dinner_einladung_marcy.png
winter_artikel_endfassung_endfassung2_endliiich.pdf

Der Schmetterlings-effekt

✓ Eine Dinnerparty bei mir zu Hause geben

In der nächsten Woche setzt sich Marcy in der Mittagspause immer noch nicht zu mir an den Tisch. Immer wieder checke ich meine Mails, aber sie hat nicht geantwortet, also esse ich allein in der Bibliothek, wie es sich für einen Promi wie mich gehört. Ich pflanze mich auf den Teppich zwischen den Biografien – genau dort, wo Brian und ich nach dem Winterball miteinander geredet haben. Zum ersten Mal seit Monaten hab ich mir etwas für die Pause mitgebracht. Darauf habe ich sämtliches Adrenalin verwendet, das der Kuss in mir freigesetzt hat. Dieses Festmahl könnte der Göttin Parvati zur Ehre gereichen.

Na gut, es ist ein Paneer-Sandwich mit einem Apfel dazu, aber ich bin stolz auf mich.

Ich will das Sandwich gerade auspacken, als jemand fragt: »Ist hier noch frei?«

Lily. Sie hat die Haare zurückgekämmt und hält die Riemen ihres Rucksacks fest. Wie hat sie mich bloß gefunden?

»Du hast freie Platzwahl.«

Sie setzt sich und zieht den Rock ihrer Schuluniform über die Knie. Ich verfolge jede einzelne ihrer Bewegungen. Vielleicht hat sie das mit Stanford erfahren und will sich an mei-

363

ner Misere weiden. Oder vielleicht will sie mir mitteilen, dass ich in der Häkel-AG nicht länger willkommen bin, weil ich meine Schildkröte seit Monaten nicht fertigkriege.

»Aisha, ich hab deinen Artikel gelesen. Der ist richtig gut.«

»Ah.« Wie kann sie ihn gelesen haben? Marcy hat doch noch gar nicht auf meine Mail geantwortet. »Hat Marcy ihn dir weitergeleitet, damit du mal drüberguckst oder so?«

»Nein, er ist heute Morgen im Antilopen-Anzeiger erschienen. Hat Marcy dir das nicht erzählt?« Sie kramt in ihrem Rucksack und reicht mir ein zerknittertes Blatt Papier. »Eigentlich lese ich sie immer online, aber ich hab deinen Artikel in der Bibliothek ausgedruckt, weil ich ihn so stark finde.«

Mit angehaltenem Atem nehme ich das Blatt entgegen.

MEIN HOCHFLIEGENDES MANIFEST
Von Aisha Agarwal

Marcy hat meinen Artikel abgedruckt.

Heißt das jetzt, dass sie mir verzeiht? Oder heißt es, dass sie eine professionelle Beziehung aufrechterhalten will?

»Erst hab ich die Analogie mit dem Vogel und dem Fisch nicht so ganz kapiert, aber am Ende hat es gepasst. Und deine Gedanken über den amerikanischen Traum und das Arledge-Stipendium kann ich total nachempfinden.« Lily wartet darauf, dass ich sie ansehe.

»Ich bin auch Stipendiatin. Und weil meine Eltern nicht so viel Geld haben, dachte ich immer, ich passe nicht zu den anderen an der Schule …« Ihre Stimme wird leise. »Dich eingeschlossen.«

»Hey, ich bin eine Häkel-Schildkröte. Weicher Panzer.«

»Ich weiß. Aber du und Brian mit euren Top-Noten, ihr versucht immer, euch gegenseitig auszustechen, da hab ich euch automatisch als eingebildete Rich Kids einsortiert …« Sie beißt sich auf die Lippe und lehnt sich ans Regal. Staub rieselt wie Konfetti auf den Teppich. »Das war nicht okay. Es tut mir leid.«

»Schon gut, und ich bin echt froh, dass du es mir erzählt hast. Ich hab nämlich genau das Gleiche über dich gedacht. Ehrlich gesagt ...« Ich werde rot. »War ich immer irgendwie neidisch auf dich. Coole Ausstrahlung, Sprecherin der Häkel-AG, superhübsch ...«

»Mehr davon«, sagt sie und ich lache.

Ich dachte, ich wäre die einzige Stipendiatin in unserem Jahrgang. Hätte ich es früher erzählt, hätten Lily und ich Freundinnen sein können.

Aber vielleicht ist es nicht zu spät.

»Hey, ich lade am Samstag um sieben ein paar Leute zu mir ein. Es gibt hausgemachte glutenfreie Ravioli. Komm doch auch, wenn du Zeit hast.«

Nur dank Shelly findet die Dinnerparty statt. Erst dachte ich, es überfordert mich, unsere Wohnung bis in alle Winkel zu putzen, die Ganesha-Statue zu verstecken und so weiter, aber dann sind mir Shellys Worte eingefallen. An dem Abend geht es nicht um mich oder unsere Wohnung. Im Mittelpunkt stehen die Ravioli mit bestem Olivenöl. Also habe ich meine Eltern gefragt, und sie haben es erlaubt, vorausgesetzt, ich erledige vorher alle meine Hausaufgaben. Und die Ganesha-Statue bleibt stolz und aufrecht im Wohnzimmer stehen.

So habe ich Lily noch nie strahlen sehen. »Ich komme. Ich liebe Ravioli.«

Wir haben noch ein paar Minuten Pause, und die Versuchung, nach Brian zu fragen, ist groß. Ja, er sollte fern meiner Gedanken sein, wie ein Boot, das auf dem Meer treibt, doch nachdem er heute nicht in Ms Kavnicks Kurs war, ist das Boot zurück an Land geschwappt. Man müsste ihn schon in Geiselhaft nehmen, damit er seine makellose Anwesenheitsbilanz aufs Spiel setzt.

»Weißt du, warum Brian heute nicht in der Schule war?«, frage ich.

»Nein, aber ich hab gehört, dass er nicht in Harvard angenommen wurde. Vielleicht gibts da einen Zusammenhang.«

Dann steht es bei den Jahrgangsbesten in Sachen College-Zusagen 0 zu 0. Bei der Vorstellung, dass Brian die Last von Mrs Wus Enttäuschung tragen muss, löst sich mein Groll gegen ihn auf wie die Himmelsbotschaft eines Flugzeugs. Es ist nicht leicht, sich von dem zu befreien, was unsere Eltern uns aufdrängen. Mrs Wu verlangt von Brian perfekte Leistungen. Meine Eltern setzen gute Noten mit einem guten Leben gleich. Sie haben keinen Blick für Seemas Einsamkeit, und von meinem Manifest bekommen sie nichts mit.

Es klingelt zum Ende der Pause. Während Lily und ich gemeinsam aus der Bibliothek gehen, beschließe ich, Brian zu schreiben. Ich schreibe die Nachricht nicht x-mal neu und füge auch nicht siebenundachtzig Emojis hinzu. Ich schreibe von Herzen.

Wie geht es dir?

Am Abend meiner Dinnerparty zeigt mein Spiegel mir einen frischen Kickel. Es ist eher ein bescheidener Kilimandscharo als ein Mount Everest. Und er ist stiller als gewöhnlich. Er schreit mir nicht entgegen, dass ich das Allerletzte bin und meine Ravioli bestimmt wie Ohropax schmecken. Ich stecke mir gerade die Toast-Ohrringe von Seema an und summe Ozzys Jazzmusik mit, als es an die Tür klopft.

»Jo, bist du da drin?«

Seema. Sie hat versprochen, zur Dinnerparty nach Hause zu kommen. »Ich will doch unbedingt sehen, wie die Gäste deine Ravioli runterwürgen«, hat sie gewitzelt. Nur zu ihrer Information, bis auf das Weizenmehl hab ich mich haarklein an Shellys Rezept gehalten. Die Ravioli sind mit Folie abgedeckt und stehen einsatzbereit auf dem Esstisch, wo Ganesha über sie wacht. Im Wohnzimmer habe ich Papierröschen aufgehängt, im Esszimmer Diwali-Lichterketten.

»Komm rein.«

»Ich muss über zwei Sachen mit dir sprechen.« Sie setzt sich aufs Bett. »Erstens hab ich von Mama gehört, dass du dich jetzt oft mit Quentin triffst, und ich soll dir erklären, dass Jungs automatisch zu schlechten Noten führen. Deshalb meine Frage, macht Brian vielleicht doch nicht das Rennen?«

»Er wurde disqualifiziert.«

»Ich wusste es!«

Ich grinse und kämme meine feuchten Locken mühsam mit einem breitzinkigen Kamm. Ich habe mir ein paar Videos zur Pflege lockiger Haare angeschaut und versuche neuerdings, sie nicht mehr so oft zu glätten. Es ist ein gutes Gefühl, morgens aufzustehen und nicht direkt nach den Eiern meine Haare brutzeln zu müssen. Für die Abschlussfeier hab ich mir außerdem ein Paar filigrane indische Ohrringe gekauft, denn was Brians Mutter darüber gesagt hat, dass wir unsere Geschichten bewahren können, hat mir gefallen.

Und die Ohrringe waren im Angebot.

»Die zweite große Sache, über die ich mit dir sprechen muss …« Seema holt einen Brief hinter dem Rücken hervor. Ich schnappe ihn mir und sehe sofort das große gelbe M auf dem Umschlag. »Der war für dich in der Post. Ma hat gesagt, ich soll ihn dir persönlich überreichen, denn als sie dir das letzte Mal die Post gegeben hat, war es eine Absage.«

»Indischer Aberglaube«, murmele ich. Ich will schon das Siegel abkratzen, doch dann lasse ich es.

»Möchtest du lieber allein sein?«

»Ich glaub, ich warte lieber.« Ich lege den Brief auf den Schreibtisch. »Ich hab in letzter Zeit nicht viele gute Nachrichten gekriegt. Diese Woche soll es mal nicht um meine College-Bewerbungen gehen. Deshalb hab ich mich auch nicht ins Bewerbungsportal eingeloggt, als ich sah, dass mein Status aktualisiert wurde. Aber jetzt haben sie auch noch einen Brief geschickt.«

»Beeindruckende Selbstbeherrschung. Mein Schwesterchen lässt mal ein bisschen los, was?«

Seema geht aus dem Zimmer, und ich bleibe noch kurz vor dem Spiegel stehen und befühle meine Toast-Ohrringe. Ich habe wirklich versucht loszulassen. Gestern Abend habe ich mit meinem Vater eine alte Zeichentrickserie geschaut, anstatt für den Chemietest zu lernen. Selbst meine Mutter hat sich ein paar Folgen lang zu uns gesellt, dann aber gemurrt, im amerikanischen Fernsehen fehle einfach das »Drama und Masala« indischer Serien.

Es klingelt an der Tür, und ich flitze aus dem Zimmer. Ich darf meine Gäste keine Sekunde warten lassen. Ich öffne die Tür und rechne damit, dass Quentin ...

Marcy. In einem dicken schwarzen Mantel, eine Jutetasche in der Hand. Hinter ihr steht Kevin und winkt mir zu.

»O mein Gott, ihr seid beide gekommen!« Bei meiner Umarmung schwankt Marcy leicht nach hinten.

»Hi.« Sie lächelt und ich lasse sie los und hüpfe herum wie ein Gummiball.

»'tschuldige die Verspätung«, sagt Kevin. »Ich musste mal wieder meine Oma zum Konservatorium bringen.«

»Sophie, oder?«

Er guckt mich verblüfft an. »Hey, woher ...«

»Die Geschichte erzähle ich ein andermal. Aber viel wichtiger ist ...« Ich schaue Marcy an. »Vielen Dank, dass ihr gekommen seid.

»Ich bin nur wegen der Ravioli hier.«

Das Lächeln kenne ich. Natürlich ist sie wegen mir gekommen. Und wegen Saisha Wagarwal, Freundschaftsbeauftragte Mittlerer Westen.

»Marcy …« Ich will so vieles sagen, aber in meinem Kopf ist nur Wortsalat. Ich fange mit dem Blattsalat an. »Es tut mir leid. Und danke, dass du meinen Artikel genommen hast.«

»Bittest du uns vielleicht auch mal rein?«

Kaum sind sie drin, kommen meine Eltern, begrüßen sie und laufen unbeholfen herum, die Hände hinterm Rücken verschränkt. Seema rettet die Situation, indem sie sich vorstellt und ein Gespräch über den Antilopen-Anzeiger beginnt. Ich nehme die Folie von den kleinen Ravioli-Babys, die ich heute Nachmittag in mühsamen Stunden auf die Welt gebracht habe.

Okay, das Bild ist vielleicht ein bisschen unappetitlich.

Die Ravioli sind schon fast gar, als es wieder klingelt. Das Wer-mag-es-sein-Spiel macht mir Spaß. Seema macht gerade die Tür auf, als ich komme.

Lily. Sie zieht sich ihre Sneaker aus.

Ich grinse. »Du hast es geschafft.«

Mit einem schüchternen Lächeln reicht Lily mir eine braune Geschenktüte. »Bei uns um die Ecke gibt es super Tiramisu vom Bäcker. Ich dachte mir, das passt nach den Ravioli.«

»Danke, wie lieb …«

»Wir sind auch nicht mit leeren Händen gekommen«, mischt Marcy sich ein und langt in ihre Jutetasche. »Hier ist ein noch nie gesehenes, streng geheimes, unveröffentlichtes …«

Jetzt bin ich wirklich gespannt.

»JAHRBUCH! Noch ungebunden.« Sie drückt es mir an die Brust.

»Echt?« Ich fahre mit dem Finger über die Klammer, die den Stapel bedruckter Seiten zusammenhält. »Ich dachte, gewöhnliche Sterbliche dürfen das Jahrbuch nicht vorab zu sehen bekommen.«

»Als Freundin der Sprecherin der Jahrbuch-AG bist du unsterblich.«

Ich schaue hoch. Sie hat *Freundin* gesagt. Diesmal werde ich der Bezeichnung alle Ehre machen.

Sie zwinkert mir zu. »Übrigens, dein Titel wird dir gefallen. Du stehst auf Seite siebzehn.«

Dann ist es jedenfalls nicht Ewige Bibliothekshockerin, auch wenn das nicht ganz falsch wäre. Jetzt klingelt es wieder – nur noch einer fehlt. Seema hält sich zurück und überlässt das Türöffnen mir.

Quentin trägt wieder seine marineblaue Jacke und die Armbanduhr aus Holz. Der Riemen seiner Umhängetasche verläuft quer über seine Brust wie ein Sicherheitsgurt. Er hat Owen und Ms Santos mitgebracht. Sie winkt mir zu, als hätte sie mich seit Jahren nicht gesehen.

»Aisha, wie schön, dass du uns eingeladen hast. Und Quentin hat erzählt, dass du die Ravioli nach dem Rezept von Emilio gekocht hast.«

»Ich hoffe, die glutenfreie Variante kann mit dem Original mithalten. Und vielleicht hat meine Mutter ein bisschen zu viele Chiliflocken drübergestreut.«

Plaudernd versammeln wir uns um den Tisch, der mit zwei Gabeln pro Person gedeckt ist, denn so macht man das bei einem richtig schicken Dinner. Ich musste mir ein paar zusätzliche Stühle von den Nachbarn ausleihen. Als sie meinen traurigen Ich-habe-kein-Sozialleben-Blick sahen, halfen sie nur zu gern aus.

Ich reiche Marcy die Ravioli-Schüssel so vorsichtig, dass man meinen könnte, es wären wirklich meine Kinder darin. Sie nimmt sich eine Portion und reicht die Schüssel weiter. Kaum haben alle den ersten Bissen gekostet, kommt richtig Leben in die Bude. Alle schwärmen vom Pesto. Ms Santos erzählt meiner Mutter von ihrem Garten. Mein Vater unterhält sich mit Lily und Seema übers Häkeln. Marcy und Kevin grinsen vor sich hin, vermutlich quetschen sie Quentin über den neusten Klatsch von der Kresge High raus. Owen sagt, wie sehr er sich auf das Tiramisu freut, denn der arme Junge kriegt zu Hause immer noch keinen Zucker. Ganesha redet mit niemandem, aber ich glaube, er hat auch einen schönen Abend.

Während ich in all die lächelnden Gesichter schaue, kommt mir der Gedanke, dass die Gruppe so divers aussieht wie ein typisches Foto auf einer College-Website. Dann denke ich, entweder ist Shellys Raviolirezept sehr besonders oder die Menschen in diesem Raum. Oder beides.

Als das letzte Pesto aus dem Topf gekratzt ist, rangeln sich alle darum, wer das Geschirr abwaschen darf, ein Spiel, an dem ich mich nur halbherzig beteilige. Schließlich hab ich schon die ganzen Ravioli gemacht.

Nachdem Quentin als fleißigster Geschirrspüler gepunktet hat, setzt er sich neben mich aufs Sofa. Die anderen sind immer noch in der Küche, beladen die Spülmaschine und trocknen ab. Abgesehen von seinen typischen Ringelsocken und den wilden Haaren ist sein Outfit anders als sonst. Er trägt ein geblümtes Hemd und ein lässiges beigefarbenes Jackett. Die ungebundenen Jahrbuchseiten liegen ausgebreitet auf meinem Schoß.

»Also, ich hatte ja noch keine Zeit, dich zu fragen. Wann genau hast du dich so wahnsinnig in mich verliebt?«

»Schscht, meine Eltern könnten dich hören.«

Er beugt sich zu mir. »Deshalb magst du mich? Wegen meiner ungelegenen Fragen?«

»Es gibt jede Menge Gründe, weshalb ich dich mag.«

»Ich bin ganz Ohr.«

»Du hast so eine Wärme an dir.« Ich werde rot. »Wie ein Stern.«

»Ein Stern, hm?«

»Wie die Sterne, die ich dir auf deine Mathebögen gemalt habe und die du alle ausgeschnitten und in eine Holzschachtel getan hast.«

Er guckt mich völlig perplex an. »Wie hast du …«

»Außerdem hab ich nie gesagt, dass ich dich mag. Nicht explizit.«

»Also, wenn ich mich recht erinnere, war dafür etwas anderes ziemlich explizit.«

Ich kichere. »Sei still.«

»Es ist lustig, dass Marcy dir so was wie ein Buch mitgebracht hat. Ich hab nämlich auch ein Buch für dich.« Er greift in seine Tasche. »Mach die Augen zu.«

Etwas Schweres fällt auf meinen Schoß. Als ich die Augen öffne, sehe ich *Stark in Mathematik – Eigenschaften von Funktionen.*

»Das brauch ich jetzt nicht mehr.«

Ich halte den Atem an. »Heißt das etwa …«

»Du weißt ja, dass ich die Zwischenprüfung wiederholt habe. Gestern hab ich meine Note erfahren. Und ich habe eine Zwei. Zwei minus, aber das macht ja …«

»O mein Gott, Quentin!«, quieke ich und muss mich sehr beherrschen, ihm nicht um den Hals zu fliegen. Anscheinend hat die Familien-Puja das Buch wirklich gesegnet. Jede Wette, dass Grandpa Shelly Quentins Zeugnis an seine Pinnwand heftet. Und garantiert fotografiert er es ab und bewahrt es in der iCloud auf.

»Und?« Seema taucht neben uns auf und hockt sich auf die Armlehne. »Was hast du sonst noch in deiner Tasche, Quentin? Wie ich höre, hast du, während Aisha ihre Ravioli vermurkst hat, unserer Mutter einen Rosenstrauß geschenkt.«

Er zuckt mit den Schultern.

Ich pruste los. »Du hast unserer Mutter Rosen mitgebracht, zu meiner Party?«

»Na ja, also, erst hatte ich die Blumen für dich gekauft. Aber dann dachte ich, wie bist du überhaupt auf die Welt gekommen? Durch deine Mutter. Also hab ich den Strauß ihr geschenkt, weil sie das so gut hingekriegt hat.«

Ich ziehe eine Augenbraue hoch.

»Vielleicht ist mir außerdem klar geworden, wie riskant es ist, einem indischen Mädchen Blumen zu schenken. Unter dem strengen Blick ihrer Mutter.«

»Du hast kalte Füße bekommen, was?«

»Nicht ganz.« Er holt eine einzelne Rose aus der Brusttasche seines Jacketts und drückt sie mir in die Hand.

Ich werde die Rose in *Stark in Mathematik – Eigenschaften von Funktionen* pressen, damit ich sie für immer aufbewahren kann. Möglicherweise habe ich die Idee von einem gewissen Jemand geklaut. »Hattest du nicht gesagt, du hältst nichts von Beziehungen in der Schulzeit?«

»Stimmt. Aber in ein paar Monaten haben wir die Schule ja hinter uns.« Es scheint ihn sehr zu freuen, dass er dieses Schlupfloch gefunden hat.

»Ihr habt echt ewig gebraucht, um zusammenzukommen. Länger als ich zum Geigelernen.« Owen futtert Energie-Kekse aus dem indischen Supermarkt. Wo hat er die bloß aufgetrieben?

Ich stecke die Rose zwischen die Seiten des Jahrbuchs und befestige alles wieder mit der Klammer. »Wenn meine Eltern das mitkriegen, bringen sie mich um.«

Nach und nach kommen auch die anderen zurück ins Wohnzimmer. Ich will schon ein paar Brettspiele aus dem Schrank holen, als mir etwas Besseres einfällt.

»Was haltet ihr davon, wenn wir alle auf ein Eis zu Wooly's fahren?«

Eine kurze Pause tritt ein, dann bricht allgemeiner Jubel aus. Wir versammeln uns im Flur und ziehen unsere Jacken und Handschuhe an. Während ich mich nach meinem Rucksack umschaue, legt meine Mutter mir ihre behandschuhte Hand auf die Schulter. Als ich klein war, ist mein Vater nach der Arbeit immer zur Tür hereingeplatzt und hat Seema und mir gesagt, wir wären seine Goldstücke. Meine Mutter macht nicht viele Worte, doch in Momenten wie diesem sagt ihr Blick alles, was ich wissen muss. Diesen liebevollen Blick habe ich sogar im Aquarellkurs skizziert. Für mein Projekt werde ich nämlich meine Mutter mit schräg gelegtem Kopf vor dem Tor ihres Mädchenwohnheims in Indien malen. Neben ihr mein Vater, die Hände an den Mund gelegt, als wollte er ihr ein Geheimnis verraten.

Das Bild soll mich immer an den Schmetterlingseffekt erinnern, von dem Direktor Cornish vor ein paar Monaten in der Mittagspause gesprochen hat. *Selbst wenn zwei Ereignisse nur ein einziges Mal in Raum und Zeit zusammentreffen, landen sie für immer in einem Muster wechselseitiger Beeinflussung.* Mich gibt es nur, weil meine Eltern sich zufällig kennengelernt haben, und ich will nie vergessen, was für ein Wunder das ist – dass der Mensch aus Sternen und Erde, Liebe und Ravioli gemacht ist.

Und natürlich werde ich es doch vergessen. An manchen Tagen werde ich wieder mit Snickers und Skittles verzweifelt im Bett liegen. Aber ich habe allmählich mehr Vertrauen in mich selbst. Es war meine Entscheidung, zu Quentin ins Auto zu steigen. Meine Entscheidung, ein Klebezettelmanifest ins Leben zu rufen und mich zu einem Aquarellkurs anzumelden. Es war sogar meine Entscheidung, mich in Stanford zu bewerben. Ich habe Entscheidungen getroffen, vor denen ich Angst hatte, und ich habe es überlebt. Und ich glaube, heute Abend kann ich noch eine Entscheidung treffen.

»Warte kurz«, sage ich zu meiner Mutter, als sie die Autoschlüssel einsteckt.

»*Kya hua?*«

»Ich hab was in meinem Zimmer vergessen. Bin gleich wieder da.«

Ich streife die Stiefel ab und flitze in mein Zimmer, meine Toast-Ohrringe hüpfen hin und her. Das weiche Licht der Schreibtischlampe fällt auf den versiegelten Umschlag der University of Michigan. Diesmal ist es etwas anderes. Ich bin gespannt, was drinsteht, aber ich habe keine Angst mehr.

Liebe Ms Agarwal ...

Grandpa Shellys Ravioli

✓ Glutenfreie Variante

TEIG

- 1 Packung Backpapier
- 4 Maß (520 g) glutenfreies Allzweck-Back-mehl
- 10 Eigelb
- 1 Teelöffel Salz
- 1 Ei zum Bestreichen

FÜLLUNG

- 2 mittelgroße Butternusskürbisse
- 2 Esslöffel bestes natives Olivenöl extra
- $1\frac{1}{2}$ Maß (85 g) Ziegenkäse
- $\frac{1}{2}$ Maß (60 g) geriebener Parmesan
- $\frac{1}{4}$ Maß (30 g) Cashewnüsse
- 1 Teelöffel brauner Zucker
- $\frac{1}{2}$ Teelöffel Salz
- $\frac{1}{2}$ Teelöffel schwarzer Pfeffer
- 2 Teelöffel rote Chiliflocken (Mas indische Note)
- eine große Portion Liebe

PESTO

- ½ Maß (35 g) frische Thymianblätter ohne Stiel
- 1 Bund Rucola
- 1 Maß (120 g) geriebener Parmesan
- ½ Maß (40 g) frischer Rosmarin ohne Stiel
- 5 Knoblauchzehen
- 1 Maß (200 ml) bestes natives Olivenöl extra
- ½ Maß (70 g) geröstete Pinienkerne, Mandeln, Pekannüsse oder Walnüsse
- Salz nach Geschmack

PESTO

1. Alle Zutaten in einen Standmixer oder in die Küchenmaschine geben und zerkleinern, bis eine cremige Masse entsteht
2. Bis zum Gebrauch im Kühlschrank aufbewahren

FÜLLUNG

1. Ofen auf 200 Grad vorheizen. Die Kürbisse schälen, Kerne entfernen und das Fruchtfleisch würfeln. Kürbiswürfel mit Olivenöl vermischen und mit Salz und Pfeffer würzen. Das Ganze auf einem eingefetteten Backblech verteilen. 30 Minuten backen, bis der Kürbis weich ist. Gabeltest: Wenn die Gabel mühelos durch den Kürbis gleitet, ist er gar!
2. Den gebackenen Kürbis zusammen mit dem Ziegenkäse, Parmesan, Cashewnüssen und braunem Zucker in einen Standmixer oder in die Küchenmaschine geben und zerkleinern, bis eine breiige Masse entsteht. Mit Salz, Pfeffer und roten Chiliflocken würzen.

TEIG

1. Für die Eistreiche ein Ei mit ca. 1 TL Wasser verrühren.
2. Ein großes Stück Backpapier gründlich mit Mehl bestäuben. Auf diesem Backpapier werden die Ravioli geformt.
3. Mehl und Salz verrühren, dann die Eigelbe hinzufügen. Wenn alles gut vermischt ist, den Teig mit den Händen verkneten, bis er sich zu einer Kugel formen lässt.
4. Die Kugel auf dem Backpapier weiter kneten, bis der Teig geschmeidig ist, dann in ca. 8 kleinere Kugeln teilen. Den ruhenden Teig mit einem angefeuchteten sauberen Küchentuch bedeckt halten, damit er nicht austrocknet.
5. Die einzelnen Kugeln mit dem Nudelholz ausrollen. Der Teig sollte 2 bis 3 Millimeter dünn sein bzw. so dünn wie möglich. Den Teig mit dem Messer oder einem Pizzaschneider in 5 × 5 cm große Quadrate schneiden. So verfährt man nacheinander mit allen Kugeln, bis der Teig aufgebraucht ist.

SO WERDEN DIE RAVIOLI GEMACHT

1. Jeweils einen gehäuften Esslöffel der Füllung in die Mitte jedes Quadrats geben. Dann ein weiteres Teigquadrat darüberlegen. Jetzt noch Eistreiche auf die Kanten der Ravioli geben, die Ecken um die Füllung herum mit den Fingern zusammendrücken und damit versiegeln. Schließlich den Rand durch Andrücken mit einer Gabel riffeln.
2. Einen großen Topf Salzwasser zum Kochen bringen. Die Ravioli schubweise 2 Minuten kochen,

bis die Pasta al dente ist (die Ravioli sollten oben schwimmen). Abgießen.

3. Das hausgemachte Pesto über die Ravioli geben. Mit einer großen Portion Liebe und Chiliflocken garnieren. Guten Appetit!

Anmerkung: Das Rezept reicht für ca. zehn Portionen.

Danksagung

Wenn ihr dies lest, seid ihr in den speziellen Geheimclub derer eingetreten, die tatsächlich die Danksagung lesen, anstatt das Buch einfach zuzuklappen und auf der Suche nach einem Snack zum Kühlschrank zu tapsen. Angesichts der Tatsache, dass diese Seiten über Hummus gesiegt haben, fühle ich mich zutiefst geehrt.

Trotz der Snacks, die ich beim Schreiben zur Verfügung hatte, muss ich sagen: Ein Buch zu schreiben nervt manchmal ganz schön.

Es ist wundervoll, magisch und es nervt – genau wie das Leben selbst.

Bei diesem Debüt als Autorin habe ich gelernt, dass man ein Buch nicht allein schreibt.

Das Ganze wäre nicht möglich gewesen ohne meine Kolleginnen und Mentorinnen von den Pitch Wars 2021, Liz Lawson und Dante Medema. Euer Feedback in Sachen Handwerk, Überarbeitung und Anschreiben haben mein Manuskript geformt, bis es fit für die Agentur war.

Meinen Agentinnen Alex Rice und Lola Bellier danke ich dafür, dass sie von Anfang an Vertrauen in Aishas Geschichte hatten. Ich werde nie vergessen, wie ich mich nach eurem ersten Anruf gefühlt habe. Geduldig habt ihr mich durch den Einsendungsprozess mit allen Höhen und Tiefen geführt, während ich mich auf eure aufmerksamen Augen und Ohren verlassen durfte.

Ein Dank an meine Lektorin Alyssa Miele dafür, dass du

mein Buch ausgewählt hast, und für die zahllosen Stunden, die du mit Aisha und Quentin verbracht hast, eine Fassung nach der nächsten. Sie müssen für dich ein bisschen wie Gäste bei dir zu Hause gewesen sein, die einfach nicht gehen wollen, sooft du auch ostentativ gähnst oder zur Tür schaust. Doch du hast ihnen trotzdem Hummus angeboten, ihnen unermüdlich zugehört und sanft beim Wachsen geholfen, bis sie in die Welt entlassen werden konnten.

Ähnlich entscheidend wie unsichtbare Socken für einen erfolgreichen Schuhauftritt sind die vielen unsichtbaren Hände, die ein Buch zur Vollendung führen. Ich danke dem gesamten Team von Quill Tree, Alexandra und dem gesamten Lektorat, die alle Ungereimtheiten aufgespürt haben (wieso trägt Quentin auf derselben Seite erst ein Hemd und dann plötzlich einen Hoodie? Wir werden es nie erfahren, und dank euch müssen die Leser*innen es sich auch nicht fragen). Ein besonderer Dank an die Sensitivity Reader, die mir Feedback zu einer frühen Fassung des Buchs gegeben haben. Ihr habt dabei geholfen, dass das Mosaik aus Kulturen und Geschichten im Buch authentisch rüberkommt.

Allen wunderbaren Lehrer*innen und Mentor*innen, von denen ich lernen durfte – darunter Liza Pagano, Florence Lee, Philip Schweiger, Dr. Toyama, Mr Zwolinski, Ms Kuslits und Ms Taylor –, ihr habt mir etwas beigebracht, was ich in keinem Buch hätte lernen können: wie man durchhält und sich dabei immer um Qualität bemüht.

Dieses Buch ist von meiner eigenen Geschichte inspiriert, nur dass damals in der Schule keiner der Jungs, die ich mochte, meine Gefühle erwidert hat (falls jemand mit mir in der Schule war und meint, dass ich mich irre, bitte melden). Genau wie Aisha hatte ich zu wenig Selbstbewusstsein und das Gefühl, im Leben hinterherzuhinken, und obwohl ich mit diesen Themen immer noch zu kämpfen habe – wie Sturmwolken, die vorüberziehen und wiederkommen –, schätze ich mich glücklich, Menschen um mich zu haben, die Eigenschaften von Quentin in sich vereinen: bestärkend, liebevoll (und auch süß).

An Pallavi: Danke dafür, dass du fern der Heimat meine Familie bist (und manchmal auch meine Band-Managerin und Verbündete bei der Spinnenjagd) und dass du meine erste (!) Leserin und Zuhörerin warst. Deine Unterstützung hat mich in dem Glauben bestärkt, dass dieses Buch eines Tages in einem Regal stehen könnte, und unsere albernen Küchengespräche zaubern mir immer ein Lächeln ins Gesicht. Es ist so ein Glück, dass ich dich habe.

Ein Dank an meine anderen lieben Freunde und Freundinnen für eure Ermutigung und euer Feedback während dieses intensiven Prozesses – Aubrey, Neha & Rajat, Pranita (eines Tages werde ich versuchen, Zenoria für dich zu vollenden), Justine, Maahirah & Bilqees, die wunderbare Epics & Golden-Crew von Kuan, Xindi und Qin Yu, Shikhar, Baula, Danica, Akhil, Kushal, Vishal, Siddharth und alle meine Freunde und Freundinnen aus San Francisco, Rochester und darüber hinaus, die mir das Gefühl geben, zu Hause zu sein. Ich bin unendlich dankbar.

Ohne die Liebe meiner Familie wäre ich nicht da, wo ich bin. Anjana, du bist im wahren Leben meine Seema (genauso weise und witzig). Wenn eine Zombie-Apokalypse zuschlüge, würde ich dich sofort anrufen und um Rat fragen, und das ist mein voller Ernst. Ein Dank an meine Eltern, die den Buchhandel zwar immer noch nicht durchblicken, aber immer im Publikum sitzen und mich anfeuern. Nur weil ihr mir jedes Jahr erlaubt habt, auf der Scholastik-Buchmesse Bücher zu kaufen, bin ich hier gelandet.

Und Ananth. Bei all den guten und schlechten Nachrichten, frühen Entwürfen und Neufassungen warst du mit freundlichen Worten, Mokka und dunkler Schokolade zur Stelle. Diese Dreierkombination war mir eine größere Hilfe, als du ahnst. Deine tägliche Unterstützung hat mich durch die härtesten Phasen dieses Prozesses geleitet. Danke, dass du mein #1 Fan bist.

Ich danke all denen, die sich um unsere Parks und Grünflächen kümmern – ohne euch hätte ich 95 Prozent weniger Ideen.

Und schließlich danke ich *euch*. Tag für Tag erscheinen zahllose Bücher, und dass ihr euch meins ausgesucht habt und bis zu dieser Seite drangeblieben seid, bedeutet mir wahnsinnig viel. Wenn ihr gleich in die Welt zieht und so viel Hummus esst, wie ihr mögt, sollt ihr wissen, dass dieses Buch wahrhaftig für euch ist.

Die Übersetzerin dankt dem Deutschen Übersetzerfonds e. V.
für die Unterstützung der Arbeit an diesem Buch.

**Wir produzieren
nachhaltig**

• Klimaneutrales Produkt
• Papiere aus nachhaltigen
  und kontrollierten Quellen
• Hergestellt in Europa

Wir behalten uns die Nutzung unserer Inhalte für Text- und
Data-Mining im Sinne von §44b UrhG ausdrücklich vor.

Alle deutschen Rechte 2024 bei Carlsen Verlag GmbH,
Völckersstraße 14–20, 22765 Hamburg
Originalcopyright © 2024 by Ambika Vohra
Originalverlag: Quill Tree Books, an imprint of HarperCollins Publishers.
Originaltitel: »The Sticky Note Manifesto of Aisha Agarwal«
Umschlaggestaltung: formlabor
Umschlagbilder: shutterstock.com / © Moremar (1828327529, 1842437257);
© clelia-clelia (2399653929); © GarryKillian (221437111, 1052458682);
© melazerg (251135842); © Yurkina Alexandra (639423211)
Aus dem Englischen von Sylke Hachmeister
Lektorat: Wiebke Andersen-Oberschäfer
Herstellung: Derya Yildirim
Satz: Pinkuin Satz und Datentechnik, Berlin
ISBN: 978-3-551-55948-7

CARLSEN-Newsletter: Tolle Lesetipps kostenlos per E-Mail!
Unsere Bücher gibt es überall im Buchhandel und auf carlsen.de.